Secretos compartidos

Secretos compartidos

Noa Alférez

rocabolsillo

© 2022, Noa Alférez

Primera edición en este formato: enero de 2022

© de esta edición: 2022, Roca Editorial de Libros, S. L.
Av. Marquès de l'Argentera 17, pral.
08003 Barcelona
actualidad@rocaeditorial.com
www.rocabolsillo.com

Impreso por NOVOPRINT
Sant Andreu de la Barca (Barcelona)

ISBN: 978-84-18850-07-3
Depósito legal: B. 17969-2021

RB50073

A todos los que en algún momento confiaron en mí.
Y a ti; seguiré sonriéndole a la luna llena,
sé que tú me devolverás la sonrisa desde allí.

1

Marzo 1856. Surrey. Inglaterra

*L*as tardes iban alargándose cada día casi imperceptiblemente, robándole horas a la oscuridad.

El tiempo en Surrey estaba dando una tregua y, a pesar de estar aún a principios de marzo, la lluvia llevaba días sin hacer acto de presencia. Las primeras flores silvestres invadían ya los bordes de los caminos con una explosión multicolor que llenaba a Maysie Sheldon de un optimismo y de una euforia que la hacía sentir como si caminara a varios centímetros del suelo, como si flotara sobre su propia dicha.

Maysie cogió la flor que llevaba prendida trás la oreja, enredada en sus rizos del color del oro viejo, y se la acercó a la boca con una sonrisa bobalicona. Sentía sus labios sensibles, con un cálido hormigueo, como si el beso que acababa de recibir fuera una marca indeleble.

Su primer beso.

Giró sobre sí misma con una alegre carcajada, dirigiéndose hacia el jardín de casa de sus tíos, y echó a correr ansiosa por contárselo a su melliza Elisabeth.

Su madre las había mandado a Surrey para prepararse de cara a su debut en sociedad, que tendría lugar un par de meses después, cuando cumplieran los diecisiete años.

La matriarca, Lisa Sheldon, tenía a su disposición cualquier cosa que el dinero pudiera comprar, gracias a la afanosa costumbre de su marido de convertir en oro todo lo que tocaba, debido a su extraordinaria perspicacia para los negocios y, por qué no decirlo, a su falta de escrúpulos.

Pero lo que más ambicionaban los Sheldon no podía adquirirse a golpe de talonario; ansiaban ser aceptados por el exclusivo círculo de la aristocracia, donde la hipocresía era la reinante. Todos acababan abriéndoles las puertas de sus salones, casi obligados por el convencimiento de que el dinero significaba poder, aunque mirándolos siempre por encima del hombro, con el silencioso rencor que se siente hacia el que está invadiendo tu territorio sin prisa, de manera pacífica, pero inexorable.

Mathias Sheldon no dudaba en apretarle las tuercas a quien hiciera falta, sin una pizca de decoro ni de vergüenza. Movía los hilos de todo aquel que le debiera un favor y era capaz de amenazar veladamente a cualquiera al que hubiera ayudado económicamente, con tal de que su esposa y él recibieran las invitaciones pertinentes a las casas y los eventos de mayor enjundia.

Por supuesto, cara a la presentación de sus hijas en sociedad, el esfuerzo había sido titánico, y no cejaría en su empeño hasta alcanzar el objetivo, trazado milimétricamente para ellas, de casarlas con un noble cuyo título fuera lo más antiguo e importante posible. Solo así conseguiría que la aristocracia lo mirara como a un igual y no como a un advenedizo, envidiado por su fortuna, pero despreciado por sus orígenes.

Para ello, las había provisto de una dote más que generosa y las había mandado con premura a la casa de campo de los Thompson, tíos de su esposa que, aunque empobrecidos y con un título menor, pertenecían a una familia de la nobleza rural bien posicionada. Ellos aceptaron gustosos la generosa donación de los Sheldon a cambio de introducirlas, con sutileza, en su ambiente y presentarles a algunos contactos que les facilitaran el camino, además de aconsejarlas y terminar de «pulirlas».

Elisabeth era como una esponja que absorbía cada pequeño dato que Beth Thompson le proporcionaba, cada anécdota y cada valioso detalle que tener en cuenta sobre anfitriones, herederos y fortunas, todo aquello que ninguna institutriz jamás le enseñaría. En cambio, Maysie parecía estar absorta desde su llegada en sus propios pensamientos, lo que, sinceramente, a su tía le traía sin cuidado.

Los Thompson las acogieron por no enemistarse con sus parientes, amén de por la generosa aportación de los Sheldon a sus desmejoradas arcas, pero, más allá de eso, no les importaba lo más mínimo si las muchachas conseguían un buen matrimonio o ingresaban en un convento.

Maysie encontró a Elisabeth sentada en la terraza con un chal sobre los hombros y la cabeza inclinada, y muy concentrada sobre un papel. Con toda seguridad, estaba elaborando una de las habituales listas que hacía cada vez que tenía algo en mente. Apenas levantó la vista cuando notó la presencia de su hermana.

—¿Crees que padre conseguirá que los Talbot nos inviten? Al fin y al cabo, tienen un hijo casadero, no es que sea… —Se detuvo al ver la expresión soñadora y sonriente de su hermana—. ¿Qué demonios te pasa, May? Tienes la misma cara que nuestra madre cuando se toma un par de copas del brandi bueno que papá esconde en su despacho.

Maysie intentó indignarse, pero cada célula de su cerebro estaba concentrada en rememorar el encuentro que acababa de tener con Julian Cross.

—No conseguirás irritarme, Lys. Hace una tarde estupenda y la vida es tan maravillosa…

Maysie se acercó por enésima vez la flor a la nariz aspirando su aroma, aunque la verdad era que casi no olía a nada, y suspiró exageradamente, sintiéndose la persona más dichosa de la tierra.

Elisabeth la miró con la ceja levantada, intentando recordar qué podría haber comido su hermana que le provocaba aquel estado de estupidez, que esperaba fuera transitorio.

Pero, no. Habían comido lo mismo, y ella se encontraba perfectamente lúcida.

—Y… ¿has descubierto eso oliendo una flor mustia?

Alargó la mano intentando quitársela. Si tenía propiedades alucinógenas, ella también quería probar. Pero Maysie dio un salto, alejándose de su alcance.

—¡Es mía! Es un regalo, un recuerdo.

Elisabeth no podía soportar tanto rodeo.

—¿Te la ha regalado un gnomo del bosque? Porque nadie normal te regalaría semejante birria y…

—Ha sido Julian. Él… —Maysie adquirió un bonito tono granate semejante al de una amapola y Lys abrió los ojos como platos. Se puso de pie y se acercó a su hermana para sacarle la información con los métodos que fueran necesarios.

—Mírame a los ojos. —May obedeció—. ¡Oh, Dios! No me digas que… ¿qué has hecho?

—No te pongas así. Me ha besado. Y ha sido tan tierno. Ha sido…, oh, Lys, es mucho mejor de lo que jamás habría imaginado. Es algo tan íntimo. —Lys sintió una ligera punzada de envidia. Siempre pensó que ella sería la primera en ser besada—. Julian es tan…

—¿Siniestro, tétrico, desconcertante?

—No lo conoces, él es mucho más de lo que aparenta. —Su defensa airada hizo que Lys se preocupara. Mayse no era enamoradiza, aunque desde que había conocido a Julian Cross, entre ellos parecía haberse establecido una extraña conexión.

—No quiero arruinarte el momento, pero aún no hemos conocido a ningún otro candidato, no deberías ilusionarte demasiado. Quizá sería mejor esperar.

Maysie sintió como si su hermana le hubiera arrojado un jarro de agua helada.

—Al menos, por una vez en la vida, podrías alegrarte de lo que me ocurre, Elisabeth. Siento que esta vez no seas tú la protagonista de la historia, pero Julian no es como tú piensas. No ha tenido una vida fácil.

Elisabeth se acercó hacia ella arrepentida por su negatividad, pero odiaba que le pudieran hacer daño y no terminaba de fiarse de ese muchacho.

—Está bien, tienes razón. Es solo que estoy un poco preocupada por ti. —La abrazó y a su melliza se le pasó inmediatamente el enfado—. Vamos, cuéntamelo todo. Puede que no sea tan malo. Beth dice que algún día quizá sea marqués.

Maysie asintió ilusionada, aunque qué importaba un título cuando había amor.

Julian Cross se dirigió, inusualmente optimista, hasta la salita donde sabía que encontraría a su hermana Celia enfrascada en sus lecturas o en sus dibujos de mariposas y flores.

La joven levantó la vista del papel donde concienzudamente garabateaba, una y otra vez, la silueta de una mariposa monarca, fijándose en la ilustración del último libro que él mismo le había traído de su reciente visita a Londres.

—Mira, Julian. ¿Crees que me ha salido bien? Es una *Danaus plexippus*.

—Te ha salido fantástica, cariño.

—Te haré una para tu habitación. —Julian le sonrió con ternura, maravillado de la capacidad selectiva que tenía para memorizar algunos datos tan concretos, y la total falta de atención para actos más simples y cotidianos.

Celia era el ser más bello y dulce que jamás había conocido, y, a sus veintitrés años, Julian se preciaba de haber conocido a mucha gente, de todas las clases y estatus, en las largas temporadas en las que escapaba de la presencia asfixiante de su padre. Celia era una mujer, su cuerpo y su hermosura así lo atestiguaban. Pero, en su interior, habitaba una niña inocente, un ángel, quizás incapaz de enfrentarse a la realidad del mundo que la rodeaba. Un mundo que no la entendía, y que ella no tenía ningún interés en comprender.

Julian recordaba con total claridad el día en que nació, a pesar de que él solo tenía cinco años. El día que cambió su vida, la de todos: el día que murió su madre.

Cerró los ojos ante la sacudida que siempre le provocaba aquel recuerdo.

La puerta de la habitación se había abierto para dejar entrar a su padre, y una de las criadas que ayudaba durante el largo y difícil parto salió de la habitación tapándose la boca con un pañuelo, intentando controlar los sollozos, sin percatarse de la presencia en el pasillo del pobre niño asustado que parecía querer fundirse con la pared.

Julian se acercó tembloroso a la puerta entreabierta, atraído por los gemidos desesperados de su padre. La imagen de un hombre tan fuerte, arrodillado junto al lecho de su esposa fallecida, aferrándose a su mano inerte, aún le sobrecogía tantos años después.

Una mujer con un mandil blanco manchado de san-

gre le acercó un pequeño bulto de ropa que emitía un chillido parecido al de un pequeño gatito. Ese cuerpecito envuelto en tela era su hermana. Su padre no la miró.

Ni en ese momento ni en ningún otro durante todos estos años.

Henry Cross culpaba a su hija Celia de la muerte de su adorada esposa y el dolor por la pérdida se convirtió, con el tiempo, en un odio obsesivo y sin sentido hacia la criatura, que ni siquiera amainó cuando, con el paso de los años, fue evidente para todos que la dureza del parto había causado secuelas irreversibles en la niña. Su carácter fue agriándose con el trascurso del tiempo, y el blanco con el que pagaba su frustración era su hijo Julian.

A medida que Julian crecía, también aumentaba su propio rencor y su capacidad de defenderse, su estoica resistencia ante la ira de su progenitor, lo cual provocó que los gritos derivaran en golpes y los golpes en palizas.

Julian se marchaba de casa con el orgullo y la dignidad consumidas, jurando no volver jamás, pero la necesidad de proteger a Celia le hacía regresar una y otra vez con el rabo entre las piernas, y con ello la soberbia y la maldad de Henry se acrecentaban.

Hacía años que el viejo Cross apenas salía de su despacho más que para dar las pertinentes órdenes a sus empleados. Por alguna extraña razón, lo que la vida le había arrebatado en afectos se lo había compensado en una mano capaz de transformar el fango en oro.

Las pocas veces que hablaba con su hijo consistían en recordarle que, gracias a su inteligencia en los negocios y a la hábil venta de las minas de carbón que la familia poseía en el norte, tanto él como la «tarada» de su hermana, como la llamaba despectivamente, vivirían a cuerpo de rey el resto de sus inútiles vidas.

Julian apretaba los puños, refrenando el impulso de arrancarle los dientes de un puñetazo cada vez que hablaba así de Celia, aunque intentaba guardarle un respeto como padre que, a todas luces, no se merecía. Hacía ya tiempo que ni discutía ni intentaba razonar con él, limitándose a ignorar sus improperios y sus comentarios soeces e hirientes.

Su salud era muy precaria, y si seguía bebiendo a la velocidad que lo hacía, no tendrían que soportar sus insultos durante demasiado tiempo.

Muchas veces pensó en anteponer su orgullo y marcharse de allí para no volver, pero había trabajado como un mulo desde que tenía uso de razón, intentando complacer al hombre que siempre los vería solo como el símbolo de su fracaso, un viejo amargado, incapaz de afrontar una pérdida que los había herido a todos por igual.

El maltrato de su padre y la desidia del resto de la familia, que los abandonó a su suerte, transformaron a Julian en alguien frío e inaccesible.

Y, sin embargo, ahora…

Ahora, una chica menuda y algo tímida, con unos ojos de un color azul tan claro como un cielo de verano, había conseguido abrir una pequeña grieta en su bien protegido y frío corazón.

Desde que Maysie Sheldon había llegado de visita a casa de sus vecinos, los Thompson, una sensación de extraño desasosiego lo invadía día y noche.

Se conocieron por casualidad, mientras acompañaba a Celia en un paseo por el campo en busca de mariposas, su actividad favorita. Su hermana se había acurrucado junto a unos arbustos, observando totalmente inmóvil y en silencio el vuelo titilante del lepidóptero, ajena al resto del mundo. Dejó a Celia y se dirigió hacia el borde de la pequeña elevación donde se encontraban para sentarse en una roca. Un movimiento y el leve sonido de una melodía, apenas susurrada en el soleado claro, lo atrajeron como si lo hubieran hipnotizado.

Una joven con un vestido blanco giraba y tarareaba un vals entre la hierba, mientras abrazaba a un bailarín imaginario. La muchacha, ignorando que la observaban, ensayó una brillante sonrisa y Julian sintió unos punzantes celos del aire al que se abrazaba, con un deseo irrefrenable de ser él el depositario de sus atenciones.

Miró de soslayo a su hermana, que permanecía absorta en la misma posición.

—Celia, espérame aquí —susurró. Ella lo ignoró.

Sigilosamente bajó hasta el claro, donde la chica daba los últimos giros con los ojos cerrados y totalmente concentrada en el sentimiento que su música interior le provocaba. Se colocó a una distancia prudente mientras ella ejecutaba una reverencia perfecta de espaldas a él.

—Si me dice que el próximo baile lo tiene ocupado, me romperá el corazón.

Maysie se incorporó con un pequeño grito de sorpresa y se llevó la mano al pecho, intentando contener los latidos frenéticos de su corazón.

Julian no solía sonreír, pero lo intentó para tranquilizarla y descubrió, sorprendido, que casi había olvidado cómo se hacía.

—Discúlpeme, señorita. Soy Julian Cross. Usted debe de ser una de las sobrinas de Beth. —May se sorprendió de la familiaridad con la que hablaba de su pariente, pero de pronto recordó por qué el nombre le resultaba familiar. Recordó retazos de historias del pobre hijo de los Cross y de cómo le daban cobijo cuando su padre se pasaba con la botella y acababa pagando su frustración con él.

—Efectivamente. Soy Maysie Sheldon, de Londres, señor.

—Entonces, ¿me concede el siguiente baile, Maysie Sheldon de Londres? —Julian se sorprendió a sí mismo al coquetear de manera tan desinhibida con una mujer, ya que sus relaciones con ellas solían reducirse a un intercambio de deseo que satisfacían burdamente, la mayoría de las veces, previo pago.

Maysie se quedó mirando su mano extendida como si fuera un animal peligroso, calibrando cómo de indecoroso sería bailar un vals a solas con ese hombre en mitad del campo. Probablemente, la situación era tan surrealista que nadie habría previsto un protocolo para tal ocasión, lo cual no era culpa suya.

Julian ya estaba a punto de bajar la mano cuando ella extendió la suya sin apartar sus ojos de los de él, y lo rozó con una suavidad más potente que cualquier otra cosa que hubiera sentido antes.

Y, en ese momento, todo lo que creían conocer de sí mismos se desmoronó como un castillo de naipes llevado por el viento.

2

Maysie descubrió que el mejor momento para salir desapercibida de la casa de su tía era a primera hora del día. Su tía Beth tenía por costumbre dormir hasta media mañana, alegando que la falta de sueño le provocaba jaquecas. El sol aún no había terminado de levantarse sobre los campos, y Maysie ya se había colocado un sencillo vestido verde y un chal de lana, ansiosa por encontrarse con Julian en el lugar donde llevaban citándose durante las últimas semanas.

Elisabeth abrió un ojo y se estiró bajo las sábanas con un ronroneo, masculló algo entre dientes, y se dio la vuelta para continuar durmiendo. Maysie, que se había detenido en medio de la habitación, preocupada por haberla despertado, sonrió al ver que no la había perturbado lo más mínimo y se dirigió decidida hacia la puerta.

A pesar de ser mellizas, eran muy diferentes en casi todos los aspectos, y ni siquiera en eso coincidían. Ella siempre se despertaba al salir el sol, pletórica de energía y deseosa de empezar el día. En cambio, Elisabeth remoloneaba todo lo posible para arañarle al tiempo unos minutos más y disfrutar perezosamente de la calidez de las sábanas.

Maysie cruzó la casa sin encontrarse con nadie y salió por la puerta que daba al jardín sin recordar siquiera que debía desayunar, desesperada por llegar a su cita. Como cada mañana, se encontraban en el lugar donde se conocieron, aprovechando cada segundo disponible para estar juntos. Compartían confidencias, y Julian se sorprendió abriéndole su corazón y mostrando sentimientos y vivencias que ni siquiera se había atrevido a reconocerse a sí mismo. A medida que Julian iba enamorándose más de ella, sentía como si la pesada carga que arrastraba su alma fuera aligerándose, y se apoderaba de él una esperanza nunca antes conocida.

El afecto entre ellos se acrecentaba de manera vertiginosa con cada confidencia, con cada beso, con cada caricia cada vez más osada. Cada día descubrían un centímetro más de piel, un nuevo botón claudicaba o saboreaban un rincón desconocido de sus cuerpos.

Maysie sabía que su comportamiento infringía cualquier norma del decoro y la decencia, pero lo deseaba tanto que se veía incapaz de refrenar su anhelo, y la mayoría de las veces era ella la que incitaba a Julian a continuar, a cruzar un nuevo límite. Sus manos se perdían debajo de sus faldas, descubriéndole un placer con el que ella jamás se hubiera atrevido a soñar. Su boca se deleitaba con sus pechos turgentes de manera desvergonzada a plena luz del día en mitad del campo, y asumían gustosos e inconscientes el riesgo de ser descubiertos.

A ninguno de los dos le importaba otra cosa que no fuera una total entrega mutua, la magia de esa emoción que inflamaba la sangre de sus venas y enredaba sus cuerpos.

Llegó a la pequeña elevación del camino, desde donde divisaba el claro en que se habían citado, y vio a Julian absorto observando el riachuelo. No pudo evitar sentir el revoloteo de mil mariposas en su estómago al verlo allí tan apuesto, y se sintió poderosa al saber que era a ella a quien esperaba. Lo observó con detenimiento mientras se acercaba, antes de que él notara su presencia. Nada en su apariencia era dulce, ni su expresión, ni su físico, ni sus formas. Todo él rezumaba dureza y frialdad y, sin embargo, la trataba con tanta ternura que la desarmaba.

Su cabello era negro como las alas de un cuervo, y sus ojos, de color gris, tenían el mismo brillo plateado que los jirones de niebla, un brillo que parecía peligroso e inquisitivo, distante…, hasta que sus labios se curvaban con una de sus extraordinarias y poco frecuentes sonrisas, y su dura fachada se resquebrajaba. Su expresión corporal se asemejaba a la de un animal salvaje y huidizo, a punto de atacar o de defenderse ferozmente. Su porte serio, sus músculos tensos, su ceño fruncido y su mirada altiva, desafiante. Todo era la consecuencia de haber tenido que madurar demasiado pronto y de manera cruel.

El ruido de una ramita al romperse bajo las pisadas sigilosas de Maysie lo hizo volverse, y su expresión concentrada se relajó inmediatamente, convirtiéndose en una sonrisa radiante, insolente, inmediatamente correspondida por Maysie.

La sujetó por la cintura y la elevó, girando con ella en sus brazos mientras la besaba.

—¿Te ha costado escapar de tu mazmorra, bella princesa? —El comentario hizo que a Maysie se le escapara una alegre carcajada.

—No, mi tío había salido temprano a cazar y el resto están durmiendo. Tienes suerte de que yo sea tan madrugadora.

Julian sonrió y a Mayse se le derritió un poquito más el corazón.

No entendía cómo alguien podía ni siquiera pensar

que él era una persona fría y sin sentimientos; quizá su carácter estuviera endurecido por todo lo vivido y por la falta de cariño durante su infancia y su juventud, pero solo había que rascar un poco en la superficie para encontrar un diamante escondido, un corazón noble y generoso, deseoso de dar todo el amor guardado en su interior.

—Lo sé, soy realmente afortunado. No se me ocurre una manera más emocionante de empezar el día que contigo entre mis brazos. —Su tono siempre tenía un deje insolente y un tanto cínico, y, al principio, a Maysie le había costado discernir cuándo hablaba en serio y cuándo no. Pero, a estas alturas, sabía perfectamente que siempre decía lo que pensaba y sentía, y que por eso, probablemente, no era demasiado hablador. Prefería guardarse sus opiniones para quien mereciera escucharlas.

Julian se quedó impactado al reconocer la verdad tan contundente que encerraban sus propias palabras, dichas con tanta naturalidad y ligereza, y lo trascendental de su significado. Por primera vez en su vida, se sentía verdaderamente afortunado, disfrutando de algo de lo que no se creía merecedor.

Maysie lo había atrapado por completo, con sus miradas entregadas, con sus besos inexpertos cargados de inocente pasión, con su sensualidad floreciente que ella misma ignoraba que poseía, con su comprensión, con sus ojos inteligentes e intuitivos a pesar de su juventud, que lo desarmaban y parecían traspasar todas y cada una de las capas de oscura desidia que cubrían su corazón. Pero, sobre todas las cosas, Maysie Sheldon lo conmovía hasta sus cimientos por su arrolladora e incondicional confianza en él.

Había depositado su fe en Julian y en la fuerza de los sentimientos que le despertaba, sin plantearse si eran o no correspondidos. El muchacho cerró los ojos con fuerza, intentando controlar el torrente de incertidumbre que le provocaba aquella sensación.

Quería a Maysie a su lado. Quería ser la clase de hombre que ella necesitaba, levantarse cada mañana entre sus brazos, colmarla de amor, poner el mundo a sus pies, bajar la luna y los astros solo para verla sonreír de ese modo tan dulce y sensual que le hacía cosquillas hasta en el alma.

Tumbado sobre una lisa piedra junto al riachuelo, observó una bandada de pájaros que volaba formando una «v» oscura, y se preguntó hacia dónde se dirigirían.

Jugueteó con el cabello de Maysie, que, relajada y feliz, descansaba con la cabeza apoyada en su pecho mientras trazaba un camino, ligero y distraído, por la piel de sus brazos.

Añoró por un momento la libertad de esas aves y pensó lo maravilloso que sería poder marcharse con Maysie a cualquier lugar tranquilo, donde solo existieran ellos, su amor, su deseo, alejados de su padre y su maldad, y de los Sheldon y sus ínfulas de grandeza.

De todos era sabido que Mathias Sheldon había invertido mucho esfuerzo y dinero en conseguir que sus hijas fueran una buena moneda de cambio en su ansiado camino hacia el prestigio social. Ansiaba desesperadamente codearse con los aristócratas de más alto rango, y un enlace satisfactorio con uno de ellos, unido a su fortuna, lo convertiría en el rey de la alta sociedad londinense.

Sheldon se reiría en su cara si llegara a pedir la mano de su hija.

Julian, gracias a su propio esfuerzo, tenía un porvenir aceptable y podría darle a su esposa una vida digna, aunque no lujosa, pues no contaba con recibir ni un penique de la herencia de su voluble padre. Pero el dinero no era algo que Sheldon tomara en cuenta, ya que necesitaría dos vidas para gastar la suma amasada arduamente durante toda su vida. Sheldon ambicionaba estatus. Poco importaba que el tío de Julian fuera el marqués de Langdon. Su título, aunque antiguo, había caído en desgracia por los continuos desmanes de sus portadores, más preocupados de su propio hedonismo y satisfacción personal que de mirar por aquellos que estaban bajo su protección.

El anterior marqués, abuelo de Julian, se había visto envuelto en un escándalo al aparecer una de las jóvenes sirvientas desnuda y muerta en su propia cama. Al ser una muerte natural, no tuvo mayores consecuencias, pero aunque se intentaron acallar las murmuraciones, inevitablemente, se extendieron rápidamente por todo Londres. El actual marqués, hermano de Henry Cross, era un patán descerebrado que dilapidaba la fortuna en excentricidades, como, por ejemplo y sin demasiado éxito, concebir un hijo varón que heredara el título, mediante un nutrido grupo de médicos, chamanes y curanderos.

El siguiente en la línea sucesoria era el padre de Julian, pero, desde que tenía uso de razón, le había dejado claro que, si llegaba ese día, lo desheredaría, pues no lo consideraba merecedor de ostentar el título.

Lo que Henry ignoraba es que, para Julian, más que un insulto era un halago. A él nunca le interesó ni ambicionó nada más que ser el hombre sencillo y tranquilo que era. Y, sin embargo, en ese momento, mientras disfrutaban del murmullo relajante del agua contra las piedrecitas desgastadas del riachuelo, sintiendo el cuerpo cálido de Maysie contra el suyo, con los rayos de sol acariciado su cara y la suave brisa meciendo la hierba alta, Julian deseó con toda su alma ser otra persona.

Ser alguien merecedor de su amor, sin ninguna traba ni impedimento, era solo una quimera.

Maysie levantó la cabeza y lo miró a los ojos, esos ojos de expresión seria, con su misterioso tono grisáceo. Se besó la yema de su dedo índice y lo deslizó por su ceño, fruncido habitualmente, intentando relajar su expresión. Julian atrapó su suave mano y se llevó el dedo a sus labios devolviéndole el beso con ternura.

—A veces estás tan concentrado que creo que, si me esfuerzo un poco, podría escuchar el ruido que hace tu cerebro al pensar.

—Eso es porque estoy pensando en ti y siempre me concentro en ello con todas mis fuerzas.

—¿Y qué piensas? —Maysie deslizó con suavidad sus dedos sobre el vello oscuro de su pecho, a la vista entre el cuello de su camisa entreabierta. Satisfecha, sonrió traviesa al notar cómo él aguantaba la respiración ante su contacto.

Durante unos segundos que parecieron eternos, Julian guardó silencio y May pensó que no iba a contestarle.

—Pienso que —tragó saliva perceptiblemente— pronto volverás a Londres. —La sonrisa de Maysie se borró instantáneamente y se incorporó sentándose de espaldas a él.

Julian añoró de inmediato el calor de su cuerpo, como si, al perder su contacto, perdiera un pedazo de sí mismo. Se incorporó también para quedar sentado junto a ella. La besó en el hombro y se deleitó observando su perfil, su nariz elegante, sus labios ligeramente fruncidos.

—Mírame. Ahora eres tú quien hace ruido al pensar.

—No te hagas ilusiones, debe de ser mi estómago; no he desayunado.

Julian rio y la sujetó por la barbilla para obligarla a mirarlo. Sus ojos azules se habían ensombrecido como si una tormenta de verano hubiera aparecido de repente en ellos.

—May, creo que es la primera vez que digo esto en mi vida, pero estoy asustado. —Ella lo miró sin comprender. Julian movió la cabeza como si quisiera poner en perfecto orden lo que quería expresar—. Solo me siento completo cuando te tengo cerca, paso todo mi tiempo contando los minutos para volver a verte. Y eso me aterroriza. Yo... soy consciente de no ser el hombre adecuado para ti. Volverás a Londres y conocerás docenas de candidatos y olvidarás al pobre chico de campo, demasiado serio, demasiado arisco, demasiado atormentado. Te casarás con uno de esos partidos llenos de virtudes que te hará la vida muy fácil y te ofrecerá todo lo que yo no podré darte jamás.

—Julian...

—Has hecho que vuelva a sentirme vivo y sé que, cuando no estés, volveré a morirme por dentro. No sé cómo explicarlo. Te quiero, Maysie Sheldon de Londres. A pesar de que sé que nunca podrás ser mía.

La voz se estranguló en la garganta de Maysie, la emoción era tan potente que apenas lograba que el aire entrara en sus pulmones.

Con un movimiento casi brusco le echó los brazos al cuello y lo atrajo hacia ella, besándolo con toda la pasión y la emoción que sentía en ese momento, mientras lágrimas de felicidad rodaban por sus mejillas.

—Eso no pasará. No puedo imaginarme con nadie más que contigo. Te quiero, Julian Cross de Guilford.

—Le siguió la broma, provocando que él sonriera. Se sentó a horcajadas sobre él y lo abrazó, enterrando su cara en el hueco de su hombro, aspirando su aroma y su calidez. Julian deslizó las manos por su espalda y sus caderas aproximándola más a su cuerpo. ¡Dios santo, cuánto la deseaba!

—No quiero bailes, ni veladas absurdas, ni vestidos de

seda. No quiero casarme con alguien elegido por mi padre, no quiero un aristócrata almidonado, ni un matrimonio de conveniencia. Yo también moriría si fuera así. Esos son los planes de mi padre, no los míos. No puede obligarme. Yo te elegiría a ti entre un millar, entre un millón.

—Mi amor, nada me haría más feliz que convertirte en mi esposa. No sé cómo podría afrontar una vida sin ti. Pero no puedo condenarte a ser una paria para la sociedad, para tu propia familia. Conozco a los hombres como tu padre, él jamás me concederá tu mano.

Maysie sentía una mezcla extraña de sentimientos. Por un lado, su corazón se sentía henchido de esperanza y amor ante su declaración y, sin embargo, él estaba dándose por vencido antes de empezar.

—Quiero ser tu esposa, lo demás no me importa. Si tú me quieres, yo lucharé cuanto sea necesario para estar contigo.

—Pero tu familia…

—Elisabeth es la única que me importa, y ella me apoyará siempre en cualquier decisión. Mis padres jamás estarán satisfechos con lo que haga, ellos siempre querrán más. Si tú estás seguro de lo que sientes, yo lo estoy. Te amo tanto…

Julian se sintió aliviado y asustado a la vez, pero la alegría que sentía era tan irrefrenable que superaba a todo lo demás. No pudo evitar besarla con pasión para demostrarle cómo de seguro estaba de sus sentimientos.

—Jamás he estado tan seguro de algo. Te raptaré en mitad de la noche si es necesario para convertirte en mi esposa. —La tumbó sobre la hierba entre risas, desbordados por la euforia de sus sentimientos correspondidos, y se colocó sobre ella aumentando el contacto entre sus cuerpos todo lo posible.

Los dos intentaban engañarse a sí mismos pensando

que el amor sería suficiente, pero, en el fondo, ambos sabían que el camino no sería fácil.

—Mmmm… ¿Raptarme? Eso suena realmente apetecible —se burló Maysie, y Julian enarcó una ceja.

—Te tomo la palabra.

Esa noche, cuando todos descansaban, Maysie Sheldon se escabulló de su habitación mientras su hermana Elisabeth dormía plácidamente entre sus cálidas sábanas.

Era casi medianoche.

Al pasar por delante de la habitación de sus tíos, extremó las precauciones caminando lo más sigilosamente posible. Un coro de ronquidos sincronizados provenía del otro lado de la madera y soltó el aire un tanto aliviada. Cruzó la casona a oscuras, sin que nadie se percatara de ello, y salió por la puerta de acceso al jardín. Maldijo entre dientes el crujido de los goznes que resonaron como un gemido lastimero en mitad de la noche. Se quedó paralizada, en silencio, con los ojos apretados, temiendo escuchar algún movimiento en el piso superior. Nada. Agradeció al cielo que su familia, además de roncar como una manada de osos, tuviera el sueño tan pesado.

Una mano fría le tapó la boca y dio un respingo tensándose, hasta que escuchó la profunda voz de Julian susurrándole cerca de su oído. Corrieron cogidos de la mano hasta detrás de los setos de madreselva donde había escondido su caballo, con la adrenalina golpeándoles las venas y la emoción a flor de piel. La luz de la luna iluminaba el camino de la casa de los Cross. Maysie se detuvo insegura cuando llegaron frente a la puerta de las cocinas, y apretó en un gesto inconsciente la mano de Julian.

Todo estaba oscuro y solo se escuchaba el ulular de algunas aves nocturnas, aunque Maysie temía que los latidos de su corazón desbocado despertaran a toda la casa.

—Mi padre a estas horas estará inconsciente por el alcohol, en el suelo de su despacho, y Celia duerme como un angelito. Tranquila. —Maysie asintió, y subieron por la escalera sin soltarse de la mano hasta entrar en el refugio seguro de la espartana habitación de Julian.

Encendió una vela y vio que ella estaba pálida y nerviosa. Quizá no había sido buena idea llevarla hasta su casa y que se sintiera sobrepasada por la situación. Se acercó hasta ella y acunó sus mejillas entre sus manos.

—Maysie, cielo… —Ella lo miró y trató de sonreír, pero sus labios estaban tensos—. No te he traído aquí para… para eso. Solo quiero que estemos juntos un rato, pero no voy a seducirte ni… Si no estás cómoda, te llevaré inmediatamente a casa. —Maysie lo silenció, apoyando un dedo sobre sus labios.

—No estoy incómoda, deseo estar contigo. —Deseaba mucho más que eso. Deseaba entregarse a él. Deseaba descubrir todo aquello que su cuerpo inexperto había empezado a intuir, aunque no fuera capaz de definirlo con palabras, y mucho menos de pedirlo.

Sin embargo, no hacía falta hablar, Julian lo entendía todo. La entendía con solo mirarla a los ojos. Jamás pensó que pudiera existir ese grado de complicidad con otra persona, pero había descubierto que entre ellos había una conexión extraña y especial que, a menudo, no necesitaba de palabras.

Se tumbaron en la cama como hacían cuando estaban en el campo, con la única pretensión de disfrutar de la sensación cálida de sus cuerpos rozándose. Como solía pasar cada vez que estaban a solas, sus manos se entrelazaron buscando el contacto del otro. Era como si un imán invisible los atrajera, haciéndoles imposible mantenerse alejados.

Las caricias furtivas e inocentes comenzaron casi sin que ellos se dieran cuenta. Maysie tocó su mandíbula con un roce sutil, y Julian inclinó la cabeza hacia su suave toque. Delineó su contorno con una caricia perezosa desde su costado hasta sus caderas, y ella se acurrucó más contra él. Sus bocas se buscaron como si fuera lo más natural del mundo, como si ese fuera el lugar donde debían estar. La lengua de Julian se deslizó con suavidad sobre sus labios, entreabriéndolos, mordisqueándolos, deleitándose con su sabor, fundiéndose en una danza dulce y sensual que arrancó un pequeño jadeo involuntario de la boca femenina.

Las manos de Maysie se pasearon por su pecho hasta llegar a los botones de su camisa, que fue desabotonando despacio hasta que los músculos bronceados de Julian quedaron expuestos, duros y cálidos, y no pudo resistir la tentación de acariciarlos con sus dedos temblorosos. Julian se tensó intentando contener las ansias de tocarla, de arrancarle la ropa y hacerla suya. Apretó los puños cuando Maysie deslizó los labios por su mandíbula y bajó por su cuello hasta llegar a sus hombros, absorbiendo la fuerza que emanaba de su cuerpo.

—Maysie, no me tortures, por favor.

—Acaríciame. —Su voz era solo un susurro y Julian sabía que Maysie no era consciente de lo sensual que sonaba.

Julian se levantó de la cama, intentando imponer un poco de cordura entre ellos antes de perder los papeles y la contención.

Como si fuera una mujer experimentada, ella se levantó con total tranquilidad y se plantó delante de él, a pocos centímetros de su cuerpo. Había elegido un vestido abotonado por delante, pues no contaba con la ayuda de su doncella, sin intuir lo práctico que le resultaría en esa situación. Sin mirar a Julian, comenzó a desabrocharse los botones del corpiño, con tanta naturalidad como si estuviera sola en su habitación y no en los aposentos de un hombre que, a juzgar por el brillo de sus ojos, estaba a punto de arder en cualquier momento.

Julian, hipnotizado, miró cada centímetro de piel que iba descubriendo, fascinado por el movimiento de sus dedos sobre los ojales, y descubrió que no podía controlar el temblor de sus piernas, como si fuera un colegial ansioso por ver a una mujer desnuda por primera vez. Se apoyó en la mesa que tenía a su espalda aferrándose con las manos al borde, con tanta fuerza que pensó que la convertiría en astillas si aquella tortura no acababa pronto.

Las capas de tela fueron cayendo poco a poco a los pies de Maysie hasta quedar, únicamente, la casta camisola y las blancas medias de lana. Con un movimiento de sus dedos, se soltó las horquillas que sujetaban su sencillo peinado y las dejó caer con descuido sobre la ropa.

Estaba tan absorto en la visión que no podía discernir si aquello era real o su sueño más íntimo materializándose delante de sus ojos. La pequeña mano de Maysie se extendió hacia él, que, como si fuera presa de un hechizo, no tuvo más remedio que obedecer, acercarse hasta ella y apartar con suavidad los rizos dorados que caían sobre sus hombros para depositar suaves besos por su contorno.

Acarició su mejilla hasta que ella levantó la vista hacia sus ojos.

—Si en algún momento quieres que me detenga, lo haré. Lo sabes, ¿verdad?

—No quiero que te detengas. Quiero ser tuya y quiero que tú me pertenezcas. Quiero estar unida a ti para siempre.

—Cariño, soy tuyo desde que me miraste por primera vez.

—Demuéstramelo. —Maysie sonrió con un gesto que a Julian se le antojó lo más seductor que había visto en toda su vida, a pesar de las muchas mujeres con las que había compartido el lecho. Ninguna tenía ese efecto en él, esa manera de excitarlo hasta nublarle la capacidad de pensar más allá del deseo meramente físico.

Tiró suavemente del lazo que cerraba la prenda sobre su pecho y la tela cayó como si fuera un telón que se descubre exponiendo una obra maestra, hasta ahora oculta para el mundo.

Julian se desprendió de su ropa con toda la rapidez posible, intentando no mostrar su desesperación. Una extraña corriente de energía fluía entre ellos impeliéndoles a acercarse, a tocarse y entregarse el uno al otro. Incapaz de mantener por más tiempo sus manos alejadas de Maysie, la cogió en brazos y la llevó hasta la cama. Se tumbó junto a ella y la miró a los ojos sumergiéndose en ellos, conectando sus almas, incapaz de creerse tan afortunado.

La besó con toda la ternura que era capaz de transmitir. Sus manos serpentearon sobre ella memorizando cada curva, cada milímetro de su cálida piel. Maysie sintió que su cuerpo se fundía bajo cada toque de sus manos, con cada roce de su lengua, convirtiéndose en fuego líquido bajo sus caricias. Julian lamió sus pechos, deleitándose con su tacto suave, calmando la necesidad imperiosa, casi dolorosa, de ser acariciada. Por instinto se arqueó contra él, aferrándose a sus hombros, necesitando más contacto. Las respiraciones se convirtieron en un jadeo entrecortado, llenando la habitación de nombres susurrados y súplicas anhelantes.

Julian comenzó a deslizar sus manos fuertes y calientes por sus piernas en un ascenso imparable hasta llegar a sus caderas. Maysie no pudo contener un gemido ahogado cuando sintió sus hábiles dedos acariciando la entrada de su sexo, penetrándola con suavidad, preparándola para mostrarle todo el placer que podía brindarle, deseoso de fundir sus cuerpos para siempre.

Notaba el miembro de Julian duro y caliente contra la piel de sus muslos y lo acarició con timidez, encantada de notar cómo él gemía y se tensaba de placer ante sus inexpertas caricias. Él sintió su corazón a punto de estallar en su pecho, su deseo era como una corriente que rugía en sus venas incontrolable y poderosa. Aun así, se detuvo y apoyó su frente en la de Maysie.

—¿Estás segura de esto?

Maysie lo besó desesperadamente en respuesta, saqueando su boca, invadiéndolo con su lengua, exigiéndole una total rendición, solo equiparable a la suya propia.

—Jamás he estado tan segura de algo.

Por un breve instante, el miedo acudió a la mente de Julian, un segundo de incertidumbre ante lo definitivo de lo que estaba a punto de suceder entre ellos, pero se desvaneció por completo al ver el amor incondicional reflejado en la mirada de la mujer de la que se había enamorado.

Se situó entre sus piernas sin dejar de besarla y rozó su miembro sobre su entrada cálida y húmeda de excitación. Entró en ella despacio, conteniendo su propio deseo, dejando que el estrecho canal se acostumbrara poco a poco a su invasión, hasta que la liviana barrera de su virginidad cedió. La besó absorbiendo su pequeña queja de dolor, un dolor efímero que se transformó en un placer tan desbordante que pronto la hizo olvidarse del resto del mundo.

Entró en ella una y otra vez, con movimientos intensos que la impulsaron a levantar las caderas para recibirlo. Solo existía Julian Cross, su cama, sus manos, el sabor salado de su piel, el calor que le provocaba y la incomparable sensación de plenitud que la embargaba. El placer fue creciendo en oleadas, como una marea que los transportara hasta una explosión sublime que hizo que el mundo se desmoronara en pedazos.

Y, después, solo quedaron sus cuerpos, unidos y saciados, entregados a un amor que creían eterno, invencible, sin sospechar que el destino caprichoso no siempre respeta los planes de las almas enamoradas.

3

*E*l día amaneció gris y desapacible, terminando de un plumazo con la inusual racha de días dorados y cálidos de las últimas semanas, pero ni siquiera eso podía ensombrecer la exuberante euforia que llenaba el corazón de Julian. O, al menos, eso pensaba él.

Hacía pocas horas que Maysie había abandonado su cama después de pasar la mejor noche de su vida, amándose sin mesura, descubriéndose el uno al otro un mundo de placeres prohibidos. La había acompañado a casa de sus tíos, sin dejar de besarse y tocarse durante todo el camino, entre risas y miradas cómplices. Despedirse de ella y volver a casa solo fue una de las cosas más difíciles que había tenido que hacer jamás.

Sentado en soledad a la larga mesa del desayuno, dio un gran sorbo a su café amargo y recordó, con una sonrisa bobalicona, la cara de May cuando él le había regalado su tesoro más preciado, el único recuerdo personal que tenía de su madre. Maysie, llevada por la emoción del momento, después de haberse entregado a él, estuvo dispuesta a fugarse juntos en mitad de la noche. Se había enfadado bastante cuando Julian intentó hacerla entrar en razón.

Quería ser honorable, hacer las cosas bien por una vez en su vida, y comportarse como el caballero que se suponía que era. Le explicaría la comprometida situación a

Sheldon y el magnate no tendría más remedio que aceptar su petición. La convertiría en su esposa de manera digna, en lugar de arrastrarla por medio país en mitad de la noche para casarse furtivamente.

Ella parecía decepcionada e insegura, temerosa de que todo lo que ansiaban no pudiera materializarse como ambos deseaban. Julian había cogido la pequeña caja de música plateada que perteneció a su madre y se la entregó con un nudo en la garganta. Le explicó cómo ella lo acunaba en su regazo cuando no quería irse a la cama, abría la tapa y sacaba la pequeña llave metálica de un cajoncito semioculto en un lateral y la giraba dándole cuerda al intrincado mecanismo. El cilindro dorado de su interior comenzaba a girar, mientras el cepillo metálico se deslizaba por él, arrancándole la conocida melodía que su madre tarareaba. Julian se relajaba entre sus brazos hasta quedarse dormido.

Después de tantos años no sabía hasta qué punto sus recuerdos se ajustaban a la realidad o si su cerebro había rellenado los huecos que su mente infantil había olvidado, pero no podía evitar que se le erizara la piel cada vez que escuchaba esa música.

—Estaremos juntos, Maysie, te doy mi palabra. —Ella cabeceó insegura—. Esta caja es una de las cosas más valiosas que tengo.

—No puedo llevármela, Julian. Pertenecía a tu madre. Debes guardarla tú.

—Solo te la prestaré hasta que podamos estar juntos. Te la entrego como prueba de lo que estoy diciendo. Pronto uniremos nuestras vidas, compartiremos nuestro hogar, nuestras noches, nuestros recuerdos. Y, entonces, me la devolverás.

May lo besó emocionada. Acarició la tapa delicadamente labrada de la caja mientras asentía. En el fondo, sabía que su decisión era la más sensata, pero la espera hasta que llegara el día en que pudieran estar juntos se le haría interminable.

—Cuando escuches su música, será como si yo estuviera contigo, mi amor. —Maysie asintió y le regaló un beso dulce y largo.

El adusto mayordomo entró en el comedor y le comunicó a Julian que su padre lo esperaba en su despacho para hablar con él sin demora. Julian soltó bruscamente la servilleta sobre la mesa y se levantó, súbitamente, sin apetito. Intentaba tener la menor relación posible con su progenitor, y las escasas reuniones que mantenían solían terminar con su padre gritando y Julian marchándose airado y frustrado. Caminó por el largo pasillo con el ceño fruncido de antemano, sabiendo que la reunión no sería agradable, pero esta vez intuía algo más.

Su padre había estado fuera unos días, cosa inusual en él, pues no solía abandonar su propiedad, y había vuelto con una extraña mirada de suficiencia y satisfacción. El cerebro de Julian no podía evitar intentar unir las piezas, y una sensación inquietante iba formando un poso oscuro en su estómago, como si un mal presentimiento quisiera abrirse paso a través de él.

Julian se paró en la puerta entreabierta y observó que su padre lo esperaba ansioso, sin hacer nada, solo esperar con los dedos tamborileando sobre el escritorio, lo cual le confirmó que aquello no pintaba bien. La habitación olía a cerrado, a tabaco rancio, a carcoma y a decrepitud.

—Siéntate —ordenó.

Estuvo tentado de desobedecerlo, pero se lo pensó mejor. Quería terminar con aquello cuanto antes, así que lo mejor sería escucharlo y marcharse. Se enfadó consigo mismo por sentirse tan afectado siempre en su presencia. Adoraría poder ignorarlo y sentir solo indiferencia por su persona.

—¿Qué quieres? —preguntó sentándose, totalmente rígido, en la incómoda silla frente a la gastada mesa de escritorio. No veía el momento de salir de allí.

—Tan directo como siempre. —Sonrió y clavó en su hijo sus ojos empequeñecidos por la edad y el alcohol, unos ojos despiadados. Julian se preguntó si se había vuelto así por la muerte de su madre o si su carácter solo había permanecido bien disimulado hasta ese momento. Ya no importaba—. Bien, comencemos. Aunque no lo creas, te he llamado para darte una buena noticia.

Julian levantó la ceja incrédulo y, aunque trataba de disimularlo, cada vez se sentía más intranquilo.

El viejo hizo una larga pausa mientras le daba una calada al puro que estaba fumando. Las volutas de humo frente a su cara, por un momento, difuminaron sus rasgos duros. El viejo sacó un legajo de papeles amarillentos y arrugados por los bordes. Henry Cross, al contrario que su hijo, no era un hombre ni pulcro ni ordenado y, mucho menos, cuidadoso.

—Hace unos días fui a visitar a los Farlow, como sabes siempre hemos gozado de una gran amistad. —Julian resopló, dudando que su padre conociera el significado de esa palabra, aunque Henry ignoró el gesto—. Farlow no anda bien de efectivo. Pero, aparte de su casa en Hampshire, posee una buena cantidad de tierras por donde está previsto que pase el ferrocarril, lo cual incrementará su precio, aunque él eso lo desconoce, por supuesto. —Su padre fue soltando los papeles uno a uno, como si fuera una baraja de cartas, en un desordenado montón delante de sus narices—. Y un pequeño paquete de acciones en la Parsons & Horns que adquirió hace unos años, en su época de bonanza económica.

Julian había oído hablar de la compañía. Se dedicaban al transporte marítimo y estaban buscando financiación para un ambicioso proyecto de importación de productos procedentes de Asia. Ese paquete de acciones podría suponer meter la cabeza en un proyecto con un gran porvenir y, a partir de ahí, jugando bien las cartas, los beneficios podían multiplicarse rápidamente. Pero seguía sin entender qué tenía todo aquello que ver con él.

—¿Por qué debería importarme Farlow y su economía, padre?

—Todo esto está unido a la dote de su hija, Rose Farlow. Y la quiero para mí.

Julian sintió un frío lacerante en las entrañas.

—¿Me has llamado para contarme que vas a contraer nupcias con la hija de Farlow?

La carcajada hueca y sin vida de Henry le provocó una desagradable sensación de asco.

—«Tú» te casarás con Rose Farlow.

Julian se levantó de la silla tan rápido y con tanto ímpetu que casi la vuelca. No quería a su padre, lo sabía desde hacía mucho tiempo, pero en ese momento descubrió que el sentimiento que le provocaba se asemejaba bastante al odio, a la repugnancia, y aquello no podía ser bueno para sí mismo.

—Has perdido la jodida cabeza —masculló entre dientes, asesinándolo con la mirada—. Yo no soy un títere al que puedas manejar a tu antojo. No pienso casarme con esa mujer y, si aprecias en algo tu insignificante existencia, jamás…

La sonrisa satisfecha de su progenitor hizo que sus palabras se atascaran en su garganta y la sangre se helara en sus venas. Lo conocía, conocía esa expresión y sabía que tenía un as bajo la manga.

—Vendrán dentro de una semana, ya estoy organizando la reunión. Se anunciará el compromiso y dos días después se celebrará la boda. —Intentó recordar a la muchacha pálida y enfermiza que alguna vez había visitado su propiedad en compañía de su padre y no consiguió recordar su anodino rostro. Tampoco es que eso importara demasiado.

—¿No has oído lo que te he dicho? —La ira de Julian amenazaba con desbordarse por todos sus poros mientras su padre seguía hablándole como si estuvieran tomando el té plácidamente.

—He enviado a mi abogado a por una licencia especial para que tú puedas relajarte y disfrutar de tu soltería los días que te quedan. Puedes llevarte a la cama a esa putita de Sheldon las veces que te apetezca hasta que llegue tu futura esposa, no te culpo si…

Julian se olvidó del último resquicio de respeto que sentía por ese hombre, por sus canas y por su sangre, la misma que corría furiosa por sus venas en estos momentos, y se abalanzó sobre él cogiéndolo de las solapas de la chaqueta y zarandeándolo como si fuera un pelele.

Durante una fracción de segundo, un brillo parecido al miedo destelló en los ojos del anciano, aunque se fue tan rápido como había venido.

Conocía a su hijo y sabía que era un hombre de honor, a pesar de que él no se lo había enseñado, incapaz de faltarle al respeto de esa manera.

Lo soltó y lo dejó caer como un despojo sobre su asiento de piel agrietada.

—No te saldrás con la tuya. No me impondrás tu decisión. Solo quieres humillarme y someterme bajo tu yugo, pero hace mucho tiempo que no puedes porque no me importa que me desheredes, no quiero nada de ti.

—Oh, tú sí quieres algo de mí. —La risa de Henry fue escalofriante—. ¿Sabes que el viejo Farlow es viudo? Aún tiene ese pequeño resquemor de no haber podido tener un hijo varón. Debo reconocer que la tarada de tu hermana es bastante bonita. Seguro que Farlow pasa por alto el pequeño defectillo de su mollera con tal de preñarla. Conseguiré lo que quiero, Julian. Se celebrará una boda la próxima semana. La tuya o la de tu hermana, tú decides.

Julian odiaba mostrarse derrotado ante él, mas una corriente helada se había asentado en su columna vertebral, y sus miembros parecían haberse entumecido negándose a sostenerlo. Se dejó caer despacio sobre la silla, con la mirada borrosa y las manos temblando visiblemente. Apenas reconoció como suyo el susurro ronco que salió de su boca.

—No necesitas obligarme a casarme con ella, sabes que, si quieres esas tierras y esas acciones, tienes dinero de sobra para comprarlas.

—De este modo es más divertido. —Henry sacó una nueva hoja, esta vez más cuidada, y se la tendió. Era un contrato matrimonial.

Julian quería huir, quería abandonar aquella pestilente habitación, aquel horrendo submundo oscuro en el que su padre estaba inmerso y no volver la vista atrás. La risa clara y vibrante de Maysie apareció en su mente, su olor fresco y limpio, su piel, su pasión, todo lo que había anhelado y creía haber conseguido. Había tocado el paraíso con la punta de los dedos y, cuando ya pensaba que pertenecía a aquel lugar soñado, alguien lo sujetaba de los tobillos y tiraba de él, sumergiéndolo en el ponzoñoso infierno donde le había tocado la desgracia de vivir. Ni siquiera se permitió el lujo de pensar en sus obligaciones como caballero, como hombre para con ella porque, realmente, ahora no se sentía ninguna de las dos cosas. La había amado, la había tomado con la promesa de convertirla en su esposa. Debía haber sido más precavido, debería haber sospechado que su destino no era ser feliz. Su destino se burlaba de él en sus narices, y de paso arrastraba a una mujer inocente a su negrura.

Maysie Sheldon estaba deshonrada para siempre y él no podía repararlo. Pensó en la dulce Celia. La balanza se inclinaba irremediablemente a su favor. La inocente, la pura, la infantil Celia. No podía permitir que ese bastardo de Farlow la ultrajara. Ella no estaba preparada para la maldad del mundo o, mejor dicho, el mundo no estaba preparado para su bondad infinita. Celia no soportaría que un hombre la tocara de esa manera, que le impusiera su cuerpo. Si eso llegara a pasar, el débil y fino hilo que la ataba a la realidad se rompería, probablemente, sin solución. Preferiría morir mil veces antes de que su hermana sufriera algún daño.

—Si acepto, quiero que me entregues a Celia. —Su padre sonrió enseñando sus dientes ennegrecidos, saboreando la victoria.

—Llévatela. Para qué quiero a esa imbécil en mi casa.

—Quiero ser su tutor legal, que renuncies a tener cualquier tipo de contacto con ella o a tomar cualquier decisión que le afecte. Ni siquiera tendrás derecho a dar tu opinión. —Henry abrió la boca para objetar, no porque le importara lo más mínimo su hija, sino, más bien, porque no quería hacer ningún tipo de concesión—. No es negociable.

Henry asintió con la cabeza y se recostó en su sillón como si fuera el día más feliz de su vida, como si hubiera nacido con la única misión de doblegar a su hijo bajo su voluntad.

Julian salió del despacho sintiéndose despreciable, ruin, odiándose a sí mismo más aun de lo que odiaba a su propio padre, sabiendo que jamás se perdonaría el daño irreparable e irreversible que estaba a punto de hacer a la mujer que amaba.

4

*E*l primer día que Julian faltó a su cita diaria, Maysie trató de convencerse a sí misma de que no era relevante, que, probablemente, le hubiera surgido un compromiso ineludible y que al día siguiente se verían. El segundo día, un ligero desasosiego comenzó a asentarse en su estómago, impidiéndole dormir, comer, sonreír y hasta conversar con normalidad. El tercer día, la desazón era tan potente que ni siquiera podía concentrarse en la tarea más sencilla, entraba y salía de las habitaciones sin saber para qué había ido y estaba totalmente ausente de todo lo que la rodeaba. Al final, optó por encerrarse en su habitación, evitando encontrarse con nadie a quien tuviera que dar explicaciones.

Había enviado a la doncella que servía a las dos mellizas, una joven discreta y tímida, a intentar conseguir algo de información, para descartar que Julian estuviera enfermo o se hubiera marchado de la propiedad. La doncella acudió a la casa de los Cross con la excusa de visitar a una de las cocineras con la que tenía cierta amistad y volvió una hora después con poca información. Había averiguado que Julian estaba en casa.

Lo único destacable era que la familia, después de mucho tiempo ajena a la sociedad, había organizado una pequeña fiesta a la que acudirían vecinos y conocidos.

Su cabeza se negaba a llegar a una conclusión tan evidente como dolorosa. Él había conseguido de ella lo que había deseado y, después, había olvidado su existencia sin ni siquiera una palabra ni una explicación. Maysie se encontraba tan derrotada que le fue imposible mantener su secreto por más tiempo, y tuvo que sincerarse con su hermana Elisabeth.

Al principio, había ansiado contarle a su melliza y confidente lo ocurrido, llena de esperanza y romanticismo. Y, sin embargo, ahora el relato de su entrega al hombre que amaba se había teñido con un velo oscuro de incertidumbre y de dolor.

Le costó tranquilizar a su hermana para que la fiera rubia no saliera disparada en dirección a la casa de los Cross y le arrancara los ojos a Julian, además de decirle claramente lo que opinaba sobre él y su falta de honor con respecto a Maysie.

Como siempre hacía, desde que eran niñas, enseguida se erigió como su defensora sin juzgarla ni reprenderla ante su terrible desliz y su falta de decoro. Elisabeth estaba dispuesta a guardar su secreto, a compartir su carga y a defenderla a capa y espada ante cualquiera que osara atacarla.

Maysie no había acudido esa mañana al claro junto al riachuelo, incapaz de sentir de nuevo el vacío provocado por la larga espera y el volverse cada vez que una rama crujía mecida por el viento. Julian no iba a volver. Estuvo tentada a acudir a su casa y pedirle una explicación, pero su melliza le hizo prometer que no se humillaría de esa manera.

Se sentó en el asiento junto a la ventana con un libro entre las manos, fingiendo que leía para que nadie la molestara. No podría decir cuánto tiempo llevaba con los dedos aferrados, con más fuerza de la necesaria, al lomo de piel, pero, cuando Elisabeth entró en la habitación con una expresión tensa en su rostro, se dio cuenta de que las manos le hormigueaban.

—¿Qué ocurre, Lys? Se puso de pie y se acercó hasta ella ansiosa.

—La tía Beth ha recibido una visita hoy. Era el padre de Julian. —Maysie tragó saliva y se aferró con fuerza al respaldo de una de las sillas, intentando mantenerse erguida, a pesar del temblor de sus rodillas—. Dentro de dos días van a organizar una pequeña reunión en su casa. Una cena informal. Nosotras también estamos invitadas. De hecho, ha insistido en ello. Maysie, crees que será buena idea que…

Maysie asintió con un brusco movimiento de su cabeza.

—Necesito verlo. Necesito saber, Elisabeth. La incertidumbre está matándome.

Elisabeth asintió, consciente de que la verdad, aunque necesaria, casi siempre era dolorosa.

Julian vació el contenido de su tercera copa de brandi casi en un trago, pero el ansiado letargo no terminaba de abordar sus sentidos. Hasta la pequeña sala donde se encontraba, llegaba el murmullo de las conversaciones de los invitados a la esperpéntica cena organizada por su padre. Cerró los ojos y se maldijo por su cobardía. Se sentía el más miserable de los mortales y el agujero oscuro instalado en su estómago desde hacía días se volvía cada vez más y más profundo.

Durante las noches de vigilia y alcohol, decidía ir a buscar a Maysie al día siguiente. Le contaría el cruel giro que habían dado los acontecimientos y afrontaría como un hombre todo lo que ella tuviera que decirle. Se lo merecía, ambos se lo merecían. Le había causado un daño irreparable, le había destrozado el corazón y había comprometido seriamente su futuro. Una mujer de su estatus, con su reputación mancillada, se veía en serios problemas para aspirar a formar una familia.

Pero, lejos de todo esto, lo que de verdad le impedía ir a verla cada vez que salía el sol era el conocimiento certero de que había fallado a la única persona que había apostado por él en toda su vida. Se sentía sin fuerzas, sin voluntad para ver el dolor en sus ojos, para dejarla marchar, para afrontar el hecho de no tener ese futuro que ambos anhelaban. Sabía con certeza que, cuando la mirara, no podría acatar la orden de su padre, que egoístamente la elegiría a ella y, con ello, condenaría a Celia al mismísimo infierno. No podía permitírselo. No tenía otra opción.

La había condenado al dolor y al desengaño, pero intentó convencerse a sí mismo de que ella lo superaría. En cambio, estaba seguro de que sin la luz de Mayse, sin su mano para guiarle, su alma se sumiría en la oscuridad más profunda sin posibilidad de redención.

Su padre entró en la sala sin llamar. Julian no se molestó en mirarlo y continuó con la vista fija en el paisaje que se extendía al otro lado de la ventana.

—Los invitados y tu ansiosa novia esperan. —Su tono de voz fanfarrón a punto estuvo de provocarle una arcada—. Vamos, es hora de hacer el anuncio.

La cena era un evento informal, por lo que se habían dispuesto varias mesas con bandejas de entrantes fríos y otras con una gran variedad de carnes asadas. La mayoría de la gente ya había terminado de comer y se arremolinaba cerca de los músicos que su padre, en un derroche de clase impropio de él, había contratado.

Julian avanzó detrás de su progenitor caminando entre la gente como un autómata, sin prestar atención a nada de lo que le rodeaba. A los pies de la larga escalera de mármol que comunicaba con el piso superior, esperaban una enjuta Rose Farlow y su padre.

Henry subió varios escalones para obtener una vista general del salón y que todos lo vieran con claridad. Por primera vez, Julian se fijó con detenimiento en su futura esposa y apretó la mandíbula. La joven pálida y acobardada le recordó a un pequeño ratón acorralado en una esquina, esperando un golpe certero que acabara con su existencia. Sus hombros estaban encorvados hacia delante como si pretendiera implosionar y fundirse consigo misma. No levantó los ojos en ningún momento.

Henry dio pequeños golpecitos con una cuchara en el filo de la copa que sostenía, atrayendo la atención de los presentes, con un desagradable tintineo que provocó que Julian rechinara los dientes. Se tensó ante la inmediatez del desastre en el que iba a transformarse su vida, como si, en cualquier momento, un verdugo estuviera a punto de bajar el hacha para asestar un golpe certero sobre su nuca.

—Amigos, vecinos. —La retahíla hipócrita y empalagosa agradeciendo su presencia era tan impropia en alguien como su padre que Julian tuvo la sensación de estar atrapado en un mal sueño—. El motivo de que nos encontremos hoy aquí es compartir con ustedes el esperado y feliz enlace de mi hijo Julian con la señorita Rose Farlow.

Los oídos de Julian zumbaron con un pitido alejado de la realidad, como si aquella no fuera su vida. Ojalá fuera así. Un murmullo complaciente comenzó a extenderse entre la multitud de cuerpos y rostros que lo observaban.

Elisabeth, en el otro extremo de la sala, jadeó impactada sin poder creer lo que acababa de escuchar. Intentó sujetar la mano de Maysie, pero ella estaba rígida de una manera antinatural, con la cara desencajada y totalmente pálida.

En ese momento, Julian intuyó su presencia, levantó la vista y la clavó en ella como si fuera la única persona existente en el atestado salón. A pesar de la distancia, Maysie sintió la penetrante mirada sobre ella, como si la estuviera tocando. Se olvidó de respirar. El tiempo se detuvo en ese preciso instante, en el que sintió que su corazón dejaba de latir para reanudar su marcha inmediatamente, frenético y desbocado. Los sonidos y las luces perdieron su intensidad y solo fue capaz de enfocar su vista en la expresión pétrea de Julian.

El anfitrión continuó con su letanía y los invitados aplaudieron celebrando la buena nueva, pero ni Maysie ni Julian fueron capaces de escuchar sus palabras.

Maysie se soltó de la mano de Elisabeth que se aferraba a ella con fuerza. Incapaz de controlar su desolación dio un par de pasos hacia atrás, chocando con uno de los sirvientes que portaba una bandeja llena de copas. El estruendo del cristal al estrellarse contra el suelo provocó que decenas de ojos se volvieran hacia ellas, y Elisabeth sujetó de nuevo a su hermana para arrastrarla hacia la salida antes de que alguien se percatara de su nerviosismo.

Julian, impulsivamente, bajó un escalón con la intención de alcanzarla, pero la mano de su padre se clavó en su antebrazo como una garra, deteniéndolo en seco.

—Ni se te ocurra, muchacho —masculló con una sonrisa perversa.

—Maldito hijo de puta, tenías que invitarla. ¿Nunca tienes suficiente?

Henry no contestó y se limitó a hacer una seña con la mano a los músicos para que comenzaran a tocar.

Elisabeth, sentada en el sofá, con la cabeza de su hermana descansando derrotada sobre su regazo, acariciaba sus bucles rubio oscuro con una cadencia que pretendía ser relajante. La furia inicial había dado paso a una amargura que se asentaba en sus entrañas y le impedía pensar con claridad. Encontrar una simple palabra de consuelo que reconfortara a su melliza se le antojaba una tarea titánica. Pero Maysie ya no necesitaba palabras de consuelo, ni falsas esperanzas.

Las campanas de la pequeña iglesia, donde acababa de celebrarse la ceremonia que uniría para siempre a los Farlow y a los Cross, resonaban alegres y ruidosas no muy lejos de allí. Maysie ni siquiera fue capaz de llorar. Ya no le quedaban lágrimas, y su cuerpo y su mente se habían sumido en una especie de estupor que la había dejado sin fuerzas.

Ya estaba hecho.

Su corazón se había destrozado para siempre y jamás podría recomponerse. Julian Cross se había casado con otra, su amor ya no le pertenecía y con él se había llevado una parte irrecuperable de su alma.

5

$\mathcal{H}$enry Cross se estiró en el gastado asiento de piel de su despacho y, paradójicamente, el silencio que le rodeaba le resultó atronador.

Una vez celebrada la ceremonia nupcial, los novios, acompañados por Celia, se marcharon a casa de los Farlow, pues Julian no quería pasar ni un solo segundo más bajo el mismo techo que su padre.

Henry abrió el cajón de su escritorio. Sacó un pequeño sobre y lo mantuvo unos instantes entre sus huesudas manos, saboreando el momento. Lo abrió y, con una mueca cínica, profanó los secretos que contenía aquella carta.

Mi amada Maysie:

Soy incapaz de expresar con palabras el dolor y la desesperación que decirte esto me provoca, pero debo hacerlo: me es imposible mantener la promesa de amor que te hice.

No soy digno de sentir lo que siento por ti, no soy merecedor de tu amor y ni siquiera sé si tengo derecho a pedir tu perdón. No puedo ir a tu encuentro porque mis fuerzas flaquearían, y no sería capaz de mantener la decisión tan terrible que me he visto obligado a tomar. No dudes de que te quiero y que cada palabra que te dije salió de mi corazón.

Te amo con cada fibra de mi ser, pero no puedo estar a tu lado, ya que mi propio destino no me pertenece.

Nuestro sueño de estar juntos se ha esfumado entre mis dedos. Créeme, cuando te digo, que no hay remedio posible, como tampoco habrá redención para mí.

No olvides que mi corazón y mi alma te pertenecen, en esta vida y en la otra.

Siempre tuyo.

J.

Amor.

La enfermedad más repugnante y ponzoñosa que podía afectar a la raza humana.

Se levantó para arrojar el papel a la chimenea y observó, con cierta satisfacción, cómo se retorcía agonizante entre las llamas hasta quedar reducido a cenizas. Le había prohibido a Julian que hablara con Maysie, era parte del trato, y no le costó mucho interceptar la nota que el imbécil de su hijo intentó hacerle llegar a la muchacha por medio de una criada, antes de que se anunciara el compromiso. ¡Qué predecible era! Le resultó mucho más satisfactorio no decir nada y dejar que Julian viviera creyendo que había apaciguado su conciencia dándole a Maysie una pobre excusa.

Amor.

¡Ja! Le había dado un enorme regalo a su hijo demostrándole lo inútil y dañino que es el amor. Ojalá que alguien se lo hubiera advertido a él. Al menos, así no se hubiera dejado arrastrar por esa maldita droga hasta perder la dignidad, con el único deseo de que su esposa le correspondiera. Pero su esposa no tenía espacio para él en su corazón. Se limitaba a dejarse querer por él sin dar nada a cambio.

Cuando Julian vino al mundo, Henry se dio cuenta de que Teresa ya solo tenía ojos para ese pequeño ser llorón y dependiente que le ocupaba todas las horas del día. Aguantó estoicamente, conformándose con las migajas de atención que le prodigaba de vez en cuando. Y, entonces, Teresa volvió a quedarse embarazada. Se volvió irascible y apenas dejaba que su marido se acercara.

El bebé no pudo superar las complicaciones surgidas durante el parto y falleció a las pocas horas. Su esposa también vivió momentos críticos y a punto estuvo de perder la vida. Henry se avergonzó de haber sentido un cierto alivio cuando el pequeño no sobrevivió. Era inhumano, cruel e irracional, pero no se engañaría a sí mismo fingiendo estar dispuesto a compartir con alguien más el cariño de su esposa.

Henry no quería tener más hijos, pero Teresa insistía en ser madre de nuevo. Él se desvivía por ella y en cambio su esposa... ella arriesgaba su vida para encontrar a alguien más a quien amar.

Cuando Teresa murió tras dar a luz a Celia, cualquier resquicio de humanidad contenida en él se pudrió junto con su corazón, convirtiéndolo en lo que era ahora. Una cáscara de piel y huesos, que no contenía en su interior más que maldad y una pizca de demencia. No podía amar a sus hijos, ni siquiera podía tolerarlos cuando ellos le habían robado cualquier posibilidad de ser amado por la mujer que anhelaba tanto como al aire que respiraba.

Amor. ¿Qué tenía de bueno el amor?

Henry caminó pensativo por los fríos y silenciosos pasillos de su gran casa. Se sorprendió por no haber obtenido la tan esperada satisfacción con su venganza. Quizá su corazón, al fin y al cabo, solo fuera un músculo entumecido, incapaz de disfrutar de ninguna emoción. Recorrió la casa sumida en la oscuridad, girando la cabeza con la sensación de que alguien lo seguía.

Sin embargo, solo era su imaginación, no había nadie más allí, porque Henry Cross estaba completamente solo. Y así, solo, lo encontró la muerte cuando acudió en su busca apenas un año después.

6

*E*l estado de ánimo de Maysie fue sumergiéndose en una espiral autodestructiva que iba volviéndose más fuerte y más oscura con el paso de los días. Habían vuelto a Londres, pues su madre estaba ansiosa por comenzar con los preparativos para la triunfal entrada en sociedad de sus bellas mellizas, pero el estado en que encontró a su hija la desestabilizó por completo. Maysie se había convertido en una sombra de sí misma. Apenas comía lo justo para mantenerse en pie y sus ojos estaban enrojecidos por el llanto y la falta de sueño. Su actitud, distante y abstraída, hacían imposible relacionarse con ella.

Lisa Sheldon trató de averiguar qué le ocurría, pero Maysie solo contestaba con monosílabos. Probó suerte con Elisabeth, pero su hermetismo era aún mayor que el de su melliza. Elisabeth se había convertido en una prolongación de su hermana, una sombra silenciosa, que la acompañaba día y noche, y le servía de sostén para que no se precipitara al más oscuro de los abismos.

Después de un mes, a los Sheldon les resultó evidente que tendrían que posponer la presentación en sociedad, ya que el estado melancólico de Maysie la había sumido en una especie de letargo del que parecía no tener ganas de salir. Se pasaba el día leyendo en su habitación o en el jardín, menos en los raros momentos en que su hermana conseguía sacarla de casa a tomar un poco el aire. El debut en solitario de Elisabeth no era una opción, y ella misma no lo habría permitido.

—Mamá está muy preocupada. Quizás es hora de que hagas un pequeño esfuerzo y pienses en ti misma. —Su hermana levantó unos milímetros la vista de su libro, aunque no llegó a posar la mirada en su hermana. La ligera y apacible brisa movía levemente las hojas dificultándole la lectura, no obstante, el aire y los olores del jardín la reconfortaban y la hacían sentirse un poco más viva. Aun así, no contestó—. Que ese maldito tipejo haya resultado ser un cretino sin escrúpulos no es razón para que arruines tu vida, Maysie. Él es quien debería estar escondido en una pestilente cueva pensando en lo hijo de p...

—Lys, basta. —Su tono era plano, como si no tuviera fuerza para alzar la voz—. No me apetece vivir una farsa. No quiero pavonearme entre debutantes inocentes porque yo ya no lo soy. No desfilaré con las demás intentando impresionar al mejor postor. —Elisabeth se sorprendió, era la frase más larga que había pronunciado en todo este tiempo—. No es justo que tú tengas que pagar las consecuencias de mi error. Deberías estar disfrutando de tu primera temporada. Hablaré con mamá para que sea así.

—No me importan los bailes, lo que me importa es verte así, descorazonada y sin fuerzas. Quiero que estés bien, como siempre. Ya habrá tiempo para fiestas más adelante. Solo te pido que hagas un esfuerzo por salir de tu aturdimiento. Que intentes ser la misma de antes.

Maysie la miró unos instantes y su melliza esperó a que contestara, que dijera al menos que lo intentaría. Pero volvió a bajar la cabeza y a sumergirse en su libro.

Elisabeth se levantó, bufó frustrada, y se marchó dejándola sola en el jardín.

Movió la cabeza desechando las palabras bienintencionadas de su hermana. Maysie no quería ser la misma de antes. No quería olvidar ni uno solo de los minutos de desesperación que estaba pasando, quería regodearse e impregnarse del horrible dolor que le habían infligido, absorber la desolación y el sufrimiento. Maysie quería grabarse a fuego en su alma lo que significaba la traición, lo que podía provocar entregarse a alguien, confiar en otra persona.

Jamás volvería a caer en ese error, aunque para ello tuviera que destruir esa parte de sí misma que había amado sin mesura a Julian Cross, esa parte que aún lo amaba.

Después de dos meses, el carácter de Maysie se volvió aún más taciturno. Ya no lloraba, pero tampoco reía. Pasaba los días con una rutina severa y solitaria autoimpuesta entre el jardín, su habitación y, esporádicamente, la biblioteca. Elisabeth la acompañaba siempre que podía, aunque cada vez le costaba más trabajo fraguar los largos monólogos que tenía que crear para llenar los huecos que el silencio de Maysie dejaba.

May sabía que no estaba siendo justa con ella, pero a veces sentía una perversa satisfacción en saber que, tarde o temprano, Elisabeth se cansaría, que también la abandonaría, y su soledad sería total y absoluta. Podría utilizar eso también como combustible para alimentar el odio visceral y el rencor que estaba empezando a sentir por Julian, culparlo por el desastre sin esperanza en el que se había convertido su vida. Era enfermizo y lo sabía. Pero ya nada le importaba. Seguía alimentándose mal, pero, al menos, ahora su cuerpo agotado le exigía más horas de sueño, y mientras dormía, se evadía de la realidad. Sus fuerzas iban agotándose y solo quería permanecer en la cama.

Había perdido mucho peso y, para colmo, durante los últimos días su estómago la torturaba revelándose contra cualquier alimento ingerido. En una semana, la situación se volvió tan preocupante que Mathias Sheldon, que había intentado mantenerse al margen de todo, acabó plantándose en su habitación acompañado del mejor médico que pudo encontrar. Tras escuchar los síntomas, el doctor obligó a todos excepto a una doncella a que salieran de la habitación. La familia esperaba ansiosa en la sala el diagnóstico del doctor.

Una extraña comezón se aferraba al estómago de Elisabeth durante la tensa espera, una especie de premonición, la extraña sensación de que algo importante e inminente estaba a punto de cambiar sus vidas.

Y así fue.

Mathias Sheldon gritaba y maldecía fuera de sí mientras el doctor, que acababa de ofrecerles su certero diagnóstico, atendía a su esposa que yacía desmayada en un sillón. Elisabeth subió la escalera a toda prisa hasta llegar a la habitación donde su hermana descansaba. Abrió la puerta y se detuvo en el umbral al verla sentada en su cama, recostada sobre sus blancos y pulcros almohadones con el cabello dorado oscuro descasando sobre sus hombros. Estaba tranquila, como si pudiera mantenerse ajena al vuelco descomunal que acababa de dar su vida y la de todos.

La expresión de su cara había cambiado. En sus ojos de nuevo había una luz extraña, como si hubieran vuelto a la vida. La mano de Maysie se extendió hacia su hermana, instándola a acercarse a la cama. Elisabeth, que notaba una opresión en su garganta que le impedía hablar, no pudo evitar un sollozo. Corriendo, llegó hasta su cama y se sentó junto a ella, fundiéndose en un intenso abrazo, de esos que reconstruyen el alma, que lo ponen todo de nuevo en su lugar. Tras unos instantes interminables, ambas se miraron con los ojos arrasados en lágrimas.

—No voy a dejarte sola en esto, Maysie. —Esta asintió con una sonrisa llorosa—. Ambas cuidaremos juntas de ese bebé. Le daremos todo el amor del mundo.

Maysie acarició la cara de su hermana avasallada, como siempre, por su amor y su entrega incondicional.

—Estoy tan asustada… Solo espero que papá no intente separarlo de mí.

—No se lo permitiremos. —Entrelazaron sus dedos meñiques, un gesto privado que hacían siempre que se prometían algo—. Démosles algo de tiempo a nuestros padres, la noticia es un poco…

—Demoledora. Lo sé. —Maysie se acarició su barriga, aún plana, donde ahora empezaba a fraguarse una nueva vida—. Lys, es increíble, no puedo explicarlo, pero es como si este niño fuera un regalo. No puedo estar con el hombre al que amo, aunque siempre tendré esta parte de él.

Elisabeth volvió a abrazarla con fuerza.

No quería exteriorizarlo, pero estaba aterrorizada. Una joven soltera y decente, por muy adinerada que fuera su familia, no se quedaba embarazada y salía de rositas de la situación. El ostracismo social era lo más leve con lo que tendría que lidiar. Su familia, Maysie, su bebé, hasta ella misma se verían afectados por la imperdonable tacha de su conducta. No obstante, a Elisabeth no le importaba. La apoyaría, aunque le costara la vida, aunque tuviera que renunciar a todo con lo que alguna vez había soñado.

Era obvio que la situación debería llevarse con la mayor discreción posible, sin embargo, a Mathias se le antojaba como intentar tapar el sol con un dedo. Por más que lo intentaran, la realidad de la existencia de esa criatura al final se haría pública, pero, mientras pudiera, intentaría mantenerlo todo bajo su control.

Era un ogro para los negocios, un ser avaricioso, egoísta, ambicioso y estricto hasta la médula, no obstante, se veía incapaz de separar a su hija de su bebé cuando naciera, al menos al principio. Ella sería quien tomaría esa decisión, no soportaría dar un paso en falso y que su hija preferida acabara odiándolo, a pesar de que se sentía traicionado y decepcionado por ella.

Mientras el resto de jóvenes casaderas disfrutaban de bailes y veladas musicales, todas las mujeres Sheldon se trasladaron a una encantadora y apartada casa de dos plantas en Cornualles, con el servicio justo para atender sus necesidades. Su padre lo tenía todo controlado y se había encargado de localizar, y pagar generosamente, a un buen médico que le asegurara el bienestar de su hija y su privacidad cuando llegara el momento de dar a luz. Un frío amanecer de enero, la pequeña Aura llegó al mundo con un potente llanto que desbarató la paz de la familia, que la esperaba ansiosa. Maysie no había tenido ocasión de ver muchos bebés en su vida, pero dudaba que hubiera alguno más hermoso que su hija.

Tras unos meses, volvieron a trasladarse a Londres, donde Mathias seguía empeñado en sus planes de emparentar con la nobleza.

Su única esperanza ahora recaía en Elisabeth. Ella sería la encargada de catapultar a su familia a la cumbre de la alta sociedad.

Esa primavera, las mellizas, a sus dieciocho años, fueron presentadas en sociedad, aunque, durante las veladas, Maysie estaba siempre ansiosa por volver a casa y estar con su pequeña Aura. Su carácter se había tornado algo cínico y, lógicamente, desconfiado, e intentaba camuflarlo con una dosis de humor ácido que sus candidatos no siempre captaban.

Mathias había decidido no insistir en la posibilidad de que Maysie encontrara un marido. Durante los primeros meses de embarazo, barajó la idea de encontrar a algún posible pretendiente al que comprar, alguien que no le hiciera ascos a una buena suma, aunque eso implicara hacerse cargo de la criatura de otro hombre. Una boda rápida, una luna de miel extremadamente larga, y el escándalo se solaparía bajo la pesada capa de la duda.

Pero su hija se negó rotundamente. No quería saber nada de ningún hombre y, ahora que la niña había nacido, la amenaza del escándalo pendería siempre sobre sus cabezas. Sheldon se sentía sobrepasado y agotado para seguir insistiendo. Solo esperaba que, cuando la niña fuera algo mayor, su hija accediera a enviarla a algún internado en el extranjero, puede que en Norteámerica, donde su existencia pasaría desapercibida.

Por eso era imperativo que Elisabeth, su única opción para convertirse en un hombre respetado, se casara. Pero una temporada tras otra aquello no ocurría.

Elisabeth se mostraba encantadora, coqueta y amable con cada uno de los posibles candidatos que su padre le presentaba, sin embargo, no aceptaba a ninguno, y la paciencia de Mathias estaba a punto de agotarse. Ella tenía muy claro el tipo de hombre que necesitaba a su lado y no cejaría en su empeño por encontrarlo. No se conformaría con otra cosa.

Sabía que cuanto mayor fuera Aura, más difícil sería ocultarla a la sociedad, cosa que, por otra parte, ni ella ni Maysie pretendían. Su padre cada cierto tiempo insistía en la idea de alejar a la niña de Londres, tratando de disimular así el pecado de Maysie, y la sola idea de que eso pudiera suceder la destrozaba.

Maysie flaqueaba muchas veces, no por la presencia de su hija, sin la cual no hubiera sido capaz de salir del pozo en el que se hallaba, sino por la presión de saber que, tarde o temprano, el escándalo caería sobre el resto de su familia por culpa de su error.

Desde que nació, fingieron que la niña era hija de una prima lejana fallecida durante el parto y que Maysie, por bondad, la había acogido, convirtiéndose en su madrina. El servicio estaba lo suficientemente bien pagado y convenientemente amenazado por su patrón para que nadie se atreviera a comentar, y, mucho menos, cuestionar la procedencia de la niña, ni por qué cuando creció llamaba «mamá» a Maysie. Además, no era difícil hacer pensar a los demás que Aura no era su hija, pues no podían ser más diferentes la una de la otra.

Su cara era blanca y perfecta como la porcelana y hacía un bello contraste con su cabello negro como las alas de un cuervo. Lo más espectacular en ella eran sus hermosos ojos grises, bordeados por unas largas pestañas oscuras. Maysie solo había visto un par de veces a Celia Cross, pero cuanto más crecía Aura, más evidente era el parecido con ella y con Julian. Era curioso e irónico cómo el destino hacía, a veces, que los hijos ilegítimos fueran tan parecidos a sus padres, como si eso fuera una bandera que pudieran esgrimir reclamando sus orígenes, como si el pecado de los que los abandonaron se manifestara ante ellos como un recordatorio eterno de sus acciones.

La elección de marido de Elisabeth venía ligada a una condición muy clara: debería ser lo suficientemente honorable para aceptar la existencia de Aura y el desliz de Maysie, llegado el momento. Conocía a muchos aristócratas estrictos, hipócritas, llenos de prejuicios que le prohibirían relacionarse con su hermana en cuanto supieran la verdad, y ella no sobreviviría si esto ocurriera. Quería un hombre de principios, que valorara a la familia, comprensivo y de buen corazón y que aceptara la presencia de Maysie y de Aura en su vida, y, quién sabe, aunque fuera mucho pedir, quizás incluso, les permitiera vivir con ellos.

Su sobrina, para bien o para mal, era su gran secreto, un secreto compartido con su melliza, un secreto que adoraba y por el que lucharía con uñas y dientes.

Londres, enero de 1862

Aura acababa de cumplir cinco años y era sorprendente cómo, a pesar de no haber visto jamás a su padre, tenía tantos gestos idénticos a los de él, como ahora, que con el ceño fruncido se quejaba por tener que acabarse la merienda antes de poder volver a buscar escarabajos entre la tierra del jardín.

Maysie sintió un extraño pellizco en el estómago al ver la sombra vaga de los rasgos de Julian reflejados en la cara de su hija, pero la llegada impetuosa de Elisabeth, que volvía de un paseo en carruaje, la sacó de sus ensoñaciones.

Se derrumbó sin mucha ceremonia con cara de hastío sobre la silla del jardín y May sonrió de oreja a oreja.

—¿Tan malo ha sido? —preguntó con una mirada irónica. Su melliza se rascó la cabeza enérgicamente tras quitarse el molesto y extravagante sombrero, desordenando su melena rubio platino. Su cabello, con la luz del sol a sus espaldas, parecía un aura divina que le confería un aspecto angelical. Nada que ver con la Elisabeth real.

—¿Malo? —Levantó la ceja y después hizo el gesto de contener una arcada, provocando una carcajada en su hermana—. Talbot es tonto de remate. No es una opción. Queda descartado. Su madre es una beata retorcida y criticona. —Se interrumpió, se metió en la boca una de las galletas que Aura había dejado en el plato y continuó hablando a trompicones mientras masticaba. Cuando Lys estaba relajada, no era muy ceremoniosa precisamente—. Es aburrido, insípido y está totalmente manejado por esa vieja urraca. No sé de dónde sacó el valor para invitarme a dar un paseo en su calesa, con lo mucho que me odia su madre. Y la verdad, aún no sé por qué me detesta esa mujer.

—Te odia porque te comportas como una damisela coqueta, melosa y zalamera, capaz de engatusar a cualquiera que tenga ojos en la cara, incluyendo a su hijo.

—¿Engatusar a cualquiera? Pues con Hardwick no funcionó, y mira que puse todo mi empeño. —Elisabeth se quedó pensativa al recordar todo el despliegue de artillería que usó para atrapar a Andrew Greenwood, conde de Hardwick, y que resultó totalmente infructuoso.

—Bueno, todos sabíamos que estaba colado por Marian. De hecho, no tardó mucho en casarse con ella. Y quizá, solo quizá —May midió las palabras para no desatar la furia de su melliza—, puede que tu papel de dama desvalida fuera demasiado extremo, cariño.

Elisabeth bufó fingiéndose indignada, pero al final acabó riéndose al recordar la cara de apuro que ponía el conde cada vez que ella lo obligaba a portarse como un caballero medieval para saltar una piedrecita del camino o protegerla de un peligroso saltamontes.

—Quizá debí dosificar mis encantos y fijarme en alguien más accesible, puede que el conde de Aldrich.

—También estaba colado por Marian.

—Es cierto. Eso nos deja a Talbot. —Fingió un estremecimiento—. Papa está desesperado. Estamos a punto de cumplir veintitrés años. Ya soy oficialmente una solterona en ciernes. Y tú también. Solo mi descomunal dote y mi deslumbrante belleza me libran de ser una paria social.

Maysie se encogió de hombros.

—No sé cómo puedes pasarte la vida fingiendo que eres menos inteligente que esos tipos. Debe ser agotador.

—Me he acostumbrado. Fingir ser poco espabilada e inofensiva hace que se relajen y me permite conseguir más información útil y saber cómo son realmente.

—Señoritas —la voz de la doncella interrumpió la conversación de las muchachas—, su padre desea verla en su despacho, señorita Elisabeth.

Elisabeth miró a su hermana y le sonrió, intentando disimular la extraña sensación de incomodidad que acababa de asentarse en su estómago. Una reunión en el despacho de su padre no presagiaba nada bueno.

7

—*N*o puedes estar hablando en serio, padre. —Mathias le dio la espalda y se quedó mirando fijamente por la ventana que daba a la calle para no tener que enfrentar la mirada consternada de su hija—. Padre, mírame. Dame al menos unos meses. Hasta que termine la temporada. Estoy segura de que…

—No habrá más oportunidades, ya no. La situación es insostenible. No habrá otra temporada. ¿Sabes lo que tiene de diferente esta temporada de las anteriores, Elisabeth? Yo te lo diré. Ya no eres una tierna debutante, ya no eres una novedad, ya no eres el trofeo que todos ambicionan. Las propuestas de nuevos candidatos cada vez son menos. No pienso arriesgarme a que te conviertas en una solterona como tu hermana. He invertido mucho tiempo y esfuerzo para convertiros en la esposa perfecta que cualquier hombre desearía. ¿Y cómo me lo pagáis? Tu hermana arruinada de por vida y tú burlándote de mí, rechazando un candidato tras otro esgrimiendo argumentos absurdos.

—Pero, papá.

—¡¡¡Ni papá ni nada!!! —Se volvió para enfrentarla con la cara roja y los ojos desorbitados, haciendo que se encogiera en el asiento—. Nunca debí ceder ante vosotras, habéis creído que soy tonto y os habéis subido a mis barbas durante demasiado tiempo. —Mathias se dejó caer en el lujoso sillón de su escritorio—. Ya estoy cansado, Elisabeth. Y muy decepcionado.

Era cierto que parecía cansado, su respiración era trabajosa debido a la excitación con la que hablaba y las bolsas debajo de sus ojos parecían más hinchadas de lo normal.

Ella ignoraba que esa decisión le había quitado el sueño durante muchas noches en las últimas semanas, pero no podía tolerar que en su propia casa lo tomaran por un pelele. Empezaría poniendo en orden esa situación que ya estaba prolongándose demasiado.

—La decisión está tomada, Elisabeth. He seleccionado tres pretendientes, todos con título, todos según los estándares que yo considero óptimos y...

—Todos pobres como ratas, pero con un título bajo el brazo, ¿no es así?

Mathias ignoró la interrupción de su hija.

—He concertado reuniones con los tres durante esta próxima semana. Si colaboras, prometo ser benevolente y escuchar tus preferencias al respecto.

—¡Qué generoso por tu parte! —El tono sarcástico de Elisabeth acabó con la poca paciencia que le quedaba.

—Te casarás antes de la primavera.

Quedaban apenas dos meses.

Elisabeth notaba en sus ojos las lágrimas de impotencia ardiendo y una sensación amarga le subía desde el estómago.

—No puedo creer que estés haciéndome esto, padre.

—Puedes retirarte, esto es todo.

Elisabeth corrió, casi sin ver, cegada por el llanto hasta su habitación y se dejó caer desplomada sobre su cama, ahogando sus lágrimas en la almohada. El día tantas veces temido había llegado, sacudiéndola de manera cruel, sacándola de su cómoda rutina, desbaratando sus planes y su realidad de un plumazo.

Unos pasos rápidos le anunciaron la entrada de alguien en la habitación y no necesitó levantar la cabeza para intuir que era Maysie. Sintió el colchón hundirse por el peso de su hermana al sentarse junto a ella.

—Elisabeth, ¿qué ha pasado? Por favor, no me asustes.

—Ha pasado lo peor que podía pasar. —Elisabeth se incorporó y dejó que su hermana, con el rostro contraído por la preocupación, la abrazara. La dejó llorar hasta que estuvo preparada para hablar y los hipos y sollozos desesperados cesaron.

—Cuéntamelo, entre las dos lo solucionaremos, estoy segura.

—No hay solución posible. Papá ha decidido que será él quien elija a mi futuro marido. Esta semana va a presentarme a los candidatos y, en menos de dos meses, seré una mujer casada. —Un nudo de incertidumbre se asentó en su estómago. Alejarse de su hermana y su sobrina, no poder protegerlas, era su mayor miedo y estaba empezando a materializarse.

Maysie no se permitió entrar en pánico delante de Elisabeth, aunque un escalofrío helado le recorrió la espalda. Solo pensar que pudieran estar alejadas la descomponía por completo, y pensar en su dulce hermana en manos de alguien que no la amara la enfermaba. Le apartó el cabello de la cara y la instó a mirarla a los ojos.

—Saldremos de esta. Siempre salimos. ¿No es cierto? Yo estaré a tu lado y nadie va a separarnos. No desesperemos antes de tiempo. Esperemos a conocer a los candidatos, puede que papá…

—Papá no tiene un criterio fiable. Habrá elegido a un noble que no le haga ascos a una buena suma de dinero y al que pueda manejar con facilidad. Ese es su criterio. Dios mío, estoy tan asustada.

—Hablaremos con mamá.

Elisabeth movió la cabeza.

—Sabes que ella no moverá ni un dedo si eso supone llevarle la contraria a papá. —Su madre jamás se implicaría si eso la llevaba a perturbar su paz y su tranquilidad. No es que fuera mala persona, simplemente la mayoría de las veces era incapaz de sentir empatía por alguien que no fuera ella misma.

El llanto volvió a sacudirla y su hermana la abrazó mientras acariciaba su cabello.

Unos pasos ligeros a la carrera se escucharon en la habitación y, antes de que levantaran los ojos y se volvieran, el cuerpecito de Aura se abalanzó sobre ellas, queriendo ser partícipe también del abrazo.

Sus brazos regordetes rodearon a las mellizas y frunció el ceño preocupada al ver a su tía llorando.

—Tía Elisabeth, ¿te has hecho daño?

Elisabeth se limpió las lágrimas con la mano mientras una sonrisa tierna cruzaba su rostro. Cogió a su sobrina y la sentó en su regazo.

—No, cariño, estoy bien. Solo estoy un poco disgustada.

Maysie se limpió disimuladamente una lágrima que había intentado contener para no perjudicar aún más el estado anímico de su hermana.

—Mamá me da un beso cuando me duele algo y se me pasa. Ayer me caí, y mamá me besó la rodilla y se me pasó rápido. ¿Seguro que no te duele?

—Mmmmm. —Elisabeth fingió sopesar si realmente se había hecho daño ante la cara expectante de la pequeña—. Puede que me duela algo, sí. ¿Quieres que probemos?

Aura sonrió satisfecha e ilusionada de poder aliviar el dolor de su tía.

—Creo que me duele un poco aquí. —Se señaló la mejilla y su sobrina le echó los brazos al cuello para apretarse contra ella y darle un beso fuerte que bien podía haberle curado todos los males—. Mucho mejor, pero creo que también me duele un poco aquí. —Señaló la otra mejilla y Aura repitió la operación.

—¡Santo Dios, Lys, tienes mucho mejor aspecto! —le siguió la broma Maysie.

—¡Es cierto! ¡Me ha curado! ¡Ya no me duele! Tus besos son mágicos. —Aura abrió mucho los ojos sorprendida y encantada de su efectividad—. Y como pago creo que esto se merece una buena batalla de… ¡cosquillas!

La niña soltó un chillido agudo intentando escapar, pero su tía y su madre la lanzaron a la cama y comenzaron a hacerle cosquillas entre escandalosas carcajadas.

—¡Me rindo! ¡Me rindo! —chilló la pequeña entre risas—. ¿De verdad no te duele?

—Te lo juro. Me encuentro tan bien que incluso tengo ganas de bailar.

—Entonces iré a buscar la caja de música y bailaremos las tres. —Aura sonrió encantada y salió disparada hacia su habitación.

Maysie sonrió nostálgica.

Desde pequeña había notado cómo la caja de música que Julian le regaló tenía un efecto balsámico en ella. Muchas noches, cuando le costaba dormir, le daba cuerda y la niña se relajaba de inmediato por la dulce melodía. Aquel pequeño artefacto había sido el gran tesoro de Julian durante su infancia y ahora era el tesoro de su hija, aunque él desconociera su existencia.

La pequeña llegó dándole cuerda a la cajita y, tras ponerla sobre la mesa, tiró de las manos de su madre y de su tía para que se pusieran en pie.

Al final resultó que los besos de Aura, su sonrisa tan pura y su genuina alegría sí eran curativos y consiguieron borrar, aunque solo fuera durante unas horas, el dolor profundo e incierto que se había asentado en las mellizas.

Como buen comerciante, Mathias sabía dosificar muy bien lo que ofrecía, así pues, fue citando a los candidatos de tal manera que, en comparación con los anteriores, el último resultara tremendamente apetecible para Elisabeth.

El martes por la mañana se puso su vestido más sobrio y menos favorecedor para acudir a la sala donde su madre solía recibir a las visitas para tomar el té. Sus progenitores esperaban con el primer candidato de la corta lista de Sheldon.

Lisa Sheldon apenas fue capaz de mirar a su hija a los ojos, totalmente compungida, cuando esta se paró en la entrada de la sala.

Mathias se levantó al verla llegar con un brillo extraño en la mirada que su hija conocía muy bien, el brillo que denotaba que tenía la situación bajo control y que guardaba un as en la manga.

Lisa entró con paso inseguro y se detuvo en el centro de la habitación, conteniendo el pellizco de ansiedad en su estómago; fue entonces cuando el primer candidato entró dentro de su campo de visión.

Decir que se quedó petrificada era quedarse bastante corto. Era comprensible que no lo hubiera visto al entrar, pues el enjuto hombrecillo quedaba camuflado por el voluminoso cuerpo de su padre. Era un anciano con la edad suficiente para ser su abuelo, o puede que su bisabuelo. El hombre estiró su arrugado cuello, que emergió sobre la tela blanca deslucida de su camisa, y a Elisabeth le recordó una tortuga queriendo alcanzar unos cuantos rayos de sol. Miró a su madre que, con un rictus indescifrable, seguía sin levantar la vista del suelo y creyó captar una ligera expresión furiosa en su cara. Al menos, tampoco parecía demasiado contenta con la elección de su marido.

—Hija, este es lord Mallory.

—O lo que queda de él —musitó Elisabeth en voz baja.

Su madre intentó camuflar una ligera carcajada con un carraspeo, lo cual le demostró que quizás había hablado más fuerte de lo que pretendía. Aunque, con toda probabilidad, no había peligro de que el anciano la hubiera escuchado. La ingente cantidad de pelo oscuro y crespo que salía de sus orejas le impediría escuchar a un caballo relinchando a pocos centímetros de su oído. Jamás había visto nada semejante, más aún cuando su cabeza estaba totalmente despoblada. Se estremeció mientras el hombre intentaba ajustar un monóculo con sus manos temblorosas a su acuoso y vidrioso ojo derecho. Estaba encorvado y, cuando se acercó para besar su mano, lo hizo arrastrando los pies. Elisabeth pensó que no sería capaz de volver a ponerse derecho o que su maltrecha espalda crujiría y se partiría en el intento como si fuera una rama seca.

Lord Mallory parecía bastante afable y le hubiera podido resultar entrañable de ser el tío, el padre o el abuelo de algún amigo, pero, ciertamente, no era un candidato demasiado apetecible como futuro padre de sus hijos.

—Bonita muchacha —dijo con una voz parecida al graznido de un cuervo, mientras le sonreía confirmando la sospecha de que su boca no albergaba ni un solo diente.

Tras hacer un breve resumen de su árbol genealógico y dejar bien claro que poseía uno de los títulos más venerables de Inglaterra, su padre se excusó y dejó al anciano, a Elisabeth y a su madre como carabina, «disfrutando» del té.

Su madre mantuvo la habitual conversación diplomática en esas situaciones sobre meteorología, obras de teatro y poco más. Pero el anciano no se mostraba muy colaborador. No probó el té ni nada de lo que sirvieron, solo las observaba con su monóculo empañado de motitas de polvo, limitándose a asentir con la cabeza y a hacer movimientos muy extraños con la boca, como si moviera algo inexistente de un lado a otro.

Elisabeth, por el bienestar de su propio estómago, prefirió pensar que no había nada allí dentro.

Las damas se miraron con cara de estupor cuando el hombre sufrió un repentino ataque de tos, tan intenso y tan largo que pensaron que el ilustre conde no saldría vivo de su casa. Una vez que se hubo recuperado, el anciano se pasó un pañuelo por sus resecos labios, se levantó y con un simple «Buenas tardes, ha sido un placer» salió de la sala.

Elisabeth y su madre se dejaron caer en sus respectivos asientos.

—¿Crees que el resto será igual de gallardoss, madre?

—Solo sé que voy a matar a tu padre, hija.

8

*L*os miércoles, la matriarca de los Sheldon siempre se dirigía con varias de sus emperifolladas amigas a la parroquia de turno para hacer alguna obra de caridad. En realidad, iban hasta allí, se lamentaban profusamente de lo mal que estaba el mundo, de los difíciles caminos que el Señor les marcaba, pellizcaban los mofletes de un par de críos necesitados y soltaban a regañadientes un puñado de monedas. Acto seguido, con su conciencia ya tranquila, se dirigían a la casa de alguna de ellas a practicar su deporte favorito: atiborrarse de pasteles y criticar con ahínco al resto de la cristiandad.

Lisa no se planteó en ningún momento quedarse en casa para acompañar a su hija en la presentación del segundo candidato, aunque solo fuera para darle apoyo. Simplemente, no se le ocurrió.

Maysie y Elisabeth espiaban desde el piso de arriba, asomadas a la barandilla, intentando averiguar la identidad del hombre que acababa de llegar y conversaba amigablemente con Sheldon. Sus voces les llegaban amortiguadas desde la distancia y no eran capaces de entender lo que decían. Maysie se pasó la mano por el estómago, intentando contener los nervios.

—Debería bajar contigo, no sé por qué papá se ha negado a que yo esté presente.

—No sé, pero más nos vale no retarlo, está iracundo con esta situación. —Elisabeth apretó la mano de su hermana—. Al menos, no será peor que lord Mallory.

—Eso espero.

Las voces fueron acercándose, haciéndose más nítidas, mientras se dirigían a la sala donde iban a reunirse. Ambas, instintivamente, se acercaron un poco más a la balaustrada agudizando el oído. La voz les resultaba cada vez más familiar.

Ese tono chirriante y desagradable, un poco nasal, incluso. Una carcajada bobalicona llegó hasta ellas y en ese momento la identidad del personaje se hizo clara en sus mentes. Se miraron con los ojos abiertos por el espanto y en un susurro desesperado pronunciaron a la vez:

—¡¡¿¿Lord Bellamy??!!

Elisabeth no se atrevía a moverse de su incómoda y rígida postura en la otomana que ocupaba. Había pensado que el primer candidato sería lo peor que podría encontrar, pero su padre se había superado; en su escala de valores, no sabría decir cuál de los dos estaba por encima. O por debajo.

El vizconde de Bellamy no era muy mayor, pero sus defectos eran realmente más imperdonables que la decrepitud del anciano Mallory. Habían coincidido con él en varias veladas en las temporadas anteriores y tanto las mellizas como sus amigas trataban de huir de él como de la peste. Y nunca mejor dicho.

El caballero se sentaba en el sofá frente a ella pretendiendo parecer sofisticado, pero la excesiva presión de su chirriante ropa, un par de tallas más pequeña, le hacía parecer un sapo a punto de voltearse, a punto de desmoronarse, a punto de explotar. Y eso no era lo peor: el hombre había venido dando un revitalizante paseo, por lo que, a pesar del frío de la mañana, su falta de agilidad física le había hecho sudar copiosamente. Su cara blanca estaba salpicada de gotas de sudor y parecía aún más brillante y grasienta de lo habitual.

Ignoraba cuándo fue la última vez que lord Bellamy había introducido su fláccido cuerpo en una bañera, pero dedujo que, desde luego, no había sido ese invierno. Desprendía un olor acre y dulzón a la vez, que intentaba camuflar con capas y capas de perfume. La mezcla resultaba tan nociva que Elisabeth temía que, si el hombre volvía a levantar el brazo, caería desmayada allí mismo. ¡Qué diablos!, caería muerta, y la opción resultaba mucho más apetecible que permitir que ese tipo pusiera sus dedos y sus uñas negras sobre ella alguna vez.

Mathias Sheldon se excusó unos segundos y los dejó solos en la salita con la puerta convenientemente abierta. Asesinó con la mirada a su padre por someterla a aquella infernal tortura, sabiendo que su vil y cobarde progenitor huía, incapaz de soportar los efluvios corporales de Bellamy. El hombre tomó, erróneamente, la marcha de Sheldon como una licencia para intentar una aproximación a su hija. Elisabeth se petrificó cuando lo vio levantarse y tomar asiento junto a ella, rozando con sus blandos muslos la tela de su vestido. Ella se apartó unos centímetros hacia la derecha, aun a riesgo de caerse por el borde del asiento que carecía de reposabrazos. Estaba tan tensa manteniendo la distancia y su integridad física intacta que, cuando Bellamy habló, ni siquiera lo escuchó.

Alzó la vista hacia él y tuvo que contenerse para no levantarse de golpe por su desagradable e intimidatoria cercanía. La estructura capilar que Bellamy había construido para disimular su calvicie lo llenaba de orgullo e, ingenuamente, pensaba que pasaba desapercibida. Elisabeth no pudo dejar de mirar el enorme mechón grasiento que crecía detrás de su oreja izquierda y recorría su cabeza de un lado a otro, y se preguntó cómo demonios se mantendría allí los días de viento. Quizá Bellamy no salía los días de viento, lo cual, sin duda, el resto de los mortales le agradecería sobremanera.

No sabía si el hombre había tomado su mirada fija como un síntoma de admiración, pero, cuando Elisabeth volvió a la realidad, sus labios húmedos, demasiados húmedos, se habían fruncido como si estuvieran esperando recibir un beso.

—¡Santo Dios! —musitó, arrastrándose otro poco en dirección contraria.

—Señorita Sheldon, me siento halagado porque se me permita estar en su compañía. Ya no soy un niño, soy un hombre serio. Y me gustaría formalizar esto cuanto antes.

Elisabeth abrió la boca para hablar, pero estaba tan impactada que solo pudo boquear como un pez fuera del agua, mientras inclinaba su espalda hacia atrás intentando alejarse todo lo posible.

Confiando ciegamente en sus poderosos encantos, Bellamy se acercó más en busca del beso que, pensaba, se había ganado. Rápida de reflejos, se giró en el sillón poniéndose de pie de un salto y alejándose del radio de acción del hombre, justo en el momento en que este se abalanzaba sobre ella. El vizconde se precipitó por el borde del asiento y clavó su cabeza en el suelo, quedando sus piernas sobre el sofá, levantadas hacia el techo en una aparatosa posición. Parecía un avestruz con la cabeza enterrada en la arena, incapaz de levantarse por la estrechez de su vestimenta y su falta de agilidad.

Elisabeth se apartó todo lo que pudo, intentando tomar aire que no estuviera viciado por su presencia, ni por su esencia. Su corazón latía desbocado debido a la ansiedad provocada por la desagradable e inapropiada actitud de ese ser repugnante. En ese instante, como una aparición providencial, Maysie apareció en la puerta de la sala y se quedó pasmada ante la escena, sobre todo al ver que Elisabeth no hacía nada por aliviar la apurada situación del vizconde.

—¿Lord Bellamy? —preguntó con una ceja arqueada, y miró a su hermana con la pregunta escrita en los ojos.

El hombre, al fin, optó por la salida, poco digna, de rodar hacia un lateral para acabar tumbado en la alfombra, de donde se levantó con la misma gracia que un escarabajo panza arriba. Se escuchó un crujido extraño y Elisabeth cerró los ojos rezando para que solo hubiera sido su ropa al rasgarse. Se sobrepuso del impacto de aquella surrealista situación y consiguió, finalmente, recuperar la capacidad del habla.

—Maysie, qué suerte que estés aquí, así podrás despedirte de lord Bellamy. Ya se iba, ¿verdad?

El hombre la miró confundido mientras intentaba recolocar la cortinilla de su flequillo, que ahora lucía ondulante apuntando al techo como una bandera mustia y gastada.

—Bueno, yo, en realidad, no tengo prisa. Yo…

—Pero no queremos entretenerle. Oh, mire qué hora es. Es la hora de la costura, ¿verdad, hermana?

—¡Sí! Es verdad.

—Tenemos docenas de calcetines que nos esperan para ser zurcidos, *milord*.

—Docenas, cientos diría yo. ¿Quiere que le acompañe alguien del servicio a la salida?

—No hace falta, gracias.

Bellamy pareció captar el mensaje y, con una reverencia, salió disparado de la sala bastante ofendido por la forma en la que la dama se había escabullido de su beso y por las nada sutiles formas de dar por concluida la visita.

Elisabeth abrió la ventana de par en par, respirando una gran bocanada de aire fresco. El olor a caballo y a carbón que subía de la calle, aunque pareciera increíble, le resultó reconfortante y se quedó apoyada en el alféizar lo que pareció una eternidad.

Maysie observó la figura de su hermana, recortada contra la pálida luz grisácea que entraba por la ventana, y se acercó hacia ella al ver que su espalda comenzaba a sacudirse con ligeros temblores.

—Dios mío, Lys. No llores.

Pero Lys no estaba llorando, una sonora carcajada escapó de su garganta, una de esas que es imposible retener y que contagia a cualquiera que la escucha.

Y así acabaron las dos, retorciéndose de la risa, mientras le contaba a su melliza todos los detalles de su fatídico encuentro.

9

Siendo optimistas, la sabiduría popular siempre afirmó que «a la tercera va la vencida». Aunque no es menos cierto que también había acuñado el dicho «no hay dos sin tres».

En esa tesitura se encontraba Elisabeth Sheldon mientras paseaba inquieta de punta a punta por la habitación de su madre sin saber con qué la sorprendería hoy su progenitor.

—Cariño, tranquilízate, vas a desgastar la alfombra —comentó su madre con calma, haciendo que se detuviera en seco.

—Madre, no puedo estar tranquila sabiendo que papá está dispuesto a arruinarme la vida de un plumazo. No tiene ningún escrúpulo a la hora de destrozar mi futuro.

Lisa suspiró y levantó la vista de la carta que estaba redactando para mirar a su hija.

—Confiemos en que esta vez el candidato sea más aceptable que los anteriores, tu padre no haría nada que te perjudicara.

El sonido de unos ligeros golpes en la puerta la interrumpieron, y el mayordomo anunció que Mathias las esperaba en la sala de visitas.

Elisabeth sintió que su estómago se volvía muy pequeño e inestable, y lo apretó con las manos intentando que su contenido no acabara en la alfombra. Su madre entró en la sala delante de ella y saludó al hombre que las esperaba con una perfecta reverencia.

Charles Farrell, futuro duque de Lexington, clavó su inquietante mirada en Elisabeth, provocándole un estremecimiento nada agradable. El caballero era más alto que la mayoría de los hombres que conocía y, a pesar de que se conservaba bien y su aspecto era bastante atlético, su cabello cano en las sienes y las ligeras arrugas alrededor de sus ojos indicaban que empezaba a acercarse a los cincuenta años, casi treinta más que ella. Su físico no era desagradable, sus modales eran fríos, pero impecables, no obstante, Elisabeth sentía un estremecimiento en la columna vertebral que la atenazaba, a pesar de la notable mejoría que suponía Farrell en comparación con los otros candidatos.

Sheldon miró a su hija hinchando el pecho y con una sonrisa satisfecha, sabiendo que había ganado la partida. Farrell era su elección desde el principio y la extravagante lista de candidatos solo era una artimaña para que Lys lo aceptara de buen grado.

Pero eso no ocurrió. Mientras su padre llevaba el peso de la conversación y su madre se relamía satisfecha al pensar que su hija sería una futura duquesa, Farrell no apartaba sus desafiantes ojos de ella. Elisabeth, súbitamente tímida, bajó la vista incapaz de sostener la mirada de esos ojos oscuros, redondos y un poco saltones, que parecían traspasarla hasta la médula.

La mandíbula del futuro duque estaba apretada y sus labios fruncidos en un rictus serio, como si deseara escapar de la sofocante diplomacia reinante en el salón, sin disimular ni un ápice que no estaba escuchando ni una palabra de lo que su futuro suegro le decía.

Lisa le sugirió a su hija que era hora de dejar a los

hombres solos y se despidieron cortésmente. Farrell besó su mano sujetándola entre la suya, más tiempo del necesario, sin apartar los ojos de ella. Elisabeth sintió una punzada en el pecho debido a la ansiedad que le provocó el gesto y salió de la sala tan rápido que a punto estuvo de chocar con la puerta de madera.

La puerta se cerró tras ella y los dos hombres se quedaron a solas para discutir los términos del acuerdo matrimonial, sin molestarse en preguntarle si estaba de acuerdo en la decisión más trascendental de su vida. La suerte estaba echada y, a no ser que ocurriera un cataclismo, Elisabeth se convertiría en la futura duquesa de Lexington.

Cuanto más tiempo pasaba con su prometido, con más ahínco rezaba Elisabeth para que se abrieran los cielos, un volcán entrara en erupción en pleno Mayfair o una plaga bíblica arrasara con toda la ciudad. Cualquier cosa que impidiera esa infernal boda. A pesar de sus esfuerzos por influir sobre la decisión de su padre, esta era irrevocable. El compromiso se anunció la semana siguiente y la fecha de la boda se fijó para primeros de marzo.

Farrell se convirtió en un visitante asiduo de la casa de los Sheldon. Lisa bullía de felicidad y comenzó a organizar una velada con lo más granado de sus amistades para celebrar el compromiso. Nada exagerado en su opinión, solo una exquisita cena y una sobremesa distendida, donde todos pudieran observar con detenimiento a la feliz pareja.

Elisabeth intentaba no preocupar demasiado a su melliza, pero May solo tenía que mirarla a los ojos para notar su incertidumbre y su preocupación.

Unos días antes de la cena de compromiso, lady Mayra Farrell, futura cuñada de Elisabeth, llegó a Londres como representación familiar, pues su anciano padre no podía viajar por su precario estado de salud. Describir a esa mujer como siniestra era quedarse muy corto en adjetivos.

Elisabeth no se atrevió a preguntar por qué iba de luto, ya que, hasta donde ella sabía, su madre había muerto hacía más de diez años y no tenía ningún familiar cercano que hubiera fallecido. Desde luego, no era porque el color la favoreciera.

Al igual que su hermano, era alta, pero bastante desgarbada, y su piel tenía un color cetrino que contrastaba con los ojos más redondos y más negros que había visto nunca, parecidos a los de un roedor. Mayra no era muy habladora y se limitaba a mirar a todo el mundo como si no le gustara su olor. Los observaba dejando claro que no estaban a la altura de su ilustre presencia, o como si no fueran más que burdos pecadores muy alejados de su severo concepto de rectitud.

Farrell le había comunicado a Elisabeth su decisión de vivir en el campo, en la mansión de los Lexington, y si Mayra era la única compañía que iba a tener allí, no descartaba la idea de volver andando a Londres en mitad de la noche. Probablemente, las alimañas que pudiera encontrar por el camino le dedicarían una mirada más dulce que la de su futura cuñada.

Elisabeth se sentía a la deriva. Los primeros días pensó que, aunque el agua estuviera helada, las olas fueran elevadas crestas coronadas de espuma y los remolinos intentaran arrastrarla hasta el fondo, se aferraría hasta su último aliento a la tabla de salvación que suponían Maysie y Aura. Ellas eran su sustento. Pero cada conversación, cada nuevo encuentro con los Farrell, le demostraba que acabaría engullida por el mar oscuro, frío e insondable en el que se había convertido su futuro.

La mesa de los Sheldon brillaba como nunca, iluminada por unos bellos candelabros de plata y puede que, también, por la multitud de joyas extravagantes que lucían sus adineradas invitadas.

Elisabeth apenas era capaz de levantar la vista de su plato, cohibida por la intensa mirada de su prometido y el desagradable escrutinio de su cuñada, que reprobaba ceñuda el discreto escote de su vestido color lavanda. Mayra estaba sentada junto a Maysie y era asombroso el contraste entre la saludable melliza, toda sonrisas y luz, y la tenebrosa presencia de la otra mujer, oscura y amargada. Esa horrible mujer analizaba, con desdén, a todo el que entrara en su campo de visión como si no fuesen dignos de comer en su misma mesa. Estaba claro que no aprobaba la elección de su hermano y que detestaba a las mellizas por considerarlas demasiado frívolas y carentes de decoro. Pensar que pudieran aceptar el hecho de que Maysie fuera madre soltera era una fantasía absurda.

Su padre se levantó de la mesa y pronunció un elaborado brindis que Elisabeth no escuchó, y todos los invitados se levantaron para beber por la nueva pareja.

Lisa miró a su hija, cada vez más apagada, y le sonrió para animarla, aunque la sonrisa no tuvo eco en ella, cosa que achacó a los nervios ante el inminente cambio que iba a producirse en su vida.

Después de la cena, los invitados se distribuyeron en pequeños grupos donde fluían conversaciones animadas, amenizadas por un cuarteto de músicos y acompañadas con el mejor champán. Elisabeth se asfixiaba en el cargado salón y sus sienes empezaban a martillearla con un desagradable zumbido. A pesar de que la fiesta era en su honor, se sentía como una intrusa. Salió intentando pasar desapercibida y se sentó en una de las banquetas del pasillo.

—Yo también necesitaba un poco de intimidad. —La voz de Farrell le provocó un sobresalto, y no de sorpresa precisamente.

Intentó sonreírle, pero parecía como si los músculos de su cara se hubieran congelado y solo fue capaz de levantar un poco las comisuras de los labios sin poder girar la cara para mirarle.

—Será mejor que vuelva adentro. —Elisabeth se levantó y, con la cabeza gacha, intentó pasar por su lado para volver al salón, incapaz de soportar su compañía, pero Farrell la sujetó del brazo impidiendo que continuara.

—Me apetece dar un paseo y creo que no nos echarán de menos ahí dentro.

La espalda de Elisabeth se tensó mientras un escalofrío la recorría, extendiéndose desde la parte de su brazo, donde la sujetaba, hasta las puntas de los pies. A pesar de que estaba acostumbrada a lidiar con caballeros, y con otros que no lo eran tanto, nunca se había sentido tan en peligro, mucho menos en su propia casa. Una desconocida sensación de pánico se apoderó de ella, impidiéndole reaccionar.

—Tengo entendido que tu padre tiene una colección de arte magnífica, quizá me la puedas enseñar. —Su voz era profunda y su tono desagradable, como si estuviera hueca y vacía de sentimientos.

—Para observar todo su esplendor es más aconsejable visitarla de día.

—Pues a mí me apetece verla ahora, princesa.

El apelativo, supuestamente cariñoso, le dio repelús.

Deseó con todas sus fuerzas negarse de nuevo, escapar del agarre de su mano. En lugar de eso, tomó aire y enfiló el pasillo hacia la sala donde estaban expuestas las pinturas. Sabía que estaba metiéndose en la boca del lobo, pero ese hombre iba a ser su esposo, no podía huir de él eternamente, y cuanto antes se acostumbrara a su presencia, más fácil le resultaría tolerarlo.

La sala estaba en penumbra, apenas iluminada por la luz que provenía de las farolas de la calle, pero cuando Elisabeth quiso salir a por uno de los candelabros, Farrell la sujetó por los brazos y la arrinconó contra una pared. El frío que recorrió su espalda no se debía solo a la corriente helada de la habitación. Intentó zafarse y le pidió nerviosa y con la voz entrecortada que la soltara, pero el miedo la había paralizado, dejándola sin fuerzas.

—No te hagas la mojigata conmigo, princesa. Tarde o temprano acabarás en mi cama, ¿por qué no ser generosa con tu novio y darle un pequeño adelanto?

Elisabeth esquivó sus envites un par de veces, pero él la apretaba cada vez más fuerte y estaba empezando a hacerle daño. Al final, tragó saliva y se obligó a sí misma a aceptar el beso. En unas semanas tendría que entregarse a ese hombre, era absurdo negarle un pequeño acercamiento, por mucho que detestara la idea.

No era la primera vez que Elisabeth recibía un beso, aunque nunca nada memorable. El conde de Hardwick era el único que había llegado un poco más lejos que el resto con un beso profundo, en el que Elisabeth se vio sorprendida por su intensidad, aunque no pareció afectarles demasiado a ninguno de los dos. Había sido sensual, pero no obsceno.

Nunca se sintió usada por ningún hombre. Hasta este instante. El contacto con Farrell era despiadado y nada tenía que ver con la pasión. Se sentía invadida, humillada por un beso sucio, cargado de algo oscuro y dominante que la ultrajaba. Sus dedos comenzaron a pasearse por sus caderas atrayéndola hacia él, clavándose en su carne blanda con tanta fuerza que estaba segura de que le dejarían marcas. Le resultaba imposible participar en aquel acto que tan poco se parecía a nada de lo experimentado antes. Su dura boca se apretaba contra la de ella llegando al límite del dolor, intentando doblegarla, impidiéndole respirar. Elisabeth no era capaz de aguantar más aquel asalto repugnante. Los dedos de Farrell se clavaron con fuerza en uno de sus pechos, arrancándole un gemido de dolor. Comenzó a forcejear desesperada, intentando conseguir aire, espacio, dignidad, pero el enorme cuerpo de ese hombre se lo impedía. Desesperada, intentó empujarle y arañarle, hasta que la única alternativa que encontró fue morder su labio tan fuerte que notó el sabor metálico de la sangre.

Farrell se separó, al fin, con un gruñido furioso. El bofetón resonó en la sala con un eco sobrecogedor y envió el cuerpo desprevenido de Elisabeth contra el frío mármol del suelo. Aturdida, posó sus dedos temblorosos sobre su mejilla, adormecida por el impacto de la enorme mano de Farrell. Se odió a sí misma por no poder contener las gruesas lágrimas que comenzaron a rodar por sus mejillas. Sintió un dolor tan intenso que se pasó la lengua por el interior de sus dientes, temiendo que alguno hubiera abandonado su lugar.

La alta figura de su prometido se acercó hasta ella y se puso en cuclillas para quedar a su altura, lo que provocó que Elisabeth se encogiera sobre sí misma. Nadie la había golpeado nunca y la sensación de poder ser agredida en cualquier momento era espantosa y terrorífica. En la penumbra de la habitación vio cómo Farrell se pasaba el dorso de la mano por el labio herido. Observó el rastro de sangre con una mirada asesina y la sujetó del cabello con una dulzura que le resultó mucho más pavorosa que el dolor del bofetón.

—Princesa, te has equivocado. Vas a pagar cada gota de sangre que me has hecho derramar. Métete esto en tu bonita y vacía cabeza: yo decido cuándo empieza la diversión y cuándo termina. Te arrepentirás por esta insolencia, y si no aprendes a comportarte, los gritos que des en tu lecho nupcial no serán de placer. —Se acercó a su rostro hasta rozarla con la nariz y soltó una carcajada sádica ante el miedo que, a pesar de la escasa luz, vio reflejado en los ojos de Elisabeth. Le dio un beso en la sien y se levantó en dirección a la puerta, como si nada hubiera ocurrido, deteniéndose antes de llegar al umbral.

»Tienes mal aspecto, princesa, espera un rato aquí. Diré que tienes jaqueca o alguna de esas absurdas dolencias que tenéis las bellas flores de invernadero.

Cuando al fin se quedó sola en la enorme estancia, Elisabeth se desplomó. Aquello debía ser un mal sueño, aquello no podía estar pasándole. Esa espiral de desolación en la que se estaba transformando su vida no podía ser real.

10

Las pequeñas gotas de lluvia resbalaban por el cristal de la ventana, en una vertiginosa carrera, hasta unirse en un único reguero que se deslizaba por la fría superficie.

Elisabeth observaba, con la vista desenfocada, las plantas del jardín inclinándose bajo el peso del agua. Tal como ella estaba haciendo por la carga de sus circunstancias. No tuvo el valor para contarle a nadie el violento episodio de la fiesta, se sentía avergonzada y un poco culpable por no haber sabido atajar la situación. Debido a su inexperiencia, ignoraba que los hombres como Farrell son imposibles de detener, y que cada intento de resistencia solo serviría como un acicate para su perversa forma de actuar.

Una mano delicada se posó suavemente en su hombro y Elisabeth dio un exagerado respingo, con los nervios a flor de piel. Su madre la besó en la coronilla y comenzó a trenzarle con parsimonia la melena, como cuando era pequeña.

—Elisabeth, entiendo tus nervios, pero no debes preocuparte por nada. Seguro que Farrell es un buen hombre. Si sabes engatusarlo bien, tú serás la dueña de la casa, y esa vieja arpía de su hermana acabará comiendo de tu mano o relegada en algún viejo desván.

Lisa notó cómo la espalda de su hija se tensaba. Se

sentó frente a ella en el asiento de la ventana y cogió sus manos entre las suyas. Era sorprendente encontrar a su madre en actitud maternal y, aún más sorprendente, descubrir cuánto la necesitaba.

—Sé lo que te inquieta. Ellas estarán bien. No permitiremos que les falte nada.

Lys se soltó las manos y se limpió las lágrimas indeseadas que comenzaban a aparecer en sus ojos.

—Tu padre puede parecer egoísta, gruñón y, a veces, es un poco idiota, pero hace muchos años que perdonó a Maysie por su error. Y adora a Aura, a su manera. Pero si incluso la otra tarde acabamos los dos tirados en la alfombra para tomar el té con las dichosas muñecas de ese diablillo.

Elisabeth lloró y rio a la vez.

—¿Qué ocurre, cielo? —insistió, intuyendo que había algo más que preocupaba a su hija, pero Elisabeth solo fue capaz de negar con la cabeza e intentar tragar saliva a través del fuerte nudo que tenía en la garganta.

Lisa se sobrecogió al notar cuán parecida era esa actitud a los peores momentos de Maysie en el pasado.

—Cariño, si hay algo más, si ha ocurrido algo, debes decírmelo.

Lisa parecía centrada siempre en su propio mundo, pero era más perspicaz de lo que parecía y no se le había escapado la actitud esquiva de su hija desde la cena de compromiso y su conducta cuando su prometido estaba cerca.

—No pasa nada, madre. Solo estoy nerviosa.

Lisa la abrazó y, aunque pareciera imposible, eso la reconfortó, al menos, momentáneamente.

Solo faltaban dos semanas para el enlace y Elisabeth había conseguido que su madre redujera considerablemente la lista de invitados; aun así, era una cantidad exhorbitante. Su ansiedad crecía cada vez que Farrell la visitaba, e intentaba por todos los medios excusarse con algún pretexto o, al menos, no estar a solas con él, aunque no siempre lo conseguía. Esa tarde, la manida excusa de la jaqueca ya no era factible, así que acabó sentada entre su madre y su hermana con los inquisitivos ojos de su prometido y su cuñada sobre ella. Elisabeth tuvo que dejar su té sobre la mesita, pues el tintineo de la taza contra el platillo de porcelana evidenciaba el temblor que la dominaba cuando él estaba delante. Jamás había sido miedosa, siempre había enfrentado sus temores, pero esto era distinto: no podía dejar de pensar que, cuando pronunciara sus votos, estaría irremediablemente sola en sus manos. Hasta el fin de sus días, hasta que la muerte les separase.

De pronto, el pensamiento de la muerte no le parecía tan aterrador como una vida larga junto a esa familia.

—Señora Sheldon, me gustaría disponer de unos minutos a solas con mi futura esposa, un paseo por el jardín, quizás. Espero que no lo considere un atrevimiento por mi parte.

Lisa esbozó una sonrisa tensa y miró de reojo a su hija, percibiendo inmediatamente su nerviosismo.

—Por supuesto, faltaría más. Maysie los acompañará, hace una tarde preciosa.

—No será nece…

—Maysie los acompañará —cortó tajante Lisa—. O yo misma, si lo prefiere.

Farrell sonrió forzadamente y salió en dirección al jardín tras las mellizas.

Una vez allí, volvió a intentar salirse con la suya.

—Señorita Sheldon, ¿sería mucho pedir que me concediera unos segundos de intimidad con su hermana?

—dijo, tratando de intimidarla con su altura acercándose más de lo necesario.

A pesar de que Maysie era más alta que su hermana, el hombre parecía un gigante a su lado.

—Sería demasiado pedir, en efecto. Pronto se casará y debo aprovechar cada minuto que pueda estar junto a ella, espero que lo entienda. —Maysie no se dejaría amedrentar, menos aún si lo que estaba en juego era el bienestar de su hermana.

—Creo que no me ha entendido: no es una petición. Quiero estar a solas con mi prometida. No se preocupe, no la morderé.

—Maysie, por favor —intentó mediar Lys para que la tensión no aumentara.

—Pues lo siento, señor Farrell. Es mi jardín, es mi hermana y la señora que ha dado la orden de que los acompañe es mi madre.

Farrell se rio con una carcajada que no contenía una pizca de humor.

Maysie notó cómo su hermana temblaba ligeramente junto a su brazo.

—Bien, esperaré entonces. Dentro de quince días ni usted ni su madre tendrán nada que decir al respecto.

Dicho esto, salió tan furioso del jardín que Elisabeth tuvo la impresión de que dejaba un ligero olor a azufre tras él. Ambas soltaron el aire que contenían por la tensión, y Elisabeth sintió que sus piernas no la sujetaban.

—¿Vas a decirme de una buena vez qué demonios está pasando, Lys? Ese hombre no me gusta, me da escalofríos, y es más que evidente que te aterroriza.

—No puedo casarme con él. No puedo. Farrell es un depravado, es un… La otra noche me besó y me tocó a la fuerza y…

Maysie puso sus manos en las mejillas de su hermana

y la obligó a levantar la vista. Ya había caminado con la cabeza gacha demasiado tiempo.

—Me abofeteó. Es un salvaje, tiene algo que me aterroriza y me da asco. No soportaré que me toque de nuevo. —Elisabeth se abrazó a su hermana, resultándole imposible contener un sollozo—. ¿Qué voy a hacer, qué voy a hacer?

—No lo sé, pero algo haremos, cariño. Ese cerdo no va a tocarte más. Te lo juro por mi vida.

Maysie había estado tentada a hacer algo que nunca había hecho: revelar un secreto compartido con su hermana. Por más que se exprimía el cerebro, no lograba encontrar una solución al negro panorama que se les presentaba, y la idea de pedir ayuda a sus padres la tentaba cada vez más. Pero Elisabeth se negaba en redondo a ello. Había intentado hacer entrar en razón a su padre desde que comenzó a planear su compromiso y siempre había recibido un no por respuesta. Ni siquiera había querido escucharla, y ahora no iba a ser diferente. Parecía estar encantado con Farrell y su futuro ducado, y era incapaz de ver más allá.

Pensaría que era una argucia de Elisabeth para salirse con la suya.

—Lys, déjame hablar con mamá. Parece que ella tampoco está demasiado contenta con la elección de Farrell, seguro que nos ayuda. Me niego a creer que sea tan insensible como para mirar hacia otro lado.

—No —la cortó con determinación—. ¿Y si nos equivocamos? Si se pone de parte de papá, estará todo perdido. No tendremos margen para intentar nada más. Ellos serían una última opción si lo demás fracasa.

—Y, exactamente, ¿qué es «lo demás»?

—Hay que conseguir que sea él quien rompa el compromiso.

—Oh, claro, qué fácil. Cómo no se me ocurrió antes —dijo Mayse con sarcasmo—. Ah, sí. Porque ese desgraciado piensa que ya eres de su propiedad —terminó casi gritando de frustración. Ambas tenían los nervios alterados.

—A ver, pensemos con calma. Esa vieja bruja de su hermana parece ser la única que tiene cierta influencia sobre él. Es intransigente, severa, despótica, ¿crees que toleraría que su hermano convirtiera en duquesa a alguien de dudosa moralidad?

—Lo dudo. ¿Qué has pensado? ¿Hablarle sobre la existencia de Aura?

—No. Solo serviría para que intentara alejarme de vosotras. He pensado en destruir mi propia reputación.

Maysie abrió los ojos como platos.

—Elisabeth, ¿estás segura de lo que dices? Ese hombre no es ningún pelele, no sabemos cómo puede reaccionar.

—Necesitaríamos un escándalo lo suficientemente grande a ojos de la sociedad como para que su exquisita hermana me repudie y no consienta emparentar con una perdida como yo.

Maysie se frotó las sienes, aquello no le daba buena espina.

—Piénsalo bien, imagínate que me encuentran en una situación, digamos, comprometida con otro hombre. No me mires así, no hace falta que sea nada extremo. Con toda seguridad, su orgullo masculino no le permitiría perdonarme. Me repudiaría.

—Pero ¿y si ese mismo orgullo le hace seguir adelante con la boda y torturarte por ello el resto de tu vida, Lys?

—Por esa razón debe ser un gran escándalo. Así no podrá humillarse delante de todos casándose conmigo.

—¿Y qué será de ti? ¿Soportarás vivir señalada por todos? Esa mancha no desaparecerá jamás, y nuestros padres no te lo perdonarán. Deberíamos pensar en otras alternativas.

—Maysie, no eres la más adecuada para hablarme de manchas. —Elisabeth se arrepintió en cuanto las palabras salieron de su boca, pero ya era tarde para retirarlas—. Lo siento, perdóname. —La abrazó inmediatamente intentando aliviar la tensión, lo último que quería era hacerle daño.

—No estaba juzgándote. No te preocupes, Lys. Las dos estamos nerviosas. Solo intento que tengas en cuenta todas las posibilidades.

—¿Qué es lo peor que puede ocurrir? ¿Qué puede ser peor que pasar el resto de mi vida con ese ser? Estoy dispuesta a marcharme, buscar un trabajo de sirvienta, de costurera, de lo que sea... y empezar una nueva vida si es necesario. Pero no me condenaré a estar muerta en vida por obedecer los mandatos de un padre obtuso, que no es capaz de ver la realidad de las personas que le rodean.

—Yo te apoyaré en tu decisión. Y si es necesario, nos marcharemos juntas, las tres, como siempre habíamos soñado. Al continente, a Norteamérica, a cualquier parte.

Se cogieron de las manos y, por primera vez desde que su padre la citara en su despacho para comunicarle su situación, Elisabeth respiró un poco más esperanzada.

Cogió un papel y una pluma y comenzó una de las interminables y disparatadas listas que hacía cada vez que tenía algo entre manos. Maysie inclinó la cabeza para leer el título que su hermana había escrito y no pudo evitar reírse.

«Cómo arruinar la reputación de una señorita de bien en menos de una semana.»

Cuando terminó la tarde, había un montón de bolas de papel arrugadas sobre la mesa donde las hermanas habían estado planeando su estrategia. Maysie, precavida, las quemó en la chimenea para que no hubiera ninguna prueba de lo que tramaban. El plan era tan simple como descabellado, pero a veces las cosas simples eran las más efectivas. La conclusión era sencilla: Elisabeth debía ser descubierta en una situación indecorosa con algún caballero, preferiblemente soltero, para evitar daños colaterales, aunque tampoco descartaban que fuera de otro modo si la situación llegaba a tornarse desesperada. Debía ser alguien que no se viera en la obligación de tener que casarse con ella una vez descubiertos, pues no quería escapar de un matrimonio obligado para verse inmersa en otro.

Las opciones, llegados a este punto, eran dos. La primera, encontrar a un libertino, con fobia a casarse, al que no le importara su reputación; no sería difícil, pero corrían el riesgo de que Sheldon usara su talonario para solventar la situación y acabara igualmente con un anillo en el dedo y un esposo indeseado. La segunda opción era encontrar a alguien con el suficiente dinero como para no dejarse achantar por su padre y a quien sus rectos principios morales le hicieran repudiarla por su desvergonzado atrevimiento.

Un nombre fue tomando forma en la cabeza de Elisabeth por encima de los demás. El joven hijo de los Talbot. Su familia era poderosa y podrían acallar los rumores que surgieran después, y eran lo suficientemente orgullosos para no ceder ante Sheldon, al que consideraban un oportunista. El hijo de los Talbot no tenía suficiente carácter para elegir el color de su chaleco, menos aún para decidir su futuro. Su madre, casi tan severa como Mayra Farrell, jamás toleraría una unión entre ellos. Además, el chico babeaba cada vez que Elisabeth le sonreía y se quedaba embobado mirando su escote, como si pudiera sumergirse en él y no salir jamás de allí, con lo cual no sería difícil de engatusar.

Elegida la víctima, había que decidir dónde poder acorralarla y darle caza. Maysie y Elisabeth visitaron a la mañana siguiente a Lucy Talbot, la hermana del elegido, y le sonsacaron de manera sutil sus planes para la siguiente semana, asegurándose de que su hermano también estaría presente. La ocasión más propicia sería la fiesta de lady Duncan, tía de Marian, ahora condesa de Hardwick, a la cual, tanto ellas como los Farrell estaban invitados.

Tenían al sujeto, tenían el lugar y tenían el día. Ya solo faltaba elegir el *modus operandi*. En este punto hubo bastantes discrepancias entre las mellizas, pues no se ponían de acuerdo en cuál sería la mejor manera de abordar el asunto.

Después de pasar noches en vela, esbozaron el plan, aunque eran conscientes de que, al no depender solo de ellas, deberían dejar algunos flecos a la improvisación. Y eso las ponía terriblemente nerviosas.

En resumen, la estrategia consistiría en citar a Talbot en el jardín de lady Duncan. Una vez allí, Elisabeth debía conseguir que el joven la besara, cosa que según esperaba no le resultara difícil , aunque estaba dispuesta a echarse en sus brazos con tal de conseguirlo. Mientras tanto, Maysie buscaría a un grupo lo suficientemente nutrido de cotillas, en el que deberían de estar incluidas Mayra Farrell, su propia madre y, por qué no, la matriarca de los Talbot. Cuanta más gente, mejor. Debía inventar una excusa para acudir al jardín en pos de Elisabeth, fingir que la melliza había salido porque no se encontraba bien, pedir ayuda para encontrarla y, una vez allí, descubrirla en brazos del incauto e imberbe Talbot.

Elisabeth sentía una punzada de remordimiento por lo que estaba a punto de hacerle al pobre e inmaduro muchacho, mas era una situación a vida o muerte. Se obligó a ser egoísta. ¿Qué podía salir mal? Para su desgracia, cualquier cosa. Habían dejado demasiadas cosas al azar y dependían de terceras personas para culminar todo con éxito, pero no había otra alternativa. Además, tampoco debía de ser tan difícil arruinarse, la gente lo hacía constantemente.

11

$\mathcal{L}$a tensión en Elisabeth iba acrecentándose conforme pasaban las horas. Su prometido había insistido en que acudieran al baile de lady Duncan en su carruaje, junto a Mayra, a pesar de que ella había manifestado su preferencia de viajar en el coche de los Sheldon. No le sirvió de nada protestar.

Durante todo el viaje sintió su desconcertante presencia junto a ella, demasiado cerca, demasiado intimidante. El resto de la noche no se separó de su lado, aprovechando cualquier oportunidad para rozarla de manera impropia, aunque con el suficiente disimulo para que nadie se percatara. Elisabeth tenía claro que no solo disfrutaba del hecho de tocarla, sino que encontraba casi más excitante sentir su rechazo y su incomodidad. Para colmo, se había sentado a su lado durante la cena, acabando con el poco apetito que le quedaba.

Elisabeth casi dejó caer los cubiertos, sobresaltada, cuando Farrell posó su mano enorme sobre su muslo por debajo de la mesa. Si por alguna remota razón hubiera tenido alguna duda sobre si llevar a cabo el plan, la actitud de Farrell terminó de empujarla a conseguir la determinación necesaria.

El único momento de alivio para Elisabeth fue descubrir que a su prometido le repugnaba bailar. La dejó, al fin, para marcharse a una de las salas donde los caballeros jugaban a las cartas. Aprovechó para buscar a Talbot y colocarse estratégicamente junto a él antes de que los músicos comenzaran a tocar el primer vals. Bailaron la pieza y Elisabeth se mostró todo lo encantadora, dulce y deseable que pudo, hasta el punto que temió resbalarse con la baba que amenazaba con caerse de la bobalicona sonrisa del joven.

Elisabeth vio por el rabillo del ojo a su hermana que conversaba con algunas mujeres en el borde de la pista, sin quitarle ojo, esperando una señal.

Le sugirió a su acompañante salir a pasear por los jardines, pero el joven ya le había pedido con anterioridad el siguiente baile a otra dama. Elisabeth aprovechó que su cuñada no andaba cerca para hacerle un coqueto puchero que el joven no pudo resistir.

—Me apetecía mucho dar un paseo con usted. Me han dicho que es un experto en astronomía y hoy hace una noche particularmente despejada. Me sentiría tan halagada si me enseñara algo de su conocimiento.

Talbot comenzó a balbucear ansioso, enardecido y con su orgullo haciendo cabriolas en el aire.

—El honor sería enteramente mío, señorita Sheldon. —El joven miró a los lados, como si estuviera haciendo algo malo y no quisiera ser descubierto—. Si le pa… pa… parece, podemos vernos allí, digamos, ¿a las doce? Hay unos macizos de ro… rosas al final del camino principal. —Talbot dudó, no sabía si estaba malinterpretando las intenciones de la dama y, quizás, el sitio elegido era demasiado íntimo.

—Sí, conozco el lugar. Es perfecto para ver las estrellas. Le esperaré allí. —La sonrisa de Elisabeth fue tan dulce como la miel y, a la vez, tan ardiente que Talbot se quedó parado en el sitio, obnubilado, observando cómo la muchacha se alejaba con su andar exquisito y sensual entre el resto de bailarines.

Richard Greenwood salió al jardín con un plato cargado de delicados pastelitos. Localizó a su cuñada Marian sentada en uno de los bancos. En el sexto mes de su segundo embarazo ya se veía dominada por el cansancio y, por qué no decirlo, por un apetito atroz.

—No sé cómo has convencido a Andrew para venir, seguro que prefiere mantenerte entre algodones hasta que el bebé llegue. Y no le culpo, tus pies parecen... —Richard compuso una expresión consternada ante la visión de los enormes tobillos de Marian que amenazaban con desbordarse de sus zapatillas.

—Richard, si no vas a decir algo agradable, cierra esa bocaza —dijo Marian, metiéndole uno de los pasteles a la fuerza en la boca. Él lo engulló obediente y se limpió todo el merengue que se había desparramado por su barbilla con la mano, chupándose los dedos después.

—¿Estáis organizando un pícnic sin mí? —La voz de Andrew hizo girar sus cabezas hacia las cristaleras.

La cara de Marian pareció iluminarse cuando vio a su marido.

Era obvio que él no podía pasar más de unos minutos alejado de su mujer y era obvio también que ella sufría el mismo mal. Habría que estar muy ciego para no ver la devoción mutua que se profesaban y, por un momento, Richard sintió una pequeña punzada de envidia, aunque la desechó enseguida. Estaba feliz por ellos, al fin y al cabo, los adoraba.

A veces le resultaba tentadora la idea de abandonar esa vida de placeres mundanos y encuentros disolutos, y entregarse de aquella manera a otra persona. Nunca había experimentado algo que se pareciera ni remotamente a ese sentimiento, ni había sido el destinatario de un cariño semejante. Quizá no estuviera preparado para sentir ni recibir amor o, simplemente, no estuviese hecho para eso. Quizás estaba destinado a continuar con sus encuentros sencillos y rápidos con algunas de las chicas lozanas y discretas del pueblo, y con sus exquisitas y refinadas amantes de la ciudad.

Y hablando de amantes, esperaba que lady Robinson, una joven pasional y ardiente con la que había mantenido varios encuentros en sus visitas a Londres, hubiera conseguido despistar a su anciano y cegato marido, y estuviera ya esperándolo en el lugar más oscuro del jardín, tal y como habían acordado. Tras unas palabras con su hermano y su cuñada decidió marcharse en busca de su cita.

—Los pasteles estaban deliciosos, cuñada —le echó un rápido vistazo al reloj de bolsillo y se lo volvió a guardar—, pero esta noche tengo intención de deleitarme con otro tipo de dulce.

Su hermano lo fulminó con la mirada por el comentario impropio hecho delante de una dama, pero Marian soltó una carcajada para nada incómoda por ello.

Richard les guiñó un ojo y se alejó con su andar desenfadado, silbando por el camino de piedra hasta perderse en la oscuridad del jardín.

Faltaban apenas cinco minutos para las doce y las hermanas Sheldon ya hacía rato que se habían refugiado en la oscuridad de una de las galerías para perfilar los últimos flecos de su plan. Se habían cruzado con los condes de Hardwick que volvían del jardín, a los que saludaron de manera apresurada antes de continuar su camino. Suspiraron aliviadas, pues hubiera sido nefasto encontrarlos allí y tener que dar explicaciones. Una dama soltera no se aventuraba sola en los jardines en la oscuridad de la noche. Al menos, no una que pretendiera mantener la reputación intacta.

Maysie se volvió una última vez antes de marcharse y sujetó las manos de su melliza, apretándolas entre las suyas.

—Elisabeth, ¿estás segura? No habrá marcha atrás. Tu vida, tus esperanzas...

Elisabeth la cortó antes de que sus palabras horadaran su convicción y se replanteara su alocado plan.

—No hay esperanza ni hay vida en lo que me espera. Lo que pase a partir de mañana no puede ser peor que eso. —Le sonrió, aunque el gesto no le resultó convincente ni a ella misma. Le dio un rápido beso en la mejilla para animarla—. Vamos, haz tu parte, May. Todo saldrá bien, confía en mí.

Maysie asintió y se marchó por el solitario pasillo de regreso al baile.

Elisabeth soltó despacio el aire, aliviada por haberla convencido y deseosa también de convencerse a sí misma. Aquello debía salir bien. ¿Verdad? Era un plan sencillo. Relajó su postura y dejó caer sus hombros hacia delante, librándose de la rigidez tan perfectamente autoimpuesta. Se deshizo de su máscara, de su coqueta y fingida sonrisa, de su pose de damisela frágil necesitada de protección y respiró profundamente. Miró su imagen reflejada en la cristalera lateral que daba a los jardines y solo vio a la pequeña, normal y sencilla Lys, a la que muy pocos conocían, salvo su hermana Maysie, y de cuya existencia hasta ella misma se olvidaba a veces. Tomó aire varias veces más y salió al jardín con paso decidido.

Elisabeth Sheldon enfiló el camino de grava, mientras a lo lejos un reloj marcaba las doce, dispuesta a hacer añicos de una vez por todas, y para siempre, su reputación.

12

*U*n escalofrío recorrió su columna vertebral, pero Elisabeth no podría asegurar si fue producto de la tensa espera o del aire frío que se colaba por la fina tela de su vestido de fiesta. No sabía con exactitud cuántos minutos habían pasado de la medianoche, pero Talbot no llegaba, y un negro augurio empezaba a apoderarse de ella. Si no aparecía, si su plan fracasaba, su vida sería un infierno. No podría soportar entregarse a Farrell, sentir sobre ella su mirada cada día, mezcla de desprecio y de lascivia, vivir sometida a él. Frotó sus sienes, consternada. Debía hacer algo, debía evitar que su vida cayera en un abismo.

Maysie había reclutado a Mayra Farrell, a su madre y a dos señoras que conversaban con ella, y que, afortunadamente para su plan, eran bastante dadas a despellejar a todo el que se alejara de los convencionalismos morales que ellas creían adecuados. Les contó que Lys había salido al jardín porque se encontraba mal. Maysie había entrado a buscarle algo de beber y al salir ya no estaba donde la había dejado. Nadie la había visto volver al salón, los jardines eran enormes, y Maysie, como la señorita modosita y temerosa que fingía ser, no se atrevía a buscarla sola.

No le costó mucho convencer a las damas, en parte, por su más que convincente nerviosismo, en parte, por las ansias de las matronas de conseguir un jugoso cotilleo. Cruzaron las cristaleras del jardín con la intención de avanzar hasta el camino principal y, una vez allí, dividirse para buscarla. Maysie quería rezar, pero los nervios no la dejaban ni recordar su propio nombre.

Solo sabía que habían pasado unos minutos de las doce y que, si todo había salido como debía, Elisabeth estaría ya en brazos del hijo de los Talbot. Existían miles de posibilidades de que todo saliera mal, pero no se permitió caer en el desaliento.

Talbot sujetaba dos vasos de limonada, uno para él y otro para su adorada e inflexible madre, mientras ella parloteaba con una de sus amigas y se abanicaba enérgicamente. Estiraba el cuello con disimulo, intentando localizar entre la multitud la hermosa cabellera rubio platino de Elisabeth, consciente de que era la hora de su cita, una cita que, si ahora desaprovechaba, jamás volvería a tener. Quizás ella estaría ya en el jardín aguardándole y él, en cambio, estaba allí clavado sobre sus zapatos demasiado apretados, esperando que su madre le diera permiso para abandonar su compañía. Sin embargo, su madre no le había quitado el ojo de encima en toda la noche y no estaba dispuesta a que una desvergonzada coqueta como Elisabeth Sheldon le echara el guante.

Así que se dispuso a protegerle de ella como una gallina protege a su indefenso polluelo, sin apartarse ni un milímetro de él, impidiendo que esa arpía libidinosa de la Sheldon volviera a acercarse para clavar sus garras en su apuesto y pusilánime hijo. Las mujeres como ella eran peligrosas y haría lo necesario para mantenerla lejos.

♈

Richard esperó más del tiempo que se consideraría prudencial desde que la señora Robinson se marchó de vuelta al salón. Se sentía cómodo allí solo, a pesar de la brisa fría, rodeado por la oscuridad y los olores frescos del jardín. Había escuchado como unas campanas en la lejanía anunciaban las doce, pero no sabía decir cuántos minutos habían pasado. Se quedó allí sentado en el banco de madera, con las manos cruzadas detrás de la nuca, observando el cielo plagado de estrellas. Siempre quiso aprender el nombre de las constelaciones, pero, desde que alcanzó la madurez, el único motivo por el que salía a observar el cielo era para intentar engatusar a alguna mujer con la que compartir una noche de amor. Aunque algunas veces acabara de manera tan nefasta como aquella noche. Su amante, si es que podía calificarse de aquella manera, había acudido a verle con una actitud melosa al principio, que pronto se tornó en un arranque de furia. Richard nunca le había prometido exclusividad a ninguna mujer, ni lealtad ni, mucho menos, amor.

Había compartido con Marla Robinson unos cuantos encuentros tórridos que ambos disfrutaron como personas adultas y conscientes de sus circunstancias. Pero ahora ella, sin saber por qué, quería más. Le había sugerido la posibilidad de tener un nidito de amor estable, una especie de refugio donde pudieran verse sin prisas, donde él la esperaría y fingirían que el resto del mundo no existía.

Hubiera sonado muy romántico si hubieran sentido algo el uno por el otro. No obstante, era obvio que entre ellos no había más que unos pocos encuentros esporádicos y satisfactorios. Richard no quería involucrarse en ese tipo de relación con alguien a quien no amaba ni llegaría a amar.

Ella no se tomó demasiado bien su negativa y comenzó a insultarle entre lágrimas, recriminándole que no la amara, tratando de humillarle comparándolo con otros hombres. Él se quedó petrificado y no sabía si echarse a reír o indignarse. Marla se alejó iracunda, pero no pudo enfadarse con ella.

Sabía que, para una mujer así, vivir con un hombre como su marido, con el que la habían obligado a casarse siendo apenas una niña, debía ser muy difícil y que, probablemente, lo único que quería era tener un pequeño lugar donde olvidarse de la rutina diaria. El problema era que había escogido al hombre equivocado. Soltó el aire en un hondo suspiro y se levantó con la intención de volver a la fiesta, despedirse de la anfitriona y regresar a su casa. Se sentía terriblemente agotado.

Las manos de Elisabeth se apretaban de manera compulsiva sobre la tela de su falda, presa de la desesperación que comenzaba a apoderarse de ella. Talbot la había dejado plantada, y la revelación de este hecho era desoladora. Comenzó a caminar de un lado a otro del pequeño camino, intentando encontrar una solución a la que aferrarse, alguna otra opción, pero, por más que se estrujaba el cerebro, los nervios le impedían pensar con claridad. Cerró los ojos con fuerza.

La visión de los labios de sapo de Farrell con esa sonrisa lasciva mientras deslizaba la mano por su trasero debajo del abrigo casi le produjo una arcada. Su mirada de odio cuando no hacía lo que él quería, la velada amenaza de que cuando se casaran sería solo para él, alejada de su familia…

Su respiración comenzó a hacerse más rápida y superficial, y pensó que se desmayaría en cualquier momento. Unas voces de mujer le llegaron amortiguadas desde lejos y pudo reconocer perfectamente el timbre agudo de su madre. Sintió como si su sangre se hubiera congelado y se hubiera asentado un peso insoportable en el interior de su estómago.

Maysie había cumplido su parte y traía a los testigos para la absurda representación teatral en la que se había convertido su vida. Instintivamente, dio un paso atrás. Desde la oscuridad, a su espalda, escuchó unos pasos enérgicos que se acercaban en su dirección, alguien que se dirigía a la mansión. Durante un instante estuvo tentada a lanzarse de cabeza hacia el macizo de rosas, sin importarle acabar acribillada por sus espinas. Por un momento, pensó que podría ser Talbot, pero desechó la idea en cuanto comenzó a vislumbrar una alta silueta que se acercaba.

Las voces de las mujeres eran cada vez más nítidas. Unos metros más en el serpenteante camino y estarían en su campo de visión.

La silueta se acercó un poco más y disminuyó la velocidad de sus pasos al verla allí parada en mitad de la senda. Richard Greenwood la miró preocupado al ver su palidez y se acercó a ella, cogiéndola de la mano. Estaba temblorosa y a punto de desplomarse.

—Señorita Sheldon, ¿se encuentra bien?

Un millón de pensamientos disparatados bombardearon su cerebro a la vez, a punto de hacerla colapsar. Los pasos de Maysie y su batallón se acercaban, y Richard estaba allí, como un regalo divino, una respuesta a sus plegarias. No había tiempo para pensar en las consecuencias, en si era un candidato adecuado o si, simplemente, iba a destrozarle la vida a este pobre hombre.

—Yo, yo…, señor Greenwood. —Su voz era apenas un susurro incapaz de salir de su congestionada garganta.

Richard se acercó un poco más, intentando entender qué le ocurría.

Elisabeth no se permitió pensar ni un segundo más y pasó a la acción. Se agarró a sus solapas y tiró de él lo suficiente para alcanzar sus labios en un beso ansioso que lo dejó congelado. Intentó reaccionar y se separó un poco de ella, mirándola con los ojos abiertos como platos, pero incapaz de reconocer las señales de peligro que lo rodeaban. Una dama, un jardín, la oscuridad, un beso robado.

Estaba tan impactado que no oyó el murmullo de una decena de pasos sobre el camino aproximándose a ellos. Solo fue capaz de oír el suplicante sonido que escapó de los labios de Elisabeth rogándole que la besara. Y la obedeció.

Como un tonto, como si estuviera bajo el influjo de un hechizo, como si su voluntad no tuviera nada que ver con su cuerpo, dejó que Elisabeth le pasara las manos por el cuello y volviera a atraerlo hacia ella. La abrazó por la cintura y la atrajo hacia sí, entregándose al movimiento de sus tímidos labios sobre los suyos, al sabor dulce de su boca entreabierta, al ligero suspiro de alivio que notó cuando él la abrazó un poco más fuerte.

Elisabeth intentaba concentrar sus sentidos en el camino, en su plan, en los gritos femeninos que, presumiblemente, estallarían en cualquier momento, dando el pistoletazo de salida al escándalo de la temporada.

Pero, francamente, jamás la habían besado de esa manera y, aunque estuviera mal decirlo, estaba realmente extasiada con la habilidad de Richard Greenwood en el asunto.

—¡¿¿ELISABETH??! —El grito agudo de su madre hubiera acabado con la excitación y el éxtasis de cualquiera.

Richard levantó la cabeza y se quedó boquiabierto al ver a las cinco mujeres que lo observaban, con mayor o menor grado de espanto reflejado en sus caras.

13

Mayra Farrell sonrió con superioridad al descubrirla con Richard, como si llevara tiempo esperando la confirmación de que Elisabeth era una zorra pecadora.

—Sabía que tarde o temprano te delatarías. Con tu sonrisa perfecta y tu falsa timidez. Tu sangre está corrupta y sobre mi cadáver se mezclará con la noble estirpe de los Lexington.

Las mellizas suspiraron aliviadas al escuchar el comentario, pues eso era justo lo que deseaban conseguir. No les dio tiempo de disfrutar de la sensación, puesto que Lisa perdió la compostura en ese momento.

La agarró de los brazos zarandeándola, mientras las dos matronas que las acompañaban jadeaban horrorizadas, escandalizadas y encantadas. Todo a la vez.

—Si vuelve a hablar de mis hijas o de cualquier otro miembro de mi familia, le arrancaré su amarilla dentadura de un bofetón, ¿me ha entendido bien, lady Farrell?

La mujer había clavado en ella sus oscuros ojos de roedor y, en lugar de marcharse como habría hecho cualquiera, se limitó a soltarse de su agarre con desdén y a permanecer en un segundo plano para no perderse ni un minuto del espectáculo que se avecinaba.

ϒ

Elisabeth permanecía sentada en silencio en una incómoda silla, en la antesala del despacho de lady Margaret Duncan. Su hermana y su madre habían sido obligadas a volver a casa y ella había tenido que insistir en quedarse para, al menos, intentar opinar sobre lo que sería su futuro a partir de ese momento. Mayra Farrell fue la encargada de ir en busca de su hermano. Recordó con satisfacción cómo su madre la había amenazado en el jardín y estuvo a punto de sonreír, pero la situación no invitaba a ello.

La puerta del despacho permanecía abierta, pero Elisabeth no tenía intención de volver a asomarse al interior. La última vez que lo había hecho, vio a su padre desparramado en una silla de estilo Luis XV, demasiado pequeña para él, como un orondo besugo intentando respirar fuera del agua, mientras lady Duncan trataba de darle aire con su abanico.

El conde de Hardwick, que no se separaba de Richard ni un instante, la había mirado como si la odiara, y no lo culpaba. Tenía derecho a pensar lo peor de ella. Después de haber intentado seducirlo en el pasado, ahora su propio hermano se encontraba inmerso en algo que se parecía bastante a una trampa matrimonial. Aunque Elisabeth no tenía intención de acabar con un anillo en su dedo.

Debía hablar con Richard antes de que todo estuviera decidido, a pesar de que él era incapaz de levantar la vista de la alfombra, convencido de que habían escrito su futuro sin consultárselo. A estas alturas, la fiesta sería un hervidero de chismes donde estarían en boca de todos, pero aun así había esperanza para ambos.

Ensimismada en sus pensamientos no escuchó los enérgicos y furibundos pasos que resonaron en el corredor. La puerta de la antesala se abrió y Elisabeth se congeló como si hubiera visto en el umbral al mismísimo Lucifer, incluso juraría que pequeñas llamitas ardían en las pupilas de Farrell. Había sopesado todas las posibles reacciones, pero no había calculado la intensidad de ira y de violencia que albergaba su prometido en su interior.

En dos zancadas, la alcanzó y clavó sus enormes dedos en su brazo, levantándola en vilo de su asiento, estampando con violencia su espalda contra la pared hasta dejarla sin aire. Todo fue tan rápido que ella no tuvo oportunidad de reaccionar, paralizada por el miedo, incapaz de concentrarse en otra cosa más que en los redondos ojos de Farrell, ahora agrandados por el odio, como si quisieran destrozarla.

—Suélteme…

—Maldita puta, ¿crees que puedes dejarme en ridículo y salirte con la tuya, sin más? —La zarandeó y clavó sus dedos en su brazo con más fuerza, provocándole un agudo dolor.

Ella intentó alejarse, y eso pareció enfurecerle más aún.

Vio su mano elevarse, dispuesto a dejarla caer sobre su mejilla con toda la intensidad de su furia. Solo pudo cerrar los ojos y encogerse sobre sí misma, esperando el impacto del golpe, un golpe que, por suerte para ella, no llegó. Escuchó escapar una maldición de su sucia boca y abrió los ojos al notar que él la soltaba.

Sorprendida, vio como Richard lo había sujetado por la muñeca antes de que descargara su fuerza sobre ella.

—Ni lo intentes. Búscate alguien de tu tamaño, maldito cobarde asqueroso. —Él intentó zafarse, pero Richard era más joven y el triple de fuerte de lo que Farrell había sido jamás.

El futuro duque era rastrero en la mayoría de los aspectos de su vida, así que este no iba a ser una excepción. Soltó una risa ahogada como si no le diera la menor importancia a lo que estaba pasando, cuando en realidad sabía que no era rival para los Greenwood.

—Si la zorra mereciera la pena, quizá te retaría a un duelo. —Richard no pudo evitar sentir un asco y un odio visceral por ese hombre repugnante y lo cogió por la pechera de su camisa con tanta fuerza que casi lo levantó del suelo.

—Por mí puedes ir buscando tus padrinos, si es que hay alguien que te aprecie lo suficiente para dar la cara por ti —espetó Richard, sin pensar ni un instante en las consecuencias. Solo quería borrar aquella asquerosa sonrisa de su cara.

Notó como su nuez se movía y el hombre tragaba saliva. No estaba tan seguro de sí mismo como quería hacer creer. Era solo un fanfarrón y un cerdo maltratador, y no entendía cómo Sheldon había permitido que alguien así se acercara a su hija.

—No, por favor, no. —Elisabeth quería desaparecer en ese momento, borrar su huella de este mundo. Todo iba de mal en peor por su culpa, y no podía creer que estuviera desencadenándose semejante situación ante sus ojos. Sujetó con fuerza el brazo de Richard intentando que lo soltara, no consentiría que arriesgara su vida por defenderla.

Notó unas manos que la sujetaban y la apartaban de allí. Andrew le habló en voz baja, intentando que no se dejara llevar por la histeria.

—Elisabeth, por favor, no empeores las cosas. Déjame a mí.

Tras apartar a Elisabeth del peligro, Andrew consiguió separar a su hermano de Farrell, decidido a mediar en la situación. No permitiría que nadie de su familia corriera un peligro innecesario.

Lady Duncan se acercó hasta Elisabeth y la sujetó de la mano, intentando tranquilizarla. Ella no pudo evitar recostarse contra la anciana en busca del consuelo que le ofrecía.

—He dicho «si la zorra mereciera la pena», pero no es

el caso. —Farrell la miró de arriba abajo, como si estuviera viendo algo podrido, consiguiendo que ella se sintiese sucia, a su pesar—. Puedes quedártela. Seguro que ni siquiera sabe complacerte en el lecho.

—Cierra esa maldita boca de una vez.

Richard dio un paso hacia él dispuesto a golpearle, pero Andrew lo sujetó de la cintura, tirando de él hacia atrás para impedírselo, no sin un esfuerzo considerable.

—Basta, Richard. No dejes que te provoque alguien tan bajo. Es solo un bocazas —dijo Andrew sin apartar la mirada de Farrell, retándolo a que continuara, desafiándolo a contradecirle.

Ni el mismo Richard entendía por qué había nacido en él esa imperiosa y súbita necesidad de defender a Elisabeth, como si fuera algo suyo, como si, por ese absurdo e inesperado encuentro, ambos se encontraran sumergidos en un problema común, remando en el mismo barco.

—Exijo una compensación, Sheldon —dijo Farrell, mirando hacia la puerta del despacho, donde un abatido Mathias intentaba no desplomarse, superado por los acontecimientos, incapaz de hablar y de respirar con normalidad—. La mercancía estaba defectuosa.

Se volvió sobre sus pasos y se dirigió a la puerta, donde su hermana le esperaba con un «ya te lo advertí» grabado en la cara.

—Farrell —la voz tranquila y segura de lady Margaret resonó en la estancia y todos los ojos se volvieron hacia ella—, desde este momento le exijo que abandone mi casa y que no olvide, jamás, que ni usted ni su familia son bienvenidos en ella. Buenas noches.

Él masculló entre dientes algo parecido a un «vieja zorra» y salió dando un portazo. Todos parecieron soltar el aire, un poco más aliviados, al menos, momentáneamente.

14

—*P*or más que lo intento, no puedo imaginarte casado con ella. —Andrew se pasó los dedos por la frente, intentando encontrar una solución a todo aquel desbarajuste. Pero no había ninguna.

—Gracias por tu ayuda, hermano. Tus palabras son muy reconfortantes. —Richard se paseaba de un lado a otro del salón de desayunos de los Hardwick. No había conseguido dormir en toda la noche y lo primero que hizo al levantarse fue acudir a su casa intentando, al menos, encontrar el consuelo y el apoyo de las dos personas que mejor lo conocían.

Marian masticó una buena porción de jamón antes de hablar.

—Cariño, me maravilla ver cómo ni las situaciones más extremas te quitan el apetito —bromeó el conde, y Marian le golpeó con la servilleta.

—No entiendo nada, Richard. Ella jamás se te ha insinuado antes. ¿Crees que te siguió hasta el jardín? —preguntó ella antes de atacar de nuevo el jamón.

—No lo sé. Quizá yo solo estaba en el puñetero lugar equivocado. Lo único que sé es que se echó en mis brazos, y yo caí como un idiota. Debí sospechar algo.

—La verdad es que no la culpo. Si ese hombre intentó agredirla con vosotros delante, imaginaos lo que hubiera hecho cuando se convirtiera en su esposa. No pude hablar mucho con Maysie antes de que se fuera, pero, por lo poco que pudo decirme antes de que su madre la arrastrara, ese hombre es un cerdo. Elisabeth estaba aterrorizada ante la idea de tener que casarse con él.

—¿Y porque su vida sea un desastre tiene derecho a convertir a Richard en un infeliz? No le ha dejado más salida que casarse con ella por honor.

—Claro, ahora lo entiendo. Cuando es la dama la que es obligada a casarse, no pasa nada, ¿verdad? Ella no tenía otra opción más que acatar lo que su padre y ese indeseable decidieron. La admiro por haberse rebelado, aunque no eligiera la mejor manera de hacerlo. —Andrew abrió la boca para rebatirle—. Y no digas ni una palabra más, Andrew Greenwood, te recuerdo que TÚ mismo utilizaste una treta para obligarme a casarme contigo.

—No es lo mismo, Marian, tú estabas enamorada de mí, aunque eras demasiado testaruda para reconocerlo.

—Más bien era al revés.

Richard puso los ojos en blanco y gruñó exasperado.

—Me da igual lo que digáis, vuestra situación no era ni remotamente parecida. Ambos babeabais el uno por el otro. Pero yo no tengo la culpa de que Sheldon sea un idiota y, en cambio, tendré que casarme con su consentida y desesperante hija, si Dios no lo remedia.

—Anoche, cuando la achuchabas entre tus brazos, no parecía importarte demasiado que fuera una consentida…

—¡¡¡¡Marian!!!! —la amonestó su marido, sorprendido por su atrevimiento.

—¿Qué? —preguntó ella, encogiendo los hombros con cara inocente—. Es por el embarazo. Me hace soltar lo primero que pienso.

—Como si no lo hicieras siempre —bufó Richard.

Salió de casa de su hermano con el ánimo más ensombrecido aún, sabiendo que, para bien o para mal, su destino ya estaba escrito por una mano que no era la suya. Cinco minutos después cuadraba los hombros y llamaba a la puerta de los Sheldon.

Elisabeth intentaba concentrarse en colocar las piezas de madera pintada de alegres colores en el lugar donde su sobrina le indicaba. Pero las manos le temblaban y su mente estaba concentrada en la conversación que estaba manteniéndose abajo, en el despacho de su padre.

Aura puso los ojos en blanco.

—¡Tía Lys, has vuelto a poner el muro torcido!

—Oh, lo siento, cariño.

—Aura, guarda las piezas, cielo. Luego seguiremos jugando y, si quieres, construiremos un castillo, ¿de acuerdo?

La niña refunfuñó un poco, pero, obediente, hizo caso a su madre y fue a buscar la cajita de latón donde guardaba ordenadamente sus piezas de construcción.

—Lys, tranquila —repuso Maysie, al ver la mano de su hermana temblar ligeramente—. Puede que no haya salido exactamente como pensábamos, pero a juzgar por lo entregados que se os veía, creo que has salido ganando con el cambio.

Elisabeth la miró ceñuda.

—Solo estaba interpretando un papel. —Ignoró la ceja levantada e incrédula de May y bajó la voz para que su sobrina no las escuchara—. Además, no va a pasar nada más entre nosotros, no es que vayamos a casarnos, precisamente.

May abrió la boca para contradecirla, la situación no era tan fácil de resolver como ella quería creer.

Los golpes de la doncella en la puerta las alertaron. Su padre reclamaba su presencia en la sala de visitas.

Elisabeth sintió que el escaso desayuno ingerido se revolvía en su estómago, aunque no sabía si era por enfrentarse a su padre o a Richard Greenwood.

Su progenitor había sido incapaz de mirarla a la cara desde la noche anterior. Sheldon quedó tan afectado por todo lo ocurrido que el conde de Hardwick y Richard insistieron en que sería mejor descansar y terminar de resolver el asunto por la mañana, temerosos de que el hombre sufriera un síncope en cualquier momento.

Mathias había vuelto a casa con la cabeza gacha. Elisabeth no sabría decir a ciencia cierta si su actitud taciturna se debía al bochornoso espectáculo que ella había provocado o al remordimiento por haber estado a punto de entregar a su hija a un malnacido como Farrell.

Llamó a la puerta de la salita donde recibían a las visitas y, al entrar, comprobó que su padre no estaba allí, solo su madre, sentada con la majestuosidad de una reina en su sillón.

Richard Greenwood se puso de pie en toda su envergadura y a Elisabeth se le antojó más alto y más fuerte que nunca, aunque seguro que fue fruto de su traicionera imaginación. Su semblante era mortalmente serio y le hizo una seca reverencia a modo de saludo.

—Madre, ¿podrías dejarnos a solas unos pocos minutos?

Su madre perdió su regia postura y tartamudeó un poco antes de continuar.

—De ninguna manera, Elisabeth. No es decoroso y ya hemos tenido bastante de todo eso, ¿no te parece?

Elisabeth seguía con la espalda recta y un tono sosegado, como si estuviera pidiendo un terrón de azúcar para el té, sin apartar los ojos de Richard.

—Madre, solo serán cinco minutos, no vamos a...
—Sintió que se ruborizaba.

—Lys, ¿te has vuelto loca? ¿Acaso quieres matar a tu padre de un disgusto?

Elisabeth volvió, al fin, la mirada hacia su madre.

—Mamá, todo Londres piensa a estas alturas que nosotros dos... —Hizo un gesto en el aire con la mano incapaz de concretar más—. ¿Crees que cinco minutos a solas en un salón, contigo al otro lado de la puerta, perjudicará algo más mi reputación?

—Cinco minutos —musitó tras soltar un interminable suspiro.

Su madre se levantó a desgana y salió de la sala, cerrando la puerta tras de sí con más fuerza de la necesaria.

Elisabeth volvió a mirar a Richard, que permanecía inmóvil con las manos cruzadas detrás de la espalda. Le sorprendió el tono tostado de su piel y cómo resaltaban sus profundos ojos azules en contraste. Estaba mucho más atractivo de lo que recordaba. Un músculo latía en su mandíbula y sus labios carnosos estaban contraídos y tensos en una fina línea. Los mismos labios que la habían besado de esa manera tan...

Elisabeth sintió que se ruborizaba e intentó desviar la mirada hacia otra parte.

—En primer lugar quiero pedirle disculpas, señor Greenwood.

—Bueno, no sería un caballero si no las aceptara, pero, realmente, no tiene mucho sentido disculparse a estas alturas.

El siempre sonriente y amable Richard hablaba con un tono frío y cortante, impropio en él.

—Intuyo que la conversación con mi padre no ha sido satisfactoria para usted.

—Todo lo satisfactorio que puede resultar que a uno

le preparen una encerrona para llevarlo al altar. —Elisabeth abrió la boca para contestar, pero Richard no se lo permitió—. Elisabeth, nunca me han gustado sus métodos de seducción y siempre agradecí al cielo no ser uno de sus objetivos. Después de ver el tipo de individuo con el que estaba a punto de desposarse, quiero pensar que lo que hizo fue fruto de la desesperación. Aun así, no pretenda amansarme con unas palabras de disculpa. Acaba de imponerme su presencia para el resto de mis días. Una presencia a la que jamás aspiré.

—Mi padre lo obliga a casarse conmigo. —No era una pregunta. Elisabeth sabía que era así, no podía ser de otro modo.

—«Usted» me ha obligado a casarme. Es un hecho. —Elisabeth intentó de nuevo hablar, pero Richard volvió a interrumpirla. Era palpable que no podía contener su enfado y su frustración—. ¿O va a hacerme creer que la presencia de ese grupo de cotillas que nos sorprendió fue casual? Aunque no termino de entenderlo todo, sé que esto estaba planeado. Así que, enhorabuena, lo ha conseguido. Tendremos que casarnos. —Elisabeth levantó la mano, intentando detener su airado discurso, mas Richard ni siquiera la miró—. Y disculpe mi falta de ceremonia, pero no estoy de humor para hincar la rodilla en tierra.

—¡Richard! —alzó la voz, consiguiendo al fin ser escuchada—. No quiero casarme con usted.

Richard se quedó plantado en mitad de la sala, mirándola con el ceño más fruncido aún.

—Usted no era mi objetivo, estaba esperando a otra persona. —Aquello sonó peor que haber intentado atraparlo en una encerrona.

—¿De veras? Resulta muy halagador.

—No me malinterprete. Deje que le explique. Por favor, siéntese. —Le indicó un asiento junto a la mesa. Lo que menos le apetecía en esas circunstancias era sentarse a tomar el té plácidamente con esa mujer, como si no acabara de poner su vida patas arriba.

Elisabeth se sentó, con su postura perfecta, con su expresión serena, y Richard no pudo dejar de sorprenderse por su eficacia a la hora de mantener la compostura. Se fijó en sus manos, que apretaba fuertemente entre sí, intentando disimular el temblor que la invadía. Gracias a Dios, era humana.

Elisabeth soltó el aire despacio cuando Richard al fin tomó asiento.

—Anoche tuvo ocasión de conocer a mi prometido. Supongo que entenderá que... —Su voz se estranguló y tuvo que carraspear para continuar hablando—. Es un depravado y un... Él intentó..., simplemente, no podía casarme con él.

Sí, Richard lo entendía perfectamente. Si ese tipo fue capaz de zarandearla e intentar golpearla sin importarle quién hubiera delante, no quería ni imaginar lo que podría haberle hecho en privado.

Elisabeth sopesó si debía contarle o no la naturaleza de su plan, pero ella lo había inmiscuido en su vida, así que, al menos, se merecía una explicación.

—Había elegido a alguien que no tuviera que casarse conmigo. Alguien que, a pesar del escándalo, rechazara nuestra unión.

La cara de sorpresa de Richard fue casi cómica y, si no hubiera estado tan nerviosa, se hubiera reído.

—¡¿Un casado?!

—¡Noooo! ¡¡Por el amor de Dios!! ¿Por quién me ha tomado? —Elisabeth se puso de pie indignada—. Tengo escrúpulos, señor Greenwood, sería incapaz de destrozar una familia. Era un hombre soltero.

—¿Quién?

—No es necesario implicar a nadie más.

—Exijo saber quién es.

—Oh, está bien, maldita sea. El hijo de los Talbot. Su familia es tan melindrosa, tan estricta, tan severa, desprecia tanto el pecado; su remilgada madre jamás permitiría que se casara conmigo después de una situación así. Me considera bastante inferior a ellos moralmente. Aunque supongo que a él le faltó valor para acudir a la cita.

Richard no podía creer que se hubiera fijado en ese hombre, pero, siguiendo su disparatada lógica, todo tenía sentido. Era un muchacho débil de carácter y muy manejable. No era el típico que desafiaría a su familia.

—Y, entonces, aparecí yo.

—No quise perjudicarle. Solo necesitaba que se generara un escándalo lo suficientemente grande para que la boda con Farrell se cancelara. Estaba desesperada y no me importa lo que piense de mí. No conseguirá que me arrepienta de lo que hice.

—¿Y eso es todo? Estaba desesperada y lo que le pase a los demás le importa un bledo, ¿no es así?

Elisabeth levantó su barbilla con actitud indignada. No iba a permitir que la juzgara, lo había hecho por una cuestión de supervivencia.

Richard trataba de ponerse en su lugar y la entendía, pero no era justo que él tuviera que pagar las consecuencias.

—No podía permitirme pensar en nada más que en salvar mi futuro. Sin embargo, no voy a consentir que usted se vea afectado. Mi reputación no me importa lo más mínimo y, probablemente, seré mucho más feliz ahora que estaré fuera de ese circo que es el mercado matrimonial. Le libero de su obligación, señor Greenwood. No habrá ningún matrimonio entre nosotros.

—¿Es siempre tan egocéntrica? Su reputación. ¿Y qué hay de la mía? ¿En qué lugar quedo yo si no afronto mi responsabilidad, si no me comporto con el honor que se espera de mí?

—No me haga reír. Usted es un hombre. Hermano de un conde, además. ¿Qué podría pasarle? Solo servirá para aumentar su fama de conquistador, las mujeres caerán a sus pies como moscas en la miel.

Richard se levantó para encararla, acercándose tanto que Elisabeth tuvo que estirar el cuello para poder verle los ojos.

—No se trata solo de mí. Por si no lo recuerda, tengo dos hermanas solteras. Caroline aún no ha encontrado marido y Crystal hace su debut en sociedad esta primavera. ¿Cree que el peso de mi deshonra no caería sobre ellas? No puede borrar de un plumazo lo que ha hecho y pretender que el mundo siga su curso. Las cosas no funcionan así, señorita Sheldon.

Elisabeth sintió la verdad desnuda de sus palabras cayendo sobre ella. Sintió que palidecía, y Richard notó que en ese momento tomaba conciencia de que no le iba a resultar fácil salirse con la suya.

—Ambos tendremos que afrontar las consecuencias de nuestros actos. —Richard giró sobre sus talones dispuesto a marcharse. Elisabeth lo sujetó del brazo y él apenas se giró lo suficiente para mirarla—. Ya he hablado con su padre. Busque algo bonito, la boda será dentro de dos días —añadió con sarcasmo.

Dos días. Elisabeth casi no podía pensar con coherencia mientras él apartaba con deliberada lentitud su mano, que aún se aferraba tensa a la manga de su chaqueta.

—Espere. —Richard paró en seco y se volvió a mirarla—. Solo tengo una condición.

—¿Cree que está en posición de imponer condiciones?

—Siempre puedo decir que no en el altar, ¿cree que no sería capaz? Sería un bonito broche para que el escándalo no se extinguiera jamás —dijo, encogiéndose de hombros.

Richard resopló frustrado.

—Hable.

—Greenwood Hall es enorme. Quiero que mi hermana y su ahijada vengan con nosotros.

Richard se esperaba algo más disparatado, así que no vio motivo para negarse. Por lo poco que las conocía, al menos Maysie parecía aportarle algo de sensatez a su melliza.

—¿Cuánto tiempo?

—El necesario.

Él asintió con la cabeza.

—Nos vemos dentro de dos días.

Y se marchó de la sala con sus andares enérgicos directo a pedir una maldita licencia especial.

La próxima vez que se vieran, unirían sus vidas para siempre.

15

*E*lisabeth miraba cómo su doncella preparaba sus baúles y se le antojaba estar en un sueño, o en una pesadilla. No sabía muy bien hacia dónde decantarse.

—... y también hay muchos caballos y un montón de animales más. —Maysie se mecía en la mecedora con Aura en su regazo, contándole todas las cosas que descubrirían juntas en el campo. Se las contaba al oído, como si estuviera revelándole un gran secreto, y la niña reía con complicidad—. Y también un lago, puede que el tío Richard nos enseñe a pescar.

Elisabeth la miró como si quisiera estrangularla.

—Muy graciosa. Dudo mucho que se gane ese título. No sé por qué no os venís conmigo inmediatamente, esa absurda idea de esperar un tiempo. ¿Sabes lo sola y desamparada que estaré allí?

—No seas dramática, Lys. Apenas conoces a Richard. Al menos, no de verdad. Creo que os vendrá bien que os adaptéis un poco el uno al otro antes de que nos presentemos allí. Supongo que para él también será más cómodo cuando os conozcáis mejor.

—No sé si quiero conocerle. —Elisabeth se tapó la cara con un cojín teatralmente y se dejó caer hacia atrás en la cama.

Maysie soltó una carcajada.

—Pues deberías, al fin y al cabo, vas a estar con él hasta que la muerte os separe. Y a juzgar por lo lozano que se le ve, intuyo que serán muchos años.

—¡¡May!! ¿Quieres dejar de ponerme nerviosa? Oh, Dios, mañana a estas horas... —Elisabeth gimió y hundió la cara en el cojín de nuevo. Mañana a esa misma hora sería Elisabeth Jane Greenwood.

—Deberías estar exultante. Te has librado de ese ogro, y la verdad es que Richard es... —Maysie movió los labios formando las palabras «impresionantemente guapo» para que su hija no lo oyera.

—¿Quién es un ogro, mami? —preguntó Aura con voz adormilada.

—Nadie importante, cielo. Un hombre muy feo que ya ha salido de nuestra vida.

Elisabeth sabía que tenía razón, debería estar agradecida por su buena suerte. Richard era una buena persona, exultantemente guapo, fuerte, joven y bien posicionado. Pero el rencor y la frustración con los que la había tratado le impedían relajarse ante su futuro.

Había mandado una nota marcando las directrices que seguirían en los próximos días. Nada de consultas, ni sugerencias, solo órdenes. La ceremonia se llevaría a cabo en la pequeña iglesia de Santa Clara y después celebrarían un almuerzo en la casa de los Sheldon, como sus padres habían pedido. Pasarían la noche de bodas en un lujoso hotel recién inaugurado y al día siguiente partirían hacia el campo. Rumbo a su nueva vida.

La ceremonia fue breve. Apenas un par de párrafos de la Biblia, los votos pronunciados con un tono inseguro y un «Sí, quiero» casi inaudible por parte de los novios. De los dos. Como si las palabras se negaran a fluir, como si estuvieran a punto de salir corriendo despavoridos hacia la salida en cualquier momento. Pero no lo hicieron, permanecieron allí, de pie, mirándose a los ojos, casi con rencor, aceptando sus destinos y culpándose el uno al otro por estar en esa situación.

Si ella no le hubiera besado, si él no se hubiera obstinado en hacer lo correcto.

El cura le dio permiso para besar a la novia y Richard lo miró con el mismo estupor que si le hubiera pedido que cruzara el Atlántico a nado. Daba igual que Elisabeth estuviera radiante con su vestido color azul cielo, que sus mejillas sonrosadas le dieran un aspecto vulnerable, que, por primera vez en su vida, no viera en ella la máscara de perfección antinatural que solía lucir; parecía tan real, tan tímida y asustada, tan insegura como se sentía él. Aun así, no experimentaba ni una pizca de simpatía por ella. Al contrario, sintió un extraño rechazo y fue incapaz de besar su boca. Posó sus labios en su mejilla, en un beso rápido, un tanto brusco, como si deseara salir del absurdo trámite cuanto antes.

Richard estaba muy intrigado por la pequeña niña morena que pululaba entre los invitados, después de que Elisabeth fuera a buscarla y entrara en el salón con ella en brazos. Debía de ser la ahijada de Maysie. El bigote de su ahora suegro tembló durante unos instantes interminables al verlas entrar, y Richard temió que le volviera a dar una crisis. Pero, al final, su esposa le susurró algo al oído y el hombre pareció volver a la normalidad.

Aparte de las familias de ambos, solo habían asistido Thomas Sheperd, amigo de los hermanos, y lady Margaret Duncan, tía de Marian, en deferencia al apoyo brindado la noche del escándalo.

Los novios parecían haber entrado en un súbito estado de timidez y procuraban que sus miradas ni siquiera se cruzasen.

Lady Margaret, sentada junto a su sobrina Marian, le hizo un gesto a Richard para que se acomodara junto a ella.

—Deshazte de una vez de esa expresión tan funesta, cualquiera diría que te han condenado a la horca, Greenwood. —La anciana hizo un gesto con la cabeza hacia donde Elisabeth se encontraba.

Se hallaba sentada en una silla con Aura en su regazo, apurando al máximo la horas que le quedaban para estar con ella. Elisabeth sujetaba un plato mientras la pequeña rebañaba con entusiasmo hasta el último trocito de bizcocho con una cuchara. Eleonora, la madre de Richard, conversaba animadamente con ella y bromeaba con la niña, que le sonreía con su boquita manchada de crema.

—Tu destino no es tan malo, después de todo —añadió—. Nadie que mira con tanta ternura a una criatura puede tener mal corazón. Y si vas a fingir que no te gusta ni un poquito, te advierto que huelo las mentiras desde lejos.

Richard miró al cielo en un gesto teatral pidiendo ayuda divina, y Marian se rio.

—Estamos en febrero. Antes de que acabe el verano estará desesperadamente enamorado de ella —apostó Marian.

—Antes de que empiece el verano, apostaría yo —sentenció Margaret.

—¿Podríais dejar de hablar de mí como si yo no estuviera delante?

Ambas lo miraron y no pudieron evitar soltar una carcajada al verlo descolocado y ruborizado.

Parecía haberse establecido una especie de camaradería agradable entre ambas familias, a pesar de la manera tan desafortunada en la que se había producido todo. El día se les pasó volando y, casi sin darse cuenta, llegó el momento de empezar su nueva vida. Cuando la puerta del carruaje se cerró aislándolos del mundo, la enormidad de lo que se les venía encima fue patente en el estado de ánimo de ambos.

El hotel estaba a menos de media hora de distancia de la casa de los Sheldon, cerca de Regent's Park, pero el silencio entre ellos era tan denso que los minutos se les antojaron horas.

Elisabeth estaba acostumbrada al lujo, aun así la *suite* era simplemente «demasiado». Tenía dos habitaciones enormes, comunicadas a través de un saloncito en el que no faltaba de nada. El hotel había sido inaugurado hacía pocos meses, todo estaba pulcro y resplandeciente, y a Elisabeth, incluso, le llegó el ligero aroma a nuevo de los muebles recién lacados. Los paneles de madera que cubrían las paredes le daban un aspecto elegante, al igual que las molduras doradas a juego con el mobiliario. Todo estaba perfectamente conjuntado, todo perfectamente elegido. Perfectamente frío e impersonal.

Se refugió en su habitación, donde una de las criadas del hotel le había preparado un relajante baño perfumado. Escuchó un murmullo de voces en el salón contiguo a la habitación, ruidos de pasos, puertas al cerrarse y, después, nada más, solo silencio. Se sonrojó al rebuscar en la pequeña bolsa de viaje que había llevado consigo para pasar la noche y encontrar solamente un sugerente camisón de gasa y encaje con una bata a juego, que no estaba pensada precisamente para abrigar. No era la prenda sencilla y discreta que había preparado y maldijo a Maysie, que seguro era la culpable del cambio. El resto de sus pertenencias ya viajaba en un carruaje rumbo a Greenwood Hall para que todo estuviera preparado a su llegada.

Se miró en el espejo y no pudo evitar morderse el labio. Desde luego que esa prenda era mucho más adecuada para una noche de bodas, solo que, a juzgar por las miradas frías y enfurruñadas de su esposo durante todo el día, no iba a ser una noche de bodas al uso.

Abrió despacio la puerta que daba a la salita y asomó un poco la cabeza. No había nadie. La habitación estaba en penumbra. Las voces que había oído debían de ser las de su marido que hablaba con alguien del servicio, pues habían traído un carrito con la cena. Cena para uno. La puerta de la habitación de Richard estaba entreabierta y totalmente a oscuras. Por lo visto, él había bajado al comedor a cenar, lo cual implicaba que no estaba por la labor de suavizar la situación entre ellos.

Se encogió de hombros. No es que fuera la noche romántica con la que había soñado desde niña, pero era la que le había tocado, así que se dispuso a disfrutar de su primera cena como mujer casada. Destapó una de las bandejas y el sabroso olor del faisán guisado llegó hasta su nariz, haciendo que sus tripas rugieran sonoramente. No había comido nada en todo el día por los nervios. Se sentó a la mesa relajándose al fin, convencida de que fuera lo que fuese lo que le deparara su nueva vida sería mejor recibido con el estómago lleno. La copiosa cena y los nervios pasados tuvieron consecuencias y, en cuanto se metió en la cama, se durmió profundamente. No sabía cuánto tiempo había transcurrido cuando el ruido de una puerta al cerrarse y unos pasos en el salón la hicieron incorporarse de golpe en la cama, con su estómago encogido por la anticipación.

ɤ

Richard se acercó hasta la bandeja de comida y la destapó. Al menos, ella había cenado, y bastante además. Le ponían nervioso las damas a las que había que insistirles constantemente para que se alimentaran; por suerte, su reciente esposa no era una de ellas.

La había estado observando con disimulo durante la celebración y no había probado bocado, por eso había preferido dejarla sola para que comiera con tranquilidad. Por eso y porque no le apetecía lo más mínimo vivir de nuevo un silencio incómodo y violento como el del carruaje. Aún estaba demasiado enfadado para ser amable y prefería no forzar la situación. Prefirió bajar solo al comedor del hotel y había dado buena cuenta de la botella de vino que le habían servido.

Se dirigió a su habitación y, tras cerrar la puerta, se sirvió una copa de brandi. Sintió cómo el licor quemaba su garganta al pasar, mientras observaba por la ventana el aire mover la espesa niebla, arremolinada bajo la luz de las farolas, formando figuras fantasmagóricas en la penumbra.

Elisabeth se había quedado casi petrificada en la cama aferrándose a sus rodillas con fuerza, intentando captar los sonidos al otro lado de la puerta. Tras unos momentos, los pasos de Richard se alejaron y escuchó de nuevo cerrarse una puerta con un ruido sordo. Soltó el aire contenido en un largo suspiro. Se negaba a sentirse decepcionada por el hecho de que su recién estrenado marido huyera de ella como de la peste. No es que quisiera que él consumara el matrimonio esa misma noche, por muy guapo que le resultara, por supuesto que no. Puede que su beso hubiera despertado en ella una curiosidad que nunca antes había sentido, y que algunas partes de su cuerpo hubieran experimentado, durante los escasos segundos que duró, una especie de despertar, pero aquello no era relevante en la vida de un matrimonio de la aristocracia, ¿verdad? Ellos no se dejarían llevar por las bajas pasiones y a la vista estaba que en ese momento la pasión parecía brillar por su ausencia.

Las dudas la carcomían. ¿Y si él no la consideraba atrayente? En este momento estaba claro que no la deseaba lo más mínimo, pero ¿y si eso no cambiaba? ¿Y si era incapaz de incitar a su marido lo suficiente para consumar el matrimonio? ¿O para tener un hijo? Su cabeza iba a toda velocidad y ahora se encontraba totalmente desvelada.

Si al menos estuviera con Maysie, ambas soltarían una sarta de disparates, harían un millón de teorías absurdas, Elisabeth elaboraría una lista interminable de posibilidades y ambas acabarían partiéndose de la risa hasta que la preocupación se hubiera desvanecido. Pero ahora estaba sola en esto y debería apañárselas lo mejor posible. Se sentía triste, desubicada y totalmente desamparada.

Harta de dar vueltas en la cama se levantó de un salto y, sin pensarlo demasiado, se encaminó a la habitación de Richard sin saber exactamente con qué intención. Ya lo averiguaría cuando llegara.

Los ligeros toques en la puerta lo sacaron de la nube oscura y tormentosa en la que se habían convertido sus pensamientos. Los golpes fueron tan suaves que, al principio, creyó haberlo imaginado. Musitó un tímido adelante y la puerta se abrió despacio.

Elisabeth empujó la madera con lentitud, temerosa de lo que iba a encontrar. Lo que halló no la apaciguó demasiado: Richard, en mangas de camisa, recortado contra la luz tenue que entraba por la ventana, la miraba con el ceño fruncido mientras apuraba de un trago el contenido del vaso que tenía en la mano.

—¿Qué quieres?

—Yo... Solo quería hablar. Quería...

—¿Es tan urgente como para no poder esperar a mañana o a pasado o a dentro de un año, tal vez?

Su voz sonaba pastosa, y Elisabeth tuvo la certeza, aun desde la distancia, de que había bebido demasiado.

Se recostó en el alféizar, mirándola como si estuviera deseando que se volatilizara y no verla más.

—Supongo que sí —musitó en voz queda. Se giró para irse, pero, cuando iba a cruzar el umbral, se lo pensó mejor—. Richard...

—Richard —repitió él, odiando lo melódico que sonaba su nombre en su dulce voz—. ¿Qué hay de «señor Greenwood»? Me gustaba como sonaba. ¿Lo hacías para darle a toda esta farsa un aire de honorabilidad? ¿Querías sonar más respetable, acaso? —Se rio cínicamente—. Nunca me has llamado así desde que nos conocemos. Siempre he sido el bueno de Richard, ese chico agradable al que las mujeres como tú suelen ignorar, en pos del gran trofeo. Tu objetivo era mi hermano. ¿Quién iba a fijarse en el imbécil de Richard estando disponible el todopoderoso conde de Hardwick? Pero, ahora que él no está en el mercado, hay que conformarse con el premio de consolación, ¿no es así?

Elisabeth jadeó indignada ante la acusación.

—No. No es así. No es así en absoluto. —Aunque, en el fondo, Elisabeth reconocía en sus palabras un negro poso de verdad. Siempre tuvo claros sus objetivos, y Richard nunca fue uno de ellos—. Discúlpame por molestarte, pero no he venido aquí para discutir.

Su voz sonó fría y sin emotividad, sin embargo, Richard percibió en ella un ligero temblor.

—Entonces, ¿a qué has venido? ¿A consumar el matrimonio antes de que me escape de tus redes? Puedes dormir tranquila, me has atrapado bien. No hay posibilidad de salvación. —Arrastró las palabras como si le supusiera un gran esfuerzo pronunciarlas correctamente; aun así, sonaban igual de hirientes. Se separó de la ventana para servirse otra copa y Elisabeth notó que se tambaleaba ligeramente.

Abrió la boca para decirle algo igual de mordaz, pero no se le ocurrió nada que estuviera a su altura.

—Lo siento, esposa, no me apetece acostarme contigo. Puede que mañana o pasado o dentro de un año…

—No he venido a meterme en tu cama. Jamás haría algo así.

—Jamás es mucho tiempo, querida. Y el celibato no es lo mío. Así que supongo que, tarde o temprano, tendré que resignarme a probar tus encantos.

—¿Resignarte? ¿Acaso crees que yo estoy ansiosa por entregarme a ti? ¿O por compartir mi vida contigo?

—No, claro que no. Solo creo que estás ansiosa de ejercer tu poder, y crees que, porque te metas en mi cama, me tendrás babeando y consintiéndote todos tus deseos. No te hagas la mosquita muerta conmigo, querida. Conozco a las mujeres como tú.

—No me conoces, Richard, y la verdad, casi prefiero que siga siendo así. No te vanaglories diciendo que sabes qué clase de mujer soy.

—¡El tipo de mujer a la que no le importa arrastrar consigo a quien haga falta para conseguir su propósito! No necesito saber más. Y, ahora, lárgate, me gustaría poder seguir regodeándome en mi propia miseria.

—Eres un maldito imbécil, creí que serías mejor que…

—¿Mejor que quién? —Richard se acercó a ella en dos zancadas, haciendo que, instintivamente, retrocediera—. ¿Que Farrell? No te atrevas a compararme con ese gusano.

—Puede que no me pongas la mano encima, pero tus palabras son igual de insultantes que las suyas. —A pesar de la penumbra, Richard vio como su barbilla temblaba y sus ojos se humedecían. Sintió como si le hubiera golpeado y se quedó impactado por el peso de su acusación—. Es la primera vez en mi vida que estoy separada de mi familia, de mi hogar. Es mi noche de bodas, no espero ni deseo tus caricias. Solo quería que, al menos, esta noche hicieras el esfuerzo de no odiarme.

Richard intentó retenerla, no obstante, solo consiguió rozar la tela de su bata mientras ella salía disparada hacia su habitación.

—¡Maldición! —Cómo podía haber sido tan estúpido y tan insensible. No tenía muy buen concepto de Elisabeth. Pensaba que era una manipuladora, experta en manejar a los hombres como si fueran títeres, capaz de conseguir con sus seductores encantos que cualquiera comiera en su mano.

Aun así, en ese momento le había parecido que el dolor que reflejaban sus ojos era sincero. Al fin y al cabo, solo era una joven que se había visto obligada a tomar una decisión desesperada, que la había arrastrado al mismo remolino desastroso donde se encontraba él. Salió de la habitación tras ella sintiéndose miserable. Llegó hasta su cuarto justo a tiempo de que ella cerrara la puerta con fuerza en sus narices y agradeció que el alcohol no hubiera mermado sus reflejos o su nariz hubiera pagado las consecuencias.

—Elisabeth, abre la puerta.

Elisabeth miraba desesperada la cerradura donde no había ninguna llave ni cerrojo ni nada remotamente parecido.

—¡Por todos los demonios!

—¿Has blasfemado? —La voz de Richard al otro lado de la puerta sonó ¿divertida?

ϒ

Elisabeth maldijo de nuevo para sus adentros. El muy imbécil encontraba la situación entretenida. Pues a ella no le hacía ninguna gracia. Quizás él no supiera que la puerta no tenía llave y no intentara abrirla. Pero Richard no estaba tan mermado de facultades como parecía y recordó que la puerta de comunicación de su habitación no tenía cerrojo. Por lo tanto, esta tampoco.

—Elisabeth, lo siento. Abre la puerta, por favor. Si no abres tú, abriré yo, es absurdo que… Maldición, tengo todo el derecho del mundo a estar enfadado, ¿no crees?

—¡Márchate! Ya he escuchado bastantes sandeces por esta noche.

—Voy a entrar. Querías hablar, pues venga, vamos a hablar.

—¡Ni lo sueñes! Ya no quiero hablar contigo. Ya me has expuesto claramente lo que opinas.

Estaba agotada y no quería oír ni una sola palabra hiriente más, ni unas simples disculpas que no borrarían el concepto que tenía de ella. Al menos, no esa noche, solo quería meterse en la cama y olvidar que ese día había existido. Por la mañana afrontaría lo que fuera que le deparara su nueva vida, pero, ahora, su mente agotada no podía soportar nada más. Ahora solo deseaba un poco de paz.

Miró a su alrededor. Decidió que mover una enorme cómoda que descansaba contra la pared para tapiar la puerta sería buena idea, aunque, a pesar de empujar con toda la fuerza de su cuerpo el lateral del sólido mueble, apenas consiguió un pequeño chirrido lastimero al desplazarlo un milímetro sobre el suelo.

—Muchacha testaruda —masculló Richard entre dientes al otro lado de la puerta—. Lo siento, qué más quieres que… ¿Qué demonios estás haciendo?

—¡Maldición! ¡Por todos los demonios del infierno!

Richard, con la espalda apoyada en la madera, se rio de nuevo ante la blasfemia.

—Está bien, voy a entrar. Arreglemos esto como adultos. —Se frotó las sienes, intentando aclarar sus ideas.

—¡Y un cuerno adultos! Has empezado atacándome tú, como si fueras un perro rabioso. ¿Qué diablos quieres arreglar ahora? —Richard, sorprendido, elevó una ceja. Jamás lo habían calificado de esa manera. Elisabeth miró a su alrededor y clavó la vista en la pared de enfrente, concretamente en la robusta puerta que comunicaba con el pasillo del hotel—. No quiero verte. Si intentas entrar, escaparé por el pasillo. A ver cómo explicas a media ciudad que tu mujercita huyera de ti en paños menores en tu noche de bodas.

Richard se puso alerta, sin duda era capaz de hacer algo así.

—Basta, voy a entrar.

Sin pensárselo dos veces, abrió la puerta. Elisabeth, en ese momento, rodeó la cama, llegó a la salida que comunicaba con el pasillo y giró la manivela con fuerza. Justo cuando sus pies estaban a punto de pisar la moqueta del corredor, Richard la atrapó por la cintura y la levantó en vilo, metiéndola de nuevo en la habitación y cerrando de un potente portazo, capaz de despertar a la mitad de los huéspedes del hotel.

—Vaya, vaya, la dulce Elisabeth maldice como un marinero, insulta a su esposo y es capaz de plantarse con un camisón transparente en mitad del pasillo del hotel más prestigioso de Londres. ¿Qué más sorpresas escondes?

—¡Suéltame, maldito bastardo! ¡Si tanto me odias, sal de mi habitación! Desaparece de mi vista.

Intentó soltarse de su agarre, no obstante, él no se lo

permitió. Cuando se dio cuenta, tenía la espalda apoyada contra la pared del dormitorio y las manos de Richard rodeándola por la cintura. Pero no había amenaza en su gesto, no como cuando Farrell se le acercaba intimidándola, solo había una enorme testarudez equiparable a la suya.

Richard suspiró profundamente.

—No te odio, Elisabeth. —Ella parpadeó como si le hubiera hablado en un idioma extraño—. Tampoco es que en este momento me caigas demasiado bien.

—Tú a mí tampoco, créeme.

—Bien, por eso creo que lo mejor es que vayamos despacio.

Elisabeth no podía dejar de mirar sus labios mientras le hablaba. ¿Era necesario que estuviera tan cerca?

—Estoy de acuerdo.

—Siento haber sido tan…

—¿Imbécil?

—Dejémoslo en obcecado, si no te importa.

—Prefiero cruel, si no te importa.

Richard sabía hacia dónde se dirigía su mirada y no pudo evitar que sus ojos se deslizaran también hacia la boca de ella, que no dejaba de morderse compulsivamente el labio inferior. Sus manos notaban la firme curva de su cintura, su piel cálida bajo la liviana tela del camisón, y se preguntó por qué demonios estaba tan cerca de ella.

La firme convicción de no dejarse engatusar por esa pequeña bruja y mantenerse alejado de su cuerpo de pronto le parecía una pésima idea.

—Intentemos no matarnos la primera noche, Elisabeth.

—Si vuelves a hablarme como lo has hecho, no lo descarto.

Richard movió la cabeza exasperado.

—Ya te he dicho que lo siento, aún no he asimilado

todo esto, estoy enfadado y frustrado. ¿Qué quieres, que me arrodille? —Ella se encogió de hombros, dándole a entender que no le parecía tan mala idea—. Lo siento, pero no estoy tan desesperado por tu perdón, preciosa. Aunque intentaré ser generoso. Podríamos empezar con un beso de buenas noches, como prueba de nuestra buena fe.

La cara de asombro de Elisabeth fue un poema y, al ver la mirada burlona de Richard, dudó de si lo había dicho en serio, pero, antes de que pudiera reaccionar, él acortó la distancia que los separaba y la besó.

Se apoderó de su boca con movimientos lentos, sensuales, hasta que a ella no le quedó más remedio que entreabrir sus labios y dejar que su lengua la explorara, buscando la suya. Tímidamente le respondió a la caricia, lo que provocó que Richard se volviera más exigente, que la tomara con pasión, como si pretendiera devorarla. Sus grandes manos abandonaron su cintura, para subir por su cuerpo, hasta acariciar sus pechos por encima del camisón. Elisabeth sintió la vergonzosa tentación de sujetarlas para apretarlas más contra ella, con la urgente necesidad de ser acariciada con más intensidad, sin embargo, se contuvo. No pudo evitar que su espalda se arqueara para acercarse más a él, buscando el calor de su cuerpo, ni que un leve gemido escapara de sus labios cuando Richard apretó los pezones entre sus dedos por encima de la tela.

Él se separó bruscamente, jadeante, y ella lo maldijo en silencio.

—¿Quieres que siga, esposa? ¿O consideras que la primera incursión ha sido lo suficientemente instructiva? Considéralo una primera lección, cortesía de la casa. —Su tono pretendía ser burlón, no obstante, su respiración estaba alterada, aunque quisiera aparentar que no le había afectado su contacto.

—No, ya he tenido suficiente.

—¡Quién lo diría! —Elisabeth entrecerró los ojos con furia—. Si quieres más, solo debes pedirlo, aunque no te aseguro que esté de humor para concedértelo.

—Puede que mañana te invite a mi cama, o pasado, o puede que dentro de un año. Pero, desde luego, esta noche no, esposo.

—Sé que esperarás con ansias ese momento. —Salió de la habitación con una carcajada, cerrando la puerta tras de sí, justo a tiempo de que la zapatilla que le lanzó Elisabeth impactara con fuerza sobre la superficie de madera en lugar de en su cabeza.

16

*L*os adoquines del puerto de Londres estaban húmedos y resbaladizos. Hasta las fosas nasales de Julian Cross llegaron los olores característicos, y nada agradables, del lugar, filtrándose entre los jirones de niebla. A pesar de los años transcurridos desde que abandonó Inglaterra, el mundo parecía haberse detenido en aquella pequeña porción de terreno. El bullicio incesante a su alrededor, las caras cansadas, los ojos ajados, las botas gastadas de los trabajadores que por un mísero jornal se partían la espalda día tras día; nada había cambiado.

La actividad era frenética, a pesar de la temprana hora de la mañana. Los hombres cargaban y descargaban los baúles y las maletas de los pasajeros de los barcos atracados, y transportaban mercancías de un lado a otro, entre órdenes y voces ásperas.

Julian sintió una especie de temblor cuando apoyó los pies sobre tierra firme, y quiso pensar que se debía al largo viaje en barco. Aunque también podía ser que su centro de gravedad se hubiera desplazado, desnivelado por los amargos recuerdos y las inquietantes sensaciones que estar de vuelta le provocaba.

—¡Lord Langdon! —Julian escuchó el nombre familiar, pero no lo relacionó con su persona inmediatamente—. Lord Langdon. —Su administrador se acercó corriendo hasta él, con la voz entrecortada por la carrera. Le tendió la mano y lo saludó efusivamente, aún jadeante—. Un placer tenerle aquí, por fin.

—Confío en que no me tenga aquí demasiado tiempo, Jeffries. —El hombre carraspeó incómodo. Estaba siendo un verdadero quebradero de cabeza para él organizar todo el asunto del marquesado sin el nuevo marqués presente, y no pensaba dejarlo escapar hasta tenerlo todo solucionado al detalle.

Julian se giró y no pudo evitar sonreír al ver acercarse a su hermana Celia del brazo de su dama de compañía. Se la veía pletórica, fascinada por cada barco, cada persona, cada cosa que veía. Eso era lo maravilloso de Celia, siempre encontraba algo hermoso en cada ser y en cada lugar. Le encantaba la lluvia, le fascinaban los días soleados, le divertía que el viento le agitara el cabello, y le encantaban los días tranquilos porque podía disfrutar mejor de las flores y del aire libre. Era feliz y conseguía aportar un destello de vida y de paz a todo aquel que tenía la suerte de tratarla. Era como si estuviera hecha de luz. Y en cambio él solo encontraba oscuridad en su interior.

Julian dio las órdenes pertinentes para que su hermana fuera llevada a la casa que había comprado en una de las zonas más exclusivas de la ciudad, casa que solo había visto una vez y que Jeffries se había encargado de amueblar. También dio la orden de que su equipaje fuera llevado y colocado antes de su llegada, ya que no le apetecía estrenar su nuevo hogar en medio del ajetreo del servicio, arrastrando maletas arriba y abajo. Se dispuso a acompañar a su administrador a su oficina para resolver los asuntos pendientes cuanto antes.

—Bien, Jeffries. Arreglemos todo eso que le mantiene tan inquieto desde la muerte de mi tío. Y dígame: ¿qué es tan urgente como para hacerme venir desde Portugal?

—¿Urgente? Ha tardado casi dos años en venir, *milord*. —Lo miró con la cara desencajada. Dos años en los que, carta tras carta, Jeffries le hacía hincapié en la necesidad de hacerse cargo de facturas, arrendatarios, cesiones y mil y un asuntos que requerían de su firma y de su autorización. Dos años en los que el administrador había perdido más de la mitad de su lustrosa cabellera, cosa de la que hacía directamente responsable al nuevo marqués por su desidia para con el título.

Julian se arrellanó en el mullido sillón de piel, más costoso de lo que un simple empleado podría permitirse, e imaginó que, probablemente, el dinero habría salido de su propio bolsillo, aunque no le importó demasiado.

—Bien, eso ya no es relevante, *milord*. En su última carta me preguntaba si podía renunciar a heredar el título y, sinceramente, creí que bromeaba. Usted es el último heredero en la línea sucesoria, el linaje se extinguiría si usted lo repudiara. Sería una ofensa terrible a la Corona y…

—Sí, lo entiendo. No es bueno para los negocios enfadar a la Corona. Al menos, por el momento, continuaré ostentando el título. Vayamos a lo importante. ¿Lo ha vendido todo?

—Como me ordenó, todas las posesiones que heredó de Henry Cross se vendieron, a excepción de los objetos personales de su madre. En cuanto a la herencia de su tío, el antiguo marqués de Langdon, sus arcas estaban tan mermadas que lo que pudo venderse apenas sirvió para cubrir las deudas. Al menos, pudo pagarse a los trabajadores y mantener a los pocos arrendatarios que quedan en condiciones dignas. —Julian asintió. Puede que Jeffries se cobrara ciertas comisiones extras por su abnegada labor, pero no cabía duda de que era justo con la gente más necesitada y eficiente con su trabajo—. Solo quedan un par de propiedades, algunas tierras de cultivo y una mansión en el sur. Están ligadas al título y no pueden venderse.

Julian asintió. No quería nada que le recordara su antigua vida: ni casas ni tierras ni fincas, por muy prósperas y rentables que fueran. Gracias a su inversión en una empresa de importación, había conseguido una considerable fortuna por sí mismo, y con lo obtenido por la venta de sus posesiones, aseguraba un porvenir holgado para su hermana.

—¿Arregló el asunto de los Farlow?

—Sí, señor. El padre de su difunta esposa recibió la cantidad que usted estipuló para aliviar su luto. Aunque dudo mucho que se lo haya gastado en su mausoleo ni en llevarle flores a su hija. —Jeffries se sonrojó y tras carraspear musitó una tímida disculpa. Su trabajo no era juzgar.

Recordó a la joven menuda, enfermiza e inestable a la que había jurado honrar y respetar frente al altar hasta el fin de sus días. Apenas había pasado con ella unas semanas tras la boda. Había alquilado una pequeña casa en Londres, intentando resignarse a su destino, para afrontar su nueva vida y no enterrar a aquella pobre chica bajo el peso de su dolor. Rose había sido obligada a casarse igual que él. Julian intentó por todos los medios ganarse su confianza, hacerle la vida un poco más fácil, pero, cada vez que lo tenía cerca, ella palidecía. Le tenía miedo y no la culpaba. El semblante de Julian nunca había sido dulce, pero desde que tuvo que destrozar su corazón con sus propias manos, unas profundas ojeras y un ceño eternamente fruncido le daban un aspecto taciturno y atormentado. Un par de veces intentó exigirse a sí mismo cumplir con su indeseada obligación como marido, no obstante, bastaba con entrar en la habitación de su esposa para que ella se echara a temblar como un ratón asustado, encogiéndose sobre sí misma, como si fuera a recibir el peor de los castigos. Y la verdad es que se sintió aliviado por su rechazo. Nunca volvió a acercarse a ella. No llegó a tocarla jamás.

Hizo los preparativos para que Rose estuviera bien atendida y no le faltara de nada, al menos, nada de lo que él pudiera ofrecerle, que no era más que dinero y protección. Gracias al paquete de acciones de la empresa de importación Parsons & Horns que había conseguido tras su matrimonio, llegó a un acuerdo de colaboración con ellos y, antes siquiera de poder calibrar las consecuencias, partió rumbo al continente para abrir una nueva delegación allí, un punto intermedio en el que poder expansionarse y encontrar un nuevo mercado para los productos provenientes de Asia. Estaba en Francia cuando recibió la noticia de la muerte de su padre y en Portugal cuando le informaron de que unas fiebres habían fulminado la precaria salud de su esposa, dos años después de su matrimonio. Al menos, esperaba que su lejanía la hubiera hecho feliz.

En cuanto a su padre, se alegró de una manera insana de su muerte, en el frío suelo de su habitación, sin nadie para enjugar su frente en sus últimos instantes de desaliento. Se alegró de que hubiera abandonado esta vida rodeado por lo único que se merecía: la más absoluta soledad. Aunque aquella efímera satisfacción no llegó a calmar jamás el enorme vacío existente en el lugar donde una vez, por un breve espacio de tiempo, latió un corazón.

Su vida se había convertido en una especie de huida hacia delante, en un intento asfixiante de siempre ocupar en algo su mente, un esfuerzo inhumano por tratar de no recordar, de no sufrir, de no sentir. Nadie, jamás, conseguiría hacerse con un resquicio de su corazón, nadie, jamás, podría llegar a arañar la fría y dura capa de hielo que cubría su alma. Él no merecía ser amado y se sentía incapaz de amar a nadie más. Estaba entumecido por el dolor constante, por los reproches hechos a sí mismo, por la culpabilidad. No es que recordara a Maysie Sheldon. Simplemente, ella jamás desaparecía de su mente. Su presencia dentro de su cabeza era como una sombra que le acompañaba constantemente. Cada momento del día, cada hora de vigilia durante las largas noches, ella siempre estaba allí, a su lado, como un fantasma. Su sonrisa fácil, sus ojos inteligentes, su voz...

La amaba tanto que su dolor se había convertido en una especie de malestar físico, en una punzada que se aferraba a su pecho en el momento más inoportuno. Esa era su penitencia por el daño que le había causado.

Paseó por los corredores silenciosos de su nueva mansión, bien entrada la noche, y tuvo que reconocer que Jeffries había hecho un trabajo excelente decorando aquella casa a la que ni siquiera podía llamar hogar. Llevaba tiempo sopesando la posibilidad de buscar un sitio estable para Celia, un lugar en el que él pudiera pasar algunas temporadas entre sus viajes, un emplazamiento en el que conseguir algo de paz.

Su hermana no quería separarse de él al principio, pero barcos, posadas y muelles no eran el sitio más adecuado para ella. La convencería para que se quedara allí, con su dama de compañía, que, al fin y al cabo, era lo más parecido a una madre que había conocido. Ella estaría bien cuidada, y eso lo tranquilizaba.

Llegó hasta el final de una de las galerías y abrió la puerta que buscaba. Un olor familiar, congelado en el tiempo, llegó hasta él, removiendo un lugar en su interior que ya creía muerto. En una de las pequeñas salas que daba al jardín, Julian había encargado que se dispusieran los únicos objetos que había conservado de la casa de su padre: las pertenencias de su madre. Encendió una vela y se paseó por la habitación, con la nostalgia presionándole el pecho. Le hubiera gustado sonreír o, incluso, llorar, pero los músculos de su cara parecían haberse entumecido hacía años y su gesto no cambió ni lo más mínimo. Acarició el sillón donde ella se sentaba a leerle un cuento o a dormirlo cuando era pequeño, y observó sobre él su cesta de costura con los retazos de bordado que dejó sin acabar.

Julian se giró y se quedó impactado al ver el retrato de su madre sobre la chimenea, observándolo con la misma expresión apacible de siempre.

En una de las esquinas, totalmente fuera de lugar, y aun así encajando a la perfección con el resto de sus cosas, descansaba un hermoso tocador. Julian se acercó hasta él y acarició un cepillo de plata, oscurecido por el tiempo, y recordó a su madre cepillándose su larga melena oscura. Echó en falta con una punzada en el pecho su caja de música, aquella que le regaló a Maysie como prueba de su amor, como promesa de que volverían a estar juntos, y se preguntó si la conservaría aún. Esperaba que sí.

Todos los recuerdos se agolparon en su mente, dificultándole la respiración y provocándole unas intensas ganas de destrozar algo, de gritar. Recordó cada una de las palabras que escribió en aquella carta, aquella mísera e insuficiente despedida, y se preguntó qué sentiría ella. Esperaba que, al menos, no lo odiara. Sin embargo, era consciente de que aquello era casi imposible. Si al menos Maysie le hubiera respondido, si le hubiera dicho lo cerdo rastrero que era, lo inhumano y poco caballeroso de su comportamiento, si le hubiera dicho que lo despreciaba, quizás él hubiese podido cerrar sus propias heridas. Pero era el único culpable y no se merecía ningún tipo de clemencia.

Se preguntó si Maysie se habría casado, si sería feliz, Probablemente, sí. Nunca fue lo suficientemente valiente para preguntarlo cuando se encontraba con algún conocido, ni en las raras ocasiones en las que mantenía correspondencia con sus antiguos amigos.

Volvió a recordar la melodía metálica de la cajita de plata de su madre, y un dolor, distinto y más profundo, se adueñó de él, provocando que sus ojos se humedecieran por primera vez en mucho tiempo. Aquella caja se había convertido en el símbolo tangible de todo lo perdido, de lo doloroso que podía ser el amor en todas sus formas.

Cerró la puerta tras de sí saliendo al pasillo, dejando a sus demonios momentáneamente allí encerrados, y se dirigió a buscar su propia habitación. Necesitaba una copa.

Mientras tanto, a solo unas manzanas de allí, su hija Aura cerraba con suavidad la tapa de la caja plateada finalizando la melodiosa tonada, le daba un beso de buenas noches a su madre y se deslizaba con suavidad entre los brazos del sueño, ese sueño reparador y reconfortante que solo los niños y los que tienen la conciencia tranquila pueden alcanzar.

17

*E*lisabeth jamás pensó que pudiera sentir el trasero entumecido, pero ese día descubrió que era posible.

Richard tenía tantas ganas de llegar a casa que apenas hizo una parada para que los caballos se refrescaran. Había dormido plácidamente durante todo el camino, mientras ella era incapaz de encontrar una postura en la que sus músculos no empezaran a molestarle a los pocos minutos. Al menos, podría haberle dado un poco de conversación para hacerle el largo viaje más ameno. Maldito egoísta.

Miró por la ventana y, a pesar de que el sol empezaba a ocultarse entre los árboles, reconoció los caminos, los fértiles campos y los pequeños riscos.

Gracias a Dios, ya faltaba poco para llegar a Greenwood Hall.

Observó el perfecto perfil de Richard recostado contra la pared del carruaje. Sus pómulos soberbiamente cincelados, su mandíbula fuerte, pero no excesivamente marcada, sus labios carnosos con esa forma tan sugerente... El rubor tiñó sus mejillas al recordar esos mismos labios sobre los suyos. Incapaz de soportar ni un momento más el silencio, abrió el libro de gruesas pastas, que había cogido para el camino y que apenas había ojeado, y con un gesto rápido lo cerró de golpe, provocando un chasquido seco que sacó a Richard de su ensoñación con un sobresalto. Lys lo miró con una sonrisa inocente y el libro primorosamente cerrado en su regazo, pero su marido la observó desconfiado.

—¿Qué ha sido eso?

—¿El qué?

—Ese ruido, no te hagas la tonta.

—No he oído nada, quizás haya sido tu conciencia estallando, incapaz de soportar ni un segundo más la manera en la que ignoras a tu joven y bella esposa. No me has hablado en todo el camino. —El tono sarcástico de Elisabeth casi lo hizo sonreír, aunque se contuvo. No quería derribar ninguna barrera por la que ella pudiera acceder a él. Se limitó a mover la cabeza como si hubiera oído un disparate y se asomó por la ventana para orientarse. Ya casi habían llegado a sus tierras.

Volvió a recostarse en el asiento y cerró los ojos.

—Tenemos toda la vida para hablar. Lo cual es fantástico. Arrebatador, diría yo. Así que espero que mi joven… y bella esposa me deje descansar la media hora que queda hasta llegar a casa.

Elisabeth aprovechó que no la veía para hacerle una mueca burlona y cruzó los brazos bufando frustrada.

«A casa.» Las palabras le provocaron inquietud, ella no sentía que estuviera llegando a casa, al menos no a la suya. Y la actitud taciturna de Richard no la ayudaba demasiado a sentirse de otra manera.

Eleonora había tomado la precaución de enviar instrucciones a Greenwood Hall para que todo estuviera preparado a la llegada de la pareja, incluyendo la habitación para la nueva señora de la casa, aunque en la mansión no esperaban su llegada tan pronto.

Richard saltó del carruaje, dispuesto a que fuera el lacayo quien se encargara de ayudar a su esposa, pero un suave carraspeo desde el interior del vehículo le hizo volverse resignado y tenderle la mano a Elisabeth para ayudarla. En lugar de sujetarse de su mano, ella se apoyó sobre sus hombros, por lo que Richard no tuvo más remedio que sujetarla por la cintura y depositarla en el suelo. Sentir el peso de su cuerpo le trajo de nuevo el recuerdo de la noche anterior, tan real y tangible que aún notaba el calor de su piel traspasando la liviana tela del camisón, la redondez de los pechos bajo sus manos, la presión de los pezones endurecidos por el deseo, imposibles de disimular bajo la seda. Elisabeth era capaz de reconocer una mirada de anhelo cuando la veía, y sonrió satisfecha al notar que él tragaba saliva y la soltaba repentinamente nervioso. Leopold, el mayordomo, saludó a Richard con una reverencia, a lo que el joven correspondió con una palmada afectuosa en el brazo, provocando que el hombre se azorase un poco.

—Buenas noches, Leopold —saludó ella con amabilidad.

—Señorita Sheldon. —El hombre la miró sin entender. Sabía que su joven señor había contraído nupcias de manera precipitada, pero su cerebro parecía reacio a unir las piezas del puzle. Ella le dedicó una sonrisa encantadora—. Leopold, ella ahora es mi esposa. —Pareció atragantarse con la palabra, al igual que el mayordomo se atragantó con las profusas disculpas que le dedicó a Elisabeth.

Richard no tenía ningún deseo de actuar como si estuviera complacido con su nueva situación. De hecho, seguía estando furioso con su esposa y estaba ansioso por demostrárselo, de una manera totalmente infantil. No quería dar ni un solo paso que a ella le hiciera pensar que había ganado la batalla. No era rencoroso, tenía buen carácter y era de naturaleza comprensiva, pero con Elisabeth sentía la necesidad de mantener protegida su pequeña parcela personal, una parcela hermética donde ella no era bienvenida. No se convertiría en una marioneta manejada por esa rubia infernal, no le valdrían un par de miradas melosas y sonrisas afectadas para tenerlo postrado a sus pies. Y cuanto antes le quedara clara su postura, mejor para ambos.

La cena comenzó en un absoluto silencio, solo interrumpido por el ruido que hacían los cubiertos al chocar sobre la porcelana, ruido que estaba empezando a crispar los nervios de Richard.

—Tu habitación lleva años sin ser reformada, puedes hacer los cambios que creas convenientes.

—Gracias. Pero no quiero cambiar nada de momento. Todo es funcional. Y está en buenas condiciones.

—Como desees. —Richard no se esperaba esa respuesta. Pensaba que, siendo una niña rica y esnob, lo primero que haría sería cambiar la decoración pasada de moda de su habitación—. Tengo mucho trabajo atrasado; mañana, si necesitas algo, puedes recurrir a Leopold. Ya conoces la casa, no ha cambiado demasiado desde tu última visita.

Elisabeth recordó las semanas pasadas allí con su familia en aquella fiesta campestre. Parecían haber transcurrido mil años. En aquel entonces, ella estaba convencida de que el hermano de Richard era el candidato perfecto, y su ahora marido era un hombre encantador siempre de buen humor. Levantó la vista de su plato y lo miró, intentando encontrar a ese Richard amable en el hombre sentado a su lado, pero se topó con su gesto adusto.

—Mi madre y mis hermanas pasan la mayor parte del

tiempo en Londres, así que puede decirse que eres la señora de la casa, aunque te agradecería que, cuando mi madre esté aquí, consultes con ella las decisiones.

Elisabeth levantó la vista sorprendida.

—Asumiré las responsabilidades necesarias, Richard, pero no voy a arrebatarle su sitio a tu madre. Esta es la casa familiar, es su hogar. Si tuvieras una casa propia, sería distinto, pero…

—Tengo una casa propia. —El cubierto de Elisabeth se quedó a medio camino entre su plato y su boca. No sabía absolutamente nada de su marido y lo poco que creía conocer estaba basado en una percepción de su personalidad que, ahora, parecía totalmente equivocada.

—En Londres. No está demasiado lejos de la de tus padres. Aún no está totalmente amueblada.

—Eso es fantástico. —Aunque no sabía por qué, la noticia no terminaba de alegrarla.

—En realidad, no pienso pasar demasiado tiempo allí. Mi sitio está aquí, este es mi hogar y, además, aquí está mi trabajo. Supongo que cuando esté lista, podrías trasladarte allí. Será lo más cómodo.

Elisabeth sintió que una corriente helada le bajaba por la espalda. Entre los matrimonios de la alta sociedad era muy común que los hombres relegaran a sus esposas en alguna finca lejana, cuando se cansaban de ellas o cuando daban un heredero que continuaba el linaje.

Richard iba a abandonarla en la ciudad, pero por lo que parecía ni siquiera esperaría a tener un heredero.

—Cómodo. —Elisabeth repitió la palabra para sí misma, pero Richard captó el ligero movimiento de sus labios—. ¿Ese es el tipo de matrimonio que deseas? ¿Tú aquí y yo a kilómetros de distancia?

No había reproche en su voz. Solo una pregunta franca y directa. Lo cual le hizo más difícil la respuesta.

—Partamos de la base de que no quería tener ni este tipo de matrimonio ni ningún otro. No entraba en mis planes, al menos no ahora, y desde luego no contigo.

Elisabeth sintió que la comida se convertía en una bola insípida y seca, imposible de tragar. Debió hacer un esfuerzo sobrehumano para aparentar que aquella afirmación no le afectaba lo más mínimo.

Richard bebió un gran trago de vino mientras la miraba, calibrando el efecto de sus palabras. El semblante de Elisabeth permaneció inmutable, salvo el brillo afable de sus ojos claros, del que no quedaba ni rastro.

Un lacayo se acercó a retirar los platos y ella se levantó en ese momento. —No me traiga nada más, gracias. —La sonrisa amable que le dedicó al joven sirviente lo dejó obnubilado y los platos tintinearon en sus manos enguantadas. Richard frunció el ceño, odiando el efecto que tenía sobre los hombres. En todos menos en él, o eso quería creer.

—Si me disculpas. —Richard se levantó despacio, como mandaba la cortesía—. Estoy agotada del viaje.

—Elisabeth… —Pero Elisabeth no quería escuchar nada más.

—Buenas noches, Richard. —La observó, mordiéndose la lengua para no retenerla mientras ella salía del comedor.

Lanzó la servilleta con rabia sobre la mesa.

¿Qué se suponía que debería hacer? El Richard de siempre se disculparía inmediatamente; a decir verdad, el Richard de siempre no hubiera sido tan desagradable. Pero su maldito orgullo le impedía actuar de otra forma. Se sentía tan utilizado, tan humillado, tan imbécil como un imberbe fulminado ante la primera mujer que le regala un beso.

Elisabeth llegó a su habitación sin saber cómo debería

sentirse ante esa situación. ¿Decepcionada? Por supuesto. Apenas llevaba veinticuatro horas casada y su flamante esposo ya quería deshacerse de ella. Aunque quizá fuera lo mejor, porque no estaba dispuesta a tener una vida en común con alguien que solo le hablaba con comentarios mordaces y desplantes. Él no era la única víctima, ambos se habían visto arrastrados por las circunstancias.

Aunque las circunstancias hubieran sido provocadas por ella.

Pero, al menos, Elisabeth estaba dispuesta a darle una oportunidad a aquel matrimonio, mientras Richard se comportaba como un tigre acorralado.

No insistiría en buscar una armonía impostada que no la llevaba a ninguna parte, ni se humillaría ante él esperando una palabra amable como un perrito que espera paciente a que le rasquen la cabeza. Debería estar exultante de alegría.

Una casa en Londres donde no tendría que darle cuentas a nadie, con su independencia y sus propias decisiones, sin él. Debería estar feliz, pero no lo estaba en absoluto.

En el fondo, su ingenua y romántica mente había soñado por un momento con una vida diferente, una familia, una oportunidad para ambos. Pero si él no la quería a su lado, no insistiría. Elisabeth Sheldon no suplicaba jamás, aunque, para su desgracia, esa muchacha ya no existía. Y a Elisabeth Greenwood su nuevo apellido le pesaba como una losa imposible de sobrellevar.

Un golpe seco en la quietud de la noche la despertó con un sobresalto. Se había quedado dormida en el sillón frente a la chimenea en una postura imposible, que provocó que todos sus músculos se quejaran entumecidos cuando se puso de pie. La vela que había encendido se había consumido y la habitación estaba sumida en la penumbra, apenas iluminada por los rescoldos que quedaban en la chimenea. Durante unos segundos permaneció inmóvil, agudizando el oído e intentando encontrar el origen del ruido que la había despertado. Nada.

Solo un silencio sepulcral y el sonido de su propia respiración agitada. Se dirigió a tientas hacia el tocador en busca de otra vela, con las manos extendidas delante de su cuerpo para no chocar con ningún mueble.

La sensación de que algo o alguien pudiera rozarla en cualquier momento le provocaba escalofríos en la columna vertebral.

Al fin, encendió la vela y la luz volvió a adueñarse de los amenazantes espacios oscuros de su habitación. Suspiró aliviada y movió la cabeza, burlándose de sí misma. Seguro que su imaginación le había jugado una mala pasada y el ruido había sido producto de un sueño. Y, entonces, ocurrió: una especie de alarido espeluznante resonó en algún punto indefinido de la casa y a Elisabeth casi se le paraliza el corazón.

18

$\mathcal{D}$urante unos segundos interminables, los ojos de Elisabeth se clavaron en la manivela de la puerta que daba al pasillo, repitiendo en su mente como una letanía: «No, por favor, que no se abra».

Sabía que no había nadie más en esa planta, salvo Richard y ella, y le resultó inquietante pensar en todas esas habitaciones vacías rodeándola.

A pesar de que no era una persona miedosa y que moriría antes de reconocer que creía en los fantasmas, Elisabeth no pudo evitar que el miedo se apoderara de ella.

Una ráfaga de viento movió las ramas de los árboles y una de ellas rozó el cristal de su ventana, provocándole un respingo que casi la hace gritar.

Sin pensárselo, salió disparada hacia la puerta que comunicaba con la habitación de su marido y giró la manija. Respiró aliviada al ver que no estaba cerrada con llave y entró en tromba en la habitación donde Richard dormía.

Abrió la puerta con tanta fuerza que la madera chocó contra la pared. Richard se incorporó de golpe en la cama, a punto de sufrir un ataque por la sorpresa.

—¡¿¿Qué demonios…??! —Cuando por fin se ubicó, vio a Elisabeth plantada en mitad de la habitación, retorciendo nerviosa la tela de su camisón entre los dedos. Se frotó la cara somnolienta con las manos e intentó sin éxito apartar el desordenado cabello oscuro de su frente.

—¿Qué ocurre? ¿Quieres quedarte viuda antes de consumar el matrimonio? Maldición, me has dado un susto de muerte.

—Yo, yo… —Elisabeth no sabía cómo decirlo sin parecer una estúpida—. He oído algo. He escuchado ruidos extraños.

—Debe de ser el viento, en esta planta solo estamos nosotros dos. —De pronto, la intimidad entre ellos se le hizo enorme y sobrecogedora, solo ellos dos: su esposa y él.

Elisabeth negó con la cabeza.

—No era el viento. Estoy segura. No me mires así, no soy una niña asustadiza.

—Nunca ha habido fantasmas en Greenwood, a no ser que tu presencia haya despertado la ira de alguno de mis antepasados —se burló, intentando quitarle tensión al momento.

Un ruido proveniente de una de las habitaciones del otro lado del pasillo llegó hasta ellos y Elisabeth dio un nuevo respingo.

—Iré a ver.

Richard se levantó de la cama como Dios lo trajo al mundo, y Elisabeth se sonrojó desde la planta de los pies hasta la raíz del cabello. Se dio la vuelta inmediatamente, incapaz de seguir observando su cuerpo, mientras él se ponía unos pantalones y una camisa que no se molestó en abrochar. Se tensó al acercarse hasta ella, deteniéndose a pocos centímetros de su espalda, a punto de rozarla. Su aliento cálido le acarició la nuca, y no le hizo falta volverse para saber que sonreía burlonamente al notar su azoramiento.

—Espérame aquí —le susurró junto a su oído, provocándole un estremecimiento.

Richard se arrepintió de no haber cogido un candelabro.

Estaba acostumbrado a pasear a oscuras por su casa, pero la verdad era que la cara asustada y el nerviosismo palpable de Elisabeth lo habían sugestionado y caminaba con más tiento del habitual. Una especie de aullido gutural, proveniente de una de las habitaciones, hizo que se parase en seco.

—¿Qué diablos…?

Muy despacio se acercó hasta la puerta del cuarto de donde había salido el sonido y la abrió precavido. La ventana, tal como había sospechado, estaba abierta y la cortina blanca ondeaba agitada por el viento como un inquietante fantasma. Richard entró y la cerró. Se giró sobresaltado al notar que algo se le aproximaba a toda velocidad desde el fondo de la habitación.

—¡Por todos los demonios…! —El orondo gato gris de la cocinera se abalanzó hacia la salida con un maullido que bien podía haber sonado como las puertas del infierno al abrirse y, tras esquivarlo, huyó por el pasillo a toda velocidad.

Miró a su alrededor con el pulso aún desbocado por el susto y vio el desorden que el maldito animal había causado, volcando figuras y candelabros de uno de los aparadores. Se giró sobre sí mismo y casi se le para el corazón al ver una alta figura que lo observaba desde una esquina. Se llevó la mano al pecho y soltó el aire aliviado cuando vio que solo se trataba de su propio reflejo en un espejo de cuerpo entero, situado en el fondo de la habitación. Se rio de su reacción y trató de recuperar el ritmo normal de sus latidos antes de volver a su cuarto. Ese endemoniado animal algún día iba a causar un serio problema.

Elisabeth miró a su alrededor, incómoda ante la masculinidad que se respiraba en la habitación de Richard. El mobiliario debía de haber sido renovado hacía poco, pues todo se veía lustroso y decorado con buen gusto. Los muebles eran recios, de madera oscura, y a la vez finos y elegantes. Le pareció que combinaban a la perfección con su marido.

No pudo evitar acercarse hasta la cama y pasar la mano por las sábanas que aún conservaban la calidez del cuerpo de Richard. Cogió el almohadón y se lo acercó para aspirar su olor. Percibió su colonia y algo más, algo masculino que despertaba multitud de sensaciones en ella. Se sintió un poco ridícula buscando su rastro, como si fuera una quinceañera enamoradiza, y volvió corriendo a su habitación. Escuchó un ruido en el pasillo y unas pequeñas pisadas que se alejaban veloces, y dudó por un momento si tratar de descubrir de qué se trataba o esconderse debajo de la cama. Le pudo la curiosidad y se acercó sigilosamente a la puerta que comunicaba con el corredor, abriendo apenas una rendija para asomarse. En el pasillo solo había oscuridad.

—¿Me buscabas? —La voz de su marido justo a su espalda la sobresaltó. Había entrado por la puerta que comunicaba sus habitaciones y la miraba con un brillo burlón en los ojos.

Elisabeth no había visto nunca a un hombre sin camisa, pero dudaba que la mayoría se vieran tan atractivos como Richard en esos momentos. La prenda abierta dejaba ver su pecho y los músculos del abdomen y una fina capa de vello que se perdía en la cinturilla de sus pantalones. Su cabello oscuro estaba despeinado y le hacía aún más guapo si cabe. No se explicaba cómo podía haber estado tanto tiempo junto a él años atrás y no haber caído rendida a sus encantos.

—Ya he neutralizado el peligro. Era Pelusa, el maldito gato de la cocinera, siempre está rondando por ahí, haciendo trastadas. —Elisabeth suspiró aliviada—. Ese bicho es un engendro del diablo. Ha debido de entrar por una ventana abierta, y el viento y tu imaginación han hecho el resto.

Elisabeth se mordió el labio intentando aguantar la risa; casi se muere del susto por un simple gato.

—Debes pensar que soy una estúpida.

—Aun a riesgo de ver comprometida mi virilidad, debo reconocer que casi me mata del susto el muy desgr... Ese animal proviene del mismo infierno. ¿Has oído los ruidos tan extraños que hace?

Elisabeth no pudo contener la risa y Richard la imitó con una alegre carcajada.

—Gracias, entonces, por tu heroico comportamiento. —Elisabeth se mordió el labio, conteniendo una sonrisa—. Ahora será mejor que te marches.

La tregua se había acabado.

Richard no podía apartar la vista de su boca y estaba seguro de que ella tenía razón, lo mejor era que se marchara justo en ese preciso instante, antes de que todos sus propósitos de contención se desmoronaran como un castillo de naipes.

Sin embargo, sus piernas no le obedecieron y, en lugar dirigirse a su habitación, acortaron el par de pasos que lo separaban de su esposa. Quería marcharse, meterse en su cama y seguir durmiendo, aunque sus sueños inquietos estuvieran plagados de mechones rubios que acariciaban su pecho y sonrisas traviesas que lo desarmaban.

—Y ¿eso es todo? ¿Ni siquiera un beso para el valiente guerrero que ha salido en vuestra defensa, mi señora?

—Menuda valentía enfrentarse con un gato —bromeó, tratando de ignorar el cosquilleo que su petición le provocó en el estómago.

—No seas dura. Cuando salí a buscarlo, no sabía que

era un gato, bien podía haber sido un dragón y hubiera salido igual para protegerte.

Elisabeth soltó una carcajada que a él le sonó a música.

Deslizó sus dedos por la hilera de botones de la camisa desabrochada, dispuesta a torturarlo, y tiró ligeramente de la tela, colocándola en su lugar. Si pensaba que ya había olvidado los comentarios de la cena, estaba muy equivocado.

—Vamos a estar separados por una gran distancia. Yo en Londres, tú aquí. —Su voz era tan sugerente que Richard se sentía arrastrado por el canto de una sirena—. Cualquier contacto entre nosotros sería contraproducente. —La palabra «contacto» se clavó directamente en su entrepierna, haciendo más intensa la erección que tenía desde que la había visto con ese maldito camisón. Sus ojos bajaron, sin poder evitarlo, hacia los hombros, donde la suave tela se empeñaba en resbalar constantemente, dejando su piel expuesta, y continuó hasta el nacimiento de sus pechos, insinuantes en el escote de la prenda—. Imagínate que te encariñas conmigo. O al revés. Sería un horror echarse de menos.

—Un auténtico horror. —Richard deslizó su mano entre los sedosos mechones de su cabello y le acarició el cuello—. Pero creo que correré el riesgo.

Acarició con el pulgar el borde de su mandíbula, marcando su contorno. Con una lentitud estudiada, se acercó a sus labios y la besó, un beso que era más una insinuación que otra cosa. Rozó su boca muy despacio, tentándola, haciendo que se abriera a él, urgiéndola a desear más.

Si Elisabeth pensaba que tenía alguna idea de lo que era la seducción, Richard le demostró que era una auténtica novata. Su beso era tan sutil, tan sensual, que un ansia caliente comenzó a crecer en su pecho, extendiéndose por todo su cuerpo. La lengua de su esposo acarició con la misma deliberada calma las comisuras de sus labios. Los mordió suavemente, y volvió a acariciarla con su boca, esta vez profundizando un poco más. Sin darse cuenta, ella se había aferrado a su cintura para pegarse a su cuerpo. Su forma de seducirla la devastaba, haciéndole desear más con cada roce, ansiosa por descubrir la nueva caricia que vendría después. Se dio cuenta de que sus piernas apenas la sostenían cuando Richard la abrazó con más fuerza, acercándola a su cuerpo.

La sensación de estar totalmente a su merced era apabullante. Apenas fue consciente de que yacía en la cama hasta que notó el cuerpo de su marido pegado al suyo, mientras seguía besándola aumentando la intensidad con cada caricia de su lengua.

Deslizó sus manos por la espalda masculina, sorprendida por la dureza de sus músculos, que se tensaban bajo su toque, y por la fuerza que irradiaba su cuerpo. Su respiración entrecortada iba convirtiéndose en una sucesión de jadeos, que ni ella misma reconocía como suyos, cuando la boca de Richard comenzó a pasearse despacio por su garganta hasta llegar a sus pechos.

Ella se aferró a sus hombros, lo necesitaba más cerca, quería más, aunque no sabía qué era lo que su cuerpo le exigía.

Richard quería parar. La pretensión de seducirla, hacerle perder el control y salir indemne era ilusoria. En cuanto notó su cuerpo estremecerse de placer y ansiar sus caricias, su cerebro se desentendió del resto. Sus manos la recorrían, saboreando cada milímetro de piel expuesta, de una manera cada vez más desesperada. Quería ir despacio, quería darle tiempo para acostumbrarse a sus caricias, pero le estaba costando mucho contenerse. Deslizó su mano por el muslo de Elisabeth, arrastrando la tela del camisón en su ascenso. Susurró su nombre en su oído como si fuera una plegaria, y ella sintió que se le erizaba la piel. Richard se separó de ella para observar su rostro sonrojado y arrebatadoramente bello. Estaba perdido, perdido en su belleza, en su fuerza, en su propio deseo. Su mano siguió subiendo hasta llegar a su sexo sin dejar de mirarla a los ojos.

Lys comenzó a acariciar con timidez su pecho y subió por el cuello hasta enredar sus dedos en su cabello oscuro detrás de su nuca. Se mordió el labio insegura, y Richard creyó que no podría soportar la necesidad de tomarla en ese mismo instante. Siguió acariciando los turgentes pliegues de su carne con suavidad, con dulzura, con una lentitud enloquecedora que hizo que Elisabeth se arqueara hacia él suplicando una caricia más. No pudo contener un jadeo cuando él presionó un punto que pareció transmitirle una descarga de placer.

Volvió a besarla con más intensidad devorándola, invadiéndola con su lengua, mientras sus dedos trazaban el camino hacia la cálida entrada de su cuerpo. Elisabeth estaba sobrepasada, sintiendo su cuerpo como nunca antes lo había sentido. El rubor tiñó sus mejillas al tomar conciencia de la manera tan íntima en la que la estaba acariciando, de la vergonzosa humedad que él le provocaba, del calor de su piel que parecía vibrar con cada roce. Estaba perdiendo la cabeza, estaba segura. Estaba convencida de que las parejas decentes no hacían ese tipo cosas.

¡Dios, cuánto se arrepentía de no haber escuchado los consejos de Maysie! Se sentía expuesta y vulnerable mientras una ola de placer intenso se extendía a través de sus terminaciones nerviosas. De pronto, el cúmulo de sensaciones se le hizo insoportable y sujetó con fuerza a Richard de la muñeca. Su cerebro traicionero le trajo el recuerdo de otros labios, de un beso muy distinto a ese, uno desagradable y doloroso de un hombre muy diferente al que ahora la acariciaba. Intentó relegar ese pensamiento al fondo de su mente, negándose a que esa imagen despreciable de Farrell ultrajara las maravillosas sensaciones que Richard le provocaba.

—Para, por favor. —Él se detuvo inmediatamente—. Lo siento, yo, esto es demasiado, no puedo.

Richard apoyó la frente sobre la suya y depositó un beso tierno sobre sus labios.

—Tranquila, perdóname. Quizás he ido demasiado lejos.

—No… —ella titubeó con la respiración igual de agitada que la de él—. ¿No estás enfadado?

—Por supuesto que no. Te dije que iríamos despacio. Lo siento, me he dejado llevar. —Le acarició la mejilla con el dorso de la mano y se alejó de ella—. Descansa.

Elisabeth no fue capaz de moverse hasta mucho rato después de que Richard se hubiera marchado de su habitación. Las gruesas lágrimas que intentaba retener corrieron al final por sus mejillas. Richard había sido dulce, sensual, respetuoso, y no podía permitir que la forma despreciable de actuar de su antiguo prometido empañara el momento tan fascinante que acababa de experimentar.

19

*E*lisabeth levantó la cabeza de la carta que estaba escribiendo cuando la doncella apareció en el umbral de la habitación.

—Dime, Doris.

—El señor le manda recado, señora. No vendrá a tiempo para la cena. Le pide que no le espere.

—Cobarde —musitó para sus adentros.

—¿Decía algo la señora? —preguntó la muchacha parpadeando. Por lo visto, no había hablado tan bajo como pretendía.

—Nada, llévame algo ligero a mi salita. Cenaré allí.

Como los cinco últimos días.

Cenaría sola. Al igual que había desayunado sola, paseado sola, comido sola y dormido sola, desde la noche en la que tuvieron el «encuentro» en su habitación. Ya solo le faltaba comenzar a hablar sola, y si la indiferencia por parte de su marido duraba mucho más, no lo descartaba. Para colmo, la carta que había recibido de Maysie esa tarde había terminado de desmoralizarla.

Su padre pensaba que no era seguro que una dama y una niña viajaran solas, y había decidido que Bryan Lane, uno de sus abogados y hombre de confianza, las acompañara. Eso significaba que su viaje a Greenwood Hall se demoraría hasta que Sheldon y su abogado lo decidieran, y no parecían tener mucha prisa en que eso sucediera. Elisabeth debería acostumbrarse a su soledad hasta que llegara ese día.

Richard siempre había considerado que se le daba bien el trato con las mujeres. Un par de frases ingeniosas, una sonrisa amable, algún halago y un comentario pícaro…, eso y su agraciado físico obraban el milagro.

Quizá fuera porque Elisabeth no era una simple conquista, porque su personalidad era más compleja que la mayoría o porque estaba empezando a comportarse como un joven enamoradizo e inexperto, pero no sabía cómo afrontar la situación. Tenía la desagradable impresión de que, hiciera lo que hiciese, se equivocaba. La sensación de haberla avasallado, de haberla presionado demasiado, le provocaba un remordimiento tan intenso que no se veía capaz de enfrentarla. Se sentía avergonzado por no haber sido capaz de dominar sus impulsos, por no haber parado antes de que ella se lo pidiera. Debería haber intuido que para Elisabeth, por su inexperiencia, la situación no sería tan sencilla como dejarse llevar, más aún después de haber estado en manos de ese desalmado de Farrell. Era consciente de que estaba comportándose como un cobarde y de que Elisabeth podía malinterpretar la situación, pensando que su rechazo le había alejado.

Tampoco ayudaba demasiado que el haberla tenido entre sus brazos hubiera agudizado el intenso deseo que sentía por ella desde que la había besado por primera vez. Era curioso que, a pesar de su belleza, nunca la hubiese visto como una posible candidata digna de sus atenciones y, sin embargo, ahora no pudiera quitársela de la cabeza. No podía desprenderse del tacto de su piel, del sabor de su boca, y el recuerdo de sus jadeos bajo sus caricias lo perseguía día y noche. Y, aun así, se había prometido no volver a tocarla hasta que ella se lo pidiera, hasta que estuviese preparada.

Leopold carraspeó junto a la puerta del comedor, reclamando su atención. Esa noche, una semana después de su llegada, Richard se había armado de valor y había decidido portarse como el hombre cabal que era. Elisabeth estaba sola, adaptándose aún a su nueva vida, y él estaba comportándose como un patán. Había vuelto a casa temprano y había mandado a un sirviente para informar a su mujer que esa noche cenaría con ella.

—¿Qué ocurre, Leopold?

—Señor, mmm, su esposa dice que prefiere cenar sola.

Richard levantó la ceja y ni siquiera intentó disimular su sorpresa.

—¿Cómo dices?

—Exactamente lo que he dicho. Le han informado que usted deseaba cenar con ella y ha dicho que no le apetecía. ¿Ordeno que le traigan la cena?

Richard movió la cabeza, incrédulo, y asintió.

La cena, a pesar de ser una exquisitez, le supo igual de seca e insípida que la bazofia que le habían servido las últimas noches en la posada del pueblo. Su mente estaba en otra parte, concretamente en el piso de arriba, en la habitación de su esposa, preguntándose qué demonios estaría haciendo en lugar de cenar con él.

Elisabeth se cepilló el cabello enérgicamente por undécima vez, intentando que su frustración disminuyera. Unos golpes en la puerta la sobresaltaron y, antes de que pudiera decir nada, esta se abrió. Su marido apareció en el umbral y se apoyó descuidadamente contra el marco de la puerta. Sintió que su estómago daba un vuelco y se odió a sí misma por reaccionar de esa manera. Era tan condenadamente atractivo que le robaba el aliento. Pero no dejaría que lo notara.

—¿Te encuentras bien? —La voz de Richard no demostraba ninguna emoción.

—Sí, perfectamente. ¿Por qué lo preguntas?

—Porque me ha extrañado que no bajases a cenar cuando te lo he pedido.

—Puede que no te hayan entregado bien el mensaje. No he bajado porque no me apetecía, no porque me encontrara mal.

Richard se cruzó de brazos y sonrió. Por lo visto, aquella bella fiera no iba a ponérselo fácil.

—Bien, entonces me marcho.

—Richard. —Odiaba claudicar, pero sentía que debía contarle el cambio de planes de su melliza—. Maysie me ha escrito. Vendrá más tarde de lo que pensábamos.

—Lo sé. Tu padre me escribió. Me preguntó si tenía inconveniente en alojar a Lane un par de semanas.

Elisabeth abrió los ojos como platos.

—¿Un par de semanas? En todos los años que lleva trabajando para los Sheldon, mi padre jamás le ha dado un día libre. No entiendo nada. —Pero sí entendía, aunque no quisiera aceptar el resultado de sus conclusiones.

—Tu padre nunca da una puntada sin hilo. Probablemente, todo esto tendrá un propósito bien definido en su mente.

Elisabeth lo vio claro.

—¿Maysie? —Richard asintió. Era bastante posible que Sheldon hubiese planeado un acercamiento entre los jóvenes y qué mejor para ello que un largo trayecto en la intimidad de un carruaje para conseguirlo. Probablemente, después de sus esfuerzos infructuosos para que sus hijas atraparan a un noble y, tras el escándalo de la precipitada boda entre ellos, se hubiese resignado a bajar el escalafón de los posibles candidatos para Maysie.

—Eso es imposible. Maysie jamás se casará.

—No seas tan contundente. Nunca es mucho tiempo.

Richard se volvió para marcharse, pero, en el último momento, se decidió a proponerle lo que, desde hacía varios días, rondaba en su mente.

—Elisabeth, mañana voy a Coldfield, hay una feria y quiero ojear algunos caballos.

—Que lo disfrutes —respondió tajante, dándole la espalda y volviendo a cepillarse el cabello con brío.

Lo miró a través del espejo al notar cómo soltaba el aire exasperado.

—Me preguntaba si querrías acompañarme.

Elisabeth dudó durante unos segundos. Debería negarse, su orgullo le pedía a gritos que lo hiciera, pero, realmente, necesitaba salir de allí o acabaría perdiendo el juicio. De repente, la perspectiva de pasar un día fuera, acompañada por Richard, le pareció el plan más apasionante del mundo. Así que aceptó y observó con sorpresa la expresión de alivio en la cara de su esposo.

La mañana, por suerte, amaneció despejada, y Richard escogió un carruaje descubierto para dirigirse a Coldfield y así poder disfrutar del paisaje. Durante el trayecto, la entretuvo con anécdotas y le contó la historia de los lugares por donde pasaban. Miró de soslayo y sintió un extraño hormigueo en el estómago al observar el perfecto perfil de su esposa. Cuando sonreía, parecía atraer toda la luz del sol sobre ella. Estaba preciosa con un vestido de paseo verde manzana. El escote, aunque no era excesivo, era demasiado sugerente para un paseo matutino y decidió cubrirse con un chal de lana a juego.

Al llegar a la feria, Elisabeth se sintió arrastrada por la incesante actividad, por el bullicio, por el deambular de los compradores y los vendedores, y se notó desbordantemente llena de vida. No era el tipo de sitio que ella solía frecuentar y quería absorber todo lo que veían sus ojos. Mientras Richard hablaba de negocios con uno de los vendedores, paseó alrededor del cercado de madera donde pastaban los animales. Una hermosa yegua de color canela claro atrajo su atención. No era un color demasiado habitual y se acercó para contemplarla de cerca. El animal era imponente, y además de su belleza, desprendía fuerza y carácter. Elisabeth se acercó a la valla y el animal cabeceó en su dirección. Con cuidado de no intimidarla estiró su mano para acariciarla en el cuello.

Se sintió observada y levantó la vista hasta encontrar a su marido, con sus ojos intensos clavados en ella mientras hablaba con uno de los hombres. Richard estrechó la mano con el vendedor para sellar el trato sin apartar la mirada de su mujer ni del precioso ejemplar que había comprado para ella. Parecía que entre Lys y el animal había surgido una mutua atracción. Se acercó hasta ella y quedó subyugado ante la mirada sonriente que le dedicó. Acarició el cuello del animal, rozando de manera casual la mano de Elisabeth. Sus miradas se encontraron durante unos instantes, hasta que ella no pudo soportar más su intensidad y bajó la vista.

—Es preciosa, ¿verdad? —comentó Elisabeth, mientras se alejaban del cercado. Richard asintió.

«Tú eres preciosa.»

—¿Has adquirido algún caballo?

—Sí, dos. Pronto estarán en la finca. —Richard se mordió la lengua, la yegua sería una sorpresa, un regalo de bodas—. ¿Tienes hambre? En la plaza hay una posada donde sirven una comida bastante decente.

La verdad era que Elisabeth había estado tan entretenida que no se había percatado de que su estómago clamaba por ser satisfecho. El establecimiento, como el resto del pueblo, bullía de actividad con el trasiego de vendedores y compradores, y el posadero les acomodó a una de las mesas interiores, en la zona más tranquila del comedor. Una de las mozas se acercó a la mesa y les sirvió una jarra de vino. La chica era bonita y no parecía mucho mayor que Elisabeth, pero en la expresión de su cara podía observarse que las experiencias la habían hecho madurar demasiado pronto.

—Me alegra verle de nuevo, señor Greenwood. —Su voz era melosa y algo ronca, y Elisabeth se quedó perpleja ante su descaro. La mujer le dirigió una mirada de admiración bastante elocuente a Richard, que él ignoró convenientemente.

Por lo visto, la presencia de la señora Greenwood no la intimidaba lo más mínimo. Richard parecía no darse por aludido e intentó, sin mucho éxito, mantener una conversación normal con su esposa. Elisabeth estuvo a punto de levantarse y zarandearla por su desmañado moño cuando, a la hora de servir el plato de estofado, se inclinó más de lo necesario sobre el hombro de Richard, proporcionándole una visión muy generosa de sus pechos y rozándole disimuladamente el brazo con ellos. Elisabeth, furiosa, se limitó a mirarla, hasta que la sonrisa de la muchacha se desvaneció, un tanto avergonzada, y se marchó rauda a atender otras mesas.

Cualquier rastro de la buena sintonía establecida entre ellos esa mañana había desaparecido. Después de comer, Elisabeth se subió en el carruaje con los brazos cruzados y cara de pocos amigos y no abrió la boca desde la salida del pueblo.

Υ

Richard, al principio, encontró en cierto modo divertido que Elisabeth estuviera celosa, aunque ahora, a juzgar por su ceño, parecía bastante enfadada. No sabía muy bien cómo actuar, pues no había podido hacer más que ignorar las constantes miradas insinuantes de la muchacha de la posada para que no le demostrara su interés tan abiertamente. Así pues, decidió guardar silencio hasta que la furiosa rubia que viajaba a su lado se calmase.

—¿Ha sido tu amante? —La pregunta llevaba rondándole en la cabeza desde que habían salido de la posada y, a pesar de saber lo inapropiado de la misma, las palabras salieron disparadas de su boca.

—¿Qué has dicho? —La cara de Richard se sonrojó violentamente, como si fuera un quinceañero pillado *in fraganti* por sus padres.

—No te hagas el loco. En realidad, no es necesario que me contestes. Es más que evidente que sí. Solo dime si eso es algo habitual. No me apetece que me sirva la comida una mujer con la que has estado revolcándote.

Richard se había quedado perplejo ante el poco pudor con el que su esposa, joven e inexperta, hablaba de este tipo de asuntos.

—No creo que ese sea un tema demasiado adecuado para tratar contigo, sinceramente. En cualquier caso, lo que yo haya hecho antes de estar contigo…

—¡Así que lo reconoces! —Elisabeth estaba tan indignada que no le importaba quedar como una esposa enloquecida por los celos.

—¡Yo no he reconocido nada! Solo digo…

—Pero ¿cómo eres tan cínico? Conozco tu fama perfectamente, sé que has tenido tantas amantes que has perdido la cuenta, y lo mismo te da que sean las hijas de un posadero que la esposa de un duque.

Richard tiró de las riendas de los caballos, parándolos

en seco en la orilla del camino. Sus ojos fulguraban por la indignación. Se acercó tanto a su cara que Elisabeth pudo ver con total claridad cada una de las motitas negras que teñían los iris azul oscuro de su marido.

—¿Acaso se suponía que tenía que mantenerme célibe esperando tu maravillosa llegada a mi vida? ¿Acaso se supone que debo vendarme los ojos para no ver a ninguna otra mujer mientras espero que tú decidas entregarme tus favores?

Elisabeth jadeó indignada.

—Puedes hacer lo que te venga en gana, no es necesario que me esperes. De hecho, lo mejor será que te dediques a perseguir otras faldas como si yo no existiera. Tarde o temprano acabará sucediendo, así que para qué posponerlo más —espetó, mientras sus ojos claros brillaban por la rabia contenida.

—Resulta gracioso que alguien como tú me eche en cara mi comportamiento.

—¿Qué quieres decir con alguien como yo? ¿Qué insinúas?

—Vamos, no me hagas reír. No eres ninguna novicia tímida y apocada. El coqueteo en ti es innato, y cada vez que miras a un hombre, con tus sonrisas y tus pestañeos y toda esa parafernalia ridícula que utilizas, consigues que acabe babeando a tus pies hasta conseguir lo que deseas.

Elisabeth se puso de pie en el carruaje, provocando que se balanceara un poco, y los caballos bufaron nerviosos.

—No voy a consentirte que digas algo así de mí sin ningún fundamento.

—Me importa bien poco lo que tú me consientas. No te hagas la damisela indignada conmigo. ¿Vas a negar que hayas coqueteado con la mitad de los solteros casaderos de Londres?

—¿Cómo te atreves? ¿Estás insinuando que mi comportamiento es indecente?

—Yo no he dicho nada semejante. Pero no voy a permitirte que me juzgues. ¿Vas a decirme acaso que soy el primer hombre al que has besado?

—¡No es lo mismo!

—¿Por qué no? ¡Si hasta besaste a mi propio hermano!

Elisabeth se bajó de un salto del carruaje llevada por la furia y Richard la siguió.

—No sé ni cómo me sorprendo de que te lo haya contado. Los dos sois igual de estúpidos y poco caballerosos.

—Él jamás haría algo así, me lo contó mi hermana, Caroline. —Richard miró al cielo, intentando recuperar la calma y preguntándose en qué momento una apacible mañana se había convertido en una batalla campal—. Vamos, sube al carruaje. Esta conversación es absurda e irracional. Cuando lleguemos a casa, hablaremos con calma.

—No pienso ir a ningún sitio contigo. —Elisabeth se cruzó de brazos y dio un paso atrás cuando él intentó agarrarla por el codo.

—Elisabeth, no hagas una montaña de un grano de arena. Esta discusión no tiene sentido. Yo no he…

—¡Sí lo tiene! Lo tiene porque está bastante claro lo que piensas de mí. ¿Crees que mi moral no es digna de ti o que mi comportamiento con los hombres es inapropiado? Pues bien, ya puedes seguir tu camino porque no pienso montarme en ese carruaje contigo. ¡Márchate!

—¿Que me marche? Eres tú quien ha empezado esta absurda pelea por unos celos enfermizos que no tienen ningún fundamento. Pero si piensas que voy a arrastrarme ante ti para que vuelvas conmigo a casa, es que no me conoces. No vas a doblegarme a base de rabietas ni voy a concederte tus caprichos solo para que no me montes una escena.

Se dio la vuelta y se montó en el carruaje.

—Me marcho a casa. Decide si te vienes o te quedas.

—Adiós, Richard.

—Elisabeth. —Su tono contenía una clara advertencia.

—No te preocupes por mí, usaré una de mis sonrisas para conseguir que algún incauto babeante me lleve a casa. Puede que con alguna atención especial, incluso, consiga que me lleven hasta Londres.

Richard sintió deseos de cargarla al hombro y subirla él mismo, pero se limitó a apretar la mandíbula y fulminarla con la mirada.

—Esta no es la carretera principal, pueden pasar horas hasta que pase alguien más. Si yo fuera tú, comenzaría a caminar o se te hará de noche antes de llegar a Greenwood Hall. Suerte con ello.

Dicho esto, cogió las riendas y ordenó a los caballos reanudar la marcha. Quizás ella esperaba que él volviera la cabeza, parara el carruaje y esperase a que ella le gritara que se detuviera. Pero la única verdad incontestable fue que los caballos comenzaron a avanzar por el camino de tierra, mientras Elisabeth maldecía su suerte con todas las palabras malsonantes que conocía y algunas otras que inventó sobre la marcha.

20

*E*l carruaje se perdió en una de las curvas del camino seguido por una pequeña nube de polvo, y Elisabeth pateó el suelo con furia. Gruñó exasperada. No podía creer que Richard hubiera tenido los arrestos suficientes como para marcharse y dejarla sola en mitad del camino. Intentó ubicarse, recordando el recorrido hecho esa mañana; ojalá no hubiese estado tan absorta en la encantadora presencia de su marido y hubiera prestado más atención a los detalles. Richard tenía razón, aún quedaba más de una hora caminando hasta llegar a Greenwood; seguramente, lo mismo que para llegar al pueblo. Se apartó los mechones de cabello que habían escapado de su recogido y apoyó las manos en sus caderas con determinación mientras calibraba las opciones.

—No puedo caer en la desesperación y menos por un maldito estúpido, cabezota y ¡libertino! Fantástico, ahora también he empezado a hablar sola. —Caminó unos metros, intentando decidir entre dirigirse hacia el pueblo o hacia Greenwood Hall. Sin duda, esta última opción era la más sensata, aunque también implicaría claudicar.

No quería ni imaginar su cara de satisfacción cuando la viera llegar agotada y desaliñada a casa.

Richard sentía cómo su genio bullía y, con sinceridad, lo único que le apetecía era marcharse a casa y darle una verdadera lección de humildad a su mujer. Era inconcebible que lo hubiera llevado a traspasar todos los límites hasta el punto de hablarle como lo había hecho. Sacaba lo peor de él y lo convertía en un manojo de nervios crispados. Detuvo el carruaje a la orilla del camino y se bajó de un salto. Frustrado y más enfadado de lo que recordaba haber estado jamás, se pasó las manos por el cabello y pateó una de las piedras del camino que dio contra el tronco de un inocente árbol con un golpe seco.

Él era un caballero. Jamás le había hablado así a una mujer, jamás había cuestionado la decencia de ninguna ni su sentido del decoro y, mucho menos, había abandonado a alguien a su suerte en mitad de la nada. Sopesó seriamente la posibilidad de dar la vuelta e ir a buscarla, pero ella se lo tomaría como una victoria. Si le daba el gusto de agachar las orejas ante ella, estaba seguro de que utilizaría esa táctica cada vez que quisiera salirse con la suya.

Estaba convencido de que, a pesar de que Elisabeth era consentida y caprichosa, elegiría la opción correcta, es decir, caminar de vuelta a casa. No podía ser de otra manera. Era exasperante, pero muy lista. Seguro que querría demostrarle que era capaz de llegar a Greenwood Hall por sus propios medios. Si caminaba a buen paso, en unos pocos minutos llegaría hasta donde él estaba parado.

Convencido de su teoría, se dispuso a esperar, más ansioso de lo que le hubiese gustado reconocer, a que su esposa apareciera por el recodo del camino.

—Dios mío, sé que no rezo todo lo que debería y que en la iglesia no presto atención, sabes que siempre tengo cosas trascendentales en las que pensar. Quizá los sombreros de las demás feligresas no sean trascendentales desde tu punto de vista, pero… —Elisabeth gimió frustrada. Rezar nunca había sido su fuerte— pero hazme una señal y te prometo…

El ruido de unas ruedas, acercándose desde el lado contrario al que se había marchado Richard, le indicaron que Dios se sentía benevolente esa mañana, después de todo. Elisabeth dio unas palmadas de alegría mientras daba pequeños saltitos. Alguien se acercaba y, con un poco de suerte, podría ayudarla. De repente, la incertidumbre la paralizó. ¿Y si quien se aproximaba era un maleante, un ladrón o algo peor?

Se escondió detrás de un árbol hasta divisar un carro llevado por un hombre de mediana edad, quizás un campesino o un comerciante. Respiró hondo varias veces para coger fuerzas y se plantó en mitad del camino, haciendo gestos con las manos para que aminorase la velocidad. El hombre la miró perplejo, no era muy normal encontrar a semejante belleza en mitad de un bosque totalmente sola. Miró a su alrededor suspicaz y tocó en un acto reflejo la culata del arma, apostada junto a su asiento por seguridad. Aquella mujer aparentaba por su ropa y su porte ser una dama, pero bien podía ser parte de una banda de ladrones y actuar como señuelo.

Elisabeth vio brillar el arma e, instintivamente, dio un paso atrás. Estaba a punto de echar a correr hacia el bosque, cuando tres cabecitas rubias y sonrientes aparecieron en la parte de atrás del carro entre los toneles y los fardos de paja que portaba.

—¿Quién es, papá? —preguntó un niño al que le faltaban unos cuantos dientes.

—¿Es un hada?

—Las hadas no existen, tontorrón —contestó el mayor de los tres.

La sonrisa forzada de Elisabeth se ensanchó en un gesto de sincero alivio al ver a los pequeños.

—Niños, volved a vuestro sitio. ¿Quién es usted, señora? —El hombre se quitó el sombrero y Elisabeth observó que era más joven de lo que había pensado.

Así que se tragó sus principios y decidió usar los indignos encantos que, según presumía su marido, utilizaba con los hombres.

—Señor, gracias a Dios que aparece. Estaba tan asustada. —Elisabeth hizo un puchero encantador mientras los tres pequeños la observaban atentamente y su padre la miraba aún desconfiado.

—¿Qué le ha ocurrido? ¿Por qué está aquí sola?

—Verá, me da un poco de vergüenza reconocerlo. —Elisabeth se mordió el labio y fue tan convincente que incluso consiguió sonrojarse—. He salido a dar un paseo a caballo. Mi padre me dijo que no me alejara de casa, pero yo…, hacía un día tan maravilloso. Siempre me dice que soy demasiado rebelde. —Le sonrió de una manera tan seductora que, a esas alturas, el hombre lucía una expresión bobalicona, absolutamente concentrado en la historia—. Me detuve un momento para descansar antes de emprender el camino de regreso. Dios, he sido una ingenua. —Elisabeth se retorció las manos, aparentando estar mortificada.

—Continúe, por favor.

—Confié demasiado en que mi caballo me sería leal y permanecería a mi lado. Lo até a unas ramas bajas, pero no eran lo suficientemente fuertes. De un simple tirón, se soltó de su amarre y me abandonó. —Elisabeth estaba sorprendida de la facilidad con la que la mentira había salido de sus labios—. A estas alturas, seguro que ya estará de vuelta en las caballerizas.

—No se preocupe, señorita. —Perfecto. Nombrar a su padre y no a su marido le había llevado a pensar que era soltera. Cuantas menos pistas tuviera de quién era realmente, mejor—. Voy en dirección a Castleton. ¿Va usted hacia allí?

Elisabeth no podía creer su buena suerte. Debería rezar más a menudo.

—¡Sí! Podría dejarme en la bifurcación antes de llegar al pueblo, desde allí apenas hay un paseo hasta la casa.

El hombre asintió enérgicamente, deseoso de ser de utilidad.

—La ayudaré a subir al carro. —El joven se quitó el sombrero y se rascó la cabeza un poco avergonzado—. Siento que tenga que viajar entre la mercancía, pero...

—Elisabeth le sonrió radiante, agradeciéndole el gesto—. Mis hijos le harán un hueco para que esté cómoda.

—Es usted encantador. Su esposa es una mujer muy afortunada. —El joven se sonrojó ante el parpadeo enamorado que le dedicó. Era una auténtica embaucadora, después de todo.

Antes de subir, Elisabeth le manifestó la necesidad de mantener la discreción, ya que, de lo contrario, su padre se llevaría un disgusto horrible. A esas alturas, el pobre hombre cruzaría descalzo sobre las brasas solo por recibir otra de sus sonrisas y le garantizó su silencio.

Los pequeños, entre risas, le hicieron un hueco, se sentó sobre una gruesa manta, y emprendieron el camino. Unos minutos después, el carro enfiló una ligera pendiente descendente y Elisabeth divisó a lo lejos la alta y elegante figura de su marido, cruzado de brazos y apoyado en su carruaje.

Richard giró la cabeza al ver el carro aproximarse, con paso lento, aunque constante, en su dirección. Pudo ver que iba cargado de toneles y fardos de paja y no le prestó demasiada atención. El hombre que lo conducía le saludó tocándose el sombrero y Richard le contestó con una inclinación de cabeza. Estuvo tentado de preguntarle si había visto a una rubia bella y furiosa en el camino, pero desistió. Hubiera quedado como un pusilánime o como un inconsciente por dejar a su mujer sola y expuesta en medio del bosque. El carruaje siguió su camino y, al pasar por su lado, tres pequeñas cabecitas rubias se asomaron entre los montones de paja con risas traviesas. Él les correspondió con una sonrisa y ellos le sacaron la lengua.

Richard comenzó a sentir una extraña desazón. Puede que Elisabeth se hubiera negado a montar su remilgado trasero en un vehículo de carga o que, probablemente, se hubiera escondido al ver acercarse un carruaje y aún estuviera esperando a que Richard fuera a buscarla, o puede que, por pura testarudez, hubiera emprendido el camino de vuelta a Coldfield.

La sensación de desasosiego se acentuó en su estómago y miles de posibilidades funestas cruzaron su mente. Y si su tozuda esposa decidía acortar camino campo a través y sufría un accidente, o y si… Aquella zona era tranquila, sin embargo, no había ni una sola parte del mundo totalmente libre de maleantes. Intentó desechar el pensamiento, pero su mente iba a toda velocidad. Maldijo entre dientes mientras ordenaba a los caballos emprender el camino de vuelta hacia el lugar donde había dejado a su mujer.

Una hora después, Richard estaba a punto de enloquecer. Había buscado en los alrededores del camino, había llegado hasta el pueblo y había intentado localizarla con la mayor discreción posible entre la gente. No podía preguntar abiertamente si alguien había visto a Elisabeth o los rumores de que había perdido a su mujer se extenderían como la pólvora, lo cual acabaría con la reputación de ella, en primer lugar, y arrastraría hasta el fango la de todos los demás.

El problema es que a estas alturas la reputación le traía sin cuidado y lo único que le importaba era encontrarla. Salió de la posada y se detuvo, paseando la mirada por enésima vez entre la gente, intentando decidir su siguiente movimiento. Si le ocurría algo, no podría perdonárselo jamás. Había pretendido darle una lección y, como si aquello fuera una burla del destino, se había vuelto en su contra.

«Una burla.» De pronto, las tres caras sonrientes y burlonas del carruaje del granjero aparecieron en su mente. No había sitio para una persona adulta entre el carro lleno de mercancía, ¿verdad? Aunque Elisabeth no era demasiado alta, quizá si se agazapara lo suficiente... No había otra posibilidad. Como si hubiese sufrido una revelación, vio tan claro como el agua que Elisabeth iba montada en ese carruaje. Estaba tan ofuscado que no había visto la verdad pasar por delante de sus narices.

Peter, que así se llamaba el granjero, fue tan amable que llevó a Elisabeth hasta el camino de entrada de Greenwood Hall sin hacer demasiadas preguntas y, como vivía lejos de allí, ella no creyó que aquello fuera a traer más problemas. Le dio las gracias al hombre por la ayuda y se despidió de los niños que la saludaban con la mano con sus caritas sonrientes. Se sintió un poco culpable al pensar que quizá Richard estuviera preocupado buscándola, pero se le pasó ante la profunda satisfacción por haber sido capaz de volver a casa sin su ayuda.

Richard subió los escalones de la entrada de dos en dos y si Leopold no hubiera estado preparado para abrir la puerta, la hubiera echado abajo de una patada.

—¿Mi esposa?

—En su habitación, señor.

Por una parte, sintió que sus músculos se destensaban por el inmenso alivio y, por otra, se sintió tan furioso que creyó que comenzaría a echar humo por las orejas en cualquier momento. A punto estuvo de arrollar a la doncella, que en ese momento salía de la habitación de su mujer con un cesto cargado de ropa. Aporreó la puerta con poco tacto y, antes de que le dieran permiso, la abrió de par en par, cerrándola tras entrar con un sonoro portazo. La escena que se encontró lo dejó petrificado. Su sangre se precipitó a sus pies y después pareció bullir hasta acumularse en sus oídos.

—¿Ocurre algo, querido? Tienes mala cara.

Elisabeth, sumergida en el agua humeante de la bañera, le trajo de nuevo a su mente la fantasía recurrente que no dejaba de atormentarle por las noches: una sirena seductora que lo arrastraba hacia la perdición de manera irremediable.

—Llevo horas buscándote, Elisabeth. —Habló entre dientes con la tensión reflejada en sus rasgos, y ella le correspondió con una sonrisa cargada de falsa inocencia—. ¿Te parece divertido?

Elisabeth se encogió de hombros y el leve movimiento hizo que el agua ondulara sobre su cuerpo. Richard se acercó un poco más a la bañera, lo cual fue un absoluto error. Sus ojos vagaron durante unos instantes por el agua que lamía el borde de sus pechos y, a duras penas, ocultaba las formas femeninas.

Estaba cansada de escuchar que con su belleza y su coquetería podía manipular a cualquier hombre. Ella jamás se sintió capaz de algo semejante, solo alimentaba el ego masculino haciéndolos sentir importantes y heroicos en las situaciones más inverosímiles.

Un hombre que demostraba sus reflejos de lince al sujetarla tras un tropiezo, otro que se sentía valiente al espantar un saltamontes durante un pícnic o el que se deshacía ante su sonrisa de agradecimiento tras sostenerle el paraguas durante un paseo. Hacerles sentir héroes hacía que resultara más fácil llevarlos a su terreno. Pero eso no era poder, era oportunidad.

Sin embargo, ahora, viendo los ojos brillantes de Richard, observando su forma de acercarse a ella como un animal que ha elegido su presa, se sentía realmente poderosa; tenía algo que él anhelaba, algo que ella no dudaría en utilizar para subyugarlo. Por una razón incomprensible necesitaba dominarlo, ser la vencedora en esa lucha de voluntades.

Elisabeth deslizó sus manos por sus hombros desnudos y bajó hasta su pecho, enjabonando su piel con una deliberada lentitud, como si dispusiera de todo el tiempo del mundo. Sabía que lo estaba torturando y le encantaba esa sensación.

—Sal del agua, tenemos que hablar.

Un poco más de tortura no le vendría mal. Se lo merecía. Quería que pasara un suplicio por haberla dejado sola, sería su venganza: ponerle la miel en los labios y arrebatársela después.

—Sus deseos son órdenes.

Apoyó sus manos en los bordes de la bañera esmaltada y se levantó lentamente, tragándose su pudor y su propia vergüenza en pos de su pequeña venganza.

Richard sintió que su sangre se espesaba y abandonaba durante unos segundos su cerebro. Definitivamente, le resultaba imposible librar esa batalla. Cerró las manos en puños y las pegó a sus costados, intentando contener los impulsos viscerales y primitivos que amenazaban con destruir su integridad y su autocontrol. Abrió la boca para hablar, pero su cerebro era incapaz de conectar las palabras. Solo podía concentrarse en el brillo dorado de la luz de las velas reflejándose en la húmeda piel de su esposa, en las pequeñas nubes de espuma que resbalaban por los pezones rosados, por su vientre, en los finos ríos de agua que descendían por sus muslos, y que él se moría por beber en ese instante. Richard le dio la espalda y, a grandes zancadas, se dirigió a su habitación.

—Cuando estés lista, ven.

Elisabeth contuvo con esfuerzo una risa nerviosa, pero la incertidumbre ganó terreno. Richard estaba furioso, aparte de evidentemente excitado, y sus reacciones le resultaban impredecibles. Se secó torpemente y se colocó una bata, con el cabello aún húmedo empapando la prenda. Aunque ella casi ni lo notaba; en aquel instante, la ansiedad era más importante que cualquier incomodidad física.

Richard sentía que su ropa pesaba toneladas y le impedía respirar con normalidad, aunque, siendo honestos, sabía perfectamente que la frustración y el deseo eran los culpables de la opresión que sentía en el pecho. Casi se arrancó la chaqueta y el pañuelo, y los lanzó en una de las sillas de su habitación. Fue directo hacia la pequeña mesa del rincón donde aguardaba una licorera llena de brandi y un juego de vasos. Se sirvió un trago, sabiendo que difícilmente el alcohol lo ayudaría a aplacar los nervios.

Elisabeth entró en la habitación y contempló la alta figura de su marido recortada contra la luz de la tarde que entraba por la ventana, mirando a algún punto indefinido de los jardines. Se revolvía el cabello con una mano, mientras en la otra un vaso de cristal vacío pendía de las yemas de sus dedos. Su camisa blanca y su chaleco a medida marcaban la espalda musculosa y tensa. Las altas botas y los pantalones oscuros potenciaban aún más la longitud de sus piernas y Elisabeth rebuscó en su mente la razón por la cual estaba empecinada en comenzar una guerra con él, en lugar de acomodarse plácidamente entre sus brazos.

Richard se volvió lentamente, temeroso de lo que iba a encontrarse.

—Tu único propósito en esta vida es hacerme perder la cordura, ¿no es así? —Una punzada de arrepentimiento aguijoneó a Elisabeth al ver su expresión derrotada—. «No has tenido bastante con volver mi vida del revés de la noche a la mañana, con entrar en mi mundo sin pedir permiso… Con meterte debajo de mi piel, con invadir cada uno de mis sentidos, con convertir mis noches en un mar de cabellos rubios y dulces jadeos insinuantes, con hacer que solo piense en labios rosados, curvas apretadas y caricias imaginadas…», eso y mucho más, pensó, pero jamás se permitiría decirlo en voz alta.

El ápice de remordimiento de Elisabeth se transformó de nuevo en algo oscuro, en puro resentimiento. De nuevo, se puso a la defensiva. De nuevo el rencor, de nuevo el reproche, él no iba a perdonarle nunca que lo hubiera arrastrado a ese matrimonio.

—No es necesario que cargues conmigo, Richard. Ni que finjas ahora preocuparte por mi bienestar. Me has dejado claro que no te tiembla el pulso a la hora de dejarme tirada en cualquier parte como si fuera una bota vieja.

—¡No estoy fingiendo nada! Has actuado con la mayor maldad posible. Te has escondido en ese maldito carromato para hacerme creer que habías desaparecido.

—¡Te lo merecías!

—¿Por qué? ¿Porque tus celos infantiles no podían soportar que haya tenido una vida antes de que tú llegaras? No voy a pedirte perdón por tener un pasado. Bastante tengo con que me hayas robado mi futuro.

Elisabeth sintió sus palabras como si fueran una bofetada, un golpe doloroso en su autoestima, en su dignidad. Richard vio la expresión horrorizada de su esposa, sus ojos que comenzaban a brillar peligrosamente. Supuso que ahora vendría la segunda parte del ensayado espectáculo en la que ella soltaba sus lágrimas de cocodrilo, intentando que él se sintiera como un miserable.

Elisabeth tragó saliva y levantó su barbilla, intentando camuflar su dolor con insolencia.

—Siento haberte inmiscuido en mis problemas. Buscaré una solución satisfactoria para ambos. —Su tono se había convertido en un susurro ahogado, pero no quería llorar. Se tragaría sus lágrimas y su humillación.

—Claro, Elisabeth. ¡Qué comprensiva! Ahora es cuando debo arrodillarme ante ti y pedirte perdón por mi mezquindad y poca consideración. ¿Y qué más? ¿Regalarte alguna joya para compensar mi error, quizá? Lo peor de todo es que sé que no lo sientes. Te divierte llevarme al límite, provocarme, excitarme y, luego, sentarte a contemplar mi cara de imbécil. ¿Le hacías lo mismo a tu prometido?

El golpe bajo tuvo más efecto del que Richard esperaba. Sobre todo, porque él mismo se horrorizó de lo que acababa de insinuar. Por más que Elisabeth fuera exasperante, Farrell no tenía ningún derecho a tratarla como lo hizo. Golpear e insultar a una mujer era algo injustificable. Se despreció a sí mismo por haber dejado que la ira dominara su lengua hasta el punto de hacer un comentario que se pudiese malinterpretar de esa forma.

Elisabeth no podía hablar, apenas podía respirar o sostenerse sobre sus piernas. Giró tan rápido para escapar de aquella habitación, de aquel remolino de ira sin sentido, que estuvo a punto de perder el equilibrio. Cerró la puerta que separaba sus habitaciones y durante unos segundos fue incapaz de apartarse de la madera. Las manos le temblaban y la sensación de que toda aquella situación se estaba descontrolando estaba a punto de abatirla. Se fue hacia su armario y buscó uno de los baúles donde había traído sus cosas. Sacó sin miramientos varios vestidos y los apiñó como pudo en su interior. Quería marcharse, debía irse de allí o aquella escalada de rencor iría a peor. Estaba tan ofuscada que ni siquiera notó que Richard había entrado en su dormitorio. Dio un respingo al escuchar su voz profunda justo a su espalda.

—Elisabeth, deja eso.

Ella se secó las lágrimas, que ya era incapaz de contener, con un gesto furioso.

—Lo siento. Ojalá hubiera sido Talbot, ojalá hubiera sido cualquiera. Cualquiera menos tú.

Richard le quitó un vestido de las manos, intentando que dejara la frenética actividad.

—Elisabeth, basta. Mírame —dijo con voz calmada, no obstante, ella siguió sacando su ropa con la vista nublada por el llanto—. Lo siento. No debí decir nada semejante. Por favor, perdóname —se disculpó.

Extendió la mano, sujetándola por el antebrazo para girarla hacia él.

En un acto reflejo, Elisabeth se encogió y levantó el brazo cubriéndose la cabeza, como si tuviera el convencimiento de que iba a golpearla.

Los dos se quedaron paralizados. Ni siquiera sabía por qué su maldito cerebro le había ordenado protegerse.

Ella sabía que Richard jamás le haría daño. No sabía por qué, pero estaba totalmente segura de ello, aunque se estuviera comportando como un ser ruin y descerebrado. Y, sin embargo, no había podido evitar el impulso.

Richard estaba totalmente impactado y sobrecogido por su reacción de pánico. Acunó su cara entre las manos y la obligó a mirarlo a los ojos.

—Elisabeth, yo jamás te haría daño. —El nudo en su garganta apenas le dejaba que su voz se alzara para convertirse en algo más que un susurro—. Lo sabes, ¿verdad? Mírame, por favor. Dime que lo sabes. Moriría antes de hacerte algo así.

Elisabeth asintió. Lo sabía. En sus ojos había verdad, honestidad.

Toda la rabia se disolvió en sus lágrimas, solo quedaron dos personas vulnerables y dolidas mirándose a los ojos, totalmente perdidas y asustadas por la vehemencia de sus propias reacciones.

—No quiero tener que enfrentar todos los días de mi vida tu odio, Richard. No puedo echar marcha atrás y cambiar el hecho de que te he atrapado en un matrimonio que no quieres. Lo único que puedo hacer es irme de aquí.

Richard negó con la cabeza totalmente superado por la situación, impactado al ver el dolor en los ojos de Elisabeth, un dolor innecesario y absurdo, equiparable al suyo propio. Un dolor nacido de su orgullo, de una rebeldía mal entendida y de su prepotencia masculina que se negaba a aceptar de buen grado una decisión impuesta.

—No te odio. Pero no me pidas que lo acepte sin más. —Máxime cuando cada día se descubría perdido en busca de una sonrisa, anhelando un beso, deseando fundirse con su cuerpo. Por más que sabía que era absurdo resistirse, no se permitía a sí mismo ceder. Debía aceptar que ese era su destino y dejar de poner piedras en el camino de ambos.

El ansia por detener sus lágrimas, por parar todo aquello que le hacía daño, hizo que se acercara más a ella. Apoyó la frente en la suya y sus labios, como si tuvieran vida propia, rozaron sus mejillas húmedas por el llanto, atrapando su sabor a sal. Se detuvo tan cerca de su boca que Elisabeth fue consciente de que respiraban el mismo aire, de que el más mínimo movimiento provocaría que sus bocas se tocaran. Hasta ese momento, no fue consciente de cuánto necesitaba sus besos. De cuánto deseaba una oportunidad para ambos.

—No te odio —susurró con un hilo de voz, provocando que sus labios se deslizaran sobre los de Elisabeth al pronunciar las palabras.

Fue incapaz de apartarse de ella, incapaz de reprimir la necesidad de tomar su boca con una lentitud arrolladora, entregándose y volcando todo el frenesí que los envolvía en ese acto tan primario. La abrazó y la pegó a su cuerpo, olvidando durante esos instantes todas las rencillas y todo lo que les separaba. Prevaleció solo la necesidad de tocarse, de buscar consuelo, de aliviar su dolor. Todo lo demás desapareció de la faz de la tierra, quedando solo el deseo más crudo.

21

$\mathcal{H}$ay besos que curan heridas, otros que deshacen los tortuosos nudos forjados con el rencor del día a día y otros que forman los cimientos de algo nuevo. Ni Richard ni Elisabeth podrían asegurar qué tipo de beso era ese en el que estaban atrapados. Quizás era una mezcla de todas esas cosas. Lo cierto es que habían perdido la noción del tiempo en una cadencia interminable de roces y respiraciones agitadas.

Richard interrumpió el beso y la miró, casi sin aliento, dándole tiempo para que lo rechazara, rezando para que no lo hiciera.

Ella no quería detenerlo, quería dar un paso más, descubrir lo que venía después. Elisabeth ignoraba que el deseo podía doler, pero su piel parecía quemar anhelando un contacto más intenso y fue consciente de que se aferraba a la tela del chaleco de su marido con tanta fuerza que sus dedos parecían entumecidos.

Richard la cogió de la mano y la llevó hasta la cama, donde los vestidos formaban un mar de telas de colores. De un empujón, los lanzó descuidadamente al suelo y se sentó en el lecho, recostándose en los almohadones. Tiró de la mano de Elisabeth para acercarla hasta que ella estuvo de rodillas, sobre el colchón, junto a él.

Ella se mordió el labio, sintiéndose tímida de repente,

y Richard le acarició el cabello, aún húmedo, retirándoselo de la cara.

—No voy a hacer nada que te incomode. Te prometí que iríamos despacio.

—Lo sé.

—¿Quieres que me vaya ahora? —De las mil y una cosas que quería que él hiciera en ese momento, irse no estaba entre ellas—. Ven, solo quiero abrazarte.

Richard la sujetó por la cintura y la sentó a horcajadas sobre él.

Ella no sabía lo que quería exactamente, no obstante, sentir su cuerpo duro debajo del suyo era un buen comienzo, sin duda, pero intuía que quería algo más que eso. Deseaba explorar, saber adónde llegaba toda esa sinfonía de sensaciones. Se inclinó hacia él y acarició su barbilla con la yema de los dedos, deslizándolos por el contorno de su mandíbula. Llegó a sus labios y notó cómo él aguantaba la respiración. Desnuda bajo su bata, sentía una emoción desconocida al notar cómo el cuerpo fuerte de Richard, ahora entre sus muslos, reaccionaba a sus caricias. Se armó de valor para continuar. Trató de disimular el ligero temblor de sus dedos, mientras le desabrochaba el chaleco y la camisa blanca. Richard atrapó sus manos con suavidad, deteniendo su tarea.

—Cuando quieras que nos detengamos, solo debes decirlo. Puede que muera de la desesperación, pero lo haré —bromeó, llevándose las manos de ella a la boca para besar sus nudillos.

—No quiero parar, quiero tocarte. —Estas palabras, dichas con tanta honestidad, fueron más excitantes que cualquier afrodisíaco.

Él mismo terminó de quitarse la camisa y la lanzó sobre el montón de vestidos acumulados en el suelo.

—Tu doncella se despedirá mañana cuando vea este desastre.

—Shhh, no me desconcentres, Greenwood. —Elisabeth deslizó las manos muy despacio por sus hombros bien definidos, arrancándole un estremecimiento.

—Si eres capaz de desconcentrarte, es que hay algo que no estamos haciendo bien, porque te aseguro que yo no puedo estar más concentrado.

Elisabeth sonrió y continuó acariciándolo, bajando por su abdomen hasta llegar a la cintura de su pantalón, y vaciló sin saber cómo continuar. Richard subió sus manos por los muslos, exponiendo la piel desnuda bajo su bata, y la sujetó por las caderas pegándola a su erección. Se tensó instintivamente y estuvo a punto de separarse, pero Richard la besó de nuevo y cualquier reticencia quedó fulminada ante la intensidad del deseo que volvía a palpitar entre ambos.

Ella quería descubrir el placer, aquel misterio que doblegaba voluntades y movía montañas, pero no sabía por dónde empezar entre ese mar de músculos duros y piel bronceada. Se sentía poderosa sabiendo que, al menos en aquel momento, su cuerpo era suyo y podía explorarlo sin prisas. Sus manos vagaron por cada rincón de piel, acompañadas de su lengua, sus dientes, sus labios, guiada por el mapa que la respiración descontrolada de Richard le iba marcando.

Richard se desabrochó el pantalón, ella aceptó la invitación y acarició despacio su miembro, casi con afán científico.

—No sé cómo… —Elisabeth se mordió el labio más ruborizada de lo humanamente posible. Richard bajó un poco más la tela para liberar su erección, y si no hubiera estado tan desesperado por recibir sus atenciones, se hubiera reído ante la cara, mezcla fascinación mezcla estupor, de su esposa.

Cogió su mano y la guio despacio sobre toda su longitud, mostrándole cómo darle placer, con su pequeña mano cálida bajo la suya, apretando, explorando, con una intensidad casi insoportable.

Elisabeth percibió la tensión de su cuerpo, las fuertes manos aferrándose a las sábanas como haciendo un esfuerzo sobrehumano por controlarse. Había estado tan concentrada en descubrir cada rincón de su anatomía que no se había percatado de que él no la tocaba. Cogió la mano de Richard y la guio hasta sus senos por encima de la tela, pidiéndole sin palabras lo que tanto necesitaba. Él siseó, dejando escapar el aire con dificultad, al notar el pezón excitado y perfecto bajo su palma, y no pudo evitar ahuecar su mano para acariciarlo.

—Me muero por tocarte, por darte todo el placer que puedas aceptar, pero no quiero asustarte de nuevo. No quiero sobrepasar los límites. —Su voz sonaba ronca y dificultosa por las ansias que a duras penas podía contener.

—Richard, tócame. —Se inclinó hacia él y deslizó su lengua en un movimiento atrevido sobre la boca masculina—. Bésame.

Y él fue incapaz de desobedecer la orden. Tiró del cordón que ajustaba la prenda a su cintura y vio como la pesada tela se abría cual un regalo, dejando expuesta una pequeña cuña de piel dorada. Metió las manos debajo de la bata, tocando la piel caliente y suave, y las deslizó por sus caderas, por su espalda, por sus nalgas, mientras aprisionaba su boca con un beso desesperado.

Elisabeth se pegó más a su cuerpo y no pudo evitar que un gemido escapara de su garganta al notar la dura erección presionando contra su entrepierna, tan caliente, tan suave. Toda su piel parecía vibrar y arder bajo los besos y las caricias de Richard. Aprisionó un pezón entre sus labios, lamiendo, mordiendo, y la sensación fue tan potente que enredó su mano entre su cabello oscuro para aproximarlo más a ella, desvergonzadamente ansiosa. Richard continuó su descenso por sus curvas y deslizó sus dedos hacia su entrepierna.

Sentada sobre él se sentía totalmente expuesta a su proximidad, vulnerable, y, aun así, deseaba que no se detuviera nunca. Richard continuó con sus caricias encadenadas, con la piel y los labios en llamas, acariciando su sexo, deleitándose con su humedad, con su calor, haciéndole el amor con sus dedos, bebiéndose cada suspiro y cada jadeo de placer. Los pechos de Elisabeth se apretaban contra el torso masculino, rozándose con cada respiración, fundiéndose piel contra piel.

Elisabeth quería absorber cada nueva caricia, cada nueva pulsión, pero era demasiado. El placer iba creciendo en oleadas tan intensas que no era capaz de asimilarlo. Comenzó a sentirse ansiosa, su cerebro quiso tomar la delantera a su cuerpo y Richard notó que su mente estaba comenzando a vagar, alejándose de él. No sabía hacia dónde iba, pero la quería allí con él, entregada y libre.

—Elisabeth, mírame, por favor. Abre los ojos. —Richard acarició su zona más sensible, provocando que se arqueara contra su mano—. Estoy aquí, mírame.

—No puedo. —La sensación de no poder controlar su propio cuerpo era abrumadora. Abrió los ojos para encontrarse con la mirada azul y limpia de su esposo.

Su esposo. La palabra era enorme, casi tanto como lo que estaba sintiendo.

—No te resistas a lo que estás sintiendo, cielo. —Richard habló con los labios pegados a los suyos, con un tono ronco y sensual, que la hizo precipitarse, abandonarse a la tensión ardiente acumulada en sus entrañas.

Continuaron tocándose, consumiéndose con las sensaciones que sus manos provocaban en ambos, sin dejar de mirarse a los ojos, entre susurros y palabras entrecortadas, hasta que el intenso clímax los alcanzó con la fuerza de un rayo, conectando sus almas además de sus cuerpos.

Londres. Oficinas Sheperd & Greenwood

Thomas, como de costumbre, abrió la puerta de su socio sin llamar. Andrew levantó la vista de la infinidad de papeles que tenía entre manos. Quería dejarlo todo listo para poder volver al campo con su embarazadísima esposa y estaba trabajando a marchas forzadas. La cara de Thomas apareció por la abertura de la puerta.

—Adivina lo que trajo la marea.

—¿Algo mugriento y podrido? —preguntó, volviendo la vista a los papeles.

—Me encanta cuando te levantas de buen humor —replicó Thomas con sarcasmo.

—Déjate de ceremonias, Sheperd, no tengo ganas de hacerme viejo en el pasillo. —La voz profunda del marqués de Langdon sonó a sus espaldas.

—Sois tal para cual. —Thomas puso los ojos en blanco y se apartó para dejarlo pasar.

—¡Cross! ¡Ya pensaba que te habías olvidado de nosotros, malnacido! —Andrew se levantó y se saludaron efusivamente, dándose una palmada en la espalda.

—Os dejo, alguien tiene que trabajar para mantener esta empresa —se despidió Sheperd. Andrew miró primero a Thomas y después hacia su mesa a rebosar de informes, y sintió ganas de estrangularle ante la chanza.

Tras los saludos, Andrew y Julian se acomodaron en un confortable sofá con una copa en la mano, y Andrew le puso al día sobre su nueva y feliz situación personal y del rumbo ascendente de sus negocios.

—Siento lo de tu esposa, Cross. Era demasiado joven para morir. —Julian asintió con la cabeza en agradecimiento y, durante unos instantes, pareció ausente. Rose era demasiado joven y apenas había conocido otra cosa más que su habitación de enferma—. Aunque creo que ahora debo llamarte Langdon. Maldición, tienes más rango que yo. Tu maldito trasero está por encima del mío. Un marqués, nada menos.

—No me lo recuerdes. No es algo que haya asumido con gusto, créeme.

—¿Estarás mucho tiempo por aquí?

—El suficiente para que me presentes a ese dechado de virtudes que es tu esposa. Tengo curiosidad. Además, quiero que mi hermana Celia se quede en Londres, esperaré a que se acostumbre un poco a la idea de que tengo que marcharme sin ella.

—¿No echas de menos asentarte en tierra firme, pertenecer a un sitio?

La pregunta, tan simple, le hizo daño a Julian en un lugar profundo y olvidado, un lugar que no dejaba de removerse desde que había pisado de nuevo Inglaterra. Él ya perteneció a un lugar, un lugar hermoso y tierno entre los brazos de una mujer, y él mismo se encargó de pisotearlo y destrozarlo.

—No es tan fácil. —Eran amigos desde el colegio y habían compartido muchas confidencias a lo largo de los años, en esas horas en las que el alcohol desata las lenguas y eleva las lealtades. Andrew sabía que Julian había estado enamorado y que, por culpa de la crueldad de su padre, su destino había quedado sumido en la oscuridad.

Julian no había vuelto a ser el mismo desde entonces y, en las contadas ocasiones en las que se habían encontrado desde su boda, jamás le confesó quién era la mujer que robaba su paz mental. Pero sí que esa era la razón principal para haber abandonado Inglaterra y huir de sus demonios.

Julian negó con la cabeza, deseando cambiar de tema.

—Bueno, y cuéntame. ¿Cómo está tu familia?

—Todos están bien. Caroline me trae de cabeza, ha recibido un millar de propuestas de matrimonio y las ha rechazado, fulminantemente, todas. Y Richard acaba de casarse.

—¿En serio? Me alegro. ¿Quién es la afortunada dama?

—¿Recuerdas a las Sheldon, las mellizas?

Aunque Andrew no hubiera conocido en absoluto a Julian, no se le habría escapado la súbita palidez, su boca tensa intentando simular desinterés, la sombra oscura que apareció en su mirada afable unos segundos antes.

—¿Cuál de ellas? —Su voz sonó estrangulada en su garganta reseca.

—Elisabeth.

¿Aquello había sido un suspiro de alivio? Andrew entrecerró los ojos escrutándolo y Julian sonrió intentando que pareciera una pregunta casual.

—Supongo que Maysie se habrá casado.

El corazón de Julian martilleaba en sus oídos con un rugido furioso y expectante, como si la respuesta a aquella pregunta, que llevaba años queriendo hacer, fuera relevante para su futuro, un futuro que él mismo había dinamitado a conciencia.

Andrew negó lentamente con la cabeza, mientras su cerebro intentaba hacer conexiones, unir las piezas del puzle, ante la más que evidente desazón de Julian. Recordó que los Sheldon tenían unos familiares cerca de la casa del padre de Cross.

—Maysie sigue soltera. De hecho, creo que va a ir a vivir una temporada a Greenwood Hall con su hermana. Están muy unidas.

Julian carraspeó e intentó derivar la conversación hacia otros derroteros, deseando que la más mínima ilusión que su mente pudiera fraguar desapareciera.

Ella estaba soltera. No podía creerlo. No podía ni quería analizar el porqué delante de Andrew, no cuando notaba que una pequeña capa de sudor estaba asentándose en su frente y su estómago estaba empezando a encogerse, como si fuera un quinceañero enamorado. Debía alejar esos estúpidos pensamientos de su cabeza. Ella no era para él. Le había causado demasiado daño.

—Me dijeron que es Richard quien se ocupa de vuestras tierras, ¿verdad?

—Sí, él es el señor de Greenwood Hall y está haciendo un trabajo excelente. Yo me trasladé cuando me casé a vivir a Greenfield, la propiedad de Marian. Nuestras tierras son colindantes. De hecho, en unos días partimos de regreso.

Julian bebió el contenido de su vaso de un trago. Sentía el corazón en carne viva y las antiguas heridas escocían con la misma fuerza que el primer día.

—¿Por qué no vienes? El aire del campo te vendría bien. Además, me han dicho que has vendido todo tu patrimonio y por la zona hay varias fincas a la venta. Podrías invertir allí, ya sabes, un guerrero necesita un sitio adonde volver. —Desde su asiento podía escuchar los engranajes del cerebro del marqués girando a toda velocidad—. A Celia seguro que le encantará ir.

Celia. Por supuesto que Celia disfrutaría del aire puro, los animales, las flores, sus amadas mariposas. No tendría nada de malo aceptar la invitación, ¿verdad? Por Celia, por supuesto. Solo por ella. Y mientras se mentía a sí mismo y trataba de encontrar un resquicio de cordura y de voluntad para negarse, sentía que la idea lo atraía como un imán. Aquello no acabaría bien. Debía rechazarlo. Sería lo más sensato.

—Acepto la invitación. —Julian escuchó las palabras como si fuera otra persona quien las hubiera pronunciado.

Andrew sonrió.

22

—*E*l resto de días los dejo a su elección, señora Cooper.

Elisabeth la despidió con una sonrisa, el ama de llaves recogió el papel con las anotaciones para el menú de la semana y se marchó a seguir con su trabajo. Ya habían planificado los menús y las tareas del servicio, y Lys no sabía qué más hacer para entretenerse el resto del día.

Eleonora llevaba la mansión tan eficazmente que, aun en su ausencia, la casa funcionaba como una máquina bien engrasada. Pensó en si ella algún día sería capaz de ser tan brillante como su suegra, ser una buena madre, una esposa a la altura. Apenas había empezado a serlo y se sentía insegura.

Una esposa. Recordó las caricias de Richard la noche anterior, la forma en que se dejó arrastrar por sus besos y por las sensaciones que le provocaban. Se llevó las manos instintivamente a las mejillas y las notó calientes y sonrojadas. Si acariciarse era así de apabullante, no quería ni imaginar cómo sería entregarse a él por completo.

Se asomó a la puerta acristalada que daba al jardín y se abrigó con su chal al notar la fría bocanada de aire que entraba del exterior. Las nubes se arremolinaban en el horizonte y el olor a lluvia y a tierra húmeda anunciaba que por la tarde llovería. Se preguntó si en Londres también estaría lloviendo, probablemente sí. Imaginó a Maysie y a Aura refugiadas en su habitación, leyendo un cuento o jugando con sus muñecas. Cuánto las echaba de menos.

Su sobrina era un ser especial y no permitiría, bajo ningún concepto, que sus orígenes le impidieran llegar a ser feliz; la defendería con uñas y dientes si hacía falta.

Desde que Maysie descubrió su embarazo, Elisabeth se había propuesto procurarle un sustento económico a su sobrina, guardando como una hormiguita cada moneda que caía en sus manos para que, cuando fuera mayor, tuviera unos ahorros que le permitieran, si la situación se complicaba, valerse por sí misma. La asignación de su padre no era tan generosa como cabía esperar de un hombre de su posición, pero como cubría sus gastos personales, no tenía que gastar prácticamente nada en ella, lo cual le había permitido en esos años reunir una cantidad nada desdeñable.

En ese momento cayó en la cuenta de que no había tratado ese tema con Richard, y decidió que esa noche le preguntaría, aunque no resultara demasiado elegante hablar de dinero.

La conversación entre plato y plato era agradable, pero no llegaba a ser fluida. Richard intentaba mantener sus ojos alejados de los hombros y del trozo de piel insinuante tras el ribete de encaje de su vestido. Elisabeth no sabía cómo enfrentar el tema que tenía en mente y decidió que lo mejor era esbozar una de sus brillantes sonrisas y hacerle la pregunta de manera directa y casual. Y así lo hizo.

Richard masticó despacio con la vista clavada en su

plato, como si la respuesta al devenir del universo estuviera allí plantada, entre el puré de nabo y el pedazo de carne que acababa de trinchar. Estaba esforzándose para alejar de su mente los pensamientos negativos acerca de su esposa, procurando desechar la imagen que se había formado de ella desde que la conocía. Quería pensar que no era manipuladora ni interesada, que sus sonrisas eran reales y honestas y no armas de destrucción, pensadas para doblegar sus sentidos. De verdad que quería. Sin embargo, se lo estaba poniendo realmente difícil.

Apenas habían compartido unos minutos de caricias y placer y ya estaba intentando agasajarlo con sonrisas deslumbrantes para conseguir ¿qué?, ¿dinero?

Él no era ningún tacaño, tenía dinero de sobra y ella tendría su independencia económica para sus propios gastos; simplemente, todo había pasado tan rápido entre ellos que no había tenido tiempo de pensar en el tema de la asignación de su esposa. No entendía por qué, de repente, le había surgido esa urgencia de exigirle una cuantía económica cuando sus necesidades estaban cubiertas y apenas llevaba unos pocos días en el campo. ¿Y si no se había equivocado con ella? ¿Y si en realidad era todo lo que él había sospechado?

Levantó la mirada para encontrar la tensa y artificial sonrisa, el cabello rubio perfecto y pulcramente colocado, su atuendo pensado para seducir y hacerle perder la capacidad de raciocinio. Era una hechicera, una criatura dulce y seductora, una sirena con una belleza arrolladora que no dudaba en utilizar.

—No tendrás ninguna asignación. —Las palabras salieron de su boca sin apenas meditarlas. Elisabeth abrió la boca para hablar, totalmente descolocada, pero la volvió a cerrar sin saber qué decir—. Tus necesidades serán cubiertas. Hazme saber lo que necesitas. O al ama de llaves o a Leopold. Al fin y al cabo, aquí no hay tiendas de fruslerías donde ir a dilapidar una fortuna, ¿no te parece?

Elisabeth sacudió la cabeza e incluso tartamudeó un poco, no esperaba esa respuesta de alguien como Richard. Ella no podía estar justificando cada libra que necesitara, tenía que continuar guardando ese dinero para Aura.

—Yo…, no estoy pidiendo una fortuna. Solo un presupuesto para mis gastos personales.

—Define gastos personales. —Richard soltó la servilleta sobre la mesa, perdiendo el apetito de repente—. Guantes, medias, libros… Tengo cuenta en casi todos los establecimientos de prestigio de la ciudad. Y si necesitas alguna otra cosa, solo tienes que pedirla.

—¿Quieres decir que tendré que pedirte permiso cada vez que vaya a comprarme una simple cinta para el pelo?

Richard se encogió de hombros.

—Siempre te queda la opción de trabajar. Aquí hay siempre necesidad de mano de obra. Y pago bastante bien. —El tono sarcástico acicateó el orgullo de Elisabeth. Si pensaba que era una niña consentida que no valía para nada, se equivocaba.

Decidió coger el guante y ganarse su sustento si era necesario. Lo que fuera, antes de dejar que él la humillara. Levantó la barbilla y lo fulminó con la mirada.

—De acuerdo. Trabajaré en la mansión, pero no aceptaré un pago inferior al del resto de trabajadores.

Richard se rio ante lo que él creía un farol, pero la mirada seria y decidida de Elisabeth le confirmó que no era ninguna broma. La siguiente batalla estaba fraguándose. La sonrisa socarrona se desvaneció en su cara poco a poco, mientras se planteaba cómo salir de aquello sin recular.

—En este momento, los puestos adecuados para ti están cubiertos, el servicio de la casa está completo. Solo hace falta mano de obra en el campo y en las caballerizas.

—Bien, ¿cuándo empiezo?

Richard se bebió la copa de vino de un trago, valorando lo que podía surgir de todo aquello, y ninguna de las opciones era buena, nada buena. Pero si ella quería echarle un pulso, le enseñaría quién mandaba allí.

—Mañana, al amanecer. Aunque dudo que aguantes siquiera hasta la hora de comer.

—Me retiro entonces, mañana tengo que madrugar. —Y con un revuelo de faldas y un sonoro portazo abandonó el comedor, dejando a su marido totalmente confundido.

Richard se sirvió otra copa de vino y negó con la cabeza. Desde luego que ese final no era el que él tenía planeado para aquella noche. Había pasado todo el día distraído, con la mente ocupada con retazos de la noche anterior, de besos y jadeos cómplices, y había ansiado con auténtica desesperación que llegara la noche para volver a sumergirse entre las sábanas y la piel de su mujer. Pensaba que habían avanzado un paso en su relación y, ahora, sin embargo, parecían haber retrocedido cinco.

Desde que se había levantado de la cama, dudó si despertar o no a Elisabeth. Apenas había amanecido y la mañana era bastante fría, y ella no estaba acostumbrada a trabajar a la intemperie. Al final, decidió que ella misma se había metido en esa tesitura al aceptar tan alegremente el reto de trabajar para él, así que se dispuso a tocar la puerta de su habitación. Antes de que sus nudillos golpearan la madera, la puerta se abrió, y una somnolienta Elisabeth contestó a sus buenos días con algo parecido a un gruñido.

Sobre todas las cosas del mundo, Elisabeth odiaba madrugar. El día tenía suficientes horas para realizar todas las actividades necesarias sin tener que abandonar el lecho a esas horas intempestivas. Después de tomar una taza de té, incapaz de tolerar nada más a esa hora tan temprana, Elisabeth siguió a Richard por el camino de gravilla en dirección a los establos.

—¿Estás seguro de que las vacas estarán ya despiertas? No quisiera interrumpir su descanso —preguntó sarcástica.

Richard se volvió a mirarla y le sonrió burlón, y Elisabeth le sacó la lengua a sus espaldas.

No entendía cómo podía tener tan buen aspecto tan temprano, cuando ella se veía horrenda con sus ojos empequeñecidos aún por el sueño.

Los hombres se dirigían a sus puestos de trabajo y se volvían sorprendidos al ver a la señora de la casa en la zona de los establos a esas horas tan desacostumbradas.

Se dirigieron en un incómodo carromato cargado de postes y herramientas hacia uno de los lindes de la propiedad para reparar unos cercados. Richard no sabía muy bien qué labor asignarle, pero, por lo pronto, le bastaba con haberla hecho madrugar. Elisabeth no era una mujer endeble, ni mucho menos, y Richard dedujo que era capaz de hacer bastante dignamente el mismo trabajo que cualquiera de los mozos más jóvenes. A pesar de eso, no quería que el escarmiento llegara demasiado lejos y se limitó a pedirle que le acercara algunas herramientas y poco más.

Ella observaba con curiosidad el comportamiento de Richard con los trabajadores. El trato era bastante afable, casi de igual a igual, aunque se percibía con claridad el respeto con el que le hablaban.

Budd, un hombre bastante mayor que el resto y jefe

de las caballerizas, no parecía estar muy de acuerdo con la presencia de Elisabeth allí, pues cada vez que Richard le daba alguna orden, parecía querer asesinarlo con la mirada.

—¿En serio crees que es buena idea, muchacho? —le preguntó exasperado cuando le pidió a Elisabeth que le trajera uno de los postes de madera. Lo conocía desde que era un niño y le hablaba con la autoridad y la familiaridad que dan los años—. Este no es lugar para una dama. Al final, conseguirás que se haga daño.

Richard se encogió de hombros.

—Ella lo ha querido así.

Elisabeth miró el tronco dudando si podría o no con su peso, tremendamente fastidiada ante la idea de tener que reconocer que no iba a ser capaz. Lo miró calibrándolo, no era demasiado grande, y, aunque se desmayara por el esfuerzo, no iba a rendirse. Se ajustó más los recios guantes de trabajo, demasiado grandes para ella, y arrastró el tronco con menos esfuerzo del esperado hasta donde ellos estaban.

Richard la miró con intensidad, sin decir ni una palabra, y se alejó hacia el siguiente punto del cercado que había que reparar. Una hora después, estaba impresionado de que su mujer aún no hubiera pedido marcharse a casa.

Estaba golpeando una estaca para clavarla en la tierra cuando la cantarina carcajada de Elisabeth casi le hizo errar el golpe. En ese momento, a varios metros de distancia, Elisabeth le tendía una bolsa de piel llena de clavos a Tim, uno de los trabajadores más jóvenes. Tim era fuerte y atractivo, y Richard conocía perfectamente su fama de conquistador entre las mujeres. Masculló algo entre dientes al ver cómo ella volvía a reírse ante un nuevo comentario del joven. Budd se rio por lo bajo al ver su reacción, pensando que lo tenía bien merecido.

—¡Tim! Ven y ayuda a Budd —bramó bruscamente.

Elisabeth se sorprendió al ver que Richard, con cara de pocos amigos, cambiaba su lugar con el muchacho. Si aquello no era una reacción de celos, se le parecía bastante, pero Elisabeth no se dejó amilanar y le dedicó una sonrisa exquisita a su esposo, como si estuvieran en un salón de baile en lugar de rodeados de rudos trabajadores. Richard se amonestó mentalmente por ser incapaz de mantenerse impávido en su presencia, por no poder ignorar el ligero aroma dulce, a flores y a vainilla que la envolvía y del que era dolorosamente consciente.

Los primeros días pasaron como una exhalación para Elisabeth, ya que llegaba tan cansada que, después de tomar un baño caliente y una ligera cena, se iba a la cama totalmente exhausta. Poco a poco, su cuerpo fue acostumbrándose a los madrugones y al trabajo, y se notaba más enérgica. Richard estaba asombrado: en esos días, su esposa no había flaqueado ni una sola vez, jamás se había quejado ni se había negado a realizar ninguna tarea. Obedientemente, cambiaba la paja de las caballerizas, lustraba las sillas y cepillaba los caballos.

Elisabeth, por su parte, estaba sorprendida de que su marido no dudara en realizar los trabajos más duros y, probablemente, por eso tenía el cuerpo tan magníficamente esculpido. Sus hombres lo respetaban por ello y el único con el que parecía tener alguna rencilla era con Tim, al que fulminaba con la mirada cada vez que intentaba ser amable con ella.

No estaba demasiado contenta con tenerlo como jefe y lo consideraba auténticamente un grano en el trasero. Se dedicaba a poner pegas a todo lo que hacía, a mirarla como si él tuviera el secreto de cómo hacer las cosas a la perfección, y ella apenas alcanzara a imaginarlo. Si ponía un cubo a la derecha, debería haberlo puesto a la izquierda, si cepillaba con suavidad a un caballo, debería hacerlo con más brío, y al revés. Si lo que pretendía era sacarla de quicio para que se rindiera, tendría que jugar más fuerte.

Richard no sabía cómo parar aquello sin dar su brazo a torcer, y optó por minarla, adjudicándole las tareas más desagradables, intentando que su ánimo se resintiera y dejara el trabajo, sin embargo, ella seguía aceptando los mandatos con tesón. Ya le había demostrado con creces de lo que era capaz, pero no podía darle simplemente una palmadita en la espalda y reconocer su valía. Sería como haber perdido la batalla.

Los tiras y aflojas entre ellos eran constantes, y Budd, a menudo, acababa poniéndose de parte de ella y mediando para que dejaran de pelear.

Las discusiones eran cada vez más acaloradas y Richard no podía tolerar que lo desafiara delante de sus hombres. El día que Elisabeth decidió abandonar sus coquetas faldas, enaguas y rígidas capas de tela para comenzar a usar pantalones de hombre, se desató una verdadera batalla campal. Richard había palidecido al verla entrar a los establos con unos pantalones de ante y unas botas altas. La chaqueta que llevaba le cubría prácticamente la mitad de las caderas, pero, en cuanto se agachaba o hacía cualquier movimiento, su redondeado y sugerente trasero quedaba enmarcado perfectamente por la tela de los pantalones, al igual que sus esbeltas piernas, a la vista de todos. Le exigió que fuera inmediatamente a cambiarse de ropa, pero Elisabeth estaba harta de ir arrastrando mugre con el ruedo de su falda y engancharse en cada clavo y cada recodo, así que no hubo manera de convencerla de lo contrario. Ni por las buenas ni por las malas.

Richard estuvo a punto de echársela al hombro y llevársela hasta su dormitorio, atarla a su cama y demostrarle las ardientes consecuencias de provocarlo de aquella manera, no obstante, al final, Budd le convenció de que ella tenía razón y su elaborada ropa femenina era un estorbo. Aunque tuvo que abandonar la discusión por el momento, seguía sin estar de acuerdo.

Elisabeth preparó las herramientas y los guantes para empezar la tarea que, primorosamente, su marido había elegido para ella, que no era otra que sacar la paja sucia y los excrementos de los cajones de los animales. Una maldición entre dientes a sus espaldas la hizo girarse. Su esposo, impecable y pulcramente ataviado, peinado como un dandi y perfumado exquisitamente, se daba pequeños golpecitos en el muslo con sus guantes de montar. Ella, en comparación, parecía un muchacho descuidado, con el cabello recogido en una sencilla trenza, su pantalón de ante y una camisa blanca. Lo miró de arriba abajo y lo fulminó con sus ojos azul cielo.

—¿Día libre? —preguntó, dejando el rastrillo contra la pared mientras enarcaba una ceja.

Hacía días que había abandonado su coquetería en pos de la comodidad. Quizá solo llevara unos días trabajando, pero su vida de señorita acomodada se le antojaba como un sueño lejano.

—Voy a Coldfield a resolver unos asuntos. —Elisabeth recordó a la cariñosa posadera del pueblo y sintió ganas de estrangularle. Richard sonrió, intuyendo lo que le pasaba por la mente—. Creí que había dejado claro que no quiero verte por ahí con esos pantalones.

Ella se cruzó de brazos y levantó la barbilla con insolencia.

—Trabajo como uno de los muchachos, no veo por qué no puedo ir vestida como tal. Cada vez me siento más como uno de ellos.

Richard se acercó hacia ella con un brillo peligroso en los ojos.

—Quizá deba recordarte que no eres uno de ellos.

La sujetó del brazo con suavidad, pero con firmeza, y la arrastró hacia el final de las caballerizas metiéndola en uno de los boxes vacíos. La apretó con su cuerpo contra la pared de madera y la besó dejándola aturdida, con un ansia incontenible. Elisabeth intentó apartarlo por miedo a ser descubiertos por alguno de los trabajadores, mas Richard no cedió ni un milímetro. Solo pretendía besarla, pero al notar su cuerpo tan cerca del suyo, sin las miles de capas de tela almidonada de las faldas, no pudo conformarse con eso. Con un rápido movimiento desabrochó los pantalones que ella llevaba y los bajó hasta la mitad de sus caderas. Introdujo su mano por la abertura de la prenda y comenzó a tocarla, incapaz de controlar su propia lujuria. Sorprendida y tremendamente excitada, Lys se aferró a sus hombros pegándose más a él. Jadeó contra su boca al notar cómo acariciaba su sexo, cómo introducía un dedo en su interior, moviéndose con una cadencia enloquecedora, sin dejar de besarla. Intentó devolverle las caricias, no obstante, él se lo impidió.

—No, por favor. Si me tocas, no podré resistirme.

—Richard. Alguien podría vernos, por favor —susurró, intentando aferrarse a la última brizna de cordura.

Su voz no era más que un jadeo entrecortado y suplicante. Pero, en realidad, no quería que se detuviera. Richard continuó con su dulce tortura entre sus piernas. Deslizó su boca por su garganta, rozándola con los dientes, lamiéndola y besándola con desesperación. Elisabeth sintió cómo las oleadas de un placer inexplicable e irracional la sacudían cada vez con más potencia. Se arqueó contra su mano y lo sujetó por la muñeca, clavándole los dedos para que no se detuviera. Él atrapó los gemidos que el intenso orgasmo le provocó besando de nuevo su boca. La sostuvo contra la pared con su cuerpo, acariciándola con dulzura, hasta que su respiración volvió a la normalidad y sus piernas dejaron de temblar.

—He de reconocer que esta indumentaria tiene sus ventajas —dijo con tono burlón mientras la besaba en la frente.

Elisabeth se separó de él aturdida y avergonzada de su propia reacción y su falta total de decoro, y se marchó dejándolo allí plantado.

Cada fibra de su ser le gritaba que fuera tras su mujer, que le confesara que necesitaba saciar su hambre de ella, de sentir su cuerpo, sus labios. Quería mucho más, necesitaba su presencia en su vida. En su lugar, fue a buscar el caballo para alejarse de allí, aunque fuera unas horas, con una indescriptible sensación de vacío en su interior.

23

La mesa del comedor estaba preparada para dos, pero Elisabeth perdió la esperanza de tener compañía para la cena cuando el lacayo comenzó a servirle el primer plato. Richard se había marchado por la mañana a Coldfield, para lo que fuera que se trajera entre manos, y no lo había vuelto a ver en todo el día. Le daba vergüenza preguntarle al lacayo por el paradero de Richard: ¿qué pensaría de ella el servicio si ni siquiera sabía los pasos de su marido? Apenas comió unos bocados mientras su fértil imaginación hacía de las suyas y le regalaba visiones tórridas de las manos de su marido sobre el cuerpo de la posadera. Cerró los ojos, sintiéndose enfermar. Sus manos eran su perdición.

A menudo se sorprendía observándolo mientras trabajaban, mientras comían, en cualquier momento, mirando embobada sus dedos largos y ágiles, su piel bronceada, deseando que esas manos se cernieran sobre ella para arrancarle infinidad de sensaciones. Salió del comedor con un ánimo funesto y no pudo resistir preguntarle al mayordomo al pasar por su lado, aun a riesgo de poner en evidencia su patético desconocimiento.

—¿El señor Greenwood dijo cuándo volvería de Coldfield?

—Volvió hace horas, señora. —Leopold carraspeó dudando si ampliar la información, pero, como Elisabeth no se movió, continuó hablando—. Una res está de parto y está habiendo complicaciones.

Elisabeth subió la escalera boquiabierta. No entendía cómo en una finca con tantos trabajadores el dueño debía asistir a una vaca parturienta. Sin pensarlo demasiado, llegó a su habitación, se cambió de ropa poniéndose un sencillo vestido y se dirigió rauda a los establos.

Varios hombres rodeaban la vaca, que respiraba con dificultad y aceleradamente. El silencio en el establo era denso y Elisabeth titubeó un poco al entrar, con la sensación de que estaba profanando un lugar sagrado. Richard la miró al verla acercarse precavida, y a la luz de las lámparas de gas sus ojos brillaron.

Aún llevaba la misma ropa de esa mañana, pero se había quedado en mangas de camisa y su pulcro peinado ahora caía en mechones descuidados sobre su frente. Ella le preguntó con la mirada.

—Está teniendo un parto complicado, llevamos más de cuatro horas. El ternero está a punto de salir, no obstante, el momento no termina de llegar.

—El parto se ha enfriado —añadió Budd acercándose a ellos, moviendo la cabeza—. Ya asoman las patas, pero hay que intentar posicionar al ternero.

Elisabeth miró a ambos como si estuvieran hablando en otro idioma.

Richard se acercó al animal con el ceño fruncido y Elisabeth lo siguió, indecisa.

—Bien, ¿por qué no lo has hecho ya?

Budd suspiró, se quitó la gorra de paño y se rascó la cabeza pensativo.

—Lo he intentado, pero es una vaca joven. Puede que le haga más mal que bien.

Richard miró a Budd y luego a su mujer, entendiendo de inmediato el problema.

—Elisabeth, necesitamos tu ayuda.

Elisabeth empalideció cuando le expusieron el problema con más detalles de los que una muchacha virgen estaba dispuesta a asimilar. El resumen era que debía introducir la mano en el interior de la vaca, recolocar la posición del ternero para que ellos pudieran ayudar al alumbramiento tirando de las pequeñas patas que ya empezaban a asomar del cuerpo de la madre, intentando no dañar a ninguno de los dos. Sus manos eran más pequeñas que las de los hombres y el riesgo de causarles daño era mucho menor.

Tras escuchar la explicación salió al exterior para tomar varias bocanadas de aire.

—No lo va a hacer —susurró Richard casi para sí mismo, resignado y con el alma por los suelos al pensar en el bienestar de los animales.

—Te apuesto el sueldo de una semana a que sí será capaz —dijo Tim a sus espaldas.

Richard lo fulminó con la mirada y se quedó boquiabierto cuando vio a su mujer entrar con paso decidido de vuelta al establo.

—Dame los guantes —dijo, extendiendo las manos.

Tras una hora interminable, el ternero al fin se alimentaba de su madre, ajeno a la tensión que había precedido a su alumbramiento. En la cara de todos reinaba el alivio y una contagiosa euforia al ver cómo la vida se abría paso.

Richard miraba a su esposa impactado por cómo aquella pequeña mujer de aspecto frágil, predispuesta y educada para desfilar y lucirse en los salones más elegantes, se había enfundado los guantes y había afrontado aquella situación con entereza.

—No puedo creer que haya hecho eso —dijo Elisabeth, mientras caminaba exhausta hacia la casa junto a su marido.

—Has sido muy valiente, y el valor tiene su recompensa. —Richard tiró de su mano y la dirigió hacia las caballerizas.

La iluminación en el interior era escasa, pero suficiente para distinguir la hermosa yegua de color canela de la que Elisabeth se había enamorado en la feria de Coldfield.

—¡Oh, Dios, no puedo creerlo! ¿La compraste? —gritó eufórica, acercándose para tocarla.

Richard asintió y sonrió satisfecho al ver su cara de felicidad mientras acariciaba al animal.

Elisabeth se colgó de su cuello y lo besó de manera impulsiva. Richard deseó que no se separara nunca de él, pero no quería que sus besos fueran de agradecimiento a cambio de un regalo. No quería ser tan obtuso, sin embargo, no podía evitar que la desconfianza caminara siempre varios pasos por delante de él.

Aunque después de ver a su mujer venciendo sus reticencias, su pudor y sus escrúpulos para salvar la vida de un ternero, de trabajar como una auténtica fiera y desarmarlo con su fuerza día tras día, estaba empezando a ver cómo el muro que tan primorosamente había creado para protegerse de ella iba cayendo a marchas forzadas. Elisabeth era mucho más que una cara bonita. Era la mujer más hermosa que había visto jamás, no podía negarlo, pero intuía que había mucho más.

Sus besos inexpertos lo seducían y enloquecían como no había sido capaz de hacerlo nadie antes. Su fuerza, su tesón y su ímpetu eran cautivadores. Había algo en su sonrisa que le invitaba a volcarse en ella e impulsaba a su corazón a dar un salto mortal hacia delante. Y bien sabía Dios que, mientras la acompañaba en un cómodo silencio hasta su dormitorio, todo su ser le pedía a gritos que lo hiciera. En cambio, se impuso la sensatez. Ella debía de estar agotada e impresionada por lo que acababa de vivir y, tras un casto beso que les supo a poco, la dejó en la puerta de su habitación.

Elisabeth paseaba con el brazo entrelazado en el de Maysie mientras Aura correteaba unos metros por delante de ellas, derrochando euforia y vitalidad y observando cada rincón nuevo que descubría.

Habían llegado la tarde anterior y Richard había invitado a Bryan Lane a dar un paseo por la propiedad, mientras ellas aprovechaban para ponerse al día. Maysie la miró de reojo y sonrió. La expresión tensa de los últimos meses había desaparecido, al fin, de la cara de su hermana, se la veía más vital, más segura.

—Tienes buen aspecto, parece que la vida de casada te sienta bien. —Elisabeth se encogió de hombros.

—Si tú lo dices. Richard no es el muchacho afable que conocíamos. Es egoísta, testarudo y obcecado. No he pasado ni un solo momento agradable desde que llegué a esta casa.

Maysie se habría preocupado y hubiera sacado a rastras a su hermana de la propiedad si hubiera tenido la más mínima sospecha de que Richard la trataba mal. Pero, desde su llegada, había observado las miradas que se dedicaban mutuamente y estaba claro que, fuera lo que fuese lo que pasara entre ellos, la atracción era palpable. Quizás eso no fuera suficiente para mantener un matrimonio, pero había algo más, algo parecido a la admiración.

—Exageras. No me creo que, al menos, en uno de los aspectos de tu matrimonio no hayas tenido ni «un momento agradable». Richard tiene fama de ser un experto en «momentos agradables».

—¡¡¡Maysie!!! —Elisabeth no podía estar más ruborizada y avergonzada ante el comentario pícaro e impropio de su hermana—. No voy a hablarte de eso.

Se soltó de su brazo y se adelantó unos pasos.

—No me digas que…, Elisabeth, no me digas que no has permitido aún que te toque.

Eso de tener una hermana melliza estaba muy bien la mayor parte del tiempo, pero tenía el inconveniente de que solían intuir las cosas más bochornosas en los momentos más inoportunos.

—No es eso, exactamente.

—Pues qué es, entonces.

La conversación era demasiado atrevida e íntima para su gusto, pero, en realidad, necesitaba hablar con alguien, y Maysie era la persona que mejor la conocía.

—Sí que me ha tocado. Quiero decir, es solo que queremos ir despacio.

—¿Los dos? Bueno, eso dice mucho a su favor. Algunos hombres no suelen ser muy pacientes en esos momentos.

—Todo eso, las caricias, las sensaciones… Al principio me costó un poco asimilarlo, me sentía superada. Ahora, simplemente, no ha surgido. Y…

Maysie intuyó que había algo más que le preocupaba y la instó a continuar.

—… de todas formas ese no es el problema. Es que me preocupa que no sea viable. —Maysie la miró con una ceja levantada sin entender nada—. No me mires así, eso no puede, su…, es imposible que eso… ¡Maldita sea, May!, es demasiado, demasiado…

No se veía capaz de verbalizar su preocupación sin quedar como una inmadura o como una ignorante, o las dos cosas.

—¿Grande? —Maysie terminó la frase por ella. Elisabeth se tapó la cara con las manos, gruñendo avergonzada, y asintió vehementemente.

Maysie comenzó a reír hasta que se le saltaron las lágrimas y Elisabeth al principio se enfadó, pero acabó riéndose con ella. ¡Cuánto necesitaba aquello!

—Bueno, yo no es que tenga demasiada experiencia, Lys, pero recuerdo que también me impresionó. Y sin embargo, fue… —su tono fue reduciéndose hasta convertirse en un susurro— maravilloso. —Maysie parpadeó, recobrando la compostura ante la repentina y dolorosa nostalgia—. Estoy segura de que Richard sabrá cómo manejarlo.

Ambas rieron con el doble sentido.

—Por cierto, explícame eso de la fama amatoria de mi marido. ¿Puedes decirme de dónde diablos has obtenido esa información?

—Mientras tú te dedicabas a deslumbrar en los salones, yo me dedicaba a pasar desapercibida. Ni te imaginas la de cotilleos escabrosos que las mujeres pueden hacer con dos copas de champán.

—Creo que prefiero no saberlo. Cambiando de tema. ¿Qué pasa con Lane? ¿Es lo que yo creo?

—Si lo que crees es que papá quiere que me case con él, sí. Me ha pedido que lo considere como posible candidato. Es un buen hombre, es bien parecido y sabe lo de Aura desde hace años y parece que lo acepta. Pero no siento nada por él, Elisabeth. Aún no me ha propuesto nada, pero aceptar sería engañarme a mí misma, resignarme.

Resignarse a la idea de no volver a amar, resignarse a no vivir la pasión, le resultaba demasiado definitivo. Aunque el amor doliera como una puñalada en el corazón.

Andrew y Marian acababan de llegar a Greenfield junto con su hijo, y Ralph y Sally, los dos hermanos que habían adoptado en el orfanato de Santa Clara. Acudieron a visitar al reciente matrimonio, muertos de la curiosidad y, por qué no decirlo, con un poco de preocupación. Las breves cartas que habían recibido de Richard no aclaraban cómo estaba la situación entre ellos.

Se acomodaron en el salón de té de Greenwood Hall en compañía de Maysie y del señor Lane, y Richard fue a buscar a su mujer, que había ido a visitar su yegua. Salió al jardín trasero y, al enfilar el camino que llevaba hacia las caballerizas, su buen ánimo cayó en picado.

Elisabeth hablaba jovialmente con un hombre, pero no con cualquier hombre. Tim arrancó una flor de uno de los macizos que bordeaban el camino y se la entregó, y ella tras olerla le sonrió agradecida.

—No he tenido ocasión de felicitarla por lo de la otra noche, señora. Si no hubiera sido por usted, el ternero no habría sobrevivido, y puede que su madre tampoco.

—Supongo que cualquiera en mi situación habría hecho lo mismo. —Elisabeth se mordió el labio y se quedó impresionada por lo oscuros e intensos que eran sus ojos. No le extrañaba que las chicas del servicio suspiraran cada vez que lo veían pasar, era realmente atractivo.

Él le dedicó una sonrisa de medio lado, como si hubiera leído sus pensamientos.

—No todo el mundo lo habría hecho. Pero yo tenía la certeza de que usted tendría los suficientes arrestos para hacerlo. La admiro, ¿sabe? No he conocido nunca a nadie como usted. —Elisabeth hubiera querido no ruborizarse, mas no pudo evitarlo—. Estaba tan seguro que aposté una semana de mi sueldo a que lo haría.

Ella rio mientras giraba la flor con coquetería frente a su perfecta nariz, pero la risa se le congeló de pronto, con un extraño presentimiento.

—¿Alguien apostó en contra? —Tim se puso serio y

apretó la mandíbula con la sensación de que había hablado demasiado.

—Él no debería tratarla de esa manera, usted es una dama, no uno de los mozos. Discúlpeme. Debo volver al trabajo. —Tim se tocó el ala del sombrero a modo de despedida y se marchó en el momento en que Richard se acercaba, fulminándolo con la mirada.

Se plantó delante de Elisabeth, le arrancó la flor de la mano y la tiró al suelo.

—Me dan urticaria —mintió Richard, destrozando la margarita con la suela de su bota.

—Entonces recogeré un ramo para ponerlo de centro de mesa —masculló ella entre dientes.

—¿Decías algo? —Ella negó levantando la barbilla, enfureciéndose por momentos al pensar en lo que había insinuado Tim—. Andrew y Marian han venido de visita, están esperándonos con Maysie y Lane para tomar el té —informó cortante y enfurecido por el flirteo que acababa de presenciar.

Elisabeth se cruzó de brazos, dudando si preguntarle o no por el asunto, pero, al final, fue incapaz de contenerse.

—¿Apostaste que no sería capaz de ayudar la otra noche en el parto? ¿Apostaste en mi contra, Richard?

No había sucedido exactamente así. Él solo había manifestado sus dudas y Tim había aprovechado para romper una lanza a favor de Elisabeth, como si él la conociera mejor que su propio esposo, como si tuviera una fe absoluta en su coraje. La situación era absurda y no pensaba discutir por eso. Por lo que sí estaba dispuesto a discutir era por el evidente coqueteo que había tenido lugar delante de sus narices. No iba a consentir que ese conquistador de tres al cuarto adulara a su mujer con florecitas y sonrisas seductoras.

—Vamos adentro, están esperándonos.

—Lo hiciste. ¿Acaso no me tienes el más mínimo respeto?

—Siempre he detestado a los chivatos —atajó cortante.

—Así que es cierto. Tim no ha dicho que fueras tú. Pero quién iba a ser si no, nadie más tendría tan poca fe en mí como mi propio marido.

—Elisabeth, no fue así como pasó. Aunque no voy a molestarme en intentar convencerte de lo contrario. Ya he visto con mis propios ojos que un par de halagos y una patética flor es todo lo que se necesita para que te deshagas en sonrisas y creas todo lo que se te dice. Al menos, parece que a Tim le funciona.

—No le des la vuelta a la situación para hacerme quedar como la mala.

—Basta. Tenemos invitados, finjamos ser un matrimonio de verdad delante de ellos, creo que a ti no te costará demasiado. Después, podrás vaciar sobre mí todas las culpas que quieras —atajó en un tono más brusco de lo pretendido.

Elisabeth se alegró de que Marian la saludara con amabilidad, casi con cariño, como al principio de su amistad. Andrew también se mostró relajado y amable, olvidadas ya las rencillas entre ellos. Al fin y al cabo, ahora eran familia. Lástima que su marido no los imitara.

Los hombres comenzaron una animada conversación sobre negocios, mientras las mellizas y Marian hablaban sobre los planes de Eleonora para la nueva temporada de sus hijas, que estaba a punto de comenzar.

Marian siseó y se llevó la mano al abultado vientre, aguantando la respiración.

Andrew, como si tuviera un sexto sentido superdesarrollado, percibió su leve gemido de dolor y, en menos de un segundo, ya estaba a su lado sujetándole la mano.

—¿Estás bien, cariño?

—Sí, sí, no te preocupes. Es solo que el bebé se mueve demasiado, pero todo está bien.

—Deberías descansar más, ¿quieres que nos vayamos a casa?

Marian puso los ojos en blanco.

—No seas exagerado, si fuera por ti, me tendrías todo el día entre algodones.

—¿Es malo que intente que estés lo más cómoda posible?

Maysie y Elisabeth miraron al conde de Hardwick sin disimular su adoración. Era más que obvio la devoción y el amor que existía entre el matrimonio, y sintieron una punzada de envidia.

—Mi hermano es un tipo afortunado, debería dar gracias al cielo cada día por haber conseguido a una esposa como tú. Es normal que se desviva por tu bienestar.

Marian sonrió ante el halago, pero detectó una leve doble intención que no le gustó.

—No exageres, Richard. Créeme, para llegar hasta aquí ha pasado una ardua penitencia. —Todos rieron excepto Richard y Elisabeth.

—No exagero. Eres la mujer más fuerte que conozco, eres inteligente, hermosa, divertida y, sobre todo, natural. ¿Qué más podría desear un hombre?

Andrew miró a su hermano amonestándolo con la mirada, lo conocía demasiado bien y sabía que tras ese halago se escondía un ataque encubierto. Él había vivido suficientes situaciones tensas con su esposa en el pasado como para saber que eran una pérdida de tiempo. Lane, que había captado la tensión, cambió de tema, y la conversación se reanudó por otros derroteros como si nada hubiera ocurrido.

Sin embargo, Elisabeth no era capaz de participar. Notaba los ojos de su marido fijos en ella, ajeno a la pretendida jovialidad en el tono de Marian, y el rictus sonriente, pero tenso, de Andrew, que miraba a Richard como si lo quisiera estrangular.

—Voy a ver si Aura está bien —susurró al oído de Maysie, mientras los demás estaban inmersos en su animada conversación, y salió del salón. Sabía que Aura estaba perfectamente en su habitación, descansando en compañía de su niñera.

Abandonó la casa sin un destino fijo, más que el de poner distancia entre ella y el resto del mundo. Comenzó a caminar a través de los jardines, por caminos de grava, entre fuentes y cenadores, hasta que los parterres perdieron su forma para fundirse y difuminarse con la vegetación del bosque. Se detuvo con la respiración agitada por la caminata y fue consciente del largo trecho recorrido. Unos pasos rápidos sobre la tierra y las hojas secas la hicieron volverse.

Richard apareció con la respiración tan alterada como la suya.

—¿Adónde crees que vas? ¿Estás loca? No conoces esta parte de la propiedad, podrías tener un accidente.

—Solo pretendía darte espacio para que pudieras seguir idolatrando a Marian sin que mi presencia te cohibiera. —Ella fingió una expresión de sorpresa—. Caramba, que tonta soy, ahora que lo pienso: mi presencia te importa un comino.

—Marian es mi cuñada, es como una hermana para mí.

—¡Ja! Os conozco desde hace años, Richard, mucho antes de que se casara con tu hermano. Hemos coincidido en fiestas y cenas. Siempre estabas pendiente de ella, siempre con un gesto cariñoso. He visto miles de veces cómo la mirabas, había una relación especial entre vosotros. ¿Vas a negar eso?

—No. No lo niego.

Elisabeth se quedó anonadada. Incapaz de seguir hablando, derrotada, se sentó en el suelo con la espalda apoyada sobre la superficie lisa de un árbol y cerró los ojos.

—Déjame sola. Ya sabes que encontraré la manera de volver a casa.

—Elisabeth. —Ella cerró los ojos con más fuerza y Richard se arrodilló a su lado y la sujetó por los hombros con suavidad para obligarla a mirarlo—. La conozco desde que éramos críos. La quiero, pero como una hermana, como mi mejor amiga, como mi confidente. No voy a negar que durante un tiempo me planteé algo más.

Elisabeth abrió los ojos de golpe y lo empujó haciendo que cayera sobre su trasero.

—¡Vete!

—No puedes estar celosa de algo que nunca ha ocurrido. ¡Es absurdo! Enseguida me di cuenta de que entre nosotros no podía haber nada que no fuera amistad.

—Pues tus palabras eran suficientemente sentidas como para hacer creer lo contrario.

—No la deseo, ni ella a mí. Lo que sentí por ella no se parece en nada a lo que sea que siento por ti.

—¿Te refieres al desprecio, al rencor por haberte atrapado? ¿A tu falta de fe en mí?

Richard volvió a ponerse de rodillas y atrapó la cara de su esposa entre sus manos.

—Estás ciega, Elisabeth. ¿No ves que estás volviéndome loco, que te deseo con desesperación? Esto es demasiado fuerte, crece demasiado rápido como para que yo lo controle y, simplemente, me asusta. No quiero acabar como un muñeco destrozado entre tus manos. ¿Crees que me resulta fácil ver que en los demás provocas el mismo efecto que en mí?

Elisabeth lo miró sin entender.

—Me tortura cada sonrisa que le dedicas a otro, cada coqueteo. Le hubiera arrancado la cabeza a Tim esta tarde solo por atreverse a mirarte de esa forma.

Elisabeth intentó apartar sus manos, pero él no se lo permitió.

—Eso no es cierto, solo te molesta porque piensas que soy pérfida y superficial. Crees que quiero hacerte daño y manejarte. No soy ese tipo de persona y no voy a pasarme el resto de mi vida intentando convencerte. Si no lo ves, es que quizá no me mereces. Yo solo quiero que me ames un poco. Al menos, pruébalo.

Richard apoyó la frente en la suya y rozó apenas sus labios, haciendo que se disparara en ella la necesidad de sentir sus besos. Odiaba que hiciera eso, que le demostrara lo vulnerable que era.

—No necesito intentarlo, no puedo evitar que eso suceda, no soy lo suficientemente fuerte para impedirlo, no quiero impedirlo, pero tampoco puedo evitar tener miedo de que esto me arrastre.

—Entonces, pongámosle fin. Si tienes miedo a entregarte a esta relación, no tiene sentido torturarnos. Alejémonos.

Richard sintió una corriente helada en su espina dorsal que lo dejó paralizado, eso sí era auténtico miedo, miedo a perderla. Negó con la cabeza y, antes de que Elisabeth añadiera algo más que firmara su sentencia definitiva, la besó con la fuerza de los sentimientos que latían en su interior. Derramó sobre ella todo lo que albergaba su alma, lo que no podía o no se atrevía a decir con palabras. La tumbó sobre el lecho de hierba y hojas secas que alfombraba el bosque, robándole el aliento y la voluntad.

Elisabeth no podía y no quería pensar más. Solo quería sentir y ser capaz de creer que él la deseaba, que la quería a su manera. Se aferró a él como si fuera lo único que la anclara a la cordura devolviéndole el beso, jugando con su lengua, con sus labios, aceptando la presión de su cuerpo sobre el suyo.

Las caricias, al principio sutiles, se convirtieron en un intento desesperado por alcanzar la piel, por saciar la frenética necesidad de tenerse y sentirse. Tironeó del pañuelo de Richard y lo lanzó de manera descuidada al suelo, donde ya descansaban su chaqueta y su chaleco. Desabotonó, con dedos entorpecidos por el ansia, los botones de su camisa blanca mientras él se deleitaba marcando el perfil de su cuello, con la lengua y los dientes.

Sus faldas se arremolinaban por encima de sus muslos, y él deslizó las medias hasta sus tobillos, acariciando sus piernas. Desabrochó los botones delanteros de su corpiño y bajó las capas de tela con delicadeza, besando cada pequeño centímetro que quedaba al aire, fascinado por las motas de luz que se filtraban entre las hojas de los árboles y formaban pequeñas islas luminosas sobre la piel de sus pechos. Estaba enterrado entre sus piernas y, aunque la tela de su ropa los separaba, notaba el calor de ambos fundiéndose y devorándolo todo. A pesar de la fuerza de su deseo, su cerebro no podía obviar la locura que implicaba hacerle el amor a su esposa sobre el suelo húmedo del bosque en lugar de en las tibias sábanas de su cama, pero no encontraba la fuerza de voluntad para detenerse, mientras las caricias se hacían cada vez más intensas y devastadoras.

—Elisabeth, pídeme que me detenga, por favor —susurró sin aliento junto a su oído.

Elisabeth gimió al notar sus dedos acariciando su sexo con suaves movimientos circulares que la hacían vibrar.

—No, no quiero que pares —pidió con un hilo de voz.

—Vamos a casa. —Atrapó un endurecido pezón entre sus dientes torturándola—. Directamente a mi cama y allí saborearé cada centímetro de ti —susurró, lamiendo su pecho y provocándole un nuevo jadeo.

Ella negó con la cabeza, sorprendida por las ansias con que su cuerpo recibía cada nuevo toque.

—De camino a casa encontraremos al menos cinco nuevos motivos para que me odies. Te quiero ahora, aquí, no me importa lo que nos rodea.

Richard se quedó impresionado ante la vehemencia con la que su mujer le exigía continuar.

—Cuántas veces he de decirte que no te odio, maldita cabezota —dijo con una sonrisa perversa, mientras continuaba arrancándole jadeos entrecortados con los hábiles movimientos de sus manos.

No necesitó que ella le pidiera nada más, el deseo entre ellos era irrefrenable y sus cuerpos se buscaban por instinto.

Elisabeth lo deseaba tanto que el placer estaba transformándose en una especie de dulce dolor que clamaba por ser aliviado. Apenas podía soportar la urgencia de sentirlo, a pesar de que cada vez que Richard entraba un poco más en ella el dolor se intensificaba.

—Mírame, cielo. —Elisabeth abrió los ojos que había cerrado con fuerza sin darse cuenta. La voz de Richard era tan dulce, tan suave, tan conmovedora que no tenía más remedio que dejarse llevar por ella—. No te alejes de mí. Mírame.

Richard la besó con ternura, mientras deslizaba una mano entre sus cuerpos para acariciarla en el lugar donde se concentraba al máximo su placer. Ella comenzó a sentir la excitación creciendo en su interior como una marea que amenazaba con arrasarlo todo.

Siguió avanzando penetrándola despacio, dándole tiempo a adaptarse a él, hasta que la última barrera entre ellos cedió y quedó sumergido totalmente en ella. Se movió conteniéndose hasta que estuvo seguro por su reacción de que el dolor había remitido, leyendo en sus ojos las emociones que la embargaban. Elisabeth notó cómo su cuerpo comenzaba a aceptar todas aquellas apabullantes sensaciones y sus caderas, como si tuvieran vida propia, subieron al encuentro del cuerpo de Richard, haciendo que la penetrara más profundamente, aumentando el placer de ambos. Sus cuerpos y sus movimientos se amoldaban a la perfección haciendo de su unión algo mágico y misterioso, como si fueran la extensión el uno del otro.

Sus caricias se volvieron más urgentes, casi desesperadas, hasta que los árboles, la luz anaranjada de la tarde que se filtraba entre sus copas, el canto de los pájaros y hasta el aire que los envolvía perdieron su importancia, siendo solo capaces de percibir el roce de sus propios cuerpos fundiéndose en un placer indescriptible y arrollador.

24

—*P*ero ¿en qué demonios estabas pensando? ¡¡Santo Dios, Richard!! Pensé que con Andrew ya había tenido bastante. Pero resulta que, en asuntos amorosos, eres incluso más tonto que tu hermano.

—Madre, no es necesario que me insultes. No voy a permitir que te metas en mi matrimonio —se defendió Richard ante los gritos desaforados de su madre.

Hacía apenas veinticuatro horas que había llegado al campo con Caroline y Crystal, y ya estaba al borde de la histeria. Pensaba que todo estaba bien encauzado entre el reciente matrimonio, sin embargo, casi sufrió un colapso cuando se enteró de que su nuera estaba trabajando en los establos como si fuera un muchacho. Le había faltado tiempo para llamar a su hijo con la intención de tirarle de las orejas o darle una buena colleja de ser necesario. No quiso decirle quién le había dado el chivatazo con tanta celeridad, pero seguro que había sido el viejo y leal Leopold.

—¡Dame una razón, solo una, para que pueda entender por qué esa muchacha, TU ESPOSA, tiene que ganarse la vida asistiendo los partos del ganado o limpiando excrementos de caballo!

—No es tan dramático como tú lo pintas.

—Pues ilumíname, hijo, ilumíname.

—Elisabeth quería una asignación, y sugerí que trabajara para obtenerla. —Sonaba tan mal en voz alta que Richard se sintió como si tuviera cinco años y lo hubieran pillado robando galletas.

Su madre abrió tanto los ojos que parecía que iban a salirse de las cuencas en cualquier momento.

—No puedo creerlo —dijo, llevándose una mano al pecho—. ¿Tan mal están nuestras finanzas para que tengas que obligar a Elisabeth a trabajar por un sueldo? ¿Qué será lo siguiente? ¿Limpiar la plata para ganarse la cena? —preguntó con el sarcasmo rezumando por todos sus poros.

—¡Por Dios!, hace días que hablé con el administrador para darle una generosa asignación, no soy un ogro. Solo quería darle una lección de humildad, eso es todo —se defendió, sintiéndose como un villano. Realmente, debería haber parado esa situación hacía tiempo, pero no quería que pareciera que, solo porque ambos se entregaran al placer de manera tórrida y desesperada cada noche, él iba a cambiar su actitud con ella.

De hecho, Elisabeth no entendía por qué, a pesar de que le confesaba sentimientos arrolladores durante las noches, cada mañana la barrera de contención volvía a levantarse alejándola de él. Compartían caricias, lujuria, besos, risas, todo era tan maravilloso que no parecía real. Y, al minuto siguiente, de nuevo él se encerraba en su propio mundo, un mundo al que ella no estaba invitada.

—No puedo creerlo, Richard, tú no eres así.

—Madre, no hagas una montaña de un grano de arena. Elisabeth tampoco es un angelito indefenso. No la conoces, si lo hicieras, entenderías que haya sido duro con ella.

Eleonora se llevó las manos a la boca al ver a Elisabeth en la puerta abierta de la sala. Estaba tan ofuscada con su hijo que había olvidado que la había mandado llamar. No se le escapó la expresión dolida con la que Elisabeth miraba a Richard, lo que le indicó que había escuchado más de lo que hubiese deseado.

Se acercó hasta ella con las manos apoyadas en sus sienes, intentando sujetar su cerebro que amenazaba con huir de aquella locura. Elisabeth bajó la vista, un poco avergonzada ante su escrutinio, y se le ocurrió que, quizás, hubiera sido buena idea pasar primero por su habitación y ponerse ropa de señorita antes de acudir a la cita con su suegra vestida con sus pantalones de trabajo.

Eleonora sujetó las manos de Elisabeth y las giró con las palmas hacia arriba para contemplar horrorizada las durezas que estaban empezándose a formar en las palmas de sus manos, cerca de la base de sus finos dedos.

—Se acabó esta majadería, ¿me habéis oído? ¡Los dos!

—No es lo que parece, en realidad disfruto mucho cuidando de los caballos. —Se vio en la obligación de defender a su marido de los gritos que había escuchado mientras se acercaba por el pasillo, aunque, en ese momento, lo único que le apetecía era estrangularlo con sus propias manos.

—Puedes tomártelo como un entretenimiento, cariño, pero sobre mi cadáver la señora de la casa limpiará el estiércol de los caballos. ¿He hablado con la suficiente claridad?

Ambos asintieron y Eleonora salió hecha una furia, dejándolos a solas en un silencio incómodo.

—Será mejor que suba a cambiarme —dijo Elisabeth, al fin, girándose para dirigirse hacia la puerta.

Richard se acercó en dos zancadas, la abrazó por la cintura y la acercó hasta él pegando su pecho a la tensa espalda de su esposa.

—Elisabeth —susurró junto a su oído, y ella cerró los

ojos ante el estremecimiento que le produjo su aliento caliente en la sensible piel de su nuca. Resistió la tentación de apoyarse contra él y dejarse llevar. Richard mordisqueó el lóbulo de su oreja y paseó los labios por su cuello. Sabía que estaba enfadada, y mucho—. Creo que mi madre tiene razón, llevo días pensando que debes dejar de trabajar en las cuadras. Todo esto se me ha ido un poco de las manos.

Para ser sinceros, él sabía que era un error desde el mismo momento en que se le ocurrió esa estúpida idea. Pero encontraba una perversa satisfacción y un extraño orgullo al comprobar la capacidad que ella tenía para pulverizar sus propios límites.

—¿En serio, cariño? ¡Qué detalle! ¿Crees que ya he aprendido la lección? —Richard se tensó al notar el tono lacerante y frío en su voz—. Quizá prefieras castigarme durante horas de cara a la pared con un par de pesados libros sobre mis manos extendidas. ¿Sería suficiente para expiar mis pecados? ¿Esos que solo existen en tu podrida imaginación?

—Cielo, no malinterpretes mis palabras. —Pero había poco lugar a la interpretación. Sus ansias por intentar que nadie notara que estaba enamorándose perdidamente de ella, si es que no lo estaba ya, le habían llevado, como siempre, a que le traicionara la lengua. Estaba sopesando seriamente la idea de hacer voto de silencio, al menos así no provocaría un cataclismo cada vez que abriera su bocaza.

—No he malinterpretado nada, «cielo». Tienes razón, no soy un angelito. —Elisabeth se soltó de su abrazo y lo miró a la cara con los ojos llameantes de ira—. ¿Sabes, Richard? Creo que es hora de que seas tú el que aprenda una valiosa lección. Me has descubierto. Soy la arpía que siempre has intuido que era. Todo estaba premeditado, todo ha sido una brillante actuación por mi parte. Ahora, al fin, estoy donde quiero estar. Tendré una jugosa renta gracias a tu generosidad, y tus trabajadores y tu familia piensan que soy una víctima y tú un mezquino arrogante. Pobrecita Elisabeth. —Richard se quedó congelado y hubiera creído sus hirientes palabras si no hubiera visto el dolor en sus ojos—. A partir de ahora, voy a comportarme exactamente como tú esperas que lo haga, utilizando a todos, valiéndome de mis sucias artimañas para salirme con la mía, y sé que lo conseguiré. ¿Sabes por qué? Porque puedo. Porque a pesar de que jamás has confiado en mí, has caído a mis pies. Solo necesito chasquear mis dedos para que te arrodilles ante mí suplicándome una caricia. Igual que un perrito.

Elisabeth se había acercado tanto a él que notaba el calor furioso que despedía su cuerpo, con una actitud altiva que resultaba todavía más irresistible. Sus ojos se veían brillantes por las lágrimas a punto de derramarse y su boca era una fina línea apretada tratando, inútilmente, de controlar sus emociones.

Él trago saliva e intentó encontrar una frase que solucionara toda aquella absurda contradicción en la que se había convertido su vida, intentando verbalizar todo ese cúmulo de sentimientos agolpados en su garganta, intentando explicarse a sí mismo por qué si ella le ofrecía todo lo que necesitaba para ser feliz, cada paso que daba la destruía un poco más. Sin dar tiempo a que su cerebro hilara una frase sensata, Elisabeth salió de la habitación dejándolo a la deriva, totalmente confundido y perdido, sintiendo que el calor de sus venas se iba con ella.

—Andrew nos ha invitado a pasar el día en Greenfield mañana para presentarnos a sus invitados. Usted también está invitado, señor Lane —informó Eleonora desde la cabecera de la mesa durante la cena.

—Se lo agradezco, *milady*, pero no quiero abusar de su hospitalidad —contestó, dejando los cubiertos ordenadamente junto a su plato.

—Tonterías, mientras esté en esta casa, será tratado como uno más. Además, me encantaría que pudiera asistir a la fiesta campestre que estoy preparando. Podría escribir al señor Sheldon para que le permita quedarse un tiempo más. —Después de limpiarse delicadamente con la servilleta, miró a sus hijos para ver su reacción.

Caroline y Crystal resoplaron poco femeninamente y comenzaron a hablar a la vez, objetando todo lo que se les ocurría en contra de la decisión de su madre.

—Es absurdo que os quejéis. Las invitaciones están ya enviadas. —Sonrió Eleonora con superioridad mientras se llevaba el cubierto a la boca.

Richard tenía tan pocas ganas de tener la casa llena de extraños como sus hermanas, pero sabía que era inútil llevarle la contraria a su madre. Además, estaba demasiado ocupado observando la actitud de su mujer como para fijarse siquiera en la comida de su plato.

Elisabeth estaba simplemente radiante. Su peinado elegante, recogido en la coronilla con delicados bucles que resbalaban hasta su cuello, hacía que toda la atención se centrara en el escote cuadrado de su vestido, demasiado atrevido para una cena familiar en el campo. El tono azul noche de la brillante tela hacía que sus ojos refulgieran como si una llama ardiera en ellos. Su postura corporal volvía a ser impecable, refinada y casi antinatural. Su espalda estaba tan recta como el respaldo de la silla, y su sonrisa perpetua era tan encantadora como terriblemente falsa. Su tema de conversación era amable, intachable, previsible, pero lo que más le impactaba era su mirada. Su mirada estaba vacía. Hablaba con él en un tono neutro y correcto, como si fueran simples conocidos o, lo que era peor, un matrimonio desapasionado.

Richard había soportado estoicamente el despliegue de encanto que Elisabeth había iniciado con todo aquel que se cruzaba en su camino, e incluso se había mordido la lengua al ver cómo coqueteaba de nuevo, descaradamente, con Tim.

Elisabeth le había enseñado con hechos la diferencia entre las conversaciones amigables, que había mantenido con el muchacho hasta la fecha, y el derroche de trucos femeninos que había tenido lugar esa tarde. Después le tocó el turno a un sonrojado Lane, que no sabía dónde meterse ante la mirada asesina de Richard. Hasta el pobre Leopold se quedó obnubilado ante su delicada y radiante amabilidad.

Había intentado hablar con ella, aunque ni siquiera supiera con certeza qué le quería decir, pero Elisabeth rechazaba cualquier acercamiento de manera contundente, aunque sin borrar la sonrisa de la cara. Richard, desde el principio, la había tachado de fría y manipuladora sin tener ninguna prueba de ello, a pesar de que ella se había esforzado en demostrarle lo contrario. Pues ahora sería la mujer frívola, cínica y vacía que él creía, aunque en el proceso tuviera que perder parte de su esencia.

Toda la familia se dirigió a la casa de Marian y Andrew dispuesta a pasar un día distendido y agradable y, aunque Elisabeth prefería enterrar la cabeza bajo su almohada antes de interactuar con su marido en público, admitió que le vendría bien hacer algo diferente que la sacara de su rutina.

—Lys, creo que deberíais hablar. Pero hablar de verdad y poner las cartas sobre la mesa de una vez. Sois como dos mulos cabezones que se niegan a reconocer lo que sienten, y ese cúmulo de malentendidos va a destrozaros —dijo Maysie.

Las mellizas se habían rezagado del resto del grupo que, animadamente, se dirigía al interior de la mansión donde los condes de Hardwick los esperaban. Elisabeth miró la espalda de su marido que caminaba con su madre del brazo, encabezando el grupo.

—Creo que ya está todo dicho, May. Estoy cansada de todo esto y no hay nada que arreglar. Creo que le odio —sentenció con la cara enfurruñada, intentando convencerse a sí misma de la veracidad de su afirmación.

Maysie soltó una carcajada.

—Podrías hacer una de tus listas para detallar lo que hay entre vosotros, y los sentimientos que tienes por tu marido, pero, desde luego, el odio no figura entre ninguno de ellos. Yo lo resumiría en una atracción irrefrenable y una cabezonería insana por parte de ambos. Y sobre todo falta de comunicación.

—¿Atracción irrefrenable? —bufó Elisabeth—. Caroline te ha dejado una de sus vomitivas novelas románticas, ¿verdad?

—Antes te encantaban —se burló.

—Antes de conocer la cruda realidad de la vida.

—Por cierto, ¿conoces a los invitados de los Hardwick?

—No, estaba demasiado ocupada insultando mentalmente a mi marido para preguntar ese detalle.

Entraron en el salón cogidas del brazo y observaron cómo los Greenwood saludaban a Marian, que en esos momentos les presentaba a una muchacha, que, según supusieron, debía de ser una de sus invitadas.

Elisabeth se reprendió a sí misma por sentir una punzada de celos cuando Richard depositó un fraternal beso en la mejilla de su cuñada. Maysie sonrió al ver la expresión de su hermana y la reprendió en silencio.

En ese momento, Crystal avanzó unos pasos y la joven invitada quedó a la vista.

Elisabeth sintió que la mano de su hermana se aferraba a su antebrazo como una garra, hasta el punto de provocarle dolor, y la miró extrañada. Maysie parecía petrificada. Estaba tan pálida que se podían dibujar con un dedo las marcas azules de sus venas bajo la piel, sus labios estaban entreabiertos en busca de un aire que se negaba a bombear sus pulmones y los ojos parecían desencajados.

—¿Qué te ocurre?, ¿estás…?

—Celia. —Elisabeth leyó sus labios, ya que su garganta fue incapaz de emitir ningún sonido.

Siguió la dirección de su mirada para descubrir una bella joven morena de sonrisa angelical, una joven que bien podía ser la versión adulta de Aura. Su cabello negro, peinado en delicados tirabuzones oscuros y brillantes, sus ojos enormes y expresivos, su piel tan blanca y perfecta como la mejor porcelana, y hasta la manera en la que inclinaba su cabeza mientras escuchaba a la persona con la que estaba hablando.

Elisabeth no la había visto nunca, pero no le hizo falta nada más para entender que aquella joven era Celia Cross, la hermana del hombre que había destrozado la vida de Maysie, y si ella estaba allí, su hermano no podía estar lejos. Ellos eran los invitados de los Hardwick.

No se dio cuenta de que su melliza se había soltado de su brazo. Maysie sentía que iba a desmayarse, que el mundo colapsaba sobre ella y todo lo que le importaba estaba a punto de desmadejarse entre sus dedos. Instintivamente, dio varios pasos aún de espaldas hacia la puerta con la única idea de escapar de allí. Ni siquiera podía ver con claridad y solo era consciente del rugido de la sangre agolpándose en sus oídos. Giró sobre sí misma con la intención de echar a correr y el impacto contra algo sólido casi le hizo perder el equilibrio. Levantó la vista del amplio pecho masculino con el que acababa de chocar, para encontrarse con los ojos grises que la habían cautivado, seducido y destrozado, por ese orden y con igual intensidad, tanto tiempo atrás.

En un acto reflejo, Julian la sujetó para que no cayera, y sus dedos cálidos parecieron atravesar la suave muselina de las mangas de su vestido, como brasas marcando su carne. Y así, el destino quiso que, después de tantos años, Maysie se viera de nuevo desarmada por los ojos de Julian Cross.

25

—*T*e recuerdo —dijo Celia con espontaneidad, mientras su sonrisa se ensanchaba todavía más.

Se acercó hasta las mellizas y dio un fugaz beso en la mejilla a una sorprendida Maysie, saltándose cualquier norma de protocolo. Ella le sonrió también y agradeció que todos los demás estuvieran enfrascados en sus propias conversaciones y no se percataran del gesto.

Todos, menos Julian, que le susurró algo a su hermana al oído y, acto seguido, ella hizo una sencilla reverencia hacia las mellizas.

—Veo que os conocéis, supongo que sabréis que nuestro Julian ahora es el nuevo marqués de Langdon —comentó Andrew, intentando aliviar una tensión tan evidente entre ellos que ni siquiera la naturalidad de Celia podía disipar.

—No lo sabía, supongo que deberíamos felicitarle por ello —contestó Elisabeth con su sonrisa más cortante.

—No es necesario, señora Greenwood. Al fin y al cabo, no es algo que me haya ganado por méritos propios.

—No, solo ha tenido que esperar a que los demás se mueran para pasar a cobrar su premio. Creo que los buitres usan la misma táctica.

—¡Lys! —susurró Maysie escandalizada—. Elisabeth quiere decir…

—No hace falta que la disculpe, señorita Sheldon, no ha dicho nada que no sea cierto.

El conde de Hardwick se llevó a Langdon para presentarle al señor Lane, que no se había perdido detalle de la reacción de Maysie ni de nada de lo que había ocurrido alrededor, aunque, por suerte, su comportamiento fue bastante más diplomático.

Maysie no sabría decir si la comida duró horas o apenas unos minutos. Parecía que su consciencia hubiera abandonado su cuerpo. Escuchaba la animada cháchara de Marian y las mujeres Greenwood, que se mostraban atentas y amables con Celia, haciéndole preguntas sobre los países que había visitado.

A pesar de que parecían mantenerse ajenos a lo que bullía en su interior, Maysie pensaba que, en cualquier momento, todos se volverían hacia ella con miradas acusatorias y la señalarían con el dedo para gritarle que conocían su secreto.

Para ella era tan evidente el parecido entre Celia y su hija que no cabía otra posibilidad. La única persona que la miraba inquisitivamente era Crystal, que, con su mente científica, escrutaba los rasgos de Celia. Incluso llegó a preguntarle si habían coincidido alguna vez, ya que su cara le resultaba muy familiar.

Andrew y Lane se habían percatado de la tensión más que evidente, y Richard, con su mente totalmente abstraída en sus problemas matrimoniales, no conseguía entender el porqué del furioso sonrojo de su mujer y el contraste que suponía en comparación con el semblante ceniciento de su cuñada.

Por enésima vez, Julian levantó la cabeza del plato que fingía comer, para encontrarse justo delante de sus narices la mirada beligerante de Elisabeth y los ojos bajos y nerviosos de Maysie. Aquella situación era tan incómoda y surrealista que estaba arrepintiéndose de haber aceptado viajar hasta allí. No era tan ingenuo como para haber esperado encontrar una Maysie adolescente encantada por su reencuentro. Todo lo contrario, lo único que había podido observar en ella era tensión y resentimiento, además de una evidente incomodidad por su presencia.

En cuanto terminaron con el postre, Elisabeth se levantó tan súbitamente de su asiento que el ruido chirriante de las patas de la silla, arrastrándose por el suelo, hizo que todas las cabezas se volvieran hacia ella. Se disculpó con los anfitriones argumentando un súbito malestar por el que se veía obligada a marcharse a casa.

—Maysie me acompañará. —La aludida vio los cielos abiertos ante la vía de escape que su melliza le ofrecía y que ella había sido incapaz de sugerir.

Richard se levantó lentamente.

—Yo te acompañaré.

—No es necesario, Richard. Quédate aquí y disfruta del resto del día con tu familia. —Su tono fue tan cortante que Richard analizó si había un trasfondo oculto en aquel comentario o si, de nuevo, la había molestado, y las acompañó hasta la salida insistiendo en marcharse con ellas.

—Si al menos me dijeras lo que te ocurre…

—Richard, por favor. Con Maysie tengo suficiente. No hay nada que puedas hacer para ayudarme en estos momentos. Quédate con ellos.

—Si te encuentras mal, dímelo.

—No te pega demasiado el papel de marido preocupado. Vuelve con los demás, sé valerme por mí misma.

Richard apretó la mandíbula ante su tono, sin entender absolutamente nada, y desistió. Se despidió de Maysie con un gesto de la cabeza y las dejó fuera mientras el carruaje que las llevaría a casa se acercaba por el camino.

—Has sido demasiado dura con él. Richard no tiene la culpa.

—Seguro que tendrá la culpa de cualquier otra cosa, May. Y no quiero que me analice o que intente ser amable conmigo cuando lo único que me apetece en estos momentos es romper algo.

Las últimas veinticuatro horas fueron terribles para Maysie. Lo único que evitó que cayera en la total desolación consistió en la presencia de su hija y el apoyo incondicional de su hermana.

Sentada en el banco de piedra junto a su melliza, observaba con una mezcla de melancolía y cariño a su pequeña, que alimentaba a los peces dorados de un estanque con migas de pan. Aura se reía cada vez que los pececillos se acercaban a la superficie, y Maysie supo que, si la vida no le hubiera regalado la posibilidad de ser madre, no hubiera superado el desengaño de Julian. Apenas había conseguido conciliar el sueño ni comer desde el día anterior, y su desazón le provocaba un nudo en el estómago cuando pensaba que él se encontraba tan cerca. Su secreto estaba más expuesto que nunca, y la posibilidad de que todo el mundo descubriera la verdad más importante de su vida era, por primera vez, una realidad inminente. El miedo amenazaba con paralizarla, pero si había sido capaz de llegar hasta allí, sacaría fuerzas para afrontar lo que estuviera por venir.

—Maysie, nos iremos de aquí en cuanto tú me lo pidas.

—No puedes abandonar tu vida. Para bien o para mal, ahora eres una Greenwood, son tu familia también. No podría consentir que desperdiciaras la oportunidad de ser feliz.

—Tú y Aura sois lo más importante para mí y haré lo que sea necesario para protegeros. —Trató de ignorar el pellizco en su estómago al pensar en alejarse de Richard, pero su lealtad estaba con ellas.

Cumpliría su promesa de apoyarlas contra viento y marea y respetaría su pacto de lealtad.

—Todo esto es tan complicado. —Maysie se apretó las sienes con las yemas de los dedos, intentando aliviar la tensión—. He pensado en marcharme inmediatamente con Aura, sin embargo, creo que eso haría que todos comenzaran a preguntarse qué ocurre. Quizá levantaríamos más sospechas que si nos comportamos con normalidad.

—¿Normalidad? Ayer casi te desmayas al verlo, y yo no sé si podré aguantar el impulso de sacarle los ojos cuando lo tenga delante. ¿A eso le llamas normalidad?

—Nos pilló desprevenidas.

Lo único que deseaba Maysie, en realidad, era poner tierra de por medio e, incluso, Londres le parecía demasiado cerca. Pero debía mantener la cabeza fría. Durante todos esos años se aferró a la distancia que los separaba para mantenerse a flote. Se había sentido falsamente protegida al saberlo lejos y no se refería solo a la distancia física. Su matrimonio era un motivo más que contundente para obligarse a matar cualquier esperanza. Escuchaba los rumores, cada vez menos frecuentes, sobre sus viajes, intentó obviar la noticia del fallecimiento de su mujer e ignorar cada retazo de información que escuchaba a hurtadillas, como si fuera un eco, durante los bailes y veladas, hasta que el sofisticado y selecto círculo social donde se movía pareció olvidarse de él. Se había centrado en velar por su hija, en procurarle una especie de oasis de protección y felicidad en el que el resto del mundo no tenía cabida y, ahora, todo eso se tambaleaba ante sus ojos.

No obstante, la idea de que Elisabeth lo sacrificara todo por seguirla, por proteger esa parcela de falsa seguridad, no era factible.

—¿Crees que se darán cuenta? —preguntó, deseando en el fondo que su hermana le mintiera y le dijera lo que quería escuchar.

—No lo sé. El parecido es increíble, pero ayer nadie pareció notarlo. Puede que si no ven a Aura cerca de Celia…

Maysie la miró esperanzada queriendo que eso fuera verdad.

—¿Tú crees?

—Debemos ser cuidadosas para que Langdon no vea a la niña o estamos perdidas. Es un cerdo y un cretino, pero no es estúpido y no creo que se trague que es tu ahijada. Cuanta menos gente vea a Aura, más posibilidades tendremos de que no saquen conclusiones.

—Tengo tanto miedo, Elisabeth. Durante todo este tiempo he permanecido en una especie de letargo. No sé cuál sería su reacción si llegara a enterarse de que Aura es su hija. Y si quiere… —El miedo a que se la arrebatara o exigiera sus derechos era tan real y tan doloroso que su cerebro se negaba a expresarlo con palabras.

Elisabeth le cogió las manos entre las suyas y la instó a mirarla a los ojos.

—No te atrevas a pensar nada semejante, May, no te atrevas. —Maysie se tragó las lágrimas como tantas otras veces había hecho—. Lo digo en serio, si quieres que nos vayamos, nos marcharemos ahora mismo.

Maysie negó cabizbaja y tomó aire intentando recuperar la sensatez.

—No podemos marcharnos ahora con todos los preparativos de la fiesta en marcha. Levantaríamos demasiadas habladurías y solo te causaría más problemas con Richard. Esperaremos a que la fiesta termine. Va a ser una semana interminable, pero evitaré encontrarme con él, aunque me cueste la misma vida. Después pensaré qué hacer.

Maysie cuadró su postura mirando hacia el camino y Elisabeth intuyó que alguien se acercaba. Se volvió para ver la alta y espigada figura de Bryan Lane, con su austero y discreto traje oscuro acercándose por el sendero. Las saludó tan impecable y amable como siempre.

—Hace una tarde excelente para dar un paseo, ¿le gustaría acompañarme, señorita Sheldon? —Su tono era suave y agradable, pero había un matiz imperativo que hizo que Elisabeth se levantara como impulsada por un resorte.

—Aura, cariño, vamos a merendar mientras mamá da un paseo, ¿de acuerdo? —La niña llegó corriendo con sus rizos negros saltando a su alrededor y una sonrisa de oreja a oreja.

—¿Habrá galletas de canela?

—Seguro que sí —añadió mientras la cogía de la mano para enfilar el camino de vuelta a la mansión—. Y si no, las haremos nosotras.

Maysie aceptó el brazo que Lane le tendió e iniciaron en silencio el serpenteante sendero entre los olorosos macizos que comenzaban a florecer. Lane no dijo nada hasta que llegaron a un cenador de piedra blanca y tomaron asiento en uno de los bancos. No era un hombre al que le gustaran los circunloquios y, tras unas pocas alabanzas a la intrincada arquitectura del jardín, decidió ir directo al grano.

—Señorita Sheldon, soy consciente de que, probablemente, este no sea el mejor momento para tratar este tema. —Maysie deseaba que se la tragara la tierra. Conocía perfectamente el tema que él quería tratar, y sabía que cuanto antes le dejara clara su postura, mejor sería para ambos—. Sé que no es ningún secreto el motivo que me ha traído hasta aquí.

—Señor Lane, tiene razón. No es el mejor momento.

—Pero puede que no tengamos otro. Sabe que mi intención es pedirle matrimonio. Soy consciente de las circunstancias que la rodean y estoy dispuesto a aceptarlas.

Ella lo miró sorprendida. Lane, como mano derecha de su padre, conocía la existencia de Aura desde hacía tiempo, mas no esperaba que hablara de ese tema abiertamente.

—No sería justo para usted.

—Deje que sea yo quien decida eso, por favor. Él es el padre, ¿verdad?

Maysie sintió que la sangre se le iba a los pies y ni siquiera intentó fingir que no entendía la pregunta.

Bryan era lo bastante perspicaz y observador como para que ni la reacción de las mellizas, la de Langdon o el aspecto físico de los hermanos le hubiera parecido casualidad. Más aún, cuando conocía la historia de Maysie, al menos una parte, y sabía que su embarazo fue fruto de un enamoramiento juvenil. No fue difícil atar los cabos y tampoco lo sería para los demás con el tiempo.

Ella asintió con un movimiento lento de su cabeza y sintió por un instante la liberación de poder compartir una pizca de ese secreto que pesaba tanto.

—¿Langdon sabe de la existencia de Aura? ¿Sabe que es su hija?

—No, él se marchó antes de que yo descubriera que estaba embarazada. Fui una joven estúpida que me creí sus promesas mientras ese hombre planeaba casarse con otra. Saber de su existencia no hubiera cambiado nuestros destinos.

—Maysie, estoy dispuesto a casarme con usted y a intentar ser un buen padre para su hija. Hace tiempo que quiero pedírselo, pero nunca había reunido el valor suficiente.

—Señor Lane, yo no puedo más que sentirme honrada. Es usted un buen hombre y se merece a alguien que pueda entregarse por completo. Pero mi corazón es una piedra inerte, llena de desconfianza, incapaz de latir por nadie más.

Bryan se acercó a ella y sujetó su mano entre las suyas intentando calmar su temblor, trazando suaves círculos con el pulgar sobre su dorso. Subió hasta la piel desnuda de su muñeca y notó como ella contenía durante un instante la respiración.

—Al menos, prométame considerarlo. No puede sacrificar su felicidad y su estabilidad por un error de juventud.

Maysie conectó con esos ojos oscuros que parecían leer su alma. Sus rasgos eran duros, a pesar de su juventud, y reflejaban una fuerza de carácter que distaba mucho del hombre sumiso y complaciente que fingía ser mientras trabajaba bajo la severa mano de Sheldon. Sabía que Lane tenía razón, pero era tan difícil cerrar esa puerta para siempre y tirar la llave al fondo del mar.

Bryan deslizó sus dedos en una suave caricia sobre su mejilla, y Maysie se dio cuenta de que era el primer hombre, desde que Julian desapareció de su vida, al que le permitía acercarse, el primero que se atrevía a mirarla de esa manera. Ojalá pudiera confiar en él, dejarse cuidar y proteger, sentirse amada y respetada, y no como un juguete destrozado por alguien sin escrúpulos. Resultaba tentador.

—Lane, ¿puedo pedirle algo? —Bryan asintió sin apartarse un milímetro de ella—. Béseme.

Él no pareció sorprenderse por la petición y cerró la distancia entre ellos. El beso no era muy diferente de los que había recibido antes. Un roce suave de bocas y un ligero estremecimiento, la humedad prohibida que se intuía entre los labios entreabiertos, el calor de su sangre creciendo y empapándolo todo con un poco más de vida, una lengua atrevida que se aventuraba a inventar una nueva caricia y, al fin, el deseo despertando su carne. Un beso perfecto. Pero muy alejado del torbellino de emociones incontrolables que Julian Cross le provocaba con solo mirarla.

Aunque la casi mágica presencia de Aura solía ser suficiente para animarla, Elisabeth sentía que le faltaba el aire dentro de la mansión. Se puso el traje de montar y, una vez que estuvo segura de que Richard se había marchado a visitar a los arrendatarios, se encaminó hacia los establos en busca de su yegua. Uno de los muchachos ensilló el animal y, cuando estaba a punto de salir, se encontró de frente con Tim.

—Buenos días, señora —la saludó más frío de lo habitual, quitándose la gorra de paño que llevaba.

—Buenos días, Tim. —Se extrañó de que el muchacho le bloqueara la salida—. Voy a dar un paseo con Ares.

El joven carraspeó visiblemente incómodo.

—Me temo que no es posible. El señor prohibió expresamente que usted montara la yegua hasta que no esté domada del todo.

—Apártate, Tim.

—Señora, hay otros muchos caballos aptos para usted. Su esposo fue tajante al respecto. El animal es muy brioso y, hasta que no terminemos de domarlo, no es seguro.

—Dile a mi marido que puede que lo que necesite precisamente sea un animal brioso. —Elisabeth se mordió la lengua al ver la progresiva cara de espanto de Tim, entendiendo los derroteros por los que iba la mente masculina.

Ella resopló y continuó avanzando y el mozo tuvo que apartarse para no ser arrollado.

—Richard va a despellejarme por esto —musitó el joven, al tiempo que caballo y amazona se alejaban a todo galope.

Richard, que hablaba con uno de los arrendatarios mientras comprobaban una de las lindes, se quedó con las palabras atascadas en la garganta al ver a lo lejos una montura que se alejaba a una endiablada velocidad. Subió a su caballo y lo azuzó para intentar alcanzarla. Había reconocido inmediatamente el característico color canela de la yegua y el cabello rubio claro que flotaba alrededor del jinete, como si fuera un halo atravesando la pradera.

Su caballo era rápido y fuerte, pero le estaba costando alcanzarla. Elisabeth notó que la seguían y miró por encima de su hombro para comprobar que su marido le ganaba distancia. El corazón de Richard se saltó tres latidos cuando vio que ella se dirigía a toda velocidad hacia un pequeño muro para saltarlo sin titubear y sin aparente dificultad. Richard la imitó y, cuando consiguió alcanzarla, Elisabeth ya había desmontado en un pequeño claro y le daba suaves toquecitos a Ares en el cuello felicitándola por la carrera.

Richard se bajó del caballo y en solo dos zancadas ya estaba junto a ella, desprendiendo azufre y cenizas por cada poro de su piel. Elisabeth, instintivamente, dio un paso atrás, pero su expresión insolente no varió ni un ápice.

—Buenos días, ¿has salido a pasear?

—Desde luego, no he salido para ver cómo mi mujer se parte la crisma.

—No exageres. Llevo montando a caballo desde los diez años, sé lo que me hago.

—Me importa bien poco lo que sepas. Prohibí expresamente que montaras esta yegua. No está preparada aún y no solo has ignorado mis órdenes, sino que me has desautorizado delante de mis hombres.

Su mirada era tan dura que Elisabeth no sabía si era buena idea seguir provocándolo.

—Bueno, es una pena que yo ya no trabaje para ti y no puedas darme órdenes, ¿verdad?

Richard estaba a punto de enloquecer ante su provocación constante y su paciencia hacía tiempo que se había agotado. Se acercó otro paso más hacia ella, acorralándola poco a poco contra la línea de árboles que bordeaban el claro.

—¿Por qué haces esto? ¿Por qué te empeñas en jugar con fuego?

—Soy Elisabeth Sheldon, al fin y al cabo, eso es exactamente lo que se espera de mí.

—Eres Elisabeth Greenwood, y lo que se espera de ti es que tengas algo de cerebro dentro de tu bonita cabeza.

—¿Tener cerebro implica obedecer tus absurdas decisiones sin rechistar?

—¿Absurdas? No hay otra posibilidad, definitivamente, has perdido el buen juicio. Supongo que no te importa haber puesto en riesgo, aparte de tu integridad física, el puesto de trabajo de los mozos y de tu queridísimo amigo, Tim.

—Tim no es mi queridísimo nada. Es absurdo que me prohíbas montar a Ares. Ya has visto que nos acoplamos a la perfección.

—Por supuesto. Ares. Solo tú le pondrías el nombre del dios de la guerra a una yegua. Si continúas obcecada y sin atender a razones, la venderé.

—No te atreverás —jadeó indignada.

—Ponme a prueba. Venderé la yegua, despediré a todo el mundo y te ataré a mi cama hasta que entres en razón.

Richard aprovechó la ligera inseguridad que brilló en su mirada y Elisabeth soltó una carcajada para disimularla.

—¿Y a cuánta gente piensas llamar para que te ayude a atarme?

Con un rápido movimiento, la apresó por las muñecas y la presionó con su cuerpo contra el árbol que tenía detrás, sujetando sus manos por encima de su cabeza.

—¿De veras quieres jugar a esto, cariño? —Su tono era sarcástico, pero no había ni rastro de burla en la expresión de sus ojos. Solo había exasperación y deseo—. Porque estoy más que dispuesto a arrastrarte hasta mi cuarto, atarte a mi cama y pasear mi boca por tu cuerpo hasta que te rindas a mí. Quiero besarte desde las puntas de tus pies hasta ese punto sensible detrás de la oreja que te hace temblar. Quiero entretenerme una eternidad con mi lengua en tu sexo hasta que tu cuerpo vibre y no pueda soportar más placer. Y me basta y me sobra con mis ansias de ti para conseguirlo.

La respiración de ambos era pesada y rápida, y parecía inevitable que la atracción entre sus cuerpos hiciera el resto. Sus bocas se unieron de forma salvaje en un beso ansioso y pasional, capaz de derribar cualquier barrera excepto la que ellos mismos se imponían. Richard soltó sus muñecas y paseó sus manos dentro de la chaquetilla de montar hasta que sus palmas encontraron el calor de la piel y el roce de sus pezones excitados a través de la camisa. Por supuesto, ella intentaba convencerse de que solo pretendía torturarla y él estaba convencido de que su única pretensión era demostrarle quién mandaba allí. La única verdad era que ninguno podía dejar de aferrarse al otro, que el calor entre ellos amenazaba con fundirlos en un solo ser y que cada vez era más difícil fingir sus sentimientos.

Elisabeth sentía su erección dura y descarada contra su vientre y se arqueó contra él, buscando su contacto. Richard se separó con un enorme esfuerzo de ella, a lo que su esposa contestó con un suave gemido de protesta. No era el lugar ni el momento, ni podía permitirse zanjar las discusiones revolcándose por el prado como si fueran salvajes.

—Basta por el momento. Para conseguir el resto, quizá tengas que suplicar un poco, cielo.

Elisabeth soltó una florida maldición e intentó patearle la espinilla, gesto que él esquivó con un ágil movimiento. Richard se montó en su caballo para volver a casa con una sonrisa de suficiencia.

—Volvamos, y no se te ocurra separarte ni un metro de mí o no volverás a montar a Ares.

Aura dormía la siesta plácidamente al cuidado de su niñera y Maysie decidió que, a pesar de lo poco apacible de la tarde, necesitaba dar un paseo. Sabía que Richard había acompañado a Andrew a revisar los terrenos de alrededor para las jornadas de caza que se organizarían durante la fiesta campestre, y dedujo que Julian los habría acompañado. Caminó sin rumbo a través del camino que bordeaba los jardines, rodeada de tilos y robles, sintiendo que el fresco olor de los árboles y la hierba la reconfortaba.

Julian había querido quedarse a pasar el día con Celia, hasta que ella se había abstraído como siempre en sus dibujos, coloridos y un tanto infantiles, ignorando el mundo que la rodeaba. La dejó a cargo de su dama de compañía y salió para respirar un poco de aire puro y evadirse de la asfixiante ansiedad de los últimos días. No sabía si sus pasos lo habían dirigido hasta allí de manera accidental o si su subconsciente le había jugado una mala pasada, pero cuando, después de un brioso paseo, levantó los ojos se encontró en los intrincados caminos que unían Greenwood Hall y Greenfield a través del bosque. Aminoró la marcha y dudó si volver sobre sus pasos, pero decidió continuar como si algo le impulsara a transgredir los límites. Avanzó entre macizos de hiedra y madreselvas hasta que, al volver una curva del camino, la vio. Como una aparición, como un ensueño, como una de sus muchas fantasías apareció en el camino, más bella de lo que su mente se atrevía a recordar. El aire frío de la tarde movió la tela de color claro de su ropa y los mechones del color del oro viejo que se arremolinaban en su espalda, dándole un aspecto etéreo, irreal.

Maysie se quedó paralizada. No reaccionó hasta que Julian estuvo cerca, demasiado cerca, lo bastante como para que el olor de su colonia apagara todo lo demás, para que el brillo de sus ojos grises difuminara el resto de colores que los rodeaban, para que el sonido de su corazón retumbando en sus oídos silenciara el canto de los pájaros. Suficientemente cerca, demasiado cerca, tanto que el resto del universo se convirtió en un borrón insignificante. Ella dio un paso atrás dispuesta a marcar toda la distancia posible.

—Maysie, espera por favor.

—Lord Langdon, su familiaridad hacia mí está totalmente fuera de lugar. Le agradecería que, simplemente, evite dirigirse a mí.

Maysie se giró para marcharse y en un impulso el marqués la sujetó del brazo, intentando retenerla. El bofetón en su mejilla sonó tan fuerte que Julian creyó que los pájaros huirían espantados por el chasquido. No podía culparla, esa bofetada apenas alcanzaba para mitigar una minúscula parte del dolor y la frustración acumulada durante tantos años.

—No se atreva a tocarme —dijo Maysie con los dientes apretados, mientras su pecho subía y bajaba lleno de una furia incontrolable.

—Necesito hablar contigo, concédeme, aunque sean unos minutos. —Ella negó con fuerza—. Maysie, necesito que me escuches, que entiendas lo que pasó.

—¿Para qué? ¿Podrá borrar su explicación todo el dolor y la decepción que sufrí? ¡No! No le permitiré que acalle su mala conciencia con unas disculpas vanas mientras reabre heridas que hace tiempo que están cerradas. Lo que pasó está muerto y enterrado para mí. Le aconsejo que usted también lo olvide.

Maysie se alejó conteniendo las ganas de echar a correr, intentando asimilar lo ocurrido, incapaz de dominar el volcán que amenazaba con entrar en erupción dentro de su pecho.

Julian se frotó la cara dolorida y no pudo evitar una sonrisa triste. Puede que no hubiera sido el mejor comienzo, pero si de algo podía estar seguro era que lo que ardía con esa fuerza dentro de Maysie estaba muy lejos de ser indiferencia. No estaba todo perdido.

26

—¿Cómo se lo ha tomado lord Phinley?

—Como todos los demás, supongo —contestó Ropper.

Mathias Sheldon echó un vistazo a las escrituras que acababa de conseguir, un puñado de papeles amarillentos que marcaban la línea divisoria entre un hombre y su ruina.

Ropper era también uno de los abogados de Sheldon, como Lane, pero donde Bryan Lane era todo corrección y decencia, Paul Ropper era un alma turbia a la que no le importaba enfangarse las manos con tal de ganar unas monedas. Era avaricioso, listo como una rata y se movía por los ambientes más escabrosos de la alta sociedad londinense como nadie. Conocía cada secreto indecente, cada debilidad, cada deshonor, y no dudaba en usarlo sin ningún escrúpulo.

Sheldon necesitaba a Lane para llevar con pulcritud sus asuntos más importantes. Usaba las argucias de Ropper para lo que había comenzado como una pequeña venganza y ahora le reportaba casi tantos beneficios como sus negocios legales.

Se había convertido en un prestamista, un usurero despiadado que se aprovechaba de las debilidades de la buena sociedad para ampliar sin mesura su fortuna. Lo que, sin duda, más le satisfacía no eran las ganancias, sino ver cómo aquellos que lo miraban por encima del hombro en las reuniones sociales, por ser un nuevo rico sin pedigrí, se humillaban para pedirle dinero, lloraban intentando conseguir desesperadamente una prórroga que los salvara de la bancarrota y, finalmente, se arrodillaban apelando a su bondad para que no les arrebatara el sustento de sus familias, su hogar o su honor. Pero ya no había perdón ni bondad en Sheldon, solo rencor y una indescriptible sensación de superioridad y poder que carcomía su alma podrida.

Abrió la caja fuerte de su despacho y depositó allí la escritura de la finca de Cornualles de los Phinley, junto con las de casas londinenses, tierras y joyas familiares de otras tantas familias caídas en desgracia en mayor o menor grado. Al principio, encontraba una cínica satisfacción en todo aquel ritual, no obstante, ahora se sorprendió de que no le aportara ningún tipo de sentimiento. Solo la nada más vacía y absoluta.

Crystal odiaba los colores pastel. Aunque transigió con el tono azul cielo del sencillo vestido de su primer baile. Había heredado los ojos azules de los Greenwood y, según ella, ese era el único rasgo de toda su anatomía merecedor de halagos. Después de la pubertad, su cuerpo había cambiado volviéndose demasiado curvilíneo, nada que ver con los cuerpos esbeltos y atléticos de sus hermanos. Su cara era demasiado redonda y su tendencia a engordar la había atormentado cuando era más joven, hasta que decidió aceptarse a sí misma y centrarse en cultivar su intelecto en lugar de torturarse con su cuerpo. Su cabello tampoco era su rasgo favorito, si es que tenía alguno. Su color era tan anodino que solo podía calificarlo como una masa sosa de color marrón. Muy distinto del sedoso caoba de Caroline o de los brillantes mechones oscuros de sus hermanos. Todo en ella era insulso y carente de atractivo, y Crystal lo había asimilado hacía mucho tiempo, por lo que postergó su presentación en sociedad el máximo posible. No quería exponerse a ser observada y juzgada. Además, al contrario de Caroline, ella no creía en el amor y consideraba el matrimonio como una simple transacción en la que ambas partes deberían resultar beneficiadas. Era una mujer práctica y aficionada a la ciencia, por lo que no perdía el tiempo con ensoñaciones románticas.

Al principio, su madre cedió ante el argumento de no empañar las posibilidades de Caroline, pero, viendo que esta tampoco tenía prisa por conseguir marido, Eleonora decidió no retrasar más el momento de presentarla en sociedad y comenzar el tortuoso camino hacia la búsqueda de un candidato digno. Así que allí estaba, con una tensa sonrisa impostada, del brazo de su hermano Andrew y rezando para no tropezar con el ruedo de su propia falda, ante la inquisitiva mirada de decenas de ojos de la aristocracia que la esperaban en el salón de baile de Greenwood Hall.

Su madre, como siempre, había organizado un sinfín de eventos para la ocasión y no había escatimado a la hora de enviar invitaciones a lo mejor de la alta sociedad. Era su primer baile, y Dios sabía cuán ansiosa estaba de que fuera el último.

Maysie aprovechó que Marian necesitaba sentarse para descansar sus hinchados pies y su enorme barriga, para colocarse en un discreto lugar junto a los exagerados macetones que adornaban el salón y que la ocultaban parcialmente. Desde allí, como si fuera su cuartel general, observaba el ir y venir de las parejas al son de la música.

Como si su cuerpo lo presintiera, toda su piel se erizó en el momento en que el marqués de Langdon entró en la estancia. Maysie dio un respingo cuando él, tan atractivo como un ángel oscuro, giró su cabeza directamente hacia donde ella estaba, como si también hubiera percibido su presencia. No sonrió, no varió un ápice su actitud serena, seria y un tanto sombría, y se limitó a dedicarle un simple y, casi imperceptible, saludo con la cabeza.

Maysie no se movió, pero a él le bastó con observar su sonrojo para darse por satisfecho. Ella giró la cara hacia la pista e intentó concentrarse en su hermana y su cuñado. A ojos de cualquiera, parecían una encantadora pareja más que bailaba sonriente al son de la música, aunque a Maysie no se le escapaba la tirantez de las facciones de Elisabeth y su espalda tensa. Estaban discutiendo, para no variar.

—Cerrar con llave la puerta de tu habitación es demasiado rastrero, Elisabeth. Esto ya se está escapando a toda lógica. ¿Vas a prohibirme que me acerque a ti?

—No, amor. Es solo que, como la mujer manipuladora que soy, te abriré la puerta solo cuando necesite conseguir algo de ti.

Richard soltó una carcajada sin gracia, intentando ignorar que el apelativo cariñoso se había clavado en su corazón como un dardo envenenado. Anhelaba esa palabra, deseaba ese sentimiento. Necesitaba que ella lo quisiera y el descubrimiento casi le hizo perder el paso mientras bailaban. Estaba cansado de ese tira y afloja y alguno de los dos debía ceder. Pero no terminaba de tener claro si debería ser él.

—¿Quieres decir cuando necesites unas medias, o un vestido? ¿Me concederás un pedacito de ti cada vez que quieras ir de compras? —El cinismo impregnaba cada palabra mientras apretaba la mandíbula, indignado.

—Oh, nada tan prosaico como eso.

—Entonces, ¿cuándo? Si crees que voy a estar disponible para ti cuando desees tenerme entre tus piernas…

Elisabeth se mordió el labio de manera seductora, con una sonrisa que lo decía todo sin hablar, un gesto tan invitador que Richard tragó saliva, notando como una molesta e inoportuna erección amenazaba con dejarlo en evidencia.

—Cuando llegue el improbable momento, te lo haré saber.

Elisabeth le hizo una exagerada reverencia dándole una vista aún más perfecta de su escote, que el terciopelo granate enmarcaba y resaltaba hasta el borde de la locura.

Estaba bella como nunca. La joven y díscola Elisabeth ahora tenía algo distinto en la mirada, un conocimiento de sus propios encantos y una seguridad en sí misma, que unidas a la dulzura de sus rasgos, la hacía simplemente irresistible. Richard, sin querer, se había convertido en lo que estaba evitando ser: un pelele que babeaba como un idiota cuando miraba a aquel ser diabólico de cabellera rubio platino, esa sirena, a medias inocente a medias perturbadora, que en esos momentos se dirigía con la mejor de sus sonrisas hacia un Talbot cada vez más pequeñito ante su cercanía.

Acababa de darse cuenta de que podría distinguir con los ojos cerrados la dicotomía del carácter de su mujer. Conocía y revivía cada noche su expresión risueña cuando estaban a solas, en los raros y maravillosos momentos en los que reinaba la armonía entre ellos y se reían por alguna broma. Sería capaz de dibujar con los dedos la curva de su sonrisa tranquila cuando estaban entre las sábanas, el brillo de sus ojos inteligentes cuando conversaban, la expresión de maravillosa rendición cuando se entregaban al placer. Nada de eso se reflejaba ahora en su rostro. Solo una mueca carente de sentimiento que sería el orgullo de cualquiera de sus institutrices por su precisión y eficacia. Parecía otra persona y él, sin duda, prefería a la suya, a su Elisabeth, a la que se entregaba en la intimidad sin artificios.

La vio bailar con muchos, coquetear con casi todos, desplegar toda su batería de encantos con la mayoría, mientras aguantaba estoicamente sin variar un ápice su expresión, intentando simular que prestaba atención a las conversaciones que se sucedían a su alrededor, abstraído en su propia mente, tratando de recordar en qué momento había comenzado a amar tan profundamente a esa mujer tan exasperante. Elisabeth hizo una broma y el grupo de hombres que la rodeaban, absortos en su escote, se rieron a la vez como si estuvieran amaestrados, aunque ella sabía que lo que había dicho no era tan ocurrente ni tan gracioso. Miró hacia donde se encontraba su marido y su sonrisa perdió un poco de su brillo.

Una hermosa mujer le hablaba demasiado cerca, con excesiva confianza, y experimentó en sus propias carnes lo que se sentía cuando te pagaban con la misma moneda. La dama tenía una más que cuestionable reputación, conocida por todos. Richard se inclinó para escuchar mejor lo que la dama le decía y ella aprovechó para acercarse descaradamente a su oído, tanto que a Elisabeth le dio la impresión de que lo había rozado con los labios. Él sonrió mientras la invitada continuaba hablándole y, de pronto, sin variar su expresión, guio sus ojos hacia su esposa con una mirada perversa para ignorarla unos segundos después.

Salieron juntos de la pista y Lys se obligó a no seguirlos. Con toda seguridad habrían sido amantes y solo podía rezar para que, de no ser así, no se les ocurriera ponerle remedio esa noche. No pensaba montar otra escena bochornosa como con la joven posadera.

ϓ

Aquel juego era peligroso y Richard lo sabía, pero estaba hasta las narices de ver como todos los petimetres de la sala babeaban ante los encantos de su mujer. Un poco de su propia medicina no le vendría mal. Aunque, después de escoltar a su acompañante hacia la mesa de las bebidas, se escabulló hasta la soledad de su habitación, incapaz de soportar ni un minuto más estar rodeado de gente.

Elisabeth entró en las cocinas arrastrando los pies. Estaba cansada de halagos, ojos lascivos y conversaciones insustanciales. Necesitaba el contacto con la realidad, con personas de verdad. Se sentó de manera descuidada a la mesa de la cocina donde solía comer el servicio, sin importarle que la maravillosa tela de sus faldas se arrugara.

—Señora, ¿se encuentra bien? ¿Necesita algo? —preguntó Marie la cocinera, mirándola con extrañeza.

—Solo un poco de paz. —Le dedicó una sonrisa cansada. Una de las de verdad, no la falsa mueca que llevaba usando toda la noche—. ¿Molesto si me quedo aquí un rato?

Miró a su alrededor el trasiego del servicio que se afanaba en fregar y servir para que todo funcionara con precisión.

—Por supuesto que no, señora. Quédese el rato que desee. Le serviré algo, seguro que no ha comido más que un pajarito. Los ricos son tan raros.

Elisabeth sonrió y aceptó el plato que la cocinera le sirvió. Apenas había dado un par de bocados, cuando Marian y Maysie aparecieron por la puerta de la cocina.

—Así que este es tu escondite.

—Sí, me habéis pillado. Ya me dolían las mejillas de

tanto fingir que todo el mundo me cae bien —dijo, masajeándose la cara—. Y vosotras, ¿de qué huis?

—Yo de todas esas matronas afanadas en adivinar la fecha del parto y Maysie aún no lo ha confesado. —Esta se sonrojó y se metió un trozo de empanada en la boca para evitar contestar.

—Por cierto, ¿qué demonios te pasa con Richard? —preguntó Marian, quitándole otro trozo de empanada.

Elisabeth suspiró.

—No lo sé. Todo es tan complicado. Supongo que no estamos hechos para estar juntos.

Marian se echó a reír mientras ponía los pies sobre uno de los taburetes.

—Para serte sincera, jamás hubiera pensado en vosotros como pareja, pero, ahora que os veo juntos, es obvio que estáis hechos el uno para el otro. Lo que sentís es muy intenso, solo tenéis que saber encauzarlo. Te lo digo por experiencia.

—¿Hay una fiesta privada y no me avisáis? —preguntó Caroline con los brazos en jarras desde la entrada.

—Más bien un aquelarre.

Se sentó junto a ellas y la cocinera sirvió varios platos más.

—¿Y tú de qué huyes? —preguntó Maysie, repitiendo la pregunta de su hermana.

Caroline se encogió de hombros.

—Yo solo os vi salir del salón y decidí seguiros —suspiró—. Y supongo que, por esta noche, he cubierto el cupo de sapos con los que bailar, esperando que se convirtieran en príncipes.

—Se supone que a los sapos hay que besarlos, no bailar con ellos, Caro. Aunque si por sapo te refieres a Thomas Sheperd, te advierto que tiene más pinta de príncipe que la mayoría —apuntó la pelirroja.

—Se os veía muy compenetrados bailando juntos —añadió Maysie.

—Ese es el peor sapo de todos. Es insufrible, cínico, vanidoso, presuntuoso y para nada atractivo. No lo soporto. —El resto se miró entre sí por la sospechosa vehemencia con la que lo dijo, mientras cogía un buen trozo de empanada—. ¿Y a ti qué te pasa con Richard?

Elisabeth se encogió de hombros.

—Eso, ¿qué te pasa con mi hermano, Elisabeth? —preguntó Crystal, uniéndose a la reunión—. Vi salir a Caroline y vine a ver si le ocurría algo. Pero esto parece más divertido que el baile.

—¿Con quién demonios van a bailar los hombres de la fiesta si las damas más hermosas se esconden en mi cocina? —preguntó Mary, colocando una bandeja de pastelitos delante de ellas.

—Sinceramente, los hombres me importan un pimiento —dijo Elisabeth, engullendo un pastel—. En especial, el mío.

—Mientes fatal —se burló Marian, y todas rieron.

Mary colocó varios vasos y una botella de licor de cerezas hecho por ella, y Marian fingió cara de espanto. Elisabeth cogió la botella y la movió delante de sus ojos, observando con atención las frutas oscuras sumergidas en el líquido rojizo.

—No, gracias, aún recuerdo sus efectos. Y créeme, ya he tenido suficiente dosis de náuseas durante el embarazo. ¡No me lo acerques!

—Pues yo sí tomaré un poco —dijo Caroline con decisión, sirviéndose un buen vaso. Las mellizas la imitaron, y Crystal se sirvió apenas un dedo de licor.

Brindaron por ellas y le dieron un buen trago. Todas carraspearon y cerraron los ojos, haciendo muecas ante la sensación ardiente del líquido en la garganta. Mientras su hermana y las mellizas decidían ir a terminar la botella en su habitación, Crystal fingió volver al salón de baile y se escabulló hacia los jardines.

La noche era fría, una fina luna menguante apenas iluminaba el camino, y las estrellas titilaban en un cielo sin nubes. Las condiciones ideales para uno de los pasatiempos favoritos de Crystal, observar las constelaciones y esperar ansiosa ver alguna estrella fugaz. Hasta que ahorrara lo suficiente para adquirir un telescopio debería conformarse con eso. Pasó junto a la fuente de los delfines, con la vista ya acostumbrada a la oscuridad, y bajó con cuidado los escalones que daban a una terraza rodeada por una balaustrada de piedra. Apoyó las manos sobre la baranda, como tantas otras noches, y aspiró con fuerza el olor de la hierba, los árboles y la tierra húmeda, mientras contemplaba maravillada los astros en el cielo oscuro. No podía haber mayor felicidad que esa. Un ruido sordo a sus espaldas la hizo salir de su abstracción y, por una décima de segundo, se dio cuenta de lo vulnerable que era en esos momentos.

—Creí que la misión de un baile de presentación era que la homenajeada bailase con todo el mundo.

—¿Señor Lane? —La voz de Crystal era solo un susurro, intimidada por la presencia de un hombre en una situación tan indecorosa como aquella, solos en la oscuridad y sin nadie más remotamente cerca.

Él se acercó hasta entrar en el reducido campo de visión que le proporcionaba la luna, que era poco más que el filo de un cuchillo en el cielo.

—Sí, salí a tomar el aire y la vi pasar, y no pude resistir la curiosidad; además de que me preocupa que una mujer vague sola por los jardines.

—No se preocupe por mí, sé cuidarme sola. Al fin y al cabo, es mi casa. Debería volver a la fiesta.

Bryan se encogió de hombros.

—Yo también podría decirle lo mismo. Uno de sus entregados pretendientes me dijo que su carné de baile estaba lleno. Yo solo la he visto bailar con sus hermanos y, ahora, está aquí escondida. No puedo creer que haya dejado plantados a todos esos bailarines bien dispuestos.

Crystal sonrió y Bryan no pudo evitar acercarse un poco más, intentando captar ese raro gesto en el normalmente serio rostro de la joven.

—Me inventé los nombres. Lo rellené yo misma para poder rechazar a los pretendientes y, luego, me escabullí para que no notaran que no bailaba. Odio bailar. Y odio toda la falsedad que rodea estos eventos. Parece una obra de teatro mal escrita y yo no quiero interpretarla.

—La finalidad de todo esto es que usted encuentre marido. ¿No quiere casarse, formar una familia?

—Sí, claro. Quiero tener hijos. Pero soy bastante pragmática en ese aspecto. Confío en que, llegado el momento, mis hermanos acepten una propuesta conveniente para todos, que encuentren a alguien aceptable, de buen carácter, con el que pueda llevarme bien. Con lo cual, todo este despliegue de bailes y vida social es innecesario.

Lane estaba asombrado por la forma tan desapasionada con la que Crystal hablaba de su futuro, a pesar de su juventud.

—¿No quiere elegir a la persona con la que compartir su vida? ¿La persona a la que jurar amar delante de un altar?

Ella soltó una breve carcajada.

—No le tenía por un romántico, Lane. Me gusta la ciencia, las cosas que puedo demostrar. Por lo tanto, no creo en el amor y, de todas formas, casarse no tiene mucho que ver con ello. El matrimonio no es más que una transacción de negocios, o acaso va a decirme que usted ama a Maysie Sheldon. En los raros casos en los que el amor surge, la gente actúa como si fuera idiota y, si no, mire a mis hermanos. Usted no parece idiota.

—¿Debería sentirme halagado? Yo siento aprecio por Maysie, aunque entre nosotros por ahora no hay nada.

—Pero todos sabemos que está aquí para conquistarla —dijo con su acostumbrada sinceridad.

—No obstante, si lo hiciera, no sería una mera transacción comercial. Me gustaría pensar que, cuando encuentre a mi esposa, podremos compartir algo más que eso.

Crystal se volvió para mirarlo y se apoyó de espaldas a la balaustrada. Era inaudito cómo la oscuridad le daba valor para sincerarse e intentar saciar su curiosidad sobre temas que a la luz del día sería incapaz de tratar.

—¿Algo como qué? ¿Amistad?

Bryan negó con la cabeza.

—Algo como pasión, deseo…

Crystal sintió que se ruborizaba y que su piel se erizaba ante el carácter que estaba adquiriendo la conversación. Era una sensación íntima y extraña para ella y, a la vez, tan atrayente que no se apartó cuando él avanzó otro paso hasta casi rozarla.

—Eso no es necesario para un matrimonio.

—Pero lo hace mucho más entretenido, ¿quiere que se lo demuestre?

Antes de que Crystal pudiera entender el sentido de su pregunta, Bryan había sujetado su barbilla con suavidad y se había acercado a su boca. Se deslizó por ella con suavidad y Crystal sintió el aire frío de la noche sobre sus labios sensibilizados cuando él se separó.

—¿Tengo razón? —preguntó en un susurro burlón junto a su oído.

Crystal carraspeó, intentando que su voz no pareciera un graznido chillón.

—No tengo suficientes datos para afirmar tal cosa.

—Ya veo. Su espíritu científico. Supongo que necesita corroborar el resultado varias veces para estar segura. —Bryan sonrió al ver que ella bajaba la cabeza—. Me ofreceré voluntario para su experimento.

Pasó sus dedos por su nuca, rozando los mechones oscuros que escapaban de su recogido, provocándole un escalofrío, y se acercó hasta su boca devorándola con una pasión que a él mismo le sorprendió.

Mientras tanto, en la mansión, Caroline se despertó con la cabeza un poco aturdida por el licor y con el cuello dolorido por la imposible postura en la que se había quedado dormida en el sillón de su habitación. Miró la botella vacía sobre la mesa y se apretó la frente con la convicción de que al día siguiente el dolor de cabeza sería terrible. En su cama, entre un revuelo de enaguas y telas de colores, las mellizas dormían plácidamente anestesiadas por el licor de cerezas. Avanzó hacia la cama y, tras tambalearse ligeramente, decidió que no las despertaría. Necesitaba un sitio para dormir, pero aún estaba un poco ebria y su mente funcionaba con lentitud. Intentó pensar si habría una habitación libre, pero todas estarían ocupadas por la multitud de invitados. Entre ellos el desagradable y prepotente Thomas Sheperd. De pronto, un irrefrenable impulso le hizo querer ir a decirle a ese estúpido engreído todo lo que pensaba de él y de ese maldito beso suyo, que la perseguía como una maldición desde hacía tiempo. Y, de paso, quizá pudiera hacerle un hueco en su mullida y calentita cama hasta el día siguiente.

27

A pesar del incómodo dolor de cabeza provocado por el brebaje de Mary, la cocinera, Maysie quiso dedicar la mañana íntegramente a su hija. Organizó un pícnic para dos, evitando hábilmente a la horda de invitados que seguían a pies juntillas las actividades organizadas por lady Eleonora y a las que Elisabeth se había visto obligada a asistir con el semblante ceniciento y el estómago revuelto. Por la tarde dejó a Aura descansando al cuidado de la niñera y decidió bajar para hacer acto de presencia, ya que no quería resultar descortés con su anfitriona. Apenas había recorrido uno de los pasillos del primer piso, cuando la puerta de una sala de lectura se abrió. Se detuvo abruptamente al ver la alta figura del marqués de Langdon en el umbral, mirándola con una mezcla de sorpresa y satisfacción.

—He de reconocer que eres muy hábil evitándome. —Julian había acudido a la comida campestre con la esperanza de verla y, al no encontrarla, había recorrido con disimulo la mansión intentando dar con ella. Ya estaba a punto de darse por vencido cuando, al fin, el destino le echaba una mano.

—Bien, en ese caso seguiré perfeccionando mi técnica, *milord*, si me disculpa. —Maysie lo esquivó y continuó su camino acelerando el paso, aun a sabiendas que en solo dos zancadas la alcanzaría.

Julian se colocó a su lado mientras cruzaban el corredor.

—¿Puede dejar de seguirme? —Lo encaró parándose en seco.

—No, hasta que me escuches.

—Si sigue acosándome, tendré que hablar con el conde de Hardwick. Seguro que no consentirá que uno de sus invitados se comporte como un patán, irrespetuoso, desvergonzado y... y un cretino falto de escrúpulos.

—Caramba, para no querer hablar, te has mostrado muy elocuente. —Maysie no tenía ganas de aguantar su sarcasmo ni sus explicaciones ni sus inquietantes ojos grises sobre ella escrutándola.

Con un gruñido frustrado inició de nuevo la marcha y Julian volvió a alcanzarla.

—No seas cobarde y escúchame —intentó provocarla sin éxito, esa técnica funcionaba muy bien con Elisabeth, pero no con ella—. Creo que merezco la oportunidad de explicarme, Maysie, por el bien de los dos.

—¡¿Qué tú te mereces qué?! ¿Cómo puedes tener tan poca vergüenza, Julian? —Maysie se detuvo de nuevo para enfrentarlo, fulminándolo con sus ojos azules, tan intensos que parecían echar chispas.

Él abrió la boca para contestar, pero el chirrido de una puerta a pocos metros de donde se encontraban les hizo volver la vista hacia allí. Una joven doncella acababa de salir de uno de los armarios donde se guardaba la ropa de cama y la mantelería, portando una cesta de mimbre. La muchacha cerró la puerta, los saludó con timidez y se escabulló por el otro lado del pasillo.

Maysie movió la cabeza, sabiendo que, si continuaba cerca de él, perdería el control.

—Que pase una buena tarde, lord Langdon —se despidió dispuesta a alejarse, pero Julian no podía consentir que se le escapara como el agua entre los dedos.

Maysie ya se alejaba de nuevo y, en un acto reflejo e irracional, la sujetó del brazo.

Todo fue tan rápido que ella no tuvo tiempo de reaccionar. Cuando quiso darse cuenta, Julian había abierto la puerta del armario de donde acababa de salir la doncella y, de un tirón, la había arrastrado dentro del pequeño cartucho y cerrado la puerta tras de ellos. El olor a limpio, a almidón y a ramitas de lavanda inundó sus fosas nasales.

La puerta tenía una celosía, para que el armario tuviera ventilación, que permitía la entrada de luz, por lo que ella pudo percibir a la perfección la perversa mirada de triunfo de Julian. El espacio era tan reducido que Maysie temía respirar hondo por si sus cuerpos se rozaban. Era una especie de despensa hecha para aprovechar uno de los huecos entre los pilares y estaba disimulada en los paneles de madera que recubrían la pared.

Manteles bordados, servilletas y sábanas se apilaban ordenadamente sobre lejas de madera y, entre estas y la puerta, apenas quedaba sitio para ellos dos.

Julian sintió las faldas de Maysie arremolinadas entre sus piernas. Su calor tan próximo, su olor tan familiar y a la vez tan lejano removieron hasta el último rincón de su memoria acicateando sus sentidos.

—El sol de la cubierta del barco ha debido derretirte el cerebro —siseó Maysie, intentando encontrar a tientas la manivela de la puerta—. ¡Oh, Dios mío, Dios mío…! —Maysie miró a Julian en la penumbra con una expresión horrorizada—. No se puede abrir desde dentro —susurró, sintiendo que la sangre se le iba a los pies—. ¡Estamos atrapados!

Julian estuvo a punto de reír, aunque la situación no tenía nada de graciosa.

—Me parece un momento tan bueno como cualquier otro para mantener una conversación. Aprovechemos las circunstancias —dijo Julian, encogiéndose de hombros con gesto burlón.

—¿Te parece divertido? ¿Tienes una ligera idea de lo que pasará si nos descubren aquí dentro?

—Me lo imagino. Sería justicia poética, supongo.

Maysie quería asesinarlo.

Si los encontraban allí, sería imposible inventar ninguna excusa, el matrimonio sería la única opción decente y ella no se casaría con él bajo ningún concepto y, menos aún, por aquella ridícula ocurrencia de encerrarla en una alacena.

—Di lo que tengas que decir y sácame de aquí —masculló entre dientes, más furiosa de lo que recordaba haber estado jamás.

Julian respiró hondo. Había imaginado millones de veces las palabras en su cabeza y, sin embargo, ahora que tenía la oportunidad de pronunciarlas en voz alta se negaban a ordenarse de manera coherente. Puede que su proximidad, dulce y tóxica a la vez, tuviera algo que ver con aquello, pues todo su cuerpo hormigueaba con la necesidad de abrazarla y apretarla contra él. Era casi un dolor físico que le instaba a tocarla, a saciarse de ella, a comprobar con sus dedos que su presencia era real y tangible, y no un delirio de su traicionera imaginación.

—Soy consciente de que no merezco tu perdón. Solo merezco tu odio y tu desprecio. Y créeme, mi vida ha sido una dura penitencia desde el momento en que te perdí. —A Maysie le hizo gracia el eufemismo. No la había perdido, la había traicionado y abandonado de una manera cruel.

—Viajes por todo el continente, libertad, un amor en cada puerto y una esposa obediente esperando. —Maysie se arrepintió inmediatamente de nombrar a la joven—. Lo siento. Ella ya no está en este mundo, y no debería…

—Rose fue una víctima más de todo esto. Pero te aseguro que yo no fui el verdugo. Había una razón muy poderosa para hacer lo que hice.

—No quiero saberla. ¿Es que no lo entiendes? Me has robado mi juventud. Pasé tantas noches de insomnio, preguntándome desolada por qué lo hiciste, que perdí la cuenta. Me entregué a tus promesas en cuerpo y alma y, simplemente, me desechaste. Como si no valiera ni siquiera una palabra, ni siquiera un minuto de tu tiempo. —Maysie se mordió el labio, intentando detener las palabras que querían salir de su boca a borbotones, no quería seguir exponiéndole lo que sentía.

Temía tanto abrir las compuertas de su alma y que todo el dolor que, cuidadosamente, había enterrado saliera a raudales que, en un acto reflejo, comenzó a golpear la puerta con los puños. Alguien podría escucharla y rescatarla de aquel infierno.

La sujetó por las muñecas para calmarla y el contacto fue fulminante para los dos. Las lágrimas comenzaron a brotar sin control, deslizándose por sus mejillas, y Julian deseó morir en ese instante. No quería causarle más dolor, pero necesitaba que ella supiera la verdad.

—Maysie, no tuve elección. Mi padre… —Tragó saliva, aún le dolía pensar en él—, ese hombre demente, me obligó a casarme utilizándome como si fuera una marioneta. Si no accedía, Celia pagaría las consecuencias. Me amenazó con casarla con Farlow si yo no aceptaba el matrimonio con su hija.

Maysie sintió como si una mano invisible traspasara su pecho y estrujara su corazón hasta reducirlo a una masa informe y sin vida. Negó con la cabeza, incapaz de asumir lo que estaba oyendo.

—Conoces a Celia, sabes que ella es una mujer adulta, pero en su mente y su corazón es y será siempre una niña. No quiero ni pensar lo que hubiera sido para ella. —Su voz se quebró—. Mi padre sabía que yo no permitiría esa atrocidad y lo utilizó en nuestra contra.

—Podías haber buscado otra salida. —Maysie trataba de asimilar toda la angustia que él le transmitía, trataba de entender, pero estaba aturdida.

—¿Crees que no lo hice? ¿Crees que eres la única que ha sufrido? Yo también deseé arrancarme el corazón con mis propias manos. No solo tenía que lidiar con mi propio sufrimiento, sino con el remordimiento de saber lo que te había hecho.

—¿Por qué te hizo eso?

—No lo sé. Estaba obsesionado con mi madre. A menudo decía que yo era un obstáculo entre ellos y, cuando ella murió al dar a luz a Celia, ya no volvió a ser el mismo. Supongo que fue su enfermiza forma de vengarse. No sé cómo, pero descubrió lo que había entre nosotros y quiso aniquilar cualquier posibilidad de que yo fuera feliz.

Maysie se limpió las lágrimas de la cara con un gesto brusco y cuadró los hombros. Fueran cuales fuesen sus razones, no había marcha atrás, no podía permitirse sentir piedad o lástima por él. No le dejaría abrir un resquicio por el que poder entrar en su alma endurecida.

—Lo siento, pero ya nada de eso importa. No podemos cambiar el pasado, Julian. —La afirmación, tan obvia y tan contundente, fue como un puñetazo en el estómago para él.

—A mí me importa. Sé que fui un cobarde, debería haber ido a buscarte y enfrentar tu reacción. Te merecías eso y no una simple carta. Pero sabía que, si te tenía delante, no sería capaz de dejarte ir. No te imaginas cuántas veces me torturé por no haber actuado de otra forma.

Maysie estaba tan impactada que, al principio, no cayó en la cuenta de lo que estaba escuchando.

—¿Una simple carta?

—Sé que debería haber sido más claro, haberte explicado los motivos, pero creí que los detalles solo conseguirían hacerte más daño y…

—¿Qué carta, Julian?

De pronto, la temperatura dentro de aquel diminuto espacio pareció descender varios grados, y Julian entendió que la maldad de su padre tenía unos largos tentáculos de los que era difícil escapar. Se apoyó en la pared que tenía a su espalda y cerró los ojos.

—No la recibiste. —Fue una afirmación más que una pregunta. Debería haber imaginado que su padre vigilaría sus movimientos—. Te mandé una carta con una de las criadas. No se me pasó por la cabeza que no la recibieras. Ese malnacido debió interceptarla. —Julian apretó las mandíbulas con fuerza. Siempre había intentado no dejarse arrastrar por el odio que habitaba el alma corrupta de su padre, pero, en estos momentos, agradeció al cielo que estuviera muerto porque, de lo contrario, no podría haber resistido el irrefrenable impulso de acabar con él—. Lo siento, lo siento tanto. Siento que tuvieras que pagar las consecuencias de todo este absurdo odio. Tú y Celia sois lo único que me ha importado en la vida y él os utilizó como arma contra mí.

Julian acunó su cara entre las manos y ella no se resistió. A pesar de la penumbra, el brillo de sus ojos humedecidos por las lágrimas se le clavaba como un puñal. Deslizó sus pulgares por sus mejillas, limpiando el rastro salado de su llanto, resistiendo a duras penas la tentación de besarla, de curar todas sus heridas con su boca, de decirle que no había dejado de amarla ni un instante.

—Daría mi vida si con eso pudiera borrar tu dolor. —Maysie cerró los ojos. Notaba el aliento cálido cada vez más cerca, sus manos acariciándola con esa dulzura casi dolorosa. Sentía la necesidad imperiosa de ceder, de dejar que sus besos mitigaran la soledad de tantas noches, noches que se convirtieron en años, en toda una eternidad.

—Julian, por favor, no me hagas más daño. No quiero revivir esto de nuevo, no podría soportarlo.

—No estoy aquí para hacerte daño. No sabes cuánto te he necesitado todo este tiempo. —Sus labios casi se rozaron, pero la cordura o, más bien, el miedo hicieron que Maysie se apartara, rompiendo la trampa invisible que la estaba atrapando.

—Estoy comprometida —mintió.

Julian sintió como si hubiera echado sal en sus heridas, unas heridas que jamás cicatrizarían. La soltó como si no pudiera soportar más su contacto. Respiró hondo, sintiendo un nudo en su garganta que le impedía hablar. Había llegado demasiado tarde. Tras unos segundos de vacilación, sacó una pequeña navaja de su bolsillo y manipuló la cerradura unos instantes que parecieron eternos. Se escuchó un chasquido metálico y la puerta se abrió dejándolos libres de su encierro, aunque Maysie jamás se había sentido tan prisionera en su vida.

28

*E*lisabeth no quería dejarse llevar por la desesperación, pero estaba empezando a temer que sus sospechas respecto a Richard y la morena de generosos pechos fueran fundadas. La noche del baile habían desaparecido a la vez y, desde entonces, la dama no hacía más que pavonearse delante de sus narices como si le hubiera arrebatado un trofeo. O eso le parecía a ella.

Para colmo, Richard se dejaba ver muy poco y, en los raros momentos en los que la acompañaba, se mantenía frío y distante. No había nada que la desconcertara más que su cortés indiferencia. Sobre todo, cuando se deshacía en atenciones, risas, paseos y amabilidad con las otras damas, como el Richard de siempre.

Elisabeth recordó sus palabras: «Tendrás que suplicar».

Si pensaba que iba a consentir que alternara, y sabe Dios qué cosas más, con las invitadas en su presencia, es que no la conocía. Iba a bajarle los humos a ese cretino y a quitarle las ganas de andar por ahí seduciendo a otras.

Con su impulsividad habitual, escribió una rápida nota y se la entregó a Leopold para, acto seguido, salir con paso firme y sin dudar en dirección al lago. El día era soleado y cálido, los insectos zumbaban entre la explosión de flores primaverales que poblaban las orillas, pero, a pesar de todo, el agua estaba condenadamente fría. Por un momento, la incertidumbre hizo mella en su determinación mientras sus dientes castañeteaban.

Se había quitado el vestido y se había sumergido en el agua helada con solo su camisola, esperando que el mayordomo hubiera cumplido sus órdenes, tan eficientemente como lo hacía todo, y le hubiera dado la nota a su esposo. Ahora que llevaba allí un rato considerable y sus carnes estaban entumeciéndose por el frío, comenzaba a dudar de que su marido considerara irresistible una cita clandestina con ella. ¿Y si no le picaba la curiosidad de saber por qué su esposa lo citaba en el lago? ¿Y si decidía seguir ignorándola? O lo que era peor: ¿y si ya tenía otros planes con alguien más interesante?

Quizás aquella idea había resultado demasiado impetuosa y mal planificada. Lo único que parecía probable era acabar cogiendo una pulmonía. Estaba a punto de salir del agua, cuando unos pasos sobre la grava del camino la alertaron. Se sumergió hasta la barbilla con el convencimiento de que, de todas las cosas absurdas que se le habían ocurrido en la vida, esta se llevaba la palma.

—¿Elisabeth? —La voz profunda y familiar de Richard la hizo olvidarse por un momento del frío.

Nadó unos metros, alejándose de la vegetación que rodeaba el lago y la ocultaba del camino, hasta quedar en su campo de visión.

Richard enarcó una ceja totalmente confundido, sin fiarse demasiado de lo que la cabecita de su mujer estaría tramando. Se metió las manos en los bolsillos y se acercó a la orilla, fingiendo ningún tipo de afectación al ver los hombros desnudos de Elisabeth, emergiendo del agua, y la camisola mojada pegada a sus pechos como una segunda piel. ¿Por qué demonios tenía que ser tan tentadora?

—¿Querías verme?

—Sí, pareces extrañado.

—Lo estoy. Me rechazas, me rehúyes y ahora me citas aquí. Y lo que es más raro aún, me esperas medio desnuda como… una inocente ninfa.

«Como una maldita sirena de agua dulce, igual de tentadora, irresistible, enloquecedoramente bella.»

Elisabeth sonrió, intentando que sus labios no temblaran. La anticipación por llevar a cabo lo planeado hacía que su cuerpo ya no notara la temperatura del agua que lamía su piel. Sacó la mano y la tendió en dirección a Richard con un gesto invitador, y a él le pareció que acababa de caer presa de un hechizo.

—Ven.

—¿Qué quieres, Lys? —El apodo cariñoso hizo que, por un momento, su corazón se enterneciera, pero recordó la boca de «lamorenadegrandespechos» (se negaba a darle importancia aprendiéndose su nombre), relamiéndose satisfecha ante las sonrisas de Richard.

—Que me acompañes, el agua está estupenda.

—Estupendamente fría, querrás decir.

—Vamos, solo un ratito. Prometo esforzarme para que entres en calor.

Todos los sentidos de Richard estaban alerta y le gritaban que había gato encerrado, pero, al fin y al cabo, era su mujer. ¿Qué podía pasar?

—Richard, por favor, pon un poco de tu parte. —Elisabeth fingió un mohín de disgusto y, lo que fue más eficaz, salió un poco más del agua hasta que sus pechos quedaron a la vista, totalmente expuestos bajo la tela húmeda—. ¿En serio vas a obligarme a suplicar?

La sonrisa de Elisabeth fue tan seductora que, automáticamente, Richard comenzó a deshacerse de sus prendas con enloquecedora lentitud y una pasmosa seguridad en sí mismo. Ella se mordió el labio observando el espectáculo. Aquello estaba pensado para darle un escarmiento a su esposo, pero, en esos instantes, estuvo realmente tentada a olvidarse de todo y deleitarse saboreando su fibroso cuerpo. Richard había apilado su ropa y sus botas ordenadamente sobre una piedra y avanzó hacia la orilla. Se sumergió despacio, pero con seguridad, como si ni la temperatura del agua ni las piedras del fondo pudieran mermar su decisión.

Elisabeth tragó saliva súbitamente paralizada. Jamás había visto nada tan bello. Su cuerpo estaba tan perfectamente cincelado como el de una estatua griega y el sol arrancaba un brillo dorado a su piel bronceada. Pero no estaba allí congelándose el trasero para babear por el cretino de su esposo, aunque en esos momentos era incapaz de recordar el motivo por el que lo consideraba un cretino, ni por qué diablos quería aumentar las rencillas entre ellos. Sonrió con su expresión más angelical.

Richard se paró en seco al ver que se sacaba la camisola y, con una risa cantarina y hechizante, la lanzaba en su dirección.

—Espérame ahí. —Richard alcanzó a coger la prenda en el aire y, antes de que pudiera objetar nada, Elisabeth se sumergió y desapareció de su vista dejando un rastro de burbujas.

—¡No te muevas! Ya voy. —La voz se escuchó a lo lejos, proveniente de detrás de las espesas ramas de un sauce llorón que caían sobre la superficie del agua.

—¿Qué estás haciendo? ¿Elisabeth? —Richard estaba totalmente alucinado, jamás hubiera esperado que ella fuera una experta nadadora. Tras unos instantes de espera comenzó a impacientarse—. Lys, ¿estás bien?

—¡Sí! —Richard se giró desconcertado, ya que la voz ahora sonaba más lejana, proveniente del camino por donde él había llegado unos minutos antes—. Perfectamente.

La localizó allí parada con una diabólica sonrisa de

satisfacción. Elisabeth, en tiempo récord, se había puesto un vestido sobre su piel mojada y portaba en sus brazos un bulto de ropa y unas botas. Su ropa y sus botas, para ser más exactos.

—¿Puede saberse qué demonios estás haciendo? —Su voz sonaba furiosa y peligrosamente controlada. Su semblante se veía tan ensombrecido que ella tuvo la sensación de que unas repentinas nubes cubrían el cielo.

Pero no, el sol seguía en su sitio y los pájaros continuaban con su canto.

—Si es una broma, te advierto que no tiene ninguna gracia.

—Últimamente te he notado muy acalorado, esposo. Pensé que te hacía un favor refrescándote un poco y bajándote los humos.

—No sé a qué diablos te refieres, pero deja mi ropa donde estaba, Elisabeth, y puede que intente no enfadarme demasiado.

—¿En serio no lo sabes? Llevas días coqueteando con todas las mujeres que se cruzan en tu camino, y no voy a consentir...

—¿Qué? ¿Otra vez esa estúpida conversación?

—No lo niegues. Esa maldita mujer siempre anda persiguiéndote por ahí y, cuando tú desapareces, ella también. ¿Vas a decirme que es casualidad?

—¿Qué mujer? Yo no he desaparecido con nadie.

—Esa de los enormes... atributos. —Richard enarcó las cejas desconcertado, intentando encontrar alguna lógica a todo aquello.

—¿Penny? —se rio—. Yo no he ido a ninguna parte con ella. Ni con nadie. De hecho, ni siquiera contigo —dijo en tono burlón.

Vio la determinación en la repentina mirada furiosa de su esposa y levantó las manos en señal de paz.

—No te rías de mí.

—No me río, cielo. Pero no hagas ninguna tontería, ¿de acuerdo? —Avanzó un paso hacia la orilla y Elisabeth retrocedió dos.

—¿También vas a negar que te deshaces en atenciones con todas las demás? Te vi paseando con esa chica de los dientes grandes y vi cómo sujetabas por la cintura a Lucy.

—¡Lucy tropezó en los escalones, por amor de Dios!

—¿En serio? Qué oportuno que tropezara en tus narices. Por favor, pero si fui yo quien inventó ese truco, Richard. Sé cuándo uno tropieza de manera fortuita y cuándo no.

Richard rio de nuevo incrédulo.

—Todo eso es producto de tu imaginación y de tus celos enfermizos. Y aunque fuera cierto, tengo derecho a hacerlo: tú te exhibes descaradamente delante de cada uno de los hombres que se alojan en la mansión. Talbot acabará matándose al resbalar con su propia baba.

—Eres odioso —siseó.

—Elisabeth, basta de tonterías. Si crees que voy a perseguirte desnudo por el bosque para conseguir mi ropa, has perdido el juicio. Tengo más dignidad que todo eso. Déjala donde estaba y hablaremos seriamente. —Su tono era tan severo que, por un momento, ella estuvo a punto de obedecerle.

—Haces bien en no perseguirme, no llegarías muy lejos corriendo descalzo entre las piedras y la maleza. —Elisabeth cogió el pañuelo de seda gris de su marido y lo movió en el aire—. Para que veas que no soy despiadada, te dejaré esto. Un hombre no debe perder la elegancia en ninguna situación.

Richard entrecerró los ojos y le dedicó una mirada furibunda mientras el pañuelo aterrizaba con gracia sobre un helecho.

—Ten cuidado, no vayas a enfriarte, cariño.

Elisabeth salió corriendo mientras Richard esperaba con la boca abierta a que ella se detuviera. Aquello debía de ser una broma, no podía estar ocurriéndole eso. No podía ser tan descarada, tan cruel como para humillarlo de esa forma. Esperó unos segundos a que ella volviera y, al ver que no aparecía, golpeó maldiciendo la superficie del agua, aquello no tenía nombre.

Elisabeth quería fastidiarlo, pero no tanto. Había avanzado tan solo unos metros cuando se detuvo en una de las curvas del sendero. Depositó la ropa y las botas de su marido sobre una enorme piedra para que él la encontrara, dispuesta a marcharse de vuelta a la mansión. No quería humillarlo, solo darle una pequeña lección de humildad, como él había hecho con ella, aunque en privado. De pronto, un ruido estridente parecido a una estampida de gallinas resonó proveniente del lago.

Richard cerró los ojos y maldijo en todos los idiomas que conocía mientras se tapaba sus vergüenzas con ambas manos. Lady Talbot, la esposa del vicario, y su anciana hermana solterona gritaban escandalizadas y se encomendaban a los cielos ante el divino y mundano espectáculo que el cuerpo de Richard ofrecía, desnudo y empapado en mitad del claro.

Habían salido a dar un paseo con la anfitriona, aprovechando el apacible clima, y habían dado un rodeo llegando hasta el lago por uno de los caminos laterales, por lo que no se habían cruzado con Elisabeth. Eleonora, con la mandíbula desencajada, acertó a reaccionar quitándose el echarpe que llevaba sobre los hombros y tapando las caderas de su hijo, que era incapaz de mirarla a los ojos.

Se las pagaría, esta vez ese demonio rubio con cara de ángel se las pagaría.

Elisabeth había conseguido eficazmente evitar a su marido durante todo el día. Ella solo pretendía asustarlo un poco y dejar la ropa donde pudiera encontrarla. Un inocente escarmiento, sin consecuencias, del que quizá más adelante pudieran reírse juntos. Pero, después de que lo pillaran desnudo las matronas más cotillas de Inglaterra, tardarían dos vidas en conseguir reírse del asunto. Había jugado a un juego peligroso y se le había ido de las manos.

Aún quedaban horas para la cena, pero decidió ir a su habitación, arreglarse y después buscar a su marido. Le debía una disculpa, aunque, a esas alturas, no sabía si él la aceptaría. Entró con el ánimo por los suelos y tiró del cordel para llamar a su doncella. Se dejó caer de espaldas en la cama y esperó. Tras unos minutos se levantó extrañada de que aún no hubiera acudido nadie y se dirigió hasta su armario para elegir el vestido para la cena. Abrió la puerta de madera lacada y parpadeó varias veces, intentando asimilar lo que veían sus ojos. O, mejor dicho, lo que no veían: un sencillo vestido gris oscuro, el que solía usar para los entierros, colgaba solitario de su percha, adueñándose de todo el espacio. Abrió el cajón de su ropa interior, el de sus medias, su joyero… Todo estaba vacío.

Se dirigió hacia el tocador y tampoco encontró ni sus aceites ni sus perfumes. Solo un peine torcido que ni siquiera valdría para domar el flequillo de un calvo. Tiró del llamador de nuevo con toda la rabia y la incredulidad adueñándose de ella, mientras continuaba rebuscando en cada mueble de su habitación. Todos vacíos.

Se acercó al biombo, tras el cual se encontraba la bañera, y descubrió varios baldes de agua fría y una mísera lasca de jabón reseco. Se lo acercó a la nariz. No olía ni bien ni mal, era de tan poca calidad que ni siquiera merecía tener olor. Volvió a llamar, aunque su intuición le dijo que no iba a acudir nadie a su llamada. Salió de su habitación como una exhalación y estuvo a punto de chocar con el ama de llaves.

—Señora Cooper, ¿por casualidad ha visto usted a mi doncella?

La mujer se retorció las manos y carraspeó, tratando de esquivar su mirada.

—Está ocupada, señora. El señor Greenwood le asignó otras tareas hoy.

—¿Otras tareas?

—Debería consultarlo con él, señora.

—¿Hay alguna otra doncella que...?

—Todas ocupadas.

—Todas ocupadas —repitió, enarcando una ceja—. ¿Y puede saberse dónde se han llevado todas mis cosas? Ni siquiera me han dejado horquillas para el cabello. —La mujer se mordió el labio, visiblemente consternada—. Mi esposo. Debería consultarlo con él, ¿no?

El ama de llaves asintió con la cabeza.

Elisabeth gruñó y maldijo con palabras de las que ni siquiera conocía el significado, y partió en tromba hacia la habitación de su hermana. Maysie estaba tirada en la alfombra jugando con Aura y ambas dieron un respingo ante el portazo de la fiera rubia.

—¡¡Ese maldito cretino, imbécil y prepotente!! —Maysie tapó los oídos de su hija con las manos. Aura, por su edad, era una esponja y bastante indiscreta, y temía que pudiera repetir aquella lluvia de calificativos delante de cualquiera. Elisabeth se percató del gesto e intentó serenarse—. Esta maldita casa es un infierno.

—Lys, dime que no has tenido nada que ver con el escándalo del lago —preguntó su melliza, intentando no reírse.

—Eso ahora no es relevante. ¿Ni siquiera vas a fingir preocuparte por lo que me ha hecho ese —Maysie le hizo un elocuente gesto en dirección a su hija para que moderara su lenguaje—… ese ser peludo de cuatro patas y dientes grandes que en lugar de hablar rebuzna?

Aura levantó la cabeza hacia su madre y se rio.

—¡Mami, yo sé qué animal es!

—Y yo, cariño, y yo. ¿Por qué no vas a tu pupitre y me dibujas uno? —La niña obedeció y Elisabeth continuó mientras paseaba de un lado a otro del cuarto.

—Ha tenido la desfachatez de quitarme todas mis cosas. Desde los vestidos, hasta las medias. ¡¡TODO!!

—¿Qué pretendías conseguir dejándolo allí sin ropa, hermana? ¿Sabes que lo has dejado en ridículo?

—Solo quería darle una lección de humildad. Tal como él hizo conmigo.

—Pues parece que él está dándote otra.

Maysie intentó no reírse, sin éxito.

—¡Qué desfachatez! Hasta le ha dicho al servicio que no me atienda. Todas las doncellas están destinadas a otros menesteres. ¡Si esto no es una declaración de guerra, no sé qué más puede ser!

—Cariño, lo has dejado en evidencia. ¿Eres consciente? Además de su madre, se ha topado con lady Talbot, la señora Coleman y su hermana. A la pobre mujer casi le da un ataque. A sus sesenta y siete años es el primer varón que ve como Dios lo trajo al mundo. Y menudo varón, por cierto.

—¡Maysieeee!

—¿Qué? Podía haber sido peor para la pobre mujer, la verdad. Richard es un espécimen atractivo, al fin y al cabo —bromeó.

—No intentes quitarle dramatismo al asunto. Pretende torturarme.

—No exageres. Busca entre mis vestidos y yo te ayudaré a peinarte.

—Sabes que me están demasiado largos. Y estrechos. Un momento… —La miró entrecerrando los ojos—. ¿Por qué ibas a ayudarme tú? ¿Y tu doncella? ¿También le ha prohibido que me atienda?

Maysie intentó cambiar de tema y fue hasta su ropero intentando buscar algo que prestarle. Si le decía que se lo había prohibido a todo el servicio, Elisabeth entraría en cólera y sería impredecible. Para cuando llegó al armario, su hermana ya había salido de la habitación como un tornado.

Por supuesto, Richard no se conformaría con un simple escarmiento, él iría mucho más allá. Entró en su cuarto y se aseó con la precaria pastilla de jabón y el agua fría. No quería que su furia disminuyera ni un ápice. Extendió el único vestido que le quedaba sobre la cama. Incluso una novicia hubiera considerado la prenda demasiado recatada. Envuelta en una toalla, observó la prenda con ojo crítico. Ni siquiera recordaba por qué había comprado algo tan horrible. El tono era insulso y el corte anodino. El único adorno era un pequeño volante en el bajo de la falda ribeteado en terciopelo oscuro, del mismo tono que el cinturón que lo ceñía a la cintura. El discreto escote cuadrado estaba rematado por un encaje de color negro.

Buscó bajo el asiento de la ventana y encontró la cesta de costura que apenas usaba. Qué generoso por su parte que no se la hubiera llevado también. Elisabeth pensó que podría bordar un tapiz que rezara «Mi esposo es idiota» con una elegante caligrafía y colocarlo encima de la chimenea. Cogió las tijeras y se fue hasta el vestido.

—Bien, querido. Si quieres humildad…

Descosió con la ayuda de las tijeras el volante, el lazo de la cintura y el encaje. Se lo probó y sonrió ante el espejo. Al quitar el volante del bajo, sus tobillos desnudos, sin medias, enaguas ni calzado, quedaban expuestos. Se soltó el cabello y se quitó las escasas joyas que llevaba, dispuesta a encontrar a su marido y demostrarle que hacía falta mucho más que eso para doblegarla.

Richard, apoyado de manera descuidada en el alféizar de la ventana, observaba los últimos rayos de la tarde filtrándose entre los árboles del patio. Se había refugiado en la sala que usaban para sus reuniones con su hermano Andrew y el marqués de Langdon, ansioso por escapar de los constantes chismorreos de los invitados.

—¿Donde está Sheperd? —preguntó a su hermano, que jugaba a las cartas con Julian en una mesita junto a la chimenea.

—Se fue esta mañana. No sé qué mosca le habrá picado. Ya sabes que le dan sarpullido las fiestas campestres y las jóvenes casaderas.

—Huyendo como siempre…

Andrew sonrió.

—Muero de curiosidad por saber qué mujer conseguirá atraparle, pero intuyo que hay alguna que le ronda por la mente.

Julian carraspeó.

—Yo también voy a marcharme. Puede que mañana, pensaba decírtelo esta noche.

Los dos hermanos lo miraron sorprendidos.

—Pero aún no has visto las fincas que están a la venta.

—Quizá no es tan buena idea como pensé al principio invertir aquí.

Richard resopló, intuyendo que su marcha repentina tenía que ver con una mujer en concreto. Él mismo estaba tentado de hacer lo mismo.

—No te dejes amedrentar, Julian. Al fin y al cabo, de las dos creo que yo me he llevado la melliza díscola. No te rindas tan pronto.

El marqués lo miró con cara de asombro mientras los dos hermanos se sonreían con complicidad.

—Yo... no sé a qué te refieres. Maysie y yo, quiero decir, que la señorita Sheldon...

—No te esfuerces en negarlo. Estamos rodeados de mujeres y nos hemos vuelto tan perspicaces como ellas. Solo hizo falta ver vuestra reacción cuando os encontrasteis, para atar cabos. Es evidente que os conocéis y vuestra respuesta no fue precisamente fría —afirmó el conde.

—Y tu cara de cordero degollado cada vez que la ves es bastante obvia.

Richard había compartido durante esas semanas bastante tiempo con Maysie y Aura, y sus conclusiones iban mucho más allá de lo que se atrevía a decir en voz alta. Era evidente que la conexión entre ellas era muy profunda, y le intrigaba. Estaba empezando a tener la certeza de que Maysie era su madre y no una simple pariente generosa que la había acogido por caridad, como sus suegros se empeñaban en decir. Por otra parte, el parecido entre Aura y Julian no podía ser casual y resultaba impactante. Pero Richard tenía problemas más urgentes entre manos como para centrarse en los de los demás.

Julian agradeció que unos golpes en la puerta interrumpieran la conversación. Elisabeth apareció en el umbral y los tres se volvieron hacia ella anonadados. Richard no podía creer que, a pesar de que él intentara dar el golpe de gracia, ella siempre fuera un paso más allá.

La recorrió con la vista de la cabeza a los pies, intentando que su mandíbula no se descolgara por la impresión. Le recordó a un óleo, del que se había quedado prendado en una tienda de antigüedades, en el que aparecía una bella pastorcilla con un sencillo vestido, su cabello luminoso del color del trigo flotando a su alrededor y los pies descalzos enredados en la hierba fresca.

Solo que en los ojos de la muchacha del cuadro había una dulzura conmovedora, muy lejana de la furia beligerante que llameaba en los brillantes ojos azules de su esposa. El espantoso vestido, el único que él le había dejado en el armario, caía sin gracia sobre su cuerpo, enmarcando descaradamente sus formas. Aquella imagen sin artificios, ni adornos, lejos de restarle atractivo, hacía que su belleza innata brillara descarnada y cegadora ante él. Durante unos instantes, sus ojos se quedaron prendidos en sus pies desnudos y la pequeña y pálida piel de su tobillo, que asomaba invitadora bajo la tela. Pero no iba a dejarla ganar sin oponer resistencia y se concentró en alejar los pensamientos bucólicos de su mente.

—Tu imagen de mujer desvalida y abandonada es conmovedora. ¿Ahora es cuando te golpeas el pecho dramáticamente y lloras al cielo, maldiciendo tu destino?

La voz de Richard, que mantenía su postura relajada apoyado en la ventana, estaba impregnada de un sarcasmo cruel y dejaba entrever su profundo dolor.

—No. Ahora es cuando le digo a mi marido que es un miserable y un…

—Chicos, ya basta —intervino Andrew, sabiendo que su hermano estaba al borde de perder el control—. No voy a consentir que os destrocéis como perros rabiosos en mis narices.

Ambos dirigieron la mirada hacia la mesa desde donde el conde y el marqués los observaban con cara de circunstancias.

—No te metas —dijeron los dos a la vez.

—Vaya, por fin coincidís en algo —se burló, repantigándose en su silla como si estuviera preparándose para disfrutar de un combate de boxeo.

—No me ofendas, Andrew. —Estaba tan ofuscada que no se dio cuenta de que había prescindido de cualquier formalismo con su cuñado—. Jamás podría coincidir en nada con alguien tan ruin, tan cobarde y tan…

—Un insulto más, solo uno, y te juro que te embarcaré con lo que llevas puesto hacia el rincón más recóndito, inhabitable e inhóspito del planeta.

—Si me prometes que tú no estarás allí, yo misma me embarcaré encantada.

Ambos se habían acercado retándose, provocándose, con la cara más amenazadora que pudieron componer y sus respiraciones agitadas por la furia ardiente que incendiaba su sangre.

—Ya está bien de toda esta mierda —masculló Richard, tomando a su mujer del brazo y sacándola de la habitación.

—¿Otra ronda? —preguntó Andrew, barajando las cartas tras el sonoro portazo que acababan de dar.

Julian lo miró anonadado.

—Júrame que Elisabeth es la melliza díscola o me voy ahora mismo.

Ambos se rieron a carcajadas.

—Solo si me cuentas qué demonios hay entre vosotros.

29

*P*or suerte, la mayoría de los invitados se hallaba descansando o preparándose para la cena, ya que hubiera sido un jugoso escándalo ver cómo el señor de la casa, al que habían encontrado con sus vergüenzas al aire en una más que comprometida situación esa mañana, fuera visto arrastrando a su mujer por los pasillos de la mansión Greenwood.

Elisabeth tironeaba sin éxito, intentando liberarse del firme agarre, y Richard, temiendo que se hiciera daño, acabó cogiéndola en brazos y haciendo caso omiso a sus quejas. Hubiera resultado muy romántico ver cómo la portaba en vilo escaleras arriba, de no ser porque, mientras recorrían el camino hasta su habitación, su mujer le dedicaba, con gran lujo de detalles y un total derroche de imaginación, una tanda de maldiciones que hubieran hecho sonrojarse al más curtido de los presidiarios.

Richard entró en su habitación y de una patada cerró la puerta, para dirigirse hasta la cama y lanzar a su esposa sobre ella con pocas ceremonias, haciendo que rebotara sobre el colchón, mientras ella le lanzaba una mirada furiosa entre la maraña de cabello rubio que le tapaba la cara.

—Dime, en el nombre de Cristo, ¿qué demonios quieres de mí? —preguntó, intentando recobrar el aliento.

—Quiero…Yo. —Elisabeth se quedó sin palabras al ver la expresión atormentada en su cara.

—He soportado estoicamente todos tus desplantes, tus provocaciones, pero lo de hoy… Me has avergonzado a conciencia. He tenido que inventarme una excusa ridícula sobre un robo para justificarme ante mi madre sin echarte la culpa y, ahora, me insultas delante de mi hermano y de mi amigo. ¿Qué quieres? ¿Verme arrastrado ante ti? ¿Anularme y aplastarme como un insecto?

—Reconozco que el incidente del lago se me ha ido de las manos. Estaba dispuesta a pedirte perdón hasta que he visto lo que has hecho. Cómo se te ocurre hacer algo semejante. Me importan un bledo los vestidos o las joyas, pero me has dejado en evidencia delante del servicio y de todos los demás, lo único que querías era humillarme. Eso es lo que me duele.

—Justo lo mismo que me has hecho tú. ¿Crees que no te merecías un escarmiento? ¿Debería cruzarme de brazos o darte un aplauso por tus dotes de actriz? En serio, en el lago has sido muy convincente, por un momento pensé que…

—¿Qué? —Elisabeth se levantó para hacerle frente.

—Que me deseabas, Elisabeth, que realmente querías darle una oportunidad a esto. Pero veo que me equivocaba. Ya estoy cansado. La pura verdad es que no sé qué es lo que quieres. —La voz de Richard fue perdiendo intensidad con las últimas palabras.

Le dolía. Le dolía de verdad tener que decidir si debían continuar juntos o poner distancia entre ellos, aunque no podía consentir que las discusiones se convirtieran en rabia y la rabia en furia. Hasta dónde serían capaces de llegar con tal de salirse con la suya, de no claudicar ante el otro.

Elisabeth sintió que algo dentro de ella se resquebrajaba y una sensación fría fue subiendo lentamente desde sus pies descalzos a su espina dorsal. El presentimiento de que aquello estaba llegando al final.

—Lo único que quiero es que me veas, Richard. A mí, a lo que soy. —Elisabeth estaba a punto de desmoronarse, y sus palabras contenían toda la frustración acumulada, todas las palabras hirientes, toda la desconfianza anidada entre ellos—. A la Elisabeth real y no a esa espantosa imagen de mí que has creado en tu cabeza para protegerte.

—¿Crees que no he visto quién eres? A la Elisabeth tierna, a la que se desvive por su familia, a la que es capaz de todo por superar sus límites, la mujer pasional y viva. Pero, cada vez que necesito a esa Elisabeth de la que me he enamorado, vuelve la otra parte de ti, la cáscara frívola e impredecible que está deseando encontrarme con la guardia baja para atacarme.

—No es verdad —susurró

—Y, entonces, ¿cuál es la verdad?

De pronto le pareció que ambos estaban al borde de un precipicio, a punto de caer inexorablemente, pero incapaces de tender una mano para evitarlo. La sensación irracional de vértigo la hizo olvidarse de todo el rencor y el orgullo, de las razones que creía tan sólidas y firmes y que le impedían ceder ante sus sentimientos.

Richard estaba enamorado de ella. Debería sentirse pletórica, ambos deberían, y, sin embargo, la revelación los hacía sentirse desolados. El nudo de sensaciones le impedía exponer con palabras lo que él le pedía. Con dos pasos firmes y decididos llegó hasta él y, poniéndose de puntillas, se aferró a su cuello y lo besó.

Richard luchó contra la necesidad imperiosa de devolverle el beso, fingiéndose impasible, y sujetó sus muñecas para intentar alejarla de él.

—No juegues más conmigo. —Su voz sonó como un susurro ronco contra la suave boca de su esposa, que se negaba a alejarse de él.

—No estoy jugando. Bésame, por favor. Te necesito. Richard, te necesito. —Ella misma se sorprendió de sus palabras, de su voz rota y anhelante, porque, realmente, no era consciente de hasta qué punto esa frase encerraba una verdad incontestable.

Él aflojó el agarre de sus muñecas y deslizó sus manos lentamente por su espalda hasta llegar a su cintura, pegándola a su cuerpo, sabiendo que no era lo bastante fuerte para resistirse a ella, a lo que despertaba en él. Tras unos segundos que fueron eternos, sus labios se rozaron en una caricia lenta, turbadora e intensa, a pesar de ser tan liviana como una pluma. Sus bocas se entreabrieron buscando la calidez del otro, mientras sus manos se movían sobre sus cuerpos, necesitando un contacto tan vital como el aire que respiraban. Era inútil y absurdo seguir fingiendo que no sentían nada, que no se morían por entregarse.

El beso se convirtió, con cada envite de sus lenguas y sus labios, en un intercambio ansioso mientras luchaban contra las prendas de ropa que se interponían entre ellos. Los botones del vestido de Elisabeth saltaron por los aires, provocando un tintineo sobre el suelo de madera, y ella no pudo evitar reírse contra su boca mientras se deshacía del chaleco de Richard y lo lanzaba lejos. El vestido cayó a sus pies junto con la camisola y Richard se separó lo justo para contemplar el cuerpo que tanto lo enloquecía.

Elisabeth no pudo evitar sonrojarse al ver los ojos de Richard brillantes de deseo. Desnudo de cintura para arriba y con el cabello oscuro cayendo desordenado sobre su frente era la viva imagen de un ángel caído dispuesto a pecar y persuadir.

La cogió en brazos y la depositó en el centro de la cama sin dejar de mirarla con una sonrisa pérfida. La contempló durante unos instantes totalmente desnuda con los labios enrojecidos por sus besos. El contraste entre su piel cremosa y la manta de terciopelo color granate era perfecto. No podía haber nada más bello ni más incitador en el mundo. Notó que se le secaba la boca y un nudo de excitación le cerraba la garganta. Se acercó hasta ella y deslizó su lengua por el contorno de su oreja.

—Elisabeth, ahora quiero que hagas algo por mí. —Ella no pudo hacer otra cosa más que asentir ante el tono sugerente de su voz. Estaba tan excitada que haría cualquier cosa que le pidiera—. Quiero que cierres los ojos y que no te muevas hasta que yo te lo pida. —Él percibió un instante la confusión en su mirada—. ¿Confías en mí, Lys?

Ella asintió y cerró los ojos. Porque era la pura verdad, confiaba ciegamente en Richard, sabía que no iba a hacerle daño y era más consciente que nunca de que su felicidad dependía de él. Esperó sin moverse mientras él se alejó de la cama. Escuchó sus botas cayendo al suelo con un golpe sordo, cómo la tela de sus pantalones crujía mientras se deslizaba por sus piernas y lo imaginó de pie junto a ella, bello y excitado. Debería haberse sentido expuesta e insegura, y, sin embargo, se sentía poderosa y preparada para él. Su piel estaba tan expectante que hubiera podido notar como una caricia la más leve corriente de aire. El colchón se hundió un poco junto a ella por el peso de Richard.

—Shhh, sé buena chica. No los abras todavía. —Elisabeth se mordió el labio nerviosa al notar la piel desnuda de Richard en contacto con la suya. Su dura y caliente erección rozó su vientre mientras se subía a horcajadas sobre ella.

Acarició su brazo con suavidad hasta llegar a su mano, y los dedos fueron sustituidos por algo frío y suave que rodeó su muñeca. Elisabeth, desprevenida, abrió los ojos demasiado tarde. Cuando quiso darse cuenta, ya tenía una mano atada a uno de los postes de la cama con el pañuelo del cuello de su marido, que ya se afanaba en atar la otra muñeca al otro poste con lo que Elisabeth reconoció como el lazo de raso de su bata.

—No puedo creer qué… —Lo miró con los ojos muy abiertos y totalmente confundida.

Richard sonrió y la detuvo apoyando su dedo índice sobre sus labios, en una lenta caricia que hizo que se olvidara de su indefensión ante él. Besó la zona alrededor de las ligaduras, provocando un cosquilleo que era una promesa de lo que estaba por venir.

—Te dije que te ataría. —Richard cambió de posición y se puso de rodillas entre sus muslos—. Que recorrería tu cuerpo con mi boca. —Deslizó el dedo entre sus pechos lentamente hasta llegar a su ombligo, mientras Elisabeth aguantaba la respiración—. Y que me tomaría todo el tiempo necesario para saborearte, para deleitarme con tu sexo, para darte un placer que ni siquiera alcanzas a imaginar.

—Y eso, ¿no podemos hacerlo sin esto? —Elisabeth movió sus manos para comprobar la solidez de los nudos. Eran consistentes, pero no le apretaban sobre la piel.

Richard se inclinó hasta su boca y la rozó mientras hablaba.

—Cariño, te soltaré en cuanto me lo pidas. Mientras tanto…

Su media sonrisa, sus ojos azules oscurecidos por el deseo, la tensión de sus músculos, su piel brillante, todo él exudaba virilidad y sexo, y Elisabeth se moría por sentirlo sobre su cuerpo.

Cerró los ojos para concentrarse en las sensaciones turbadoras que le provocaba su aliento acercándose a su cuerpo sin llegar a tocarla, torturándola con la anticipación y la espera. Richard deslizó el dorso de sus manos por los brazos hasta llegar a sus pechos, rodeándolos. La caricia se desplazó con suavidad por la parte inferior de los senos, alrededor del pezón, sin llegar a la zona donde ella más lo necesitaba. Sonrió de manera perversa y volvió a alejarse un poco más, torturándola.

Elisabeth se arqueó contra él, intentando calmar el dolor que le provocaba la necesidad. Al fin, Richard apresó el pezón endurecido con los dientes y jugueteó con él arrancándole un gemido tras otro, mientras acariciaba y pellizcaba el otro seno con sus dedos. Deslizó la lengua entre sus pechos y bajó por su vientre hasta la suave ondulación alrededor del ombligo. Siguió cada lunar y cada pequeña curva con los labios y los dientes, marcándola a fuego, provocando que su sangre se licuara y se desplazara por sus venas, caliente y desesperada. Sus manos se aferraron a las redondeadas caderas, mientras su boca continuaba su descenso por cada pulgada del cuerpo de su mujer. Su lengua se desplazó por sus ingles, provocándole un cosquilleo y una tensión insoportable.

La piel de Elisabeth ardía, el aire parecía haberse espesado en sus pulmones, y sus manos, instintivamente, intentaron aferrarse a Richard para acercarlo o alejarlo, aún no lo sabía con certeza. El tirón de las ataduras en sus muñecas le recordó que estaba a su merced y, aunque pareciera increíble, se excitó todavía más, haciéndola muy consciente de la pulsión y la humedad entre sus muslos.

Pero Richard no estaba dispuesto a darle lo que necesitaba sin más, quería prolongar aquello hasta la locura. Le acarició las piernas desde los tobillos hasta la suave piel de las corvas, siguiendo la caricia de sus manos con el toque de su boca, ascendiendo con suaves roces sobre los muslos.

Y mientras Richard continuaba aprendiéndose su piel, memorizando sus jadeos y el olor de su cuerpo, ella se consumía por las ganas y la urgencia.

—Richard. —Necesitaba sentirlo, necesitaba más, lo quería todo, y le daba igual suplicar para conseguirlo.

—¿Qué necesitas, cielo? Dímelo. —La voz de Richard era sugerente y despertaba sus sentidos mucho más allá del deseo físico—. Dímelo. —Deslizó uno de sus dedos sobre su sexo y ella se arqueó para recibirlo.

—Dímelo. —Elisabeth no sabía cómo pedir lo que su cuerpo le exigía con ferocidad—. ¿Quieres que te toque? ¿Quieres que te bese? ¿Aquí? —Richard trazó un círculo alrededor de su centro torturándola.

—Sí —jadeó.

—Sí, ¿qué?

—Sí. ¡Ya!

Richard volvió a dedicarle una caricia furtiva y claramente insuficiente.

—Esa no es la palabra mágica, amor.

—Por favor. Te necesito —gruñó cuando volvió a acariciarla.

Debería sentirse cohibida, avergonzada, indefensa y vulnerable ante él. Sus pensamientos eran desordenados e incoherentes, pero todo aquello había pasado a un segundo plano. Lo único importante era la promesa de placer infinito que veía en sus ojos y que anhelaba como el mismo aire.

Con una sonrisa triunfal, Richard volvió a repartir un reguero de besos por sus muslos mientras sus dedos se deslizaban por su intimidad, despertando cada fibra de su anatomía. Deslizó la lengua en la zona donde se anudaba todo su placer, con movimientos cada vez más intensos, con sus labios poseyéndola y sus dedos jugando en su interior con una cadencia que la estaba consumiendo.

Elisabeth se aferró con las manos a la tela suave que la sujetaba firmemente a los postes de la cama, intentando buscar un punto de apoyo que la anclara a la tierra. No podía controlar nada de lo que pasaba, ni sus jadeos, ni su respiración, ni siquiera sus caderas que parecían acercarse a él por voluntad propia buscando su liberación con exigencia.

Estaba llegando al punto donde Richard la quería, desesperada por lo que él le hacía sentir, mientras todo su ser se contraía bajo su boca, y su interior convulsionaba con una ola de placer intensa y vibrante que la dejó vencida, exhausta entre sus brazos.

Entre la nube difusa que la envolvía, sintió el cuerpo de Richard deslizarse sobre el suyo. La liberó de sus ataduras y sus brazos cayeron sobre la cama, vencidos por el peso y por la tensión que ella misma había estado ejerciendo.

El miembro de Richard rozó su húmeda entrada. Ella estaba agotada, pero cuando la penetró con un movimiento profundo e intenso, su cuerpo estaba tan sensibilizado, tan receptivo a sus caricias, que fue incapaz de controlar la nueva corriente de placer que amenazaba con devastarla. Sus brazos se aferraron a él, y su cuerpo y sus manos le exigieron que continuara con aquella pasión tan demencial.

Los envolvía un calor febril, todo era piel y contacto, todo urgencia y anhelo.

El potente orgasmo los alcanzó a ambos con una intensidad sorprendente, dejándolos sumergidos en una extraña sensación de plenitud y complicidad. Elisabeth sonrió mientras sus respiraciones se acompasaban y le apartó el cabello húmedo de la frente. Permanecieron así un buen rato, saciados, con los músculos laxos. La cabeza de Richard descansaba sobre el abdomen de su esposa, mientras ella jugaba con su cabello y deslizaba las yemas de sus dedos por su cuello. Aquella intimidad dulce era igual de emocionante que el sexo que acababan de compartir.

—¿Me dejarás que yo te haga esto a ti algún día?

—¿Atarme? —Levantó la vista hacia ella. A Elisabeth no le cupo duda de que su cara de horror fue sincera—. ¿Con tus antecedentes?

Ella se mordió el labio, aguantándose la risa.

—Me refería al resto. Pero atarte también sería muy estimulante.

Richard sintió que su erección volvía a hacer acto de presencia, demandante y descarada, al imaginar los labios de su mujer rozando toda su longitud.

Aún no habían terminado los ecos del placer compartido y sus cuerpos ya estaban pidiéndoles más.

Sonrió al ver que su mujer se había sonrojado al notar su excitación. Le encantaban esos momentos de pudor que alternaba con la lujuria más ardiente.

—De acuerdo. Permiso concedido. —La besó con fiereza, sin contener ni disimular sus ansias, y ella respondió de igual manera—. Menos lo de atarme, eso ni lo sueñes.

Ella rio y a él le pareció que no había una música más hermosa que esa en el mundo.

—Ya veremos.

Aunque Richard le había devuelto sus «privilegios», Elisabeth, por pura dignidad, decidió prescindir de la doncella para demostrarle que no era la niña mimada que él pensaba. Se había sujetado el cabello en un sencillo moño bajo que resaltaba su cuello y sus hombros, que quedaban descubiertos con el elegante vestido color borgoña que había elegido.

Richard la miró y no pudo evitar que su corazón saltara en su eje. Estaba bellísima con el único adorno del brillo de sus ojos y sus labios, sonrojados y un poco hinchados, por los miles de besos que se habían regalado durante horas.

Si su madre no los hubiera matado por no acudir a la cena, a la que por cierto habían llegado tarde, se hubieran quedado entre las sábanas sin más alimento que su incontenible deseo.

Mientras los invitados se posicionaban para la velada posterior, Richard fingió acercarse para decirle algo al oído y aprovechó para acariciar su oreja disimuladamente con la nariz, provocándole un estremecimiento.

Lady Eleonora había organizado para esa noche una velada teatral. Los voluntarios representaban pequeños retazos y escenas de obras conocidas, con mayor o menor atino.

Lady Talbot, pendiente de conseguir un buen asiento, casi choca con ellos, volviéndose de un color rojo poco saludable al levantar la vista y encontrarse con los burlones ojos de Richard.

—Señor Greenwood —carraspeó incómoda, a pesar de la gentil reverencia del joven—. Espero que haya encontrado al ladronzuelo. Estamos todos preocupados por si se repite semejante escarnio.

—Oh, no se preocupe, señora. El pequeño delincuente ha sido apresado. Yo, personalmente, fui el encargado de escarmentarlo. De hecho, le até yo mismo. —Su esposa disimuló una risita con una oportuna tos—. Ya sabe quién manda aquí y estoy seguro de que no repetirá nada semejante.

—No estés tan seguro —musitó Elisabeth, mientras lady Talbot se alejaba entre el resto de invitados provocando una carcajada a su marido.

—Bueno, parece que al menos han firmado una tregua, ¿no? —comentó Caroline, haciendo un gesto con la cabeza hacia donde ellos estaban, aunque sin variar ni un ápice su cara desabrida.

Maysie sonrió al ver cómo Richard deslizaba con disimulo la mano por la cintura de Elisabeth hasta la parte más baja de su espalda, mientras le decía algo al oído que provocó que ambos se rieran.

—Sí, espero que les dure. Aunque parece que a ti no te alegra demasiado que sea así, a juzgar por tu cara.

Caroline se encogió de hombros.

—Me alegro por ellos. No obstante, he llegado a la conclusión de que el romanticismo es un asco. Los sapos son sapos y ni una tonelada de besos podría hacerlos cambiar.

Maysie la miró sorprendida.

—¿Eso no tendrá algo que ver con la inesperada marcha de tu sapo particular? Sheperd se fue repentinamente, no sabrás nada al respecto, ¿no?

—¿Por qué debería saber algo de ese asno pomposo? Es detestable.

Caroline se envaró visiblemente y se inventó una excusa para ir en busca de su madre.

Una vez a solas, Maysie retrocedió un poco, acercándose a una de las columnas del fondo de la estancia, intentando pasar desapercibida. Con los años, se había hecho una experta en camuflarse con la decoración.

Crystal y Lane tomaron posiciones frente a los invitados con un libreto en la mano, dispuestos a interpretar su escena. Jamás imaginó que el joven y serio abogado se ofreciera voluntario para recitar versos de amor, cual Romeo, delante de todas esas miradas inquisitivas.

Maysie se tensó. No necesitó volverse para saber que había alguien tras ella. El estremecimiento en su espina dorsal fue tan potente que tampoco necesitó mirar para saber que la presencia que le erizaba la piel de la nuca con su cálido aliento era Julian. No se tocaban, pero notaba el calor de su cuerpo, imposible de ignorar, sobre la pequeña porción de piel de su espalda, que quedaba descubierta por la tela de su vestido.

El marqués de Langdon cerró las manos para evitar que sus dedos decidieran por sí solos dibujar la línea imaginaria que recorría su espalda, desde el nacimiento de su cabello hasta su cintura. Era tan tentador que le dolía contenerse.

Maysie apenas podía respirar. El olor de ese hombre, tan puro, tan limpio, su colonia mezclada con su cálida piel, llegaba hasta ella y cerró los ojos embriagada por la nostalgia y los recuerdos.

Julian dio un paso más, acercándose hasta que sus manos estuvieron tan cerca que no pudo evitar estirar los dedos y rozarla. Fue una caricia furtiva, inocente y casi infantil que provocó una descarga, como si un rayo hubiese estallado entre ellos.

Julian observó de soslayo cómo Maysie tomaba aire y se mantenía con su elegante y rígida postura mirando al frente, hacia los invitados que, de espaldas a ellos, contemplaban la representación.

Todos rieron ante una equivocación de Lane que salió del trance con una chanza. Todos, menos ellos, incapaces de percibir otra cosa que no fuese el ligero roce de los dedos de Julian sobre la mano enguantada de ella. No se miraban, permanecían allí, ajenos al resto del mundo, como dos tristes estatuas de sal.

—¿Qué decía la carta?

Tomó aire ante la inesperada pregunta y a ella le pareció que su oscura figura crecía aún más. Giró un poco la cara en su dirección, lo suficiente para ver que negaba con la cabeza en un movimiento casi imperceptible para los demás.

—La leí mil veces antes de enviártela. La he repetido cada noche en mi cabeza pensando que eran las últimas palabras entre nosotros, imaginando cómo arrugabas el papel y lo lanzabas al fuego. Otras veces soñaba que lo guardabas entre las páginas de tu libro favorito. Duele demasiado saber que tuvo un final mucho menos noble que ese.

—Me merezco saber qué ponía la carta, Julian. Me lo debes. —Sus palabras salieron entre sus dientes apretados por la rabia que se empeñaba en no sentir, pero que escocía como si acabaran de reabrirse unas heridas que nunca habían dejado de sangrar.

—Solo son las palabras de un cobarde. —Maysie estuvo a punto de volverse hacia él y zarandearle. Parecía tan atormentado, tan frío, como si estuviera vacío por dentro.

Solo el calor insoportable de sus dedos en los suyos le indicaba que seguía latiendo un corazón en su interior después de todo. Se quedó paralizada cuando él comenzó a hablar, mientras continuaba mirando al frente, como si, en lugar de para ella, estuviera releyendo la carta para sí mismo.

Soy incapaz de expresar con palabras el dolor y la desesperación que decirte esto me provoca, pero debo hacerlo. Me es imposible mantener la promesa de amor que te hice. No soy merecedor de tu amor y ni siquiera sé si tengo derecho a pedir tu perdón. No puedo ir a tu en-

cuentro porque mis fuerzas flaquearían y no sería capaz de mantener la decisión tan terrible que me he visto obligado a tomar. No dudes que te quiero y que cada palabra que te dije salió de mi corazón. Mi propio destino no me pertenece.

Julian tragó saliva, intentando deshacer el nudo de su garganta

No olvides que mi corazón y mi alma te pertenecen, en esta vida y en la otra.

Maysie sentía que sus piernas dejarían de sostenerla en cualquier momento, mientras una lágrima solitaria recorría su mejilla y resbalaba hasta su cuello.

Los dedos del marqués se cerraron con fuerza sobre los suyos.

Reunió el coraje que le quedaba para clavar sus ojos en sus profundidades grises, lo cual fue un terrible error. Lo que vio en ellos era lo mismo que había visto en los suyos reflejados en un espejo durante todos esos años: un abismo profundo que desembocaba en un corazón marchito y destrozado.

Julian tiró de su mano y ella no tuvo voluntad para resistirse. Salieron del salón sin ser vistos, como si fueran uno, sin soltarse de la mano. La llevó con paso decidido hacia el final de pasillo, hasta la habitación donde horas antes había estado compartiendo la tarde con Hardwick, sabiendo que nadie entraría allí. Cerró la puerta tras ellos y, sin poder esperar ni un segundo más, aprisionó a Maysie contra la madera besándola de un modo salvaje, con un beso de los que cambian el curso de una vida.

30

ℋasta la sala del final del pasillo donde se habían refugiado, no llegaba ningún sonido proveniente del salón principal ni de los ruidosos invitados, ni de la noche que se extendía al otro lado de los cristales. Pero ni aunque un batallón de infantería hubiese desfilado al otro lado de la puerta, Maysie lo hubiera notado. Sus sentidos solo eran capaces de centrarse en la nube de excitación y dulce dolor que la envolvía. El sabor de los labios de Julian, su forma de deslizarse sobre los suyos, de mordisquearla con ternura, su olor... Todas las sensaciones que su cuerpo experimentaba le provocaban una nostalgia hiriente, un sentimiento de pérdida que amenazaba con asfixiarla.

Y, sin embargo, no podía apartarse de él, sintiéndose viva de nuevo.

Nada profanaba el denso silencio en el que solo existían sus respiraciones entrecortadas, el latido desenfrenado de sus corazones, el sonido de labios y lenguas al rozarse con ansias, el suave gemido como respuesta a una caricia más atrevida que las demás. El sonido íntimo de la sensualidad y el deseo.

Julian deslizó la lengua por la suave redondez de sus pechos, que asomaban sobre su escote, marcando el límite entre la carne y la tela. Maysie enredó con desesperación sus dedos en su cabello oscuro acercándolo más, estremeciéndose con cada roce. Escuchó el susurro de la seda de sus faldas mientras Julian las arrastraba con una caricia por sus piernas. El aire frío le erizó la piel, o puede que fueran las yemas de sus dedos que subían por sus muslos quemándola. Maysie echó la cabeza hacia atrás, apoyándose en la madera de la puerta que la sostenía. Apretó los ojos con fuerza en un último esfuerzo por dominar su deseo, intentando obviar la necesidad de sentirlo.

Las caricias, las sensaciones, las palabras entrecortadas eran como un eco de otros encuentros furtivos ya vividos, era como estar en el presente y en el pasado a la vez.

Era mágico.

Era abrumador.

Era aterrador.

Su mano, por puro instinto, sujetó la muñeca de Julian rompiendo el momento.

Él le dio un beso tierno en los labios, pero ella no se lo devolvió, había vuelto a la realidad. Esa realidad en la que luchaba por mantener su secreto a salvo, por proteger a su hija contra viento y marea, aun a costa de enterrar su corazón bajo el hielo. De pronto, el aire se había espesado y sus pulmones ardían mientras una única palabra resonaba en sus oídos: Aura.

Había confiado en que nadie la viera, en que nadie sospechara, pero Julian estaba cada vez más cerca y avanzaba imparable hacia su mundo, amenazando con hacer estallar su burbuja de cristal. Había bajado la guardia y ni siquiera entendía por qué. ¿Por qué lo amaba? ¿Por qué nunca había dejado de hacerlo? Negó con la cabeza para convencerse a sí misma de que aquello no era verdad.

Julian acunó su cara entre sus manos.

—May...

Reunió fuerzas para interrumpir la caricia, su contacto dolía demasiado y minaba toda su fuerza de voluntad.

—Basta —susurró con la respiración acelerada—. Deja que me vaya.

—No, aún no. Escúchame. Nosotros…

Maysie se revolvió, necesitaba espacio, aire, distancia.

—¡No! No hay un nosotros. Esto no cambia nada, lord Langdon. Suélteme.

Julian se rio, un sonido cínico más propio de él que las palabras dulces y apasionadas.

—«Lord Langdon.» ¿Sabes cuánto odio ese título? Sí, claro que lo sabes. Por eso lo usas, para intentar marcar las distancias entre los dos. Solo estás asustada, pero…

—Nada de peros. —Maysie intentó abrir la puerta y él se lo impidió, apoyando la mano en la madera—. No habrá nada más después de esto. Nuestra historia acaba aquí. Así que háganos un favor a ambos: no vuelva a acercarse a mí.

Julian sintió como si acabaran de retorcerle las entrañas.

—No puedes estar hablando en serio. Esto, lo que sentimos…

—Yo no siento nada.

Él bufó incrédulo.

—Mientes.

—Mi vida va por otro camino ahora, y espero que Dios sea lo suficientemente sabio como para apartarme del tuyo.

—¿Es por ese tal Lane? ¿Es con él con quien estás prometida? Vas a resignarte a un matrimonio amañado por tu padre y a ser lo que siempre despreciaste. Hasta un ciego vería que entre vosotros no hay nada.

—Entre nosotros tampoco. ¿Crees que un beso y unas cuantas palabras ajadas por el tiempo tienen algún valor? —preguntó Maysie, cortante y más hiriente de lo que le hubiera gustado, esforzándose por componer una máscara de frialdad—. Considera este beso como la despedida que nunca tuvimos. Jamás te perdonaré lo que hiciste, fueran cuales fuesen tus motivos. Me casaré con Lane cuando volvamos a Londres, al menos él no me defraudará.

—No puedo creer que te plantees hacer eso. Jamás me atreví a soñar con volver a estar contigo. Me negué a mí mismo durante tantos años esa posibilidad, tanto que llegué a convencerme de que lo nuestro era imposible, aun a costa de mi propia cordura. Solo quería que me olvidaras y fueras feliz. Pero, ahora, Maysie, tenemos la oportunidad de enterrar todo lo que pasó y empezar de cero.

—Pero es que yo no quiero olvidarlo. Quiero recordar que fuiste un cobarde y un rastrero cada minuto de mi vida, con cada latido y cada respiración. Quiero recordar cada lágrima. Quiero seguir odiándote porque gracias a ti ahora soy quien soy. No me conoces. Solo tienes el recuerdo idealizado de la muchacha dulce y estúpida que fui. Eso que crees amar ya no existe. Esa pobre ingenua murió en el mismo momento en que dijiste que sí en el altar a otra mujer.

—Sé perfectamente lo que siento. Puedes esforzarte en hacerme creer que me odias. Pero tus ojos y tus besos me dicen lo contrario. No eres indiferente a mí. No puedes fingir que no sientes nada, no podemos fingir que esto no ha existido.

La risa cruel de Maysie resonó en la habitación.

—*Milord*, un hombre tan experimentado debería diferenciar el amor de la simple lujuria. —Maysie no podía creer que hubiera sido capaz de pronunciar semejante frase sin pestañear. Las novelas que le había prestado Caroline tenían su utilidad, después de todo—. Y, ahora, si me disculpa, tengo cosas mejores que hacer. Aléjese de mí o me veré obligada a tomar cartas en el asunto.

Si al marqués de Langdon le hubieran clavado una daga en ese momento en el corazón, de buen seguro que no hubiera salido una sola gota de sangre. El frío rictus, que siempre le acompañaba, volvió a teñir sus rasgos y su expresión corporal denotaba la agria seriedad de su carácter.

—Como desee, señorita Sheldon.

Maysie disimuló la sensación desagradable que le produjo que le hablaran con la misma frialdad que ella acababa de utilizar. Salió de la habitación sintiendo la presencia felina de Julian a sus espaldas, siguiéndola por el pasillo. Ya estaba a punto de llegar al salón, cuando su mano la cogió por la cintura y, girándola hacia él, la sujetó contra su pecho.

Era incapaz de dejarla ir, así sin más, después de haberse reencontrado con ella. Se negaba a resignarse. Sus cuerpos volvieron a tocarse y ella jadeó por la impresión, mientras Julian acercaba su cara a la suya. De nuevo, estaban peligrosamente cerca. Sus ojos se conectaron, el mar azul brillante de Maysie en contraste con las aguas embravecidas tras una tormenta en los ojos de Julian.

—Tu discurso ha sido perfecto, sublime, pero no creo ni una sola palabra, señorita Sheldon. —Su nombre, susurrado con rabia, le puso los pelos de punta—. Tarde o temprano, tu fachada se desmoronará ante mis ojos y tendrás que reconocer lo que sientes.

—No te atrevas a volver a tocarme jamás.

—¿Maysie? —La voz de Lane los sacó de la tensa espiral en la que se encontraban—. Lord Langdon, suéltela inmediatamente.

Julian la soltó con una carcajada amarga.

—¿Quién te crees que eres para darme órdenes? ¿Su perro guardián?

—Ya le he dicho que es mi prometido. —Maysie se

aferró a la mano que Bryan le tendió. El muchacho, a pesar de la sorpresa, permaneció estoico y en su cara no se movió ni un solo músculo.

—Bonita pareja. Irradiáis ternura —se burló el marqués—. Mi más sincera enhorabuena, entonces. Pero ahorraos mi invitación, odio las bodas.

Julian pasó junto a ellos con sus andares elegantes e indiferentes, como si abandonara un cóctel en lugar de un campo de batalla.

Maysie lo miró mientras se alejaba con un nudo en la garganta.

—¿Se encuentra bien? —La voz suave y reconfortante de Bryan la trajo a la realidad. Maysie asintió, aunque estaba muy lejos de encontrarse bien.

—Necesito alejarme de él. —Estaba a punto de desmoronarse, todo su mundo lo estaba.

—Si quiere, nos marcharemos mañana mismo. —Ella tragó saliva y negó con la cabeza.

—Solo faltan unos días para que los invitados se vayan, no puedo marcharme sin más.

—Él no se irá. He oído que está visitando fincas por la zona para comprar una, quiere que su hermana se traslade al campo. Por el momento, se quedará en la finca de los Hardwick.

Las piernas de Maysie temblaban como una hoja. Tomó aire mientras Lane la acompañaba hasta la escalera.

—Aguantaré unos días más intentando esquivar su presencia. Luego tomaré una decisión. Tengo que hablar con mi hermana. Gracias, Lane. Siento haberlo envuelto en una mentira.

Bryan se despidió con una pequeña inclinación de cabeza, mientras ella se alejaba por la escalera. Tan solo unos días antes le hubiera contestado que anhelaba que aquello fuera cierto, que ansiaba que fuese su prometida, su esposa. Y, sin embargo, ahora estaba sorprendido de la forma en la que un simple beso podía cambiar la percepción del mundo.

Crystal Greenwood estaba totalmente fuera de su alcance, pero qué había de malo en permitirse soñar un poco.

Maysie acudió a la habitación de su hija en busca de la reconfortante paz que ella le proporcionaba.

—¡Mami! Sabía que vendrías a darme las buenas noches —chilló la pequeña, extendiendo sus brazos hacia ella.

—Te di las buenas noches hace un par de horas, pequeñaja.

—No ha habido manera de que se duerma, señorita, lo siento —se disculpó la niñera.

—No te preocupes, ve a descansar, yo me encargo de este diablillo —dijo Maysie, haciéndole cosquillas a su hija en la tripa y arrancándole escandalosas carcajadas.

—¿Vas a contarme una historia?

—Por supuesto, cariño. ¿La de la oruga y la mariposa? —preguntó, recostándose junto a ella.

Aura hizo un mohín y fingió pensarlo, pero sabía claramente qué historia quería. Su favorita. Aunque, esa noche, a Maysie iba a costarle mucho contársela. Sabía que, con el paso de los años, a su hija cada día le resultaría más difícil afrontar la ausencia de su padre. Se hubiera arrancado el corazón si con ello hubiese podido evitarle el sufrimiento que le depararía el futuro, pero, por ahora, lo único que podía hacer era prepararla para los momentos duros de la vida que, seguro, llegarían. No permitiría que su hija se sintiera abandonada o desprotegida, y sabía que, tarde o temprano, las preguntas incómodas llegarían.

Aura había sido concebida con amor, al menos por su parte, y así quería transmitírselo. Había creado para ella un universo de fantasía, donde su padre era un gallardo príncipe guerrero que recorría países maravillosos montado en un corcel alado, cruzaba los mares en un barco tirado por caballitos de mar y surcaba los cielos en un bello pájaro dorado, protegiendo a los indefensos y saliendo victorioso de cualquier afrenta. Dragones malvados amenazaban la felicidad de los niños y los desvalidos, pero allí estaba él, con sus ojos plateados como la luna llena y su cabello oscuro como la noche, para salvarlos a todos. Su padre era un ser bello y heroico, prisionero de un terrible hechizo, que le hizo olvidar que su dulce hija lo esperaba. Sin embargo, no podía perder la esperanza porque Aura poseía un poderoso talismán: su cajita de música. Tarde o temprano, el valiente príncipe escucharía la bella melodía y el hechizo se rompería para siempre. Y entonces él la encontraría.

Cada noche, Maysie fantaseaba, recorriendo mundos imaginarios con Aura, sin sospechar cuánto de verdad había en su relato. El dragón ya no habitaba en este mundo, se había extinguido junto con su maldad, pero el daño causado aún persistía en ellos, en sus destinos. La melodía de la caja de música que Julian le regaló le removía las entrañas, pero para la pequeña era un dulce retazo de magia. Aura le daba cuerda cada noche y se dormía a su son con una inocente sonrisa pintada en su rostro y la esperanza de que, tal vez, ese fuera el día en que la música rompería el maleficio y la llevaría junto a su padre.

Esa noche, Maysie, mirando cómo su hija caía plácidamente en los brazos de Morfeo, por primera vez se arrepintió de haber dado alas a aquella fantasía. Fue una ingenua al creer que siempre estarían a salvo, que Julian nunca se cruzaría en su camino. Fue dolorosamente consciente de que ahora estaba a tan solo unos metros de distancia de ellas, bajo el mismo techo, y la sensación de pánico fue tan brutal que le costaba respirar. Sentía que el cerco a su alrededor se estrechaba y que cualquier paso en falso acabaría con todo lo que tenía.

Lord Phinley había bebido demasiado, como cada noche desde que el desgraciado de Sheldon le arrebató todo lo que tenía. Para ser honestos: llevaba años bebiendo demasiado. La diferencia es que antes bebía los mejores vinos y el mejor brandi escocés, y ahora debía conformarse con un mejunje turbio, servido en tugurios, que pretendían hacer pasar por cerveza. Presentía que el dolor de cabeza al día siguiente sería monumental.

La puerta de las oficinas de Sheldon se abrió y su ancha figura apareció en el umbral, deteniéndose para esperar a que su carruaje se acercara. Phinley recordó cómo era tener un carruaje así, lustroso y cómodo, en lugar del estrecho habitáculo con olor a moho en el que ahora se hallaba montado, escondido en la parte menos iluminada de la calle. Por un momento, su mente divagó, imaginando lo placentero que sería el sonido de su bastón impactando sobre el orondo estómago de ese usurero y el posterior impacto de su cabeza contra el suelo mojado. Sus manos se crisparon y se impulsó hacia delante para bajar del carruaje, dispuesto a llevar a cabo sus ensoñaciones, pero la enorme mano de su acompañante lo detuvo. Farrell, con su perpetua expresión de asco, lo miró dejándolo congelado en el sitio. No hizo falta más para que Phinley se encogiera como un chiquillo asustado en el gastado asiento del vehículo.

—Si fastidias la posibilidad de que recupere mi dinero, te desollaré vivo y te dejaré al sol para que los cuervos acaben contigo, Phinley. Y no será rápido.

Phinley sabía que no amenazaba en vano. Desde que

su compromiso con Elisabeth Sheldon saltó por los aires, Farrell no había conseguido salir del pozo oscuro en el que se había hundido. La idea de someter a la ardiente rubia y sumergirse entre sus piernas ya era un incentivo suficiente para desear ese matrimonio, pero lo que realmente alimentaba su melancolía era la sabrosa suma de la dote que había dejado de embolsarse y los contactos que su padre le hubiera proporcionado. En cambio, debía conformarse con acudir a los tugurios donde aún le fiaban los vicios en lugar de a los lujosos prostíbulos con los que soñaba. Pero todo pasa por una razón en esta vida, y, quizá por eso, se regocijó cuando encontró a su viejo amigo lord Phinley, ahogándose en su propio vómito, en un callejón inmundo. El destino es tan caprichoso que le proporcionó a un tonto útil y acabado con un enemigo en común. ¿No era maravilloso? Lo era, sin duda, como también lo era que Sheldon, que tenía vista de águila para los negocios, no la tuviera tanto para juzgar a la personas. No sabía elegir bien a los enemigos y, por lo visto, tampoco a sus confidentes y colaboradores.

Ropper salió a la calle y se detuvo donde unos instantes antes había estado su jefe. El abogado se ajustó los guantes y buscó con la mirada el desvencijado carruaje que sabía que lo esperaba. Hizo un gesto con la cabeza, consciente de que Farrell lo estaría observando, y enfiló calle abajo entre la espesa niebla en dirección a su modesta casa, que hacía las veces de cuartel general para sus dudosas actividades.

31

—No puedo creer que sea tan descarado y tan, tan… —Elisabeth se había prometido no perder los nervios mientras su hermana la ponía al día de su encuentro con el marqués, pero Dios sabía que iba a costarle un esfuerzo titánico—. ¿Pretende que lo acojas con los brazos abiertos como si no hubiera pasado nada, como si no te hubiera destrozado el corazón?

Ambas paseaban cogidas del brazo y, a unos metros de distancia, las seguían Aura y su niñera, que se paraban en cada flor y en cada piedra para saciar la curiosidad de la niña, hecho que ellas aprovechaban para conversar con libertad.

Los hombres habían organizado la última jornada de caza y las mujeres habían ido de excursión a visitar el pueblo vecino, por lo que gozarían de algo de soledad hasta bien entrada la tarde.

—Sé que no tuvo más remedio que hacerlo, pero no puedo perdonarlo. Podía haber actuado de mil formas distintas. Si me lo hubiera dicho…

—Probablemente, sí. Pero si te lo hubiera dicho, te hubieras aferrado a ese amor con uñas y dientes, lo hubieras idealizado y no hubieras sido capaz de superarlo. No hay un lastre peor que un amor imposible.

Maysie lo pensó durante unos segundos y se encogió de hombros.

—Quizá tengas razón. El problema es que esto está volviéndose peligroso. Ayer después de besarme…

—¿Permitiste que te besara? —Lys se llevó la mano a la frente de manera teatral—. Estamos perdidas.

Maysie ignoró la interrupción.

—Fue como si abriera de nuevo las heridas, como si el tiempo no hubiera pasado, pero, a la vez, la distancia fuera insalvable. Debo alejarme de él. No puedo permitir que descubra a Aura, no sé cómo reaccionaría. Si es tan protector con su hermana, cómo no va a serlo con su propia hija. ¿Y si intenta arrebatármela?

—Está muy cerca, May, demasiado. Debemos ser cautelosas. Aunque seguro que, si se enterase, no se conformaría solo con proteger a Aura, también querría reparar tu reputación. Al fin y al cabo, es un caballero, ¿no?

—Reparar. ¡Qué palabra tan odiosa! No permitiré que se acerque a mí con esa intención, no soy un calcetín gastado que hay que remendar.

La vegetación era espesa en esa zona del bosque que separaba la mansión de Greenwood de la finca de los Hardwick. El camino serpenteaba entre olmos y tilos, y, desde allí, se escuchaba el sonido del riachuelo corriendo por debajo del puente de piedra. Avanzaron en silencio hasta que el puente quedó a la vista y se sobresaltaron al ver una figura reclinada en el muro.

Marian, con las manos apoyadas en la balaustrada, trataba de aguantar el dolor de las contracciones, que la habían pillado por sorpresa en mitad de su paseo matutino. Intentó volver a casa, pero, cada vez que daba un paso, el dolor se hacía más intenso. Estaba aterrorizada. Iba a dar a luz sola en mitad de un puente y estaba quedándose afónica de gritar pidiendo ayuda. Andrew no le perdonaría su inconsciencia, pues llevaba días advirtiéndole que no saliera a pasear sola y que se tomara las cosas con más calma. Pero ella se encontraba bien y era tan testaruda que jamás reconocería que su marido tenía razón.

Cuando escuchó su nombre, levantó la vista más aliviada de lo que se había sentido jamás. Vio a las dos rubias, corriendo hacia ella con sus vestidos color pastel al viento, y le parecieron dos ángeles, lo cual le resultó preocupante porque ella no solía tener pensamientos tan edulcorados.

—¡Dios mío, Marian! ¿Qué te ocurre? ¿Es el bebé?

Marian gruñó, aferrándose a la mano de Maysie.

—Sí —jadeó por el dolor—. Aún no lo esperaba. Pero tiene prisa por salir. Aaaaauuuuhg…

—Está bien, está bien. Debemos mantener la calma. Todo saldrá bien, ¿de acuerdo? Iremos a buscar un carruaje, te llevaremos a la mansión y esperaremos la llegada del médico. Y, mientras, alguien irá a buscar a Andrew. Y… —intentó tranquilizarla Elisabeth, hablando atropelladamente y consiguiendo todo lo contrario.

—¡Elisabeth! —gimió la pelirroja—. Ya he roto aguas. ¡No podemos calmarnos! No hay tiempo.

—¿Puedes andar?

—No aguantaré hasta llegar a Greenfield. Las contracciones son muy seguidas. —Se quedó sin aire por una nueva punzada. Marian recordó, de pronto, la casa de invitados de los Greenwood—. ¡¡La casita!!!

Desde el punto en el que estaban, era el sitio más cercano al que acudir. Maysie se volvió hacia el puente y vio a Aura con su mano fuertemente aferrada a la de su niñera, que observaba la escena con cara de estupor. Las mellizas se miraron. Debían ayudar a Marian y no tenían tiempo que perder. Maysie se acercó a su hija y la abrazó.

—Cariño, Dolly va a llevarte a casa de mi amiga Marian. Allí podrás jugar con sus hijos. Prométeme que te portarás bien. Tienes que hacerle caso en todo lo que te diga y andar lo más rápido que puedas, ¿de acuerdo? —La niña asintió y Maysie se dirigió a la joven niñera—. Debes darte prisa, el bebé está a punto de nacer. Vamos a llevar a Marian a la casa de invitados porque es la más cercana. Que vayan a buscar al médico y que venga cuanto antes quien sea que pueda servirnos de ayuda. Que localicen al conde de Hardwick. Después lleva a Aura inmediatamente de vuelta a Greenwood, ¿entendido?

La joven parpadeó, intentando asimilar todas las instrucciones que Maysie le había dado en tiempo récord y casi sin respirar.

—Sí, señorita Sheldon. Entendido. Correremos como el viento, ¿verdad pequeña? —dijo, sonriendo a la niña para tranquilizarla.

Ambas salieron corriendo cogidas de la mano como si fuera un juego, intentando que la niña no percibiera lo preocupante de la situación, y Maysie acudió de nuevo al punto en el que Elisabeth sostenía como podía a su amiga. Maysie tomó aire, intentando disipar los nubarrones que se cernían sobre su cabeza. Había enviado a Aura a la casa donde Julian se alojaba, lo cual se le antojaba como arrojarla directamente a la boca del lobo. Solo podía rezar para que el marqués estuviera lo bastante entretenido cazando con los demás como para no volver a casa antes del anochecer, como estaba previsto. Y, por otro lado, ¿qué posibilidades había de que, en caso de volver a la mansión, el marqués visitara la habitación de los niños? Prácticamente ninguna. Respiró hondo de nuevo, intentando tranquilizarse y ser optimista. Por muy arriesgada que fuera su presencia en Greenfield, estaba en juego la salud de Marian y la vida de un bebé que tenía mucha prisa por venir a este mundo. El destino tendría que ocuparse de que el peor escenario posible para Maysie no se produjera.

La mayoría del servicio estaba inmerso en los preparativos para el gran baile del día siguiente, por lo que en la casita de invitados solo quedaban una doncella y la cocinera, ambas demasiado jóvenes e inexpertas como para asistir un parto.

Acomodaron a Marian en la primera habitación disponible, y ella sonrió, trabajosamente, recordando la noche de pasión, en esa misma cama, con el hombre que ahora era su marido, provocando un matrimonio apresurado.

Las criadas vinieron pertrechadas de toallas y todo lo que intuyeron necesario.

Elisabeth se pasó los dedos por las sienes, intentando contener su nerviosismo, y se sentó junto a Marian en el borde de la cama.

—El médico no tardará. —Le retiró el cabello de la frente, perlada de sudor por el esfuerzo.

—Ya está aquí, lo sé. Tendréis que ayudarme vosotras. —Ambas la miraron aterrorizadas—. No es mi primer parto. Todo será más sencillo esta vez. —Intentó sonreír autoconvenciéndose de que sería así, pero solo le salió una mueca.

La respiración de Marian era cada vez más acelerada y Maysie le cogió la mano sin saber muy bien qué más hacer.

—Elisabeth, ayudaste a parir a una vaca, podemos hacerlo —añadió Maysie con una expresión poco convincente en la cara, intentando infundir ánimos en todas ellas—. Sabes lo que hay que hacer. ¿Verdad?

—¡Cómo puedes compararlo! —se desesperó su melliza—. No puedo asumir esa responsabilidad —se quejó, aturdida por tan tensa situación.

—Si metiste tu mano dentro de una vaca, podrás soportar ayudarla a ella, ¿no?

—¡Lys! —gruñó Marian, apretándole la mano—. Creo que nunca me he parecido tanto a una de ellas. Si hace falta, mugiré, pero remángate y ponte en tu sitio porque tu sobrino está al llegar.

Elisabeth no sabía qué decir ni qué hacer, la responsabilidad era enorme. Pero una nueva contracción y el grito que la acompañó decidieron por ella.

—Confío en ti. —Esas palabras pronunciadas en medio del llanto y el dolor le infundieron la seguridad y el arrojo que necesitaba.

Asintió con firmeza y se posicionó a los pies de la cama, rogando al cielo que la iluminara en lo que estaba a punto de hacer.

Por suerte para ellas, el parto fue rápido y sin complicaciones. Cuando el médico llegó a la casa, Dolores Elisabeth Greenwood, segunda hija de los condes de Hardwick, lloraba con toda la intensidad que sus pequeños pulmones le permitían en brazos de su llorosa tía.

Elisabeth había sido tan constante, tan valiente y tan eficiente,¡ que se mereció el honor de que la niña llevara su nombre.

Marian cogió a su hija en brazos y sonrió al ver su carita redonda y sonrosada por el esfuerzo, y la pelusilla rojiza que adornaba su cabecita.

—Sabía que serías una hermosa niña; ahora tengo una aliada para torturar a los hombres de la casa —susurró cansada, y las mellizas se rieron con una mezcla de sensaciones, un hermoso momento interrumpido por los hermanos Greenwood al entrar, con sus caras desencajadas por el nerviosismo, en la habitación.

—Tranquilos, nos las hemos apañado bastante bien sin vuestra supervisión —se burló Marian al ver la cara emocionada de Andrew, acercándose hasta ellas con Richard a la zaga.

—No tenía ninguna duda de que sería así —contestó su sonriente marido.

Richard, a través de la habitación llena de gente, clavó su intensa mirada azul en su esposa, intentando transmitirle lo tremendamente orgulloso que estaba de ella.

Julian odiaba la caza. Siendo apenas un niño, su progenitor lo había obligado a acompañarlo en una ocasión. Recordarlo le provocaba una sensación de desasosiego, como casi siempre que rememoraba su infancia. Su padre había abatido un ciervo joven y el animal agonizaba en el suelo, entre las hojas secas impregnadas de su sangre. Las náuseas habían sacudido el cuerpo de Julian, pero no por la visión de la sangre, sino por la mirada asustada en los ojos vidriosos del pobre animal, que intentaba sin éxito ponerse en pie sin resignarse a su destino. Escuchó como su padre amartilló la escopeta y se la colocó en sus pequeñas y temblorosas manos.

—Remátalo. Es un acto caritativo. —Julian levantó la vista hacia él, esperando ver un rastro de esa caridad de la que hablaba, y se espantó al comprobar que su padre sonreía de manera maliciosa.

Apuntó al animal durante unos instantes interminables, sintiendo el frío del metal en sus manos y la culata contra su hombro, reprimiendo el llanto. Al final, las lágrimas nublaron su visión y bajó el arma, incapaz de disparar. Su padre le arrebató la escopeta, mientras lo humillaba echándole en cara que nunca sería un hombre.

El disparo retumbó en el bosque, provocando que los pájaros huyeran de sus nidos con un revoloteo nervioso, y Julian cerró los ojos mientras las salpicaduras de la sangre del animal resbalaban por su cara de niño. En ese momento, se juró a sí mismo no matar a ningún animal por diversión en su vida.

Y

Esa mañana, el marqués había ido a visitar una propiedad en venta al otro lado del lago y, después, decidió salir a caballo en dirección contraria a la que habían tomado los cazadores. Necesitaba aire puro y soledad para aclarar sus ideas y poner a buen recaudo sus sentimientos. Tras varias horas de paseo y una vigorizante carrera, volvió con la cabeza algo más fría que cuando se marchó. Estaba actuando como un niño enamoradizo, dejándose llevar, avasallado por unos sentimientos que habían recobrado más fuerza al reencontrarse con la mujer que amaba. Buscaba desesperadamente un perdón y un amor que ella ya no podía entregarle. Lo más sensato sería serenarse, tomar algo de distancia y darle tiempo a Maysie para asimilar la verdad de lo ocurrido. Si al final ella decidía mantenerse alejada de él, respetaría su decisión sin rechistar. Al fin y al cabo, se lo merecía. Cruzó la casa y se dirigió hasta el patio donde Celia jugaba cada día con los niños de los Hardwick.

Una criada, a la que no había visto antes, hablaba animadamente con la dama de compañía de Celia en una mesa a la sombra, mientras daban buena cuenta de una abundante bandeja de galletas. Ralph cuidaba de Jaime, el pequeño heredero de los Hardwick, mientras este escarbaba concienzudamente en un parterre, probablemente, a la búsqueda de algún tesoro en forma de bicho. Julian sonrió. Sin duda, Ralph y su hermana habían tenido una gran suerte al cruzarse en su camino con Andrew y Marian. Al adoptarlos habían cambiado un destino incierto en las calles de Londres por un futuro prometedor lleno de posibilidades.

Sally, la hermana de Ralph, sentada en una manta sobre el césped, lucía una hermosa corona de margaritas y hojas de laurel en el cabello, que seguramente le había tejido Celia. En su regazo había más flores de colores y se las iba pasando a Celia cuando extendía la mano.

Julian se apoyó descuidadamente en el umbral, observando el juego de los niños, sin poder evitar sentir una sana envidia de su inocencia y de la felicidad encerrada en esas acciones tan simples. Una risa cantarina llamó su atención. No se había percatado de que Celia, sentada en el suelo de espaldas a él, tenía a alguien acomodado en su regazo. Su hermana se reclinó hacia atrás para observar con ojo crítico su creación y la niña a la que había estado peinando se levantó de un ágil salto, plantándose delante de ella y de Sally con una dulce sonrisa en su cara.

El mundo bajo los pies de Julian comenzó a temblar, amenazando con engullirlo todo. La pequeña llevaba flores de colores trenzadas en su cabello oscuro, un hermoso cabello negro y brillante que se enroscaba en bucles, mecidos con suavidad por el viento, un cabello negro igual que el suyo, igual que el de su propia madre, igual que el de Celia.

Ambas se rieron. Julian las observaba paralizado, sus perfiles, frente a frente, como si Celia se mirara en un espejo mágico que le devolvía su propia imagen del pasado. Desde esa distancia no podía verlo, pero supo por intuición que, si se acercaba, descubriría unos ojos grises como los suyos.

Mirando a esa niña le pareció haber viajado en el tiempo hasta su jardín muchos años atrás, cuando él observaba a Celia jugar, cuando, en su inocencia, aún creía que podía protegerla a ella y a sí mismo de cualquier amenaza. El parecido era tan asombroso y tan impactante que se había quedado bloqueado. Aquello no podía estar pasando de verdad, estaba seguro de que en cualquier momento se despertaría con una sensación de desolación y nostalgia afincada en sus entrañas, como tantas otras veces que sus sueños le habían jugado una mala pasada, mostrándole el mundo que nunca tendría. Pero aquello no era un sueño y ella era real. Su cabeza era incapaz de razonar con claridad, a pesar de que sus pensamientos parecían ir a toda velocidad.

—Lord Langdon, ¿puedo ayudarle en algo?

La voz del mayordomo junto a él lo sobresaltó, sacándolo de su ensimismamiento.

—¿Perdón? —Julian carraspeó e intentó mantener la compostura—. No, gracias.

El mayordomo hizo una reverencia dispuesto a marcharse.

—Un momento. ¿Quién es esa niña? —El hombre siguió la dirección de la mirada del marqués. Durante unos instantes parpadeó, sorprendido, como si él también se hubiera percatado de lo que parecía tan obvio, pero el gesto desapareció al instante.

—Es la señorita Aura Sheldon, *milord,* la ahijada de la señorita Maysie. —El mayordomo se alejó sin añadir nada más, dejándolo sumido en un remolino que estaba a punto de desestabilizar todo su mundo.

El corazón de Julian se encogió hasta el punto que pensó que no volvería a latir con normalidad, y sus músculos parecieron volverse blandos como la mantequilla. Su cabeza hacía cábalas, tratando de calcular mentalmente la edad de la niña y, mientras la observaba junto a Celia, el parecido se le hacía cada vez más evidente. Julian no creía en las casualidades, pero ni el más ingenuo de los hombres hubiera pensado que aquello lo era. Su instinto le decía a gritos lo que jamás hubiera esperado escuchar, la sangre rugía en sus oídos, y la verdad se mostró ante sus ojos con una claridad certera y absoluta, donde no había ni un solo resquicio de duda: Aura Sheldon era su hija. Y Maysie Sheldon iba a tener que darle muchas explicaciones.

32

*H*ubiera sido reconfortante dejarse llevar por el ambiente de felicidad que latía en cada rincón de Greenfield tras el nacimiento del nuevo miembro de la familia, pero el marqués de Langdon apenas era capaz de componer una sonrisa forzada, que disimulara su estado de ánimo. Prácticamente, no durmió en toda la noche y una sensación de desasosiego le impedía concentrarse.

¿Cómo podía asimilar de un plumazo el hecho de tener una hija de cinco años, cuya existencia hasta ahora desconocía, y cuya madre parecía no tener ninguna prisa en ponerle al corriente de algo tan trascendental? Ni siquiera la presencia de Celia había conseguido calmar su espíritu.

El día había sido gris y desapacible, y el cielo oscuro amenazaba con descargar una tormenta que no acababa de estallar, igual que la rabia latente que lo consumía por dentro. Le carcomía imaginar cómo habrían reaccionado los Sheldon al conocer el desliz de su hija, si sabrían quién era el padre de la niña, cómo había afrontado Maysie un cambio tan brutal en su vida. Un millón de preguntas se agolpaban en su mente y solo una persona tenía las respuestas a todas ellas.

Después de pasar la tarde con su hermana, se vistió con su traje de gala para asistir al baile de despedida de la fiesta campestre de los Greenwood, a pesar de que su ánimo taciturno desentonara con todo y con todos los que le rodeaban. Si bien no había nada que detestara más que aquellos eventos llenos de falsedad e hipocresía, hoy debía asistir, especialmente, porque se sentía impregnado de ambas cosas.

Maysie se miró en el espejo de pie de su habitación y, aunque el trabajo de su doncella había sido espectacular, su mente agitada no le permitía serenarse para disfrutar del resultado. Giró sobre sí misma para que su falda vaporosa se moviera, y Aura, que la observaba sentada en la cama, hizo palmas encantada.

—Pareces una princesa, mami.

La puerta se abrió y Elisabeth entró con una sonrisa de oreja a oreja y un escotado vestido amarillo, que le provocaría un infarto a Richard cuando lo viera.

—Caramba, estás impresionante. Radiante.

—Estoy feliz —sentenció Elisabeth, dirigiéndose hacia su sobrina y colmando sus mofletes de sonoros besos, acompañados de un ataque de cosquillas, a lo que la pequeña correspondió con risas y chillidos histéricos.

—Vamos, hermanita, mi flamante esposo nos espera para acompañarnos al salón.

—Tía Lys, tío Richard me ha dicho que me comprará un poni.

—¿En serio? Dios mío, en estos momentos te tengo una envidia terrible. ¿Crees que, si me porto bien, me comprará otro a mí? —Aura se rio a carcajadas, imaginándose a su tía montando en el pequeño animal.

—Creo que te bajaría la luna si se lo pidieras, Lys. Ambos parecéis encantados —contestó Maysie mientras salían al pasillo

—Bueno, no sé si esta situación de paz durará demasiado, pero pienso disfrutarla mientras tanto. —Le guiñó un ojo y avanzaron sonrientes hasta la escalera donde Richard las esperaba, más apuesto de lo que cualquier ser humano se merecía ser.

Las conversaciones en la mesa fluían entre los invitados, pero Maysie era incapaz de escucharlas, igual que era incapaz de tragar con normalidad ni un solo bocado. El culpable de aquella situación no era otro que el marqués de Langdon y su inquietante mirada, que permanecía fija e imperturbable sobre ella. Tuvo que hacer acopio de toda su templanza para evitar estremecerse ante el exhaustivo escrutinio al que estaba siendo sometida por el «marqués oscuro», como le habían apodado las chismosas de la reunión.

Julian, vestido totalmente de negro a excepción de la nívea camisa blanca, se sentaba de manera informal en su silla, atrayendo miradas de censura alrededor y, aun así, o precisamente por su actitud, su mirada un tanto animal resultaba tremendamente irresistible.

Dio otro sorbo a su copa de vino, sin disimular siquiera que no había tocado la jugosa carne de venado que se enfriaba en su plato. No podía dejar de mirar a Maysie, intentando encontrar debajo de la capa de cortesía y protocolo, impuesta para la ocasión, a la muchacha de la que se había enamorado. Por un momento, dudó de que siguiera allí y temió que sus recriminaciones fueran ciertas, que realmente su desengaño hubiera acabado con la inocencia y la bondad de su juventud. Ella pensaba prometerse con otro y había insistido en que no sentía nada por Julian y, sin embargo, cuando la había besado, la había notado vibrar, había descubierto en ella la misma hambre que lo dominaba a él.

Miró a Bryan Lane charlando amigablemente sentado entre ambas mellizas. Parecía amable, de buen carácter, honesto, y carente de ese desencanto y esa crudeza
que él destilaba por cada poro. Eran polos opuestos. De
pronto, una certeza ensombreció, más si cabe, su semblante, algo tan obvio como inconcebible: Maysie no tenía ninguna intención de decirle a Julian la verdad, ni
ahora ni, probablemente, nunca. Con toda seguridad,
pretendía casarse con ese hombre de carácter aparente-
mente fácil y llevadero y privarlo de la posibilidad de
conocer a su hija.

Maysie había conseguido evitarlo casi toda la noche,
aunque no podía librarse de la sensación de sentirse observada. Charlaba animadamente con su melliza y Eleonora alrededor de la pista de baile cuando una voz profunda a sus espaldas la hizo tensarse.

—Señoras, señorita Sheldon... —saludó cortésmente, haciendo una reverencia

—Lord Langdon, casi no he tenido tiempo de hablar
con usted estos días. Discúlpeme, ya sabe cómo son estas
reuniones —se disculpó Eleonora.

—No se preocupe, *milady*. Lo entiendo perfectamente y no puedo tener queja alguna sobre la hospitalidad de
su familia. Quería darle la enhorabuena por el nacimiento
de su nueva nieta.

Eleonora le dio las gracias y sonrió complacida.

Tras unas cuantas frases corteses, Julian se giró cla-
vando su mirada en Maysie, que apenas conseguía no
temblar por su proximidad. Los músicos comenzaron a
tocar los primeros acordes de un vals. El marqués tendió la mano hacia ella, que la miró con cara de pánico,
como si ante ella se extendieran unos amenazadores
tentáculos.

—¿Me concede el honor de bailar conmigo, señorita

Sheldon? —Sus miradas se quedaron conectadas, pero ella era incapaz de reaccionar, no podía bailar con él como si tal cosa, no podría fingir indiferencia con decenas de ojos observándolos.

Una delicada mano enguantada se apoyó sobre la palma extendida y Julian, desconcertado, apartó los ojos durante unos instantes de Maysie para mirarla. Elisabeth, la dueña de dicha mano, con todo descaro, se había interpuesto en sus planes.

—Mi hermana se encuentra indispuesta, *milord*, pero yo me muero por bailar. Acepto el baile con mucho gusto en su lugar.

Eleonora estaba anonadada por lo poco prudente de la actitud de su nuera, pero la sonrisa de Elisabeth era tan angelical que se obligó a pensar que no había nada extraño en el hecho de que arrastrara al marqués hacia la pista para mezclarse con el resto de bailarines.

Maysie se mordió el labio para no reír cuando su melliza le guiñó un ojo, mientras Julian la miraba con el ceño fruncido, sin disimular el desagrado causado por su intervención. A pesar de la tensión entre ambos, se movían por la pista con bastante gracia, y Maysie sintió una pequeña punzada de celos al ver a su hermana entre los brazos de Julian. La amalgama de sentimientos contradictorios que bullían en su interior era incomprensible, incluso para ella.

—Supongo que el hecho de ser cuatro minutos mayor que Maysie le da derecho a inmiscuirse en sus asuntos, incluso si se trata de algo tan trivial como un baile.

Elisabeth enarcó una ceja sorprendida de que él supiera algo tan personal.

—Con usted nada es trivial, me temo. Su expresión, de hecho, siempre es tan concentrada y tan… intensa. Como si pudiera ver a través de nosotros, los simples mortales. Relájese. Apenas es capaz de ocultar el profundo desagrado que le provoco. Pero no se preocupe, la antipatía es mutua.

—Usted no me resulta antipática, aunque la situación que acaba de provocar, sí. Le recomiendo que no pierda el tiempo y no intente alejarme de ella, una absurda treta no conseguirá disuadirme.

La sonrisa de Elisabeth era tan adorable que cualquier incauto observador pensaría que entre ellos estaba produciéndose una conversación encantadora.

—Haré todo lo que esté en mi mano para que no vuelva a hacerle daño, lord Langdon. —Elisabeth masticó su título como si se le atragantara—. Puede que haya añadido esa hermosa floritura a su nombre, pero eso no le hace un noble. Para mí, sigue siendo el mismo tipo rastrero y cobarde que abandonó a una joven enamorada hasta los huesos sin una sola explicación.

Julian podía ver los músculos de su cara tensos, sus mejillas tirantes por la falsa sonrisa y sus ojos empequeñecidos por la ira contenida.

—Elisabeth.

—Señora Greenwood, si no le importa.

—Señora Greenwood, ya le he explicado a su hermana los motivos por los que me vi obligado a cometer un acto tan vergonzoso, y por el que yo también he sufrido. Solo pretendo remediar lo que pasó.

—Imponerle su presencia no va a remediar nada, créame.

—¿Qué sugiere? Que me marche y olvide que… —La pregunta murió en sus labios. Tomó aire, recuperando la compostura—. Todos tenemos pecados. Y todos tenemos secretos, señora.

Los músicos entonaron los últimos acordes de la pieza. Julian hizo una reverencia y se alejó entre los bailarines, dejando a Elisabeth intranquila ante la enigmática respuesta.

Pero Julian no había llegado hasta donde estaba en la vida rindiéndose a la primera. Observó discretamente su objetivo hasta que vio cómo Maysie aceptaba una invitación de un joven pelirrojo y flacucho para bailar. Una cuadrilla. Julian odiaba ese tipo de danzas. Miró a su alrededor y apresuradamente le solicitó el baile a una joven tímida y pálida, que aceptó tras un codazo, poco disimulado, de su progenitora. No debía de ser fácil bailar con el marqués oscuro, pero era un marqués, al fin y al cabo, rico, para más señas, y apuesto como el mismo diablo. No era sensato negarse.

Con paso firme y casi arrastrando a su pareja, que se veía incapaz de seguir sus zancadas, se situó frente a Maysie y el joven que la había sacado a bailar y observó con satisfacción cómo ella se ruborizaba al levantar la vista y encontrarlo frente a ellos.

Se inició la música, comenzaron a ejecutar los pasos, y él se sorprendió de ser capaz de llevar la intrincada coreografía, a pesar de estar totalmente enfocado en sus alterados pensamientos, a la espera de que se cambiaran las parejas y Maysie estuviera a su lado, al menos unos segundos.

—Me alegra ver que ya se ha repuesto, señorita Sheldon. —Ella sonrió a modo de respuesta. Lo que menos le apetecía era mantener una conversación a trompicones cuando los pasos de baile los acercaban, en presencia de dos extraños.

—Los invitados se van mañana, he oído que Lane también se marcha. ¿Podrás sobrellevar su ausencia sin desfallecer? —preguntó sarcástico cuando la danza los volvió a unir.

—Creo que tengo práctica en sobrellevar ausencias. —Él entrecerró los ojos, simulando recibir un golpe.

—Me pregunto si la joven Crystal la soportará con tanta entereza como tú. Será duro para ella no tener con quién pasear por los jardines durante la noche.

Maysie abrió la boca para contestar, pero ella también había percibido cómo ambos jóvenes se buscaban constantemente, aunque ignoraba que la cosa hubiera ido a más.

—No le tenía por una vieja chismosa, *milord*.

—No soy chismoso, solo observador.

El baile les obligaba a separarse de nuevo, pero Julian fingió no darse cuenta y continuó junto a Maysie, provocando que su acompañante chocara contra él al hacer un giro. El muchacho se compuso como pudo y continuó el baile con la pareja de Julian ante la negativa tácita del marqués a cederle su posición. Maysie no pudo evitar una carcajada nerviosa.

—Todos nos miran, no quiero tener fama de torpe, así que, si no te importa…

—Me importa. —La mano de Julian apretó la suya con más fuerza mientras giraban—. Quiero hablar contigo. A solas. Sin giros ni piruetas ni compañeros de baile acechando con las orejas ávidas de cotilleos.

Maysie miró a su alrededor y no se sorprendió al notar miradas suspicaces sobre ellos. De nuevo tocaba cambiar de pareja, el último cambio antes de finalizar el baile, pero la mirada amenazante de Julian le indicó al joven pelirrojo que no pensaba cederle su sitio. Maysie suspiró aliviada cuando la alegre tonada finalizó.

—Mañana a las diez, junto al camino de los establos. —Julian besó su mano y, con una reverencia, se despidió de ella. Su pedantería masculina le impedía pensar que pudiera negarse a sus designios, y no le dio opción de contestar.

Maysie observó cómo se perdía entre los invitados,

con su andar elegante, destilando algo peligroso y atrayente a la vez. Se juró y perjuró indignada que no acudiría a la cita, que no se dejaría influenciar por él, que lo dejaría allí plantado. Eso le serviría de escarmiento.

Y, sin embargo, antes de que las agujas del reloj marcaran las diez, ya esperaba ansiosa junto al camino con la incertidumbre asentada en su estómago, pensando si él acudiría o la volvería a dejar plantada, y sin saber muy bien qué opción la asustaba más.

Durante la noche, la lluvia había descargado con fuerza sobre la mansión, dando paso a una mañana despejada y una brisa fresca que la hacía estremecerse. Aunque era consciente de que el motivo de su temblor podía no ser la temperatura. Desde que se había levantado, había estado inquieta. Ni siquiera había esperado a su doncella. Se había vestido y peinado ella misma de manera sencilla, con el cabello suelto, apenas retirado de la cara con dos simples horquillas plateadas. Tras desayunar con su hija, había bajado evitando encontrarse con nadie más a quien tuviera que dar explicaciones.

Julian conducía la calesa, que había tomado prestada de los Hardwick, con la certeza de que Maysie acudiría a la cita, no podía permitirse pensar otra cosa. Aún no sabía cómo iba a afrontar todo aquello, cómo iba a plantearle que sabía de la existencia de su hija y que tenía una idea muy clara y definitiva de cómo solucionar la situación.

El estómago de Maysie se contrajo al verlo aparecer por el camino. La ayudó a montar y se sentó a su lado en el carruaje sin decir una palabra de hacia dónde se dirigían. Maysie no quería parecer ansiosa, por lo que no preguntó adónde la llevaba, suponiendo que quería dar un paseo para disponer de un poco de privacidad. Se limitó a observar el paisaje intentando parecer calmada, a pesar de que notaba el potente muslo de Julian junto a su pierna y su calor traspasando las capas de tela. Intentó ignorar cómo sus brazos se rozaban con cada leve movimiento en la estrechez del asiento del carruaje. Era tan consciente de cada toque, de cada respiración; estaba tan pendiente de su presencia, que casi no se dio cuenta de que se habían desviado del camino principal.

Árboles centenarios delimitaban una senda bien cuidada, que desembocaba en una explanada donde macizos de flores y varios robles flanqueaban la entrada de una majestuosa fachada de piedra gris. El lugar parecía estar desierto.

Maysie se bajó de la calesa sin esperar a que Julian se acercara para ayudarla, y lo miró con la pregunta escrita en su mirada.

—Bienvenida a mi casa —fue su respuesta.

Julian abrió la puerta y, con una exagerada reverencia, la invitó a entrar.

—No sabía que ya habías encontrado una casa que comprar.

Maysie sabía que estaba buscando una propiedad en aquella zona, pero no esperaba que la casa de campo de Julian estuviera tan cerca de Greenwood Hall.

Si se quedaba allí, sería vecino de Elisabeth. Aunque dudaba que Julian permaneciera demasiado tiempo en tierra firme, la situación para ella y para Aura sería insostenible. No podía vivir caminando constantemente sobre el filo de una navaja. Había dudado, había tardado demasiado en tomar una decisión, y el destino se empeñaba en espetarle a la cara lo expuesta que estaba ante él.

—Cerré el trato ayer. Eres la primera persona que traigo. —Julian la observó unos instantes, intentando imaginar lo que le pasaba por la cabeza—. Celia adora el campo, y creo que aquí será feliz. Me tranquiliza pensar que, cuando yo esté fuera, los Hardwick y los Greenwood estarán cerca. Vamos, te la enseñaré.

Recorrieron las habitaciones, casi todas vacías y pulcramente limpias, mientras Julian, con un ligero deje de orgullo, le explicaba sus planes o le pedía su opinión.

Maysie no lograba relajarse del todo. La intimidad era apabullante y el enorme espacio diáfano entre ellos parecía agudizarla más, aunque a él parecía no afectarle lo más mínimo. Paseó por uno de los salones y se acercó para ver con detalle el intrincado relieve de la chimenea, unas figuras femeninas semidesnudas esculpidas en mármol con aspecto de diosas. Sus dedos acariciaron la fría piedra, y se mantuvo allí paralizada y expectante.

Los pasos de Julian, acercándose, resonaron con eco en la habitación vacía. Notó cómo su espalda hormigueaba al detenerse trás ella, cerca, demasiado cerca. Su mano grande y bronceada resiguió el camino que acababa de trazar Maysie sobre la figura de mármol, intentando atrapar el rastro de calidez que su piel había dejado allí. Sus dedos se pararon junto a los de Maysie y ella se dio cuenta de que esperaba su contacto con ansias, mientras notaba su respiración agitada sobre su cabello. Pero él no la tocó.

Julian se alejó y siguió recorriendo la estancia, hablando del color de la pintura, como si el momento solo hubiera existido en su imaginación.

Maysie tuvo la sensación de que jugaba con ella. No dejaba de mirarle los labios con intensidad mientras hablaban, como si no pudiera evitar dejarse llevar y devorarla en cualquier momento, momento que no terminaba de llegar. Cuando le cedía el paso, galantemente, acababa acercándose más de lo necesario hasta que su calor y su imponente presencia la atontaban. Y lo peor eran esos toques sutiles: su mano apoyándose como el roce de una pluma en su cintura para ayudarla a subir la escalera, una ligera presión de sus dedos en su codo para mostrarle algo, un roce casual de su mano sobre la suya… La estaba volviendo loca.

Maysie se asomó a uno de los ventanales desde donde podía verse el lago que los separaba de Greenwood Hall, tensa de anticipación. Julian, como Maysie había intuido que haría, se volvió a colocar tan cerca que su olor llegó hasta ella, sutil y excitante, y debió reprimir el impulso de aspirar con fuerza para embeberse de él.

Apoyó la mano en el marco de la ventana a la altura de su cabeza, mientras seguía con la mirada la dirección hacia donde ella miraba.

Se giraron lentamente y sus ojos se encontraron. Estaban tan cerca, sus labios rogando por un beso, sus respiraciones cada vez más agitadas, sus cuerpos aproximándose guiados por un imán invisible, y, entonces, Julian volvió a retirarse con una sonrisa inocente, como si no hubiera sido consciente de la atracción que palpitaba entre ellos. Maysie estuvo a punto de gruñir de exasperación.

—Y esta… —Julian abrió la puerta de madera oscura y con una floritura la invitó a pasar—, esta es mi habitación.

Era una habitación como las demás, igual de vacía, con solo un armario entreabierto en el que se veían mantas y sábanas blancas, pulcramente colocadas, y una mesa como único mobiliario. Y, sin embargo, saber que allí pronto habría una cama, que aquel sería su refugio, le provocó una sensación de excesiva y sofocante intimidad.

Un impresionante ventanal daba a los jardines traseros, y Maysie se acercó hasta él atraída por el juego de luces que se filtraba entre las ramas de los árboles del exterior.

Julian cerró las manos y las pegó a los costados de su cuerpo como si así pudiera contener el anhelo irrefrenable de tocarla. Podía leer el deseo escrito en sus ojos azules y, por más que se convenciera a sí mismo de que debía mantener la mente fría para abordar el tema ineludible de su hija, no podía evitar sentir que ella lo arrastraba y lo atraía irremediablemente. Observó su figura recortada contra la luz que entraba por la ventana. Su cintura esbelta, sus caderas, que se marcaban bajo el sencillo vestido verde manzana, los rizos rubios de su cabello que llegaban hasta la mitad de la espalda.

Su cabello. Cuántas veces había soñado con sentirlo de nuevo rozando su pecho, con aspirar su olor, con enterrar sus manos en él. Se acercó llevado por una fuerza imparable hasta colocarse junto a ella.

Maysie se volvió para mirarlo frente a frente. Algo vibrante e irresistible los atraía de manera irrefrenable. Julian le apartó un mechón de cabello dorado de la cara y lo metió detrás de su oreja, deslizando la yema de los dedos por su contorno, continuando con el borde de la mandíbula, hasta llegar a su mentón. Soltó el aire despacio, intentando contener sus demonios, aquellos que le instaban a besarla hasta hacerle perder el sentido, a tomarla de mil maneras distintas hasta que ninguno de los dos tuviera fuerzas para negar lo evidente.

Los ojos de Maysie se cerraron, absorbiendo la sensación de sus dedos sobre su cara. Su cuerpo cálido acercándose, la fuerza latente que emanaba de él, su respiración tan cerca de su boca. Todo los conducía a fundir sus labios. Maysie abrió los ojos al notar que su calor se alejaba de nuevo.

—Julian, ¿piensas besarme en algún maldito momento? —El marqués enarcó una ceja, divertido al ver que su jueguecito para desconcertarla había dado resultado, mientras ella se mordía el labio arrepentida por su propio exabrupto.

—No te he traído aquí para eso.

—Bien, la casa es maravillosa. Te deseo que seas muy feliz en ella, pero creo que es hora de volver.

Maysie intentó esquivarlo para salir de allí, necesitaba tomar aire y distancia o perdería el juico. La mano de Julian se aferró a su muñeca y, de un tirón, la acercó a su cuerpo rindiéndose al fin, besándola con verdadera desesperación, llegando adonde las palabras no podían llegar.

Maysie pasó los brazos por su cuello con un gemido de alivio o de anhelo, no sabía exactamente de qué, pero tampoco le importaba. Lo único relevante en ese momento era la necesidad ciega de estar entre sus brazos una última vez. Era una locura, una imprudencia, una temeridad, podía encontrar mil sinónimos en su idioma o en mil idiomas distintos, pero eso no la apartaría de lo que su cuerpo le pedía a gritos. Necesitaba resarcirse de tantas noches de llanto y soledad, de todas sus inseguridades y sus dudas, del dolor acarreado como una pesada carga tantos años. Y después, después se marcharía con su hija muy lejos de allí, lejos del hombre que la había destruido una vez y que podría conseguirlo de nuevo con solo chasquear los dedos. No permitiría que descubriera la existencia de Aura.

Pero eso sería más adelante. Aquí y ahora, Maysie Sheldon solo podía concentrarse en sentir las manos urgentes de Julian acariciando su cuerpo y en entregarse al placer que sus besos salvajes le prometían.

33

*L*os rayos de sol se filtraban entre las ramas de los árboles a través del cristal, arrancando reflejos dorados a la piel de Maysie, y Julian estuvo totalmente seguro de que ni el mismísimo paraíso sería más hermoso que eso. Las capas de ropa fueron cayendo a sus pies y fueron sustituidas por roces y caricias.

Ella había fantaseado con ese momento cientos de veces, había soñado que el destino volvía a unirlos, pero, ahora que el cuerpo masculino que desnudaba era real, tenía una sensación extraña de pérdida, como si volver a estar entre los brazos del hombre que amaba fuera un punto de inflexión, el final de su historia. Una puerta que debía cerrar para seguir adelante, un acto indispensable para continuar con su camino.

Las manos de ella se aferraban a la repisa de la ventana, sabiéndose incapaz de sostenerse de pie por sus propios medios. Julian soltó los lazos que cerraban la camisola de lino y la arrastró por su cuerpo hasta reducirla a una tela informe y arrugada a sus pies. Trazó el camino inverso, recorriendo las piernas de Maysie con sus manos y sus labios por encima de las medias, ascendiendo por su piel con un reguero de besos. Su lengua se detuvo en su vientre, trazando una línea invisible entre los puntos más sensibles de su cuerpo.

Las manos de Maysie se aferraron a su pelo oscuro y se deslizaron por sus hombros mientras él mordisqueaba sus pechos, arrancándole gemidos de placer, que ella ni siquiera se molestó en disimular.

Solo estaban ellos dos, deseo y pasión pura, piel, calor. No había lugar para la contención.

Julian se separó de ella para desprenderse de sus botas y sus pantalones, y la mirada de anhelo de Maysie ante su cuerpo, totalmente desnudo, hizo que su erección se abultara aún más. Acunó su cara entre sus manos y la miró durante unos instantes a los ojos, intentando dilucidar quién era Maysie Sheldon. Era una mujer como cualquier otra. Y, sin embargo, no podía controlar lo que se removía en su interior. Ella lo subyugaba, lo arrastraba a un abismo de deseo, dejándolo desolado y con la certeza de no ser lo suficientemente bueno para ella. Ninguna mujer jamás le había hecho sentir nada que no fuera un placer físico pasajero y efímero. Pero, ahora, con el simple hecho de estar desnudos piel con piel, frente a frente, había conseguido que se sintiera, por primera vez, en casa desde hacía años, como si su cuerpo fuera el único lugar al que pertenecía. Su verdadero refugio.

Las yemas de los dedos de Maysie se deslizaron por su pecho, delineando cada músculo, cada centímetro de su carne. Su cuerpo era tal como lo recordaba, duro, fuerte, e irradiaba un calor y un magnetismo del que no podía escapar. Besó la yema del dedo índice y lo pasó por su ceño fruncido, intentando relajar su expresión concentrada, en un gesto que a Julian le removió los recuerdos y el alma. Como aquella vez, hacía una eternidad, él atrapó su mano y se llevó el dedo a los labios para besarlo.

La conexión entre ellos era increíble y sobrecogedora. No necesitaban palabras para entenderse, y las miradas resultaban tan excitantes como la unión de sus cuerpos.

Las manos de Julian se deslizaron por sus costados, apresándola por las caderas hasta acabar en sus nalgas. La levantó en vilo y la subió a la repisa de la ventana. La besó en los labios con una pasión tan salvaje que casi dolía, un beso correspondido con la misma cruda fiereza. Su lengua buscó la suya, lamiendo, descubriendo, y sus dientes rozaron los labios carnosos apresándolos en un intercambio arrebatador. Maysie enlazó los brazos en su cuello sin dejarlo interrumpir el beso, como si lo necesitara para seguir respirando. El cuerpo delgado y fibroso de Julian se amoldó al suyo, colocándose entre sus piernas, toda su dureza contra la suavidad de ella.

Su mano bajó por su vientre hasta alcanzar el hueco caliente y anhelante entre sus piernas, y Mayse se sintió morir de placer cuando él comenzó a dedicarle caricias, deliberadamente lentas. Entre sus párpados entrecerrados se colaba la luz de la mañana, los labios de Julian, sus caricias, su olor, su respiración entrecortada y los susurros ardientes en su oído; todo resultaba tan familiar que parecía estar reviviendo el pasado, como si fuera un eco de besos ya vividos. Y, sin embargo, todo parecía nuevo y diferente.

Abrió los ojos con la necesidad de cerciorarse de que todo era real y se sobrecogió al ver su mirada gris, tan hermosa como el resto de él, atormentada por una pena antigua que nadie podría disipar jamás. Susurró su nombre mientras el placer escalaba por su cuerpo, mientras sus dedos la acariciaban en su interior y su boca insaciable la devoraba. Julian rozó su miembro excitado en la entrada de su cuerpo, sintiendo cómo su humedad lo atraía, y la necesidad de estar en su interior lo dominó por completo. Entró en ella con un solo y profundo movimiento y notó al instante que debería haber sido un poco más cuidadoso.

—Maysie, lo siento, yo… —se disculpó con un susurro entrecortado, sin apenas voz.

Ella negó con la cabeza y lo besó en los labios.

—Estoy bien, no te detengas, por favor. Julian, no te detengas ahora.

Maysie enredó las piernas en las estrechas caderas de Julian instándolo a continuar, y él ya no fue dueño ni de su voluntad ni de su cuerpo.

Ambos se rindieron a la cadencia de sus movimientos, arqueándose para aumentar la intensidad de cada penetración, de cada impulso, entregándose por completo para satisfacer al otro, uniendo sus cuerpos hasta que no quedó ni un centímetro de aire que los separara. El potente orgasmo los alcanzó, dejándolos exhaustos y devastados hasta los cimientos, arrastrando hasta el más mínimo pedazo de cordura y comedimiento que les quedaba en su interior.

Maysie tironeó de los botones de su vestido con manos temblorosas hasta que por fin todo estuvo en orden, al menos, en su apariencia. No era momento para dejarse arrastrar por el remordimiento o por el centenar de motivos existentes para no haber hecho lo que acababa de hacer, y que ahora bombardeaban su mente. Demasiado tarde.

Se giró hacia él y, durante unos segundos, observó a Julian que permanecía de espaldas, en mangas de camisa y apoyado en el alféizar donde unos momentos antes habían hecho el amor, mirando ausente hacia el jardín. Julian parecía derrotado, con la cabeza hundida entre sus hombros, como si el peso de lo compartido fuera una carga demasiado pesada para él. Tras unos minutos interminables, en un silencio que estaba empezando a crispar los nervios de Maysie, la voz de Julian rompió al fin el tenso momento, sin volverse a mirarla.

—Estoy deseando ver la cara de tu padre cuando se entere de que al fin va a emparentar con la nobleza. Con un marqués, nada menos.

La nube de placer y falsa ilusión en la que se encontraba sumida después de sus caricias se estrelló de manera estrepitosa contra el suelo. Durante unos segundos no supo reaccionar a lo que él acababa de decir.

—No sé qué es lo que pretendes insinuar, pero...

Julian se volvió con calma, con su rostro transformado en una fría máscara y sus ojos convertidos en dos témpanos de hielo.

—No insinúo nada en absoluto, Maysie. Simplemente, te informo de que voy a hablar con tu padre para ponerle al corriente de la situación y pedirle tu mano.

Se apoyó en la ventana con los brazos cruzados sobre el pecho, como si no acabara de hacer un anuncio trascendental en sus vidas, clavándole, de paso, un puñal en el corazón.

—No. —Maysie negó con vehemencia, totalmente incrédula ante la actitud gélida de Julian—. No harás tal cosa. Lo que ha pasado no te da ningún derecho a decidir sobre mi vida.

—¿Ah, no? Imagínate que lo que acaba de pasar tuviera consecuencias, quién nos dice que en estos momentos mi simiente no crece en tu interior. ¿Y si mi futuro hijo está empezando a crecer en ti? Mejor no correr riesgos, ¿no te parece?

Maysie sintió que palidecía y dio un paso atrás al ver que él se separaba de la ventana para acercarse a ella como un depredador, con movimientos lentos y peligrosos.

—Eso no va a ocurrir. No es posible.

—Como excusa es un poco pobre. Puede ocurrir perfectamente. Ambos somos jóvenes y saludables. Si la primera vez ocurrió, ¿por qué no iba a ocurrir de nuevo?

La sangre de Maysie comenzó a correr por su cuerpo a toda velocidad, sus sienes palpitaban con un latido sordo y sintió que comenzaba a marearse. Tuvo que parpadear varias veces para poder enfocar la vista de nuevo en él. Las lágrimas que intentaba retener nublaban su visión y la congoja atascaba su garganta: Julian lo sabía. Su mundo, tal y como lo había conocido hasta ese momento, acababa de resquebrajarse y ser engullido por el inestable suelo que pisaba para nunca más volver a ser el mismo. Todos sus temores acababan de materializarse en ese momento, y se sentía perdida y asustada.

—No te sorprendas, querida. Solo hay que mirarla para ver que lleva mi sangre.

Maysie abrió la boca para negarlo, pero era absurdo gastar energía en ello.

—No pensabas decírmelo nunca, ¿verdad? Pensabas ocultármelo para siempre. ¿Es esa la forma de vengarte de mí por lo que pasó? ¿Ocultándome la existencia de mi propia hija?

—No merecías saberlo.

La expresión de Julian se transformó y Maysie pudo ver la furia que ardía en sus ojos, el mismo rencor que había anidado en los suyos durante años.

—¿Qué derecho tenías de convertirte en mi juez y mi verdugo? ¿Qué potestad tenías para tomar semejante decisión?

—¡Nuestro destino ya estaba escrito! —Levantó la voz sin poder contenerse, desgarrada por el dolor que había guardado a buen recaudo durante tanto tiempo—. Lo escribiste tú cuando me abandonaste. No me importan tus razones. Te casaste con otra y te marchaste. ¿Qué hubiera cambiado si lo hubieras sabido? ¡¡Dímelo!!

—Todo, Maysie. Hubiera cambiado todo.

—¿Qué ibas a hacer? ¿Convertirme en tu amante? ¿Buscarme una casita lejana en el campo donde Aura y yo no hiciéramos mucho ruido para tú poder continuar con los designios de tu padre? Una amante discreta y una esposa más discreta aún. Una doble vida como la que llevan tantos otros nobles. Puede que sí estés hecho para ser un marqués, después de todo.

—Me obligaron a casarme. Me marché porque era incapaz de soportar toda la tristeza y la desidia que me rodeaba. Pero si hubieras querido encontrarme, tu familia tenía contactos y dinero de sobra para hacerlo.

—El daño ya estaba hecho. Ya no había marcha atrás.

—¡Por el amor de Dios! Podría haber anulado ese puto matrimonio. No le toqué un pelo a Rose jamás, y ella hubiera estado encantada de no tener nada que ver conmigo. Podíamos haber sido una familia. Debiste tener el valor de decírmelo.

La carcajada cruel de Maysie resonó con eco en la habitación vacía.

—Y eso lo dice el hombre que me dejó como un cobarde, sin mirarme a la cara, sin una sola palabra. Que abandonó la lucha sin ni siquiera empezarla.

—No eres justa y lo sabes. Yo no tuve otra opción.

—¿Y qué hubiera hecho tu padre si hubieras anulado el matrimonio que tanto deseaba? ¿Crees que no hubiera intentado destruirnos?

—Os hubiera protegido con mi propiaa vida. —La respuesta, visceral y furiosa, dejó a Maysie paralizada. Los ojos de Julian estaban enrojecidos y brillantes como si estuviera a punto de llorar—. Y eso es lo que haré a partir de ahora.

—No necesitamos ningún héroe, nos hemos apañado muy bien sin ti todo este tiempo.

Julian se revolvió como si fuera un animal herido.

—Me has robado los primeros años de la vida de mi hija, años que jamás podré recuperar. Me he perdido sus primeros pasos, sus primeras palabras. Aura no me conoce. Al menos, ten un poco de decencia y finge que tienes remordimientos por ello.

—¿Remordimientos? La he criado con todo el amor que he sido capaz de darle, la he protegido y cuidado, y jamás le ha faltado absolutamente nada. ¿Tú lo hubieras hecho mejor?

Julian, frustrado y desolado, se pasó la mano por el cabello.

—No podrás protegerla eternamente. Cuánto tiempo más crees que podrás mantenerla oculta en tu urna de cristal. Tarde o temprano, saldrá al mundo. Y cuando lo haga, ella sufrirá el escarnio público por los pecados de sus padres. No has sido justa conmigo, pero tampoco lo estás siendo con Aura. ¿Qué harás cuando la crueldad de la sociedad se cebe con ella?

La palabra que tanto había temido siempre resonó en su cabeza, contundente y dolorosa, como un fantasma que acechaba entre las sombras: «Bastarda».

—No te atrevas a juzgarme ni a sugerir, siquiera, que no pienso en lo que es mejor para ella.

—Maysie, no puedes tapar el sol con un dedo. No podrás protegerla eternamente, pero yo sí. Mi título y mi apellido lo harán. —Por primera vez, Julian se alegró de ser el nuevo marqués de Langdon—. Mi hija tendrá el futuro que se merece y no una absurda farsa, no permitiré que deba mentir sobre sus orígenes y pasará por la vida con la cabeza bien alta. Quiero darle todo el amor que yo no he recibido, quiero ser su padre a todos los efectos y no tienes derecho a negármelo. Y si lo intentas…

—Si lo intento, ¿qué, Julian? ¿Estás amenazándome? ¿Pretendes quitarme a mi propia hija?

—Eso es exactamente lo que tú has hecho conmigo durante todos estos años.

—No puedo creer que seas tan hijo de puta.

—Renuncié a ser feliz con la mujer que amaba por proteger a mi hermana. Imagínate qué podría hacer por proteger a mi hija. La quiero a mi lado, contigo o sin ti. Pero mejor no hagamos elucubraciones innecesarias y dolorosas. Vamos a casarnos, Maysie. No por nosotros, por ella.

Negó con la cabeza, sintiéndose atrapada, descubierta y vencida.

—Y si vas a argumentar que no quieres casarte porque no sientes nada por mí, después de la manera en la que hemos hecho el amor hace un momento, te garantizo que no te creeré.

Maysie se tragó sus lágrimas y la terrible incertidumbre que amenazaba con doblegarla.

Debía hacer algo para recuperar un mínimo de control sobre la situación.

—Déjame ser yo quien hable primero con mi padre.

Maysie no iba a casarse con él, no así, no por obligación ni bajo chantaje. No cuando acababa de seducirla solo para demostrarle que no era indiferente a él, como una prueba, como un escarmiento, como una justificación. No cuando lo único que veía ahora en sus ojos era rabia y rencor. ¿Qué clase de hogar le brindarían a Aura cimentando su relación sobre reproches?

Julian paseó por la habitación, intentando controlar el torbellino oscuro en el que se encontraba inmerso, y volvió a dirigirse a la ventana como si la respuesta a todo estuviera allí, al otro lado del prístino cristal.

—Pensaba ir a Londres mañana y volver después de hablar con tu padre, para solucionar todo lo concerniente a la casa. No tengo inconveniente en esperar si así lo deseas. Siempre y cuando no dilates la situación más de lo necesario.

—Dame unos días para hablar con Elisabeth… —La voz de Maysie se ahogó en su garganta y tuvo que tragar saliva para continuar— y con Aura. Tengo que prepararla para todos los cambios venideros.

Julian se volvió para mirarla y asintió.

—De acuerdo. Mantenme informado.

Y, así, con total frialdad, marcaron un antes y un después en sus vidas.

Ahora todas las cartas estaban sobre la mesa. Al fin, después de tantos años de anhelo, habían vuelto a entregarse el uno al otro y a la pasión que los consumía, aunque, a pesar de todo eso, jamás había existido un abismo tan insondable entre los dos.

34

Aura se aburría. Los primeros cinco minutos se entretuvo entre los macizos de flores, tratando de atrapar una mariposa bastante fea, pero su niñera la había regañado y le había ordenado sentarse en el banco de piedra. Como el día anterior, aquel hombre tan alto vino para ver a Dolly y hablaban con las cabezas muy juntas, susurrando y riendo. Aura resopló cansada de esperar. Si su abuela la veía hacer eso, la regañaría. «Las damas no resoplan ni se muestran impacientes, jovencita.» Pero la abuela no estaba allí. Un movimiento entre los matorrales le hizo dar un respingo. Un gato gris y peludo la miraba con sus ojos amarillentos, sin moverse, parado como una estatua. Aura, curiosa como era, se puso de rodillas y se acercó lentamente hacia el animal.

—Gatito, gatito, ven aquí. ¿Quieres una galletita? Son de canela, mis favoritas.

El gato movió el rabo despacio, y Aura, intentando no asustarlo, se metió una mano con cuidado en el bolsillo para sacar una galleta. La sopló para quitarle una pelusa y se la tendió. El gato se acercó con cautela y, cuando la niña estiró la mano para acariciarlo, con un maullido se dio la vuelta y se perdió entre los matorrales. Aura se puso de pie para pedirle permiso a su niñera, pero no estaba a la vista en ese momento, así que se encogió de hombros. Salió corriendo por el sendero en pos del minino que caminaba en dirección al bosque, volviéndose de vez en cuando para mirarla.

Tim achuchó un poco más a Dolly, cobijados tras la enredadera de hiedra que tapizaba una de las paredes del cenador, y consiguió, al fin, robarle el beso por el que llevaba suplicándole un buen rato. La chica se zafó de su abrazo con una risita nerviosa haciéndose la interesante, aunque estaba deseando permanecer entre sus brazos el resto de su vida.

—Eres muy dura conmigo, tesoro. Vas a matarme de amor.

—Eso se lo dirás a todas. —Dolly le dio un beso rápido en los labios—. Confórmate con eso, debo volver con la pequeña Aura.

Tim suspiró, resignado, mientras ella se giraba para volver adonde la pequeña la esperaba. Pero la niña ya no estaba allí.

—¡Tim! ¡Tim! —El mozo de cuadra corrió hacia la joven—. Ayúdame a encontrarla, Aura se ha ido.

Aura se detuvo y, poniendo los brazos en jarras, miró a su alrededor. Hacía un rato que se había acabado el camino de piedrecitas blancas y grises y, mirara donde mirase, solo había vegetación. Se detuvo en mitad del claro soleado y decidió sentarse sobre el tronco caído de un árbol, harta de perseguir al gato de la cocinera sin éxito. Tenía hambre. Miró la galleta que aún llevaba en la mano y se la comió con calma, mientras observaba a su alrededor sin saber cuál sería el camino correcto. El felino se acercó hasta allí y, con un maullido zalamero, se sentó a su lado tras frotarse en sus faldas.

—Mira la que has armado, gatito. Nos hemos alejado

de la casa y mamá me castigará. —El gato maulló en respuesta—. Yo tampoco sé dónde estamos. Pero no te preocupes, seguro que alguien vendrá a buscarnos.

Aura rascó la cabeza del animal que, por fin, parecía dispuesto a ser su amigo. Ella era una niña valiente y no iba a amedrentarse por los ruidos misteriosos del bosque ni por las sombras acechantes, que esperaban agazapadas entre la maleza. Suspiró entrecortadamente y no pudo evitar que se le escapara un puchero. Ojalá no se hubiera alejado tanto de la casa.

Metió la mano en su bolsillo y sacó su cajita de música, su talismán. Le dio cuerda con su llave dorada y la melodía se enredó con los sonidos del bosque, con los susurros de las hojas, los cantos de los pájaros y los zumbidos de los insectos, en una cadencia y una harmonía perfecta. Puede que, después de todo, ese pequeño artefacto sí estuviera cargado de magia.

La mezcla extraña de sentimientos que acosaba a Julian estaba haciéndosele insoportable. Por fin había vuelto a tener a la mujer que amaba entre sus brazos. Se habían besado y acariciado con verdadera desesperación, y sentir su piel, su humedad, su calor había sido devastador.

No la había llevado a la casa con esa intención. Sentía la necesidad de compartir con ella ese momento y, aunque fuera absurdo, debía reconocer que ansiaba su aprobación. Durante todos esos años no había tenido a nadie con quien disfrutar cada logro, cada escalón que ascendía, cada nueva meta y, en la soledad de su propio triunfo, había soñado con poder compartirlo con Maysie. Pero, al estar a solas con ella, la intimidad y el deseo habían sido palpables, como un impulso irresistible que los había arrastrado. Hacerle el amor fue igual de intenso y visceral que la primera vez, algo tan potente que tuvo la impresión de que todo su ser se rompía en mil pedazos, pedazos que se volvían a reunir formando algo nuevo, algo más vivo. Su intención era hablar con ella, darle la oportunidad de explicarse e intentar llegar a un entendimiento, cerrando heridas y abriendo nuevos caminos. Pero sentirse tan vulnerable ante Maysie, y la posibilidad de que ella lo rechazara, lo había llevado a comportarse como un cretino. Se dejó llevar por la frustración que sintió al saber que había perdido unos valiosos e irrecuperables años. Y descubrir que Maysie nunca tuvo la intención de decirle la verdad sobre su hija lo enfurecía hasta límites insospechados.

Solo podía rezar para que la vida que iban a emprender juntos no fuera un infierno, si no por ellos, al menos por el bien de Aura. La idea de encerrarse entre cuatro paredes le resultaba asfixiante, y ya empezaba a echar de menos pasear por la cubierta de un barco con el viento y la sal curtiendo su cara. Debería acostumbrarse si a partir de ahora pensaba vivir en tierra firme.

Un paseo por el bosque cerca del lago sería lo más parecido a la libertad que podría encontrar por allí. El día era soleado y, aunque el aire era fresco, la vigorosa caminata consiguió que su frente se perlara de sudor y la ropa fuera un estorbo. Caminaba entre árboles y helechos bordeando el lago, apartando ramas bajas con sus manos y saltando las piedras y los troncos que intentaban cortarle el paso, con la chaqueta arrugada en la mano y el semblante taciturno y torturado. La impresión de que lo había hecho todo mal le provocaba tanta ansiedad que casi no podía refrenar el impulso de salir corriendo y gritar con todas sus fuerzas. De repente, se detuvo. Al principio, llegó hasta él como una intuición más que como un sonido y giró sobre sí mismo con su respiración agitada, retumbando en su pecho. Una especie de pálpito le hizo cambiar la dirección y disminuir el ritmo y comenzó a avanzar agudizando sus sentidos. Tras andar varios metros, una tonada metálica se escuchó amortiguada por la vegetación que los separaba, y su corazón pareció encogerse hasta el punto de sentir un agudo pinchazo en el pecho. Maldijo unos pájaros que, alertados por su presencia, emprendieron el vuelo con un profuso aleteo que le dificultó, durante unos segundos, seguir percibiendo el sonido: la canción de su infancia.

La canción que su madre le tarareaba mientras él, sentado en su regazo, jugaba con los largos mechones de cabello negro antes de dormirse. Julian caminaba con paso seguro, la sangre rugiendo en sus oídos y la piel helada, abstraído por la música y sin saber lo que iba a encontrarse. Solo unos pocos pasos más. La música se escuchaba con nitidez y ya no cabía duda de que era su melodía la que sonaba, como una llamada, atrayéndolo con su magia. Por un momento, la mente de Julian jugó con él, convenciéndolo de que, en ese claro soleado, en mitad del bosque, su madre lo esperaría para borrar con un beso en su frente todas las pesadillas, para susurrarle con su voz tranquila que todo saldría bien, para darle todo el amor del mundo sin pedirle nada a cambio. Dio el último paso sin darse cuenta de que aferraba la chaqueta en su mano con tanta fuerza que sus nudillos estaban blancos y la mano libre le temblaba. En el claro no estaba su madre, pero unos ojos idénticos a los suyos lo traspasaron.

Unos pasos acercándose entre los árboles atrajeron la atención de Aura que, instintivamente, acarició el lomo del gato como si quisiera protegerlo. El sol le daba directamente en los ojos y tuvo que parpadear varias veces para ver con claridad la alta figura que apareció ante ella. Jadeó sorprendida, pero no sintió miedo. Miró la caja de música que descansaba en su regazo para volver a dirigir la mirada de nuevo al desconocido. Una sensación de euforia comenzó a subirle desde las plantas de los pies ascendiendo por su pequeño cuerpecito, y el entendimiento se reflejó en su carita redonda. Había funcionado. Al fin, el hechizo se había roto, tal y como su madre le había contado tantas veces.

Julian se acercó hasta su hija impactado por su sonrisa, el gesto más puro y sincero que había visto nunca. Se sorprendió al comprobar cómo un hombre de mundo, que había surcado los mares, se sentía terriblemente intimidado por una niña pequeña. Su hija. Tragó saliva y se puso en cuclillas para quedar a su misma altura.

—Me has encontrado. —El susurro de Aura lo dejó confundido.

—Hola, pequeña.

—Hola. —Sonrió mirando sus ojos del color de la plata y el cabello oscuro como la noche.

No había duda posible, era él y la melodía mágica lo había llevado hasta ella. Se preguntó si habría llegado hasta allí en el caballo alado o en el pájaro dorado.

—¿Estás aquí sola? —Aura asintió con vehemencia con una sonrisa de ilusión en la cara y le contó su breve aventura persiguiendo al gato.

Julian sonrió totalmente alucinado al descubrir cómo era posible empezar a querer a alguien en cuestión de segundos, cómo el vínculo de la sangre era tan potente que podía unir a dos personas que no se habían visto jamás.

—No te preocupes, Aura. Yo te ayudaré a encontrar a mamá. Yo soy… —Julian titubeó inseguro, pero antes de que dijera su nombre de pila, su hija soltó una carcajada cantarina y le interrumpió.

—Sé quién eres. Mamá me dijo que vendrías. Que la música de tu cajita rompería el hechizo y, de repente, tú me recordarías. ¡¡¡Y ya no te marcharías nunca más!!! —soltó la pequeña, atropelladamente, llevada por la emoción—. A veces me regaña cuando me porto mal, pero mamá es muy lista.

Julian parpadeó sorprendido, intentando asimilar todo lo que la niña acababa de revelarle. Sus ojos se humedecieron sin poder evitarlo y le acarició el cabello con ternura.

—Sí, lo es. —Julian miró la cajita y no pudo resistir la tentación de cogerla entre sus manos y acariciar su tapa.

Había sido un objeto especial para él, y Maysie había conseguido que también lo fuera para su hija, creando así una especie de conexión entre ellos.

Al parecer, Maysie había creado una historia para que su hija tuviera un vínculo con él, para que no sintiera rechazo ni incomodidad si llegaban a encontrarse, solo ilusión, y aquello era simplemente maravilloso. La estaba preparando para un futuro sin rencor. La había cuidado, amado y protegido de una manera que él ni siquiera alcanzaba a imaginar, y solo podía admirarla por ello. Y enamorarse un poco más, si cabe.

—No vas a irte, ¿verdad?

—No. No me voy a ir, Aura. Te lo prometo. —Julian sentía que jamás había dicho una verdad más incontestable que esa. No se iría, jamás la abandonaría—. Pero solo si tú me prometes que no volverás a marcharte sola. No más travesuras ni persecuciones por el bosque. ¿De acuerdo? —Julian le devolvió la cajita y le dio un dulce beso en la frente—. Y ahora creo que sería buena idea que volviéramos a casa. Maysie, mamá, debe estar muy preocupada por tu pequeña aventura.

La pequeña asintió.

—¡¡Cuando te vea, saltará de alegría!!

—Apuesto a que sí. —Sonrió, aunque sospechaba que esa no sería precisamente su reacción.

Y emprendieron el camino de vuelta a Greenwood Hall cogidos de la mano, precedidos por el gato gris de la cocinera que había vuelto a hacer de las suyas, como si entre ellos no hubiera existido toda una vida de ausencias.

35

*E*l corazón de Maysie amenazaba con salirse de su pecho, pero se negó a caer en la desesperación. Dolly, hecha un mar de lágrimas, había ido con Tim y otra de las criadas a buscar a Aura por los jardines, y Maysie decidió buscar con Elisabeth por el camino que llevaba al bosque. No podía haber ido muy lejos, pues hacía poco que había desaparecido de la vista de la niñera y estaban seguras de que en la casa no había entrado.

Hubiera deseado rezar, pero su mente estaba totalmente bloqueada, como si un mecanismo de defensa le impidiera pensar en nada. La llamó de nuevo, pero el único eco que escuchó fue el de su propia voz que se perdía entre los árboles.

Las mellizas decidieron separarse para abarcar más terreno, y Maysie volvió a gritar su nombre con el estómago reducido a un puñado de nervios enredados. Avanzó varios pasos mirando a su alrededor, buscando alguna señal, alguna pista de que ella había estado allí; estaba tan absorta que no se preocupó de las ramas que arañaban sus manos y la maleza que se enganchaba en la tela de su falda.

—¡Mamiiiii! —La voz de Aura sonó a lo lejos y Maysie se detuvo en seco para localizar el lugar de donde provenía.

La pequeña apareció por el camino, corriendo con una sonrisa de oreja a oreja, y su madre pensó que no había sentido tanto alivio y felicidad en su vida. Corrió a su encuentro y se arrodilló cuando llegó hasta ella para abrazarla con fuerza, sin poder evitar que las lágrimas contenidas se derramaran por sus mejillas.

—Cariño, ¿estás bien? —Maysie no dejaba de palpar el cuerpo de su hija, intentando comprobar que no había sufrido ningún daño—. Aura, no vuelvas a irte de esa manera, ¿de acuerdo? Has asustado mucho a mamá.

Aura pasó sus manitas regordetas por la cara de su madre, intentando borrar su llanto.

—Lo siento, mami.

—No te preocupes, mi vida. Lo importante es que te he encontrado.

Aura se acercó para decirle al oído lo que acababa de descubrir, como si fuera un gran secreto que solo ellas compartían.

—Mami, se ha roto el hechizo.

Maysie la miró sin entender.

En ese momento levantó la vista, percatándose de la alta figura que la observaba a tan solo unos metros con una expresión indescifrable.

—Me había perdido y él me ha encontrado. La música ha funcionado, como tú dijiste. —Aura volvió a acercarse a su oído con un susurro que provocó un escalofrío en la columna vertebral de su madre—. Es papá, ¿verdad?

Maysie tragó saliva sin poder apartar la mirada de la de Julian. No servía de nada mentir, muy al contrario, debía estar agradecida de que Aura lo hubiera descubierto de esa manera, con la ilusión de haber llegado al final de un acertijo, un misterio mágico al fin resuelto, en lugar de como una tensa presentación que ella no hubiera logrado entender.

—Sí, cariño. Es papá. —Aura se giró a mirarlo con la sonrisa más radiante que Julian había recibido nunca.

A Maysie no se le escapó cómo soltaba el aire, como si la presión no le hubiera dejado respirar hasta ese momento.

Maysie se limpió rápidamente una lágrima furtiva y carraspeó, intentando pasar el nudo que atenazaba su garganta.

—Pero debes prometerme que no vas a decírselo a nadie todavía, cariño. Será nuestro secreto, ¿de acuerdo? Solo durante unos días.

Maysie no quería ni imaginar la revolución que se formaría en la casa si la niña, llevada por la euforia, contaba a los cuatro vientos que su padre había aparecido por arte de magia.

Aura frunció el ceño.

—Entonces, ¿no va a venir con nosotras a casa? —Maysie movió la cabeza sin saber cómo continuar.

Julian se acercó tendiéndole la mano que necesitaba para consolar a una niña demasiado pequeña, a quien le costaba asimilar la manera en la que los mayores complicaban las cosas. Él clavó una rodilla en el suelo para ponerse al mismo nivel que su hija. Deslizó la yema de su dedo índice por el ceño fruncido que lucía y le sonrió con ternura, mientras Maysie sentía que las intensas emociones la devastaban por dentro al verlo repetir el gesto que, unas horas antes, ella le había hecho a él.

—Pero yo quiero que estés con nosotras.

—Pronto, pequeña, pronto estaremos juntos. Por ahora es mejor que solo lo sepamos nosotros. Será una sorpresa para todos. ¿Podrás ser paciente?

Aura asintió, aunque no le hizo ninguna gracia la idea.

—¿La tía Elisabeth tampoco puede saberlo?

—La tía Elisabeth, sí —concedió Julian, y su hija le premió con un abrazo que le removió el alma.

La pequeña le dio la mano a su madre y emprendieron el camino de regreso a casa bajo la atenta mirada de Julian, que aún retorcía la maltrecha chaqueta entre sus manos.

Maysie se detuvo y lo miró por encima de su hombro.

—Mañana saldremos a pasear por la mañana. Puede que vengamos aquí.

Él asintió aceptando la tácita invitación.

La mañana era agradable, la risa de su hija la acompañaba como un adorable eco, pero ni aun así Maysie podía disfrutar del pícnic que había preparado. Aura acribillaba a Julian a peguntas sobre sus viajes y sus aventuras, dando por sentado que todas las historias que su madre le había contado eran la pura verdad. El marqués de Langdon, en mangas de camisa, sentado en el suelo con Aura en el regazo agradeció al cielo la inocencia de la niñez. De vez en cuando, miraba a Maysie con la ceja levantada ante las preguntas estrambóticas y las anécdotas caballerescas que le había atribuido, y esta no podía hacer otra cosa que encogerse de hombros y sonrojarse profusamente. Cuando la pequeña le relató la historia del hechizo y la cajita de música encantada, Maysie deseó que se la tragara la tierra. Todo era demasiado íntimo, y sentía que su hija, con su inocencia, estaba dejando al descubierto su parte más sensible y vulnerable.

Julian tragó saliva y sonrió para que su hija no notara su congoja.

—¿Te cuento un secreto? Esa cajita era de mi madre. Solía darle cuerda y tararear su melodía para ayudarme a tener dulces sueños.

Aura abrió la boca sorprendida y encantada.

—¡Mamá también hace eso conmigo! —Maysie evitó

la mirada que, como bien sabía, la estaba traspasando en ese momento y se concentró en seguir con el dedo los intrincados dibujos de la manta sobre la que estaba sentada—. Aunque a veces, cuando la tía Lys está contenta, la usamos para bailar. Me gusta como baila mamá.

—¿En serio? Eso es fantástico. ¿Crees que mamá querría enseñarme a bailar?

Maysie levantó la cabeza de golpe apresurándose a negarse, pero Aura ya chillaba emocionada. Julian se levantó y le tendió la mano, poniéndola en el compromiso de tener que prestarse a ello. Sus manos se tocaron y todo fue de nuevo como revivir un momento mágico y doloroso, el momento en el que bailaron por primera vez junto a un riachuelo, sin música, con solo la cadencia de sus latidos. El momento en que se conocieron.

Giraron al son de la melodía en el claro soleado, con el olor y el sonido del bosque como única compañía, y su hija como feliz espectadora. Maysie estaba segura de que aquello era un terrible error. No debería estar allí, quería que todo volviera a ser como antes, con su rutina y su monotonía, sin sus emociones girando constantemente en un incontrolable torbellino. Había asimilado sus carencias y sus limitaciones, su soledad y la falta de un hombre que la amara, y se había habituado a su zona de confort. Y ahora todo estaba del revés, todo bullía y su mundo se desplazaba de su eje.

Lo amaba. Nunca había sido lo suficientemente cobarde como para negárselo a sí misma, pero ahora no era lo bastante valiente como para asumirlo.

Después de un baño caliente y tres cuentos, Aura pareció caer, al fin, vencida por el sueño que, debido a la excitación de los últimos dos días, tardaba en llegar.

Maysie salió de la habitación infantil y cerró la puerta, apoyándose en la madera con los ojos cerrados.

—¿Estás bien?

La voz suave de su melliza la devolvió a la realidad, una realidad en la que todo era desazón e incertidumbre.

—No, no lo estoy. —Enlazaron sus brazos y se dirigieron a una de las salitas para hablar con tranquilidad.

Maysie subió los pies en el mullido sillón y se abrazó las rodillas como si así pudiera protegerse de cualquier mal.

—Va a pedir mi mano. Quiere hablar con papá, pero le he pedido que me dé tiempo para ser yo quien le dé la noticia.

Elisabeth le sirvió una taza de té y se la tendió.

—Y tú, ¿qué quieres?

Maysie suspiró entrecortadamente.

—Quiero alejarme de él.

—¿Estás segura, May? Date tiempo, puede que solo sea nerviosismo e inseguridad. Tú lo amas. No puedes negarme eso.

—Precisamente porque lo amo, no puedo casarme con él. Nuestro matrimonio sería solo una reparación. Arruinó la reputación de una dama inocente y se ve en la obligación moral de arreglarlo. Como si lo que tuvimos, como si Aura fuera el resultado de un error.

—Aura existe, no es un error. Y es su hija. No puedes negarte a que la siga conociendo. Con el tiempo, no te lo perdonarías.

—Con el tiempo. ¿Quién sabe lo que puede pasar con el tiempo? Lo único seguro es que me ha amenazado con quitarme a la niña si no accedo, y tiene el suficiente poder para hacerlo. Yo, en cambio, solo soy una mujer arruinada y carente de moral, una indecente que se entregó a un hombre sin estar casada. Todos pensarán que merezco lo que me pase.

Maysie estaba aterrorizada. No podía entregarse a él, volver a caer en el abismo de pasión en el que se había sumergido cuando se enamoró de Julian. Había perdido su virtud, su autoestima, su futuro y su felicidad por él. Y ahora no podía, simplemente, olvidarlo todo y quedarse a su lado como si nada de eso hubiese ocurrido.

Aura fue la única que consiguió reconstruir su corazón destrozado. Ahora, tantos años después, podía perder mucho más. Julian se había encargado de dejárselo bastante claro. No podía arriesgarse a acabar hecha añicos de nuevo y arrastrar la felicidad de Aura con ella. Julian pensaba que su apellido y su título serían suficientes para garantizar su felicidad, pero no sería así de sencillo. La encorsetada y puritana sociedad no dudaría en lanzarse sobre ellos como chacales, hasta despellejarlos vivos. Toda su vida y la de su hija quedaría expuesta, y serían juzgadas y vilipendiadas al amparo de su estricto e hipócrita código moral. Había sido valiente y fuerte mucho tiempo, pero ahora no quería seguir siéndolo.

Solo quería ser feliz. Vivir con él, convertirse en la esposa del marqués de Langdon, no de Julian Cross, sino del nuevo hombre en el que se había convertido y que no conocía en absoluto, se le antojaba un infierno del que no podría salir indemne. Verlo cada día, compartir su vida, compartir el amor de su hija y, aun así, solo ver rencor y reproches. Cómo podría decir que sí en el altar si solo la conducía hasta allí la amenaza de perder a su hija. Simplemente, no podría.

Estaba siendo una maldita egoísta, pero sentía que sus pies estaban convirtiéndose en arena y dejarían de sostenerla en cualquier momento. Necesitaba tomar distancia, toda la que fuera posible y puede que, con el paso de los años, el dolor se mitigara lo suficiente como para poder enfrentarlo mirándole a los ojos.

—Voy a marcharme, Lys. Voy a hacer eso con lo que siempre había fantaseado y nunca me atreví a hacer. Quizá Julian fuera el impulso necesario para lograrlo. Empezaré una nueva vida con Aura lejos de aquí, donde nadie nos conozca ni nos juzgue. Tengo suficiente dinero ahorrado para subsistir un tiempo y buscaré algún trabajo para mantenernos.

El corazón de Elisabeth casi se paró. Durante unos segundos no dijo ni una palabra y se limitó a sujetar la mano de su hermana entre las suyas. Sabía lo que eso significaba. Había jurado lealtad mil veces a su melliza, y ahora la vida le ponía en bandeja la posibilidad de demostrar cuánto estaba dispuesta a sacrificar por ella. La respuesta era clara: todo.

Daría su vida por Maysie, y eso era justo lo que iba a tener que hacer. Renunciar a su matrimonio, abandonar su vida para apoyar la decisión de su hermana. Siempre lo tuvo todo meridianamente claro. Solo que, ahora, amaba a Richard con cada átomo de su ser y abandonarlo implicaba arrancarse el corazón con sus propias manos, y no estaba segura de poder resistirlo. Pero lo haría.

No podía abandonar a Maysie y a Aura a su suerte, si les ocurría algo, no podría perdonárselo jamás. Había resultado tan fácil y tan sincero dar su palabra cuando no tenía nada que perder, pero ahora todo era tan doloroso que casi no podía respirar. Mientras su mente divagaba intentando asimilar su inevitable decisión, Maysie seguía lanzando ideas al aire sobre sus planes, como si quisiera infundirse valor a sí misma o convencerse de lo sencillo que iba a resultar poner su vida del revés.

—… tendré varios días para organizarlo, ya que Julian piensa que voy a hablar con papá. Una vez en Londres, cogeré el primer barco que me lleve fuera de Inglaterra, Norteámerica, el continente, da igual. Tengo que ser rápida y… —Elisabeth estaba tan pálida que su hermana temió que se desmayara—. Lys, lo siento tanto, pero volveremos a estar juntas, te prometo que cuando esto pase…

—Me voy con vosotras.

May negó con vehemencia.

—No, no y mil veces no. No permitiré que destroces tu vida. Richard y tú estáis enamorados. Os queréis. ¡¡No puedes abandonarlo!!

—Le quiero, pero te quiero más a ti. Eres la única persona que jamás me haría daño. La única en la que tengo fe ciega. Te di mi palabra de que no os abandonaría y no lo haré.

—No vas a acompañarme, Lys. Sácate esa absurda idea de la cabeza.

—Pues entonces tú tampoco te irás. Avisaré a Langdon y arruinaré tus planes.

—No te atreverías a hacerme eso.

Elisabeth negó con la cabeza mientras las lágrimas resbalaban por sus mejillas.

—No, pero no me pidas que os abandone porque sería como traicionarme a mí misma.

Maysie la abrazó con fuerza, con sus caras pegadas la una a la otra, tan iguales y a la vez tan distintas, siempre juntas, siempre unidas.

—Está bien. Haremos un trato. Me acompañarás, pero solo hasta que me establezca. Unas semanas, un mes a lo sumo, y luego volverás a tu vida.

Elisabeth asintió, aunque sabía que Richard no le permitiría abandonarlo y luego volver como si tal cosa.

Sería un adiós definitivo y ella era consciente de eso. Él no le perdonaría su marcha.

Desde que había empezado su matrimonio, ambos se habían deslizado por la cuerda floja, y ahora habían conseguido un precario equilibrio que no soportaría un revés semejante. Al menos, eso era a lo que Elisabeth pensaba aferrarse para no flaquear, a pesar de que era consciente de que entre ellos las cosas cada vez iban mejor y que no le cabía ninguna duda de que lo que Richard sentía por ella era igual de fuerte que sus propios sentimientos.

Probablemente, esta sería la decisión más dura de su vida. Hiciera lo que hiciese, sería como matar una parte de sí misma, pero su hermana la necesitaba y no iba a fallarle.

Estaban cargando el equipaje de Maysie y Aura en el carruaje, y Elisabeth sentía un dolor tan inmenso y una sensación de pérdida tan honda que apenas podía dejar de temblar. La noche anterior intentó mantenerse alejada de Richard, pero, al final, decidió meterse en su cama durante la madrugada por última vez. Lo cual había sido un terrible error. Habían hecho el amor de manera apasionada, amándose sin mesura, como siempre, totalmente entregados.

Richard le había susurrado una docena de veces que la amaba, amenazando con resquebrajar su voluntad y su firme decisión. Cada palabra y cada beso eran como pequeñas puñaladas que le taladraban el corazón, dejándola exhausta y sin fuerzas. Pero la suerte estaba echada y nada la haría cambiar de opinión.

Tras preparar su propio equipaje, se acercó con pasos vacilantes hasta el despacho de su marido, dio unos suaves golpes en la puerta y entró tras escuchar su firme voz.

Richard estaba de pie mirando por la ventana, con las manos en los bolsillos y el cuerpo tenso e, inmediatamente, Elisabeth supo que él lo sabía. Miró por encima del hombro para comprobar que era ella y volvió a concentrarse en el paisaje del jardín.

—Me hubiese encantado enterarme por ti, sinceramente. —Elisabeth guardó silencio a la espera de que Richard continuara—. He acogido a tu hermana en mi casa como si fuera de mi misma sangre y, a pesar de que hace tiempo que lo sospechaba, hubiera agradecido que mi esposa tuviera la decencia de contarme la verdad.

—Richard, yo...

—Langdon vino esta mañana a hablar conmigo y a contarme que Aura es su hija. ¿Por eso llorabas anoche cuando creías que dormía? ¿Porque se ha descubierto vuestro secreto y tu hermana va a empezar una nueva vida lejos de tu protección? Siento que no tengas bastante conmigo para ser feliz.

—No era mi secreto, Richard. Era el secreto de Maysie, no podía contártelo.

Richard la miró furioso. No podía soportar que no hubiera tenido la suficiente confianza en él como para haberle dicho algo tan importante, en lugar de dejar que fuera Julian quien le diera la noticia. Le había hecho sentirse como un estúpido. Era su mujer, lo mínimo que podía esperar de ella era sinceridad y honestidad.

—Era un secreto compartido entre las dos, del que creo que merecía ser partícipe. Gracias a Dios que, al menos, Julian se ha dignado a informarme sobre la boda, sino quizás hubiera sido el último en enterarme.

—¡No habrá boda! —estalló Elisabeth sin poder contenerse—. ¿Quieres que comparta nuestros secretos contigo? Lo haré, pero espero que seas digno de tal honor y guardes silencio al respecto.

Richard percibió el temblor en los labios de Elisabeth, la crispación en los gestos de sus manos, la palidez de su rostro. Algo iba muy mal.

—No habrá boda. Maysie se marcha a la casa de unos parientes. En el sur... —Mentirle a su marido le dolió como si ella misma se clavara un puñal en el corazón, pero no podía confesar que ni siquiera tenían un destino decidido—. Será por un tiempo, hasta que las aguas vuelvan a su cauce.

Richard se pasó las manos por el cabello ante lo absurdo e ilógico de la situación.

—¿A su cauce? ¿Qué cauce, Elisabeth? ¡Tienen una hija en común, por el amor de Dios! Cuanto antes se casen, mejor para todos. ¿Acaso no ha pensado en Aura? Ella necesita a su padre y a su madre.

—Es su decisión. Y yo la apoyo, Richard. Yo..., me marcho con ellas.

Richard tuvo la sensación de que se tambaleaba, aunque no se había movido ni un milímetro. La maldición soez que escapó de su boca hizo que Elisabeth se tensara esperando que le gritara, que soltara su frustración, su ira. Pero no hizo nada, se mantuvo impávido, observándola, como si esperara que en cualquier momento le dijera que todo era una desafortunada broma de mal gusto.

—Le di mi palabra de que no las abandonaría jamás y ahora no puedo dejarlas solas. Son mi familia y me necesitan.

Él parpadeó como si le hubieran asestado un puñetazo en la boca del estómago. Las palabras resonaban en su cabeza, inconexas, mientras intentaba sin éxito darle sentido a aquella absurda comedia.

—Tu familia —repitió en un susurro desgarrado—. Ellas son tu familia. Y, entonces, ¿yo quién soy, Elisabeth?

Elisabeth se giró incapaz de enfrentarlo, incapaz de aguantar el dolor. No soportaba alejarse de él. Solo quería que la abrazara, que la pegara a su pecho, que la acunara entre sus brazos susurrándole que él la protegería y la amaría, y que nada iba a cambiar entre ellos. Pero la vida no era así de sencilla y a veces había que elegir.

—Mi lealtad está con ellas. —Fue un milagro que su voz no sonara entrecortada. Richard se acercó a su espalda y la sujetó por los brazos.

Ella percibía con total claridad cómo su respiración agitada hacía subir y bajar su pecho, cómo su aliento mecía los mechones que habían escapado de su apretado y sencillo recogido.

Y rezó. Rezó todo lo que pudo, rogando tener la fuerza suficiente para romperle el corazón porque, Dios sabía que, si intentaba retenerla, no sería capaz de marcharse. Fue en ese instante cuando entendió la difícil decisión que en su momento tuvo que tomar Julian Cross: su hermana o el amor de su vida.

—Contéstame, Elisabeth. Solo voy a preguntártelo una vez más. ¿Quién soy yo para ti? —Su voz destilaba la rabia y el dolor de un alma que está a punto de romperse, y Elisabeth supo que tenía que asestar el golpe de gracia.

—Tú… —le tembló la voz— solo eres el chico que besé por error en un jardín.

Richard soltó sus brazos tan bruscamente que el cuerpo de su esposa se tambaleó levemente hacia delante. Tras unos segundos que parecieron una vida, Richard habló con un tono frío y controlado, que a duras penas escondía el nudo que tenía en sus entrañas.

—Adiós, Elisabeth. Que seas muy feliz.

Le contestó el sonido de la puerta de roble al cerrarse despacio tras ella.

Una hora después, mientras veía cómo el carruaje donde se marchaba su esposa salía de su propiedad, su cara aún conservaba el calor del beso que Aura le había plantado en la mejilla. Era imposible no quererla. La pequeña se había escapado del carruaje para poder despedirse de él, no sin antes recordarle su promesa de comprarle un poni y enseñarle a montar. Pero ahora todo eso parecía muy lejano. Tan lejano como la felicidad que se había escurrido de sus manos sin que él pudiera hacer nada para impedirlo. Había sido un iluso al pensar que Elisabeth podía llegar a amarlo alguna vez.

36

*L*as cortinas, los muebles blancos y dorados, los cojines de florecitas en tonos rosados y las vistas desde la ventana de su habitación eran las mismas de siempre. Pero, a pesar del poco tiempo transcurrido desde que se marchó, convertida en una mujer casada, aquella estancia le resultaba totalmente ajena. Quizá fuera ella la que se había vuelto extraña. Elisabeth sintió que se ahogaba y tuvo que abrir la ventana para respirar el aire frío de la calle. Aquella ya no era su vida, y acababa de destrozar cualquier posibilidad de ser feliz con el hombre con el que se había casado. Estaba completamente desubicada y cada vez más segura de que lo que habían hecho era una soberana estupidez.

Aura necesitaba un padre y, aunque Langdon no podía obligar a Maysie a casarse con él, deberían haber intentado buscar otra alternativa, sobre todo, porque era evidente que ella no había superado y, mucho menos olvidado, lo que sentía por él.

Y, en cuanto a ella misma, haber destrozado su matrimonio de un plumazo era la peor decisión que había tomado nunca. Aunque Richard ni siquiera intentó retenerla. Por la tarde, su madre quiso sonsacarle el motivo por el cual habían vuelto de manera tan repentina a Londres, pero lo único que obtuvo fueron excusas vanas y sonrisas forzadas que intentaban quitarle hierro al asunto. Al final desistió, dejando a Elisabeth con una sensación desagradable en el estómago.

Unos golpes suaves en la puerta la sobresaltaron y se limpió rápidamente una lágrima antes de que Maysie entrara en la habitación. Compuso una sonrisa que su hermana no se creyó, aunque no dijo nada al respecto.

—¿Dónde está Aura?

—Con papá. Están jugando con sus maquetas de barcos. Es curioso ver cómo le brillan los ojos cuando juega con ella, con nosotras jamás mostró tanta dedicación.

—Es su debilidad. Es obvio que la adora. —Maysie se quitó los guantes y la chaqueta y se sentó en el sillón de la ventana.

—¿Has podido hablar con el abogado?

Maysie asintió mientras se pasaba los dedos tensos por la frente. La reunión con el abogado, de dudosa reputación, de su padre la había puesto bastante nerviosa. Sin duda, Bryan Lane le inspiraba mucha más confianza por su honradez, pero sabía que no se prestaría a ayudarlas a llevar a cabo una aventura tan temeraria como esa.

—Sí, es una suerte que no me haya encontrado con Lane en las oficinas. Ropper me ha dicho que, la próxima vez, quedaremos en un sitio menos comprometido para ambos. Levantaríamos sospechas si nos ven hablar con él y corremos el riesgo de encontrarnos con Bryan o, incluso, con papá.

—La próxima vez no te dejaré ir sola.

Maysie asintió.

—Me ha dicho que el primer barco parte hacia Francia. Desde ahí puede ponernos en contacto con un conocido que nos ayudará a viajar hacia el sur, hasta un pueblo tranquilo. Tendrá más detalles mañana.

El sur de Francia. En su subconsciente, Elisabeth imaginó que si Richard quisiera encontrarla, sería más fácil hacerlo allí que en Norteamérica. Aun así, era un alivio demasiado efímero.

Ropper ya no podía seguir conformando a sus colegas de fechorías con las baratijas que le sisaba a Sheldon, y él mismo estaba cansándose de exponer su cabeza en balde. Necesitaba un gran golpe, algo que calmara la sed de venganza de Farrell y Phinley y consiguiera llenar sus bolsillos de manera definitiva. Estaba harto de las calles sucias, la niebla y la llovizna constantes, y la humedad que parecía haberse asentado en sus huesos de manera perpetua. Quería sol, optimismo y mujeres voluptuosas y complacientes dispuestas a mostrarle el paraíso a cambio de unas monedas.

A diario veía pasar delante de sus narices las cantidades ingentes de dinero que Sheldon obtenía sin mover un dedo, a costa del sudor y el trabajo de los demás, sin poder echarle el guante. Lo despreciaba.

El día estaba empezando a ser igual de gris y frustrante que todos los demás, hasta que su ajado secretario le informó que tenía una visita. Él, exiliado al despacho más lejano y recóndito del edificio, para no levantar suspicacias ni preguntas, nunca recibía visitas. Intentó, inútilmente, ordenar un poco el desastre y el desorden de su oficina, pero hubiera necesitado una semana para eso.

La dama que entró, cubierta por una capa con capucha, lo encontró apilando un montón de papeles en un precario equilibrio, que amenazaba con aterrizar sobre la alfombra en cualquier momento.

—No me han indicado su nombre, ¿en qué puedo

ayudarla, señora? Soy Paul Ropper. —Su propio nombre quedó limitado a un susurro cuando la joven se descubrió. Reconoció a una de las mellizas, aunque no sabía cuál era y tampoco le importaba.

Las había visto en la mansión Sheldon junto a esa cría que siempre metía las narices en todos lados, pero no les había prestado demasiada atención a ninguna de las tres. Los ecos de sociedad no le interesaban en absoluto. Tanto le daba una que otra. A decir verdad, nada que no le reportara beneficio le importaba lo más mínimo.

Esta vez presentía que el destino le ponía en bandeja la oportunidad buscada, la presa se había metido por su propio pie en la trampa y, ahora, dependía de él darle el golpe de gracia.

—Soy Maysie Sheldon.

Él asintió cuando ella despejó sus dudas y le indicó que se sentara.

—Necesito su ayuda para un tema delicado y necesito ante todo su discreción.

—Entiendo que no puede ser de otra manera si usted recurre a mí en lugar de a su padre o al señor Lane, he oído que tienen una relación muy estrecha.

Maysie pasó por alto la pulla y fue al grano. Por más que el hombre le provocara escalofríos en la nuca necesitaba su ayuda. Le expuso sin ambages que necesitaba salir de Inglaterra junto a su hermana y su hija lo antes posible, y el hombre se sorprendió de su franqueza, pues ni siquiera disimuló con aquella farsa sobre una ahijada huérfana que él jamás se había creído.

Phinley levantó la cabeza de su jarra de cerveza cuando vio acercarse a Ropper a su mesa y le saludó con una inclinación de cabeza. El muy imbécil seguía comportándose como si estuviera aún en un distinguido salón de baile en lugar de en un tugurio apestoso de mala muerte. Las risas allí eran demasiado fuertes, los suelos demasiado sucios y la comida demasiado insalubre. Pero no tenían un sitio mejor al que ir.

Farrell, en cambio, se adaptaba al lugar como si fuera parte de él, y Ropper no pudo evitar pensar que eso se debía a que, en el fondo, por mucha sangre azul que corriera por sus venas, su carácter era tan abominable como el del peor criminal. No tenía escrúpulos ni sentido de la honradez, hasta el punto que, hasta al abogado, cuya honorabilidad brillaba por su ausencia, le resultaba imposible fiarse de él. Pero en este momento se necesitaban para remar en la misma dirección.

Farrell tenía a una de las prostitutas sentada en su regazo. Apretaba tan fuerte su brazo que, con toda seguridad, le dejaría marcas, mientras la besaba con dureza.

—Farrell, deja el romanticismo para luego, tenemos que hablar. —La mirada asesina que le dedicó heló el ánimo del abogado, pero no se permitió exteriorizarlo.

La muchacha se levantó de un salto cuando él la soltó y miró a Ropper agradeciéndole en silencio su interrupción mientras se marchaba. No era ningún secreto que las chicas no querían prestarle sus servicios por su carácter violento. Pero ellas no tenían otra opción.

—Espero que tengas una buena razón para interrumpirme.

—La tengo. —Ropper tomó asiento, relamiéndose como un gato a punto de cazar un sabroso ratón—. Creo que ha llegado el momento que estábamos esperando.

La situación era tan favorable para sus propósitos que parecía imposible que algo saliera mal. Lo complicado era ponerse de acuerdo en la forma de ejecutar el plan. Las hijas y la nieta de Sheldon estarían expuestas y vulnerables, totalmente indefensas, desprevenidas, y ellos aprovecharían la oportunidad. ¿Cuánto estaría dispuesto a pagar Sheldon para recuperar a cualquiera de sus hijas o a su nieta?

Phinley era un ser bobalicón e inestable y, en su euforia etílica, basculaba entre la posibilidad de secuestrar a las tres o abstenerse de hacerlo y limitarse a venderle la información sobre la aventura que preparaban al viejo Sheldon.

Farrell, en cambio, parecía masticar el futuro triunfo con su mirada socarrona, disfrutando de la idea de disponer de unos minutos a solas con cualquiera de las mellizas. Estaba ansioso de bajarles los humos a ambas.

El único que parecía pensar bajo las leyes de la lógica era el propio Ropper. No tenían suficientes hombres de confianza como para llevar a cabo un secuestro de esa envergadura, así que, llevarse a las tres, por muy lucrativo que resultara, era imposible. Manejar a las mellizas sería difícil, y la idea de que Farrell les pusiera las manos encima podría traerles consecuencias nefastas. Por otro lado, aún existía en él una minúscula porción de decencia que le impedía ver con buenos ojos que una muchacha inocente se viera sometida a las vejaciones que Farrell tenía en mente. Recordó a su propia hija adolescente, a la que hacía años que no veía, y se le revolvieron las tripas al pensar que algo así pudiera sucederle.

Tenían que actuar rápido y de manera precisa, y cuantas menos complicaciones tuvieran, mejor para todos. Zanjó el asunto y las objeciones de sus compañeros.

Él tenía la información y la oportunidad, y él sería quien marcaría las directrices que iban a seguir.

Por suerte para él, los dos hombres no se percataron de su temblor ni de que su seguridad era solo una fachada impostada. Temía al cabrón de Farrell y despreciaba al pusilánime de Phinley, pero mientras ellos no lo supieran, todo iría bien.

Lo más sensato sería llevarse a la niña. Solo había que mirar al viejo para ver que su nieta era su debilidad y que se le caía la baba cada vez que ella andaba cerca. Nada despertaba más la sensibilidad y aflojaba más rápidamente el bolsillo que una niña inocente y desvalida en peligro y, en cuanto a la logística, sería mucho más fácil de manejar que las mellizas.

Phinley se quejó por lo inhumano de la propuesta y Farrell por verse privado de su diversión, pero, al final, la avaricia y la posibilidad de ver sus bolsillos llenos cuanto antes se impuso a todo lo demás. Ellos pondrían los medios y el lugar donde mantenerla oculta hasta que consiguieran el dinero, mientras Ropper se encargaría de tejer la trampa con su despierta y macabra mente. Era consciente de que él era la persona a la que culparían primero, así que debería organizarlo para tener una vía de escape cuando el asunto se destapara. Ropper salió del viciado antro, agradeciendo por primera vez el frío húmedo del exterior. Tenía mucho que pensar para no dejar cabos sueltos.

El ama de llaves siempre había sido un apoyo para las mellizas, tapando más veces de las que recordaba las travesuras que habían hecho durante toda la vida. Pero esto iba mucho más allá de comer postres a deshoras o hacer la vista gorda cuando recibían alguna visita que su madre no aprobaba. Ayudarlas a tramar una huida sin retorno era algo muy grave y peligroso a lo que, sin embargo, la vieja Gladys no pudo negarse. Les había dado su palabra antes de escuchar el temerario plan. La mujer vio en los ojos de las chicas la determinación suficiente como para saber que nada las haría cambiar de opinión.

Con la cara compungida por la preocupación, les llevó la nota que Ropper, con disimulo, le había dado para ellas tras haber ido a visitar a su jefe.

Las chicas interrumpieron su conversación de inmediato y sintieron cómo los nervios se alojaban en su interior. Ambas sabían quién era el remitente. Maysie abrió la carta ansiosa, mientras Elisabeth preguntaba frenética qué decía, pero su hermana parecía haberse quedado sin habla.

Elisabeth le quitó el papel de las manos, incapaz de aguantar más la tensión. Arrugó la carta tras leer su contenido, sentándose despacio en su asiento con una sensación de incertidumbre y ansiedad, mientras Maysie se llevaba los dedos temblorosos a los labios intentando contener el llanto.

Dentro de tres días, el Santa Teresa zarparía hacia Francia y ellas ya tenían los pasajes reservados.

37

*E*l ánimo de Richard oscilaba entre la rabia, la decepción y el dolor, un dolor que jamás pensó que sentiría. A pesar del poco tiempo que llevaban casados, Elisabeth se había filtrado por cada poro de su ser, intoxicándolo hasta tal punto que era consciente de que jamás volvería a ser el mismo sin ella. La amaba, la deseaba, la necesitaba y, ahora, de un plumazo debía arrancarla de su vida. Pero ¿cómo se arrancaba uno el corazón?

Elisabeth había hecho su elección y no se arrastraría para intentar convencerla de lo contrario. No había sido una decisión impetuosa, tomada en el calor de una discusión, sino algo meditado por ella con frialdad y de manera calculada. Su esposa era perfectamente consciente de las consecuencias y, aun así, se había marchado. Lo abandonaba simplemente porque él no era una prioridad en su vida.

No le apetecía ver ni hablar con nadie, pero debía asumir sus obligaciones familiares. Andrew no quería dejar a su mujer sola en el campo con los niños y el bebé recién nacido, y él lo entendía.

Con el mismo ánimo que quien se enfrenta a una muerte segura en el campo de batalla, hizo sus maletas para viajar hasta Londres y acompañar a Crystal en su baile de debut en la ciudad. Le esperaban unas semanas muy difíciles en las que tendría que soportar estoicamente las preguntas de su familia y del resto del mundo, pero la verdadera guerra la tendría que librar en la soledad de su dormitorio, contra sus propios demonios.

Casi al mismo tiempo, el marqués de Langdon, con un ánimo bien distinto, se reunía en sus oficinas de Londres con los mejores abogados de los que disponía para arreglar el tema del apellido de Aura y reconocerla cuanto antes. Había solicitado una licencia especial para su boda con Maysie. El papel le quemaba en su bolsillo en esos momentos y ansiaba terminar de una vez con toda la burocracia para centrarse en lo que de verdad importaba: su nueva vida.

Había sido un tanto brusco con ella y, quizás, hubiera sido mejor usar la persuasión en lugar de la imposición para llevarla al altar, pero descubrirlo todo había convertido su ánimo en un volcán en erupción. Por suerte, tendría toda la vida por delante para demostrarle que en su interior aún habitaba el chico del que una vez se enamoró.

Hablarle a Celia sobre la existencia de su hija resultó mucho más fácil de lo que él había temido. Ella se lo había tomado como se lo tomaba todo en la vida, como un suceso maravilloso que merecía ser celebrado.

Le había dado a Maysie su palabra de que le daría tiempo para hablar con su padre, pero la falta de noticias estaba empezando a carcomerlo por dentro. La espera valdría la pena si con ello conseguían, al fin, ser una familia.

Gladys había ayudado a sus niñas, como ella llamaba a escondidas a las mellizas, a empaquetar lo imprescindible y a hacer un hatillo con el dinero para coserlo en el interior de su capa. Cualquier precaución era poca.

Ropper les había enviado los pasajes esa misma tarde y las había emplazado a dirigirse a los muelles después de la medianoche, pues embarcar al amanecer, con el resto de los pasajeros, implicaría un mayor riesgo de ser descubiertas.

En la oscuridad, un carruaje las esperaba, discretamente aparcado, cerca de la puerta trasera de la mansión Sheldon. Gladys, con un sollozo ahogado por su pañuelo y la mano aferrada a la cancela de hierro, vio como las tres enfilaban calle abajo hasta perderse en el interior del vehículo. El carruaje traqueteó por los adoquines húmedos y el ama de llaves apenas alcanzó a vislumbrar una porción de la cara marcada por la viruela del cochero al pasar por su lado. Un frío y aciago presentimiento sobrecogió a la mujer. Entró en la casa como en trance y, por primera vez en su vida, se dispuso a traicionar a alguien a quien servía y además quería. Solo conocía a una persona en la que podía confiar en esos momentos, capaz de hacer lo que estuviera en su mano sin perjudicar a las muchachas y arreglar el desastre que se avecinaba. Se envolvió en su abrigo y salió a la fría noche en dirección a la casa de Bryan Lane.

Elisabeth no podía contener la desazón de su estómago, el temblor de su cuerpo ni la sensación de fatalidad que la recorría. El carruaje se paró con un molesto vaivén. La puerta se abrió y el cochero bajó la escalinata para que descendieran. Sus ojos oscuros parecían dos puñaladas en su cara redonda y un poco amorfa, y las chicas bajaron inseguras y algo temerosas.

Elisabeth miró a su alrededor. Solo había barcos pequeños, mugre y un hedor a podrido y a agua estancada que hizo que les picara la nariz. Ningún barco de pasajeros con capacidad para cruzar al continente. Ninguna persona de la tripulación para recibirlas como Ropper había prometido. En un acto reflejo, Maysie abrazó a su hija pegándola más a su cuerpo.

Un carruaje a toda velocidad llegó hasta ellas sobresaltándolas. Las puertas se abrieron y de él salieron dos hombres encapuchados. Por instinto de supervivencia, retrocedieron hasta el vehículo en el que habían llegado, pero el cochero ya se había subido al pescante y azuzaba los caballos para marcharse.

El sonido de una pistola amartillándose les puso los vellos de punta.

—Señoras. —El hombre más bajo hizo una reverencia burlona sin dejar de apuntarlas. La voz, aunque amortiguada por la tela, les resultó tremendamente familiar, sospechosamente, similar a la de Ropper, a pesar de que sonaba extrañamente forzada.

—Escúchenme atentamente y nadie saldrá lastimado. No quiero heroicidades ni dramas. La cría se vendrá con nosotros a dar un paseo y, si su padre es listo y generoso, todo esto acabará de manera limpia y rápida.

Maysie se aferró a su hija y solo fue capaz de negar con la cabeza. Tendrían que matarla para separarla de Aura.

—Escúcheme, si lo que quiere es dinero, le daremos todo lo que tenemos. No es necesario que…

—Cállese. No tengo tiempo para regateos ni limosnas, dadme a la niña y nadie resultará herido.

El otro hombre levantó también la pistola y Elisabeth se parapetó delante de su hermana y su sobrina como si fuera un escudo humano.

—No va a tocarla. No lo permitiré.

Aura se aferró a su madre sollozando, y Maysie la apretó más fuerte, totalmente sobrecogida al ver que temblaba de miedo.

—Apártese, no tengo toda la noche. Le advierto que mi paciencia tiene un límite.

Maysie abrió la boca para ofrecerse a cambio de su hija. Daría su vida de ser necesario, pero no permitiría que le hicieran daño a Aura. Como si sus mentes funcionaran sincronizadas, la voz de Elisabeth se le adelantó, fuerte aunque algo temblorosa.

—Llevadme a mí. —El jadeo de Maysie le llegó al alma. Con la voz entrecortada intentó convencerla de que esa obligación le correspondía a ella, pero Elisabeth no la escuchó.

El hombre estaba impacientándose y eso volvía la situación potencialmente peligrosa.

—Entregad a la cría o dejaremos de lado la amabilidad.

—Es solo una niña, por el amor de Dios. —Los dos hombres apuntaron de nuevo sus armas y avanzaron un paso hacia ellas, intentando intimidarlas—. Solo os acarrearía más problemas. Si lo que buscáis es dinero, mi cuñado es el conde de Hardwick, uno de los hombres más ricos de Inglaterra. Podréis pedir el doble de recompensa por mí que por ella.

—Lys, deja que vaya yo. Yo soy la que tiene la culpa de todo esto. No permitiré que te sacrifiques.

El hombre más alto miró al otro, esperando una señal.

Elisabeth apretó la mano de su hermana.

—Tú debes cuidar de Aura —le susurró, y Maysie se sorprendió por la decisión y la seguridad que vio en su mirada.

—Prometo que no opondré resistencia. —El individuo que parecía ser el jefe le hizo un gesto con la pistola a su compinche, como si la afirmación de Elisabeth lo hubiera terminado de convencer, deseoso de terminar con aquello y largarse de allí.

El más alto se dirigió hacia ella y sacó un trapo oscuro de uno de los bolsillos de su viejo gabán, que resultó ser una capucha que pasó por la cabeza de Elisabeth, sumiéndola en la oscuridad. El otro secuestrador se acercó a Maysie amenazadoramente, observándola a través de las rendijas de la tela que le cubría la cara, durante lo que a ella le pareció una eternidad.

—Dígale a su padre que nos pondremos en contacto con él. Ha llegado la hora de que empiece a pagar por sus pecados.

Maysie no se había sentido nunca tan impotente y desolada como en aquel instante, mientras veía cómo el carruaje, donde habían subido a su hermana a empellones, se alejaba traqueteando hasta perderse en la oscuridad.

Abrazó a su hija con fuerza, intentando infundirle un valor que ella misma no sentía. El sonido de los cascos de los caballos y las ruedas de un vehículo sobre el empedrado húmedo, acercándose a toda velocidad, hizo que de nuevo se pusiera alerta. Miró a su alrededor, pero no había lugar donde ocultarse. Sobre el suelo solo quedaba su escaso equipaje, que el cochero que las había traído hasta allí había lanzado sin miramientos, y la nada más absoluta. La desesperación y el pánico casi consiguieron paralizarla.

El carruaje frenó de golpe a pocos metros de ella con las pezuñas de los animales resbalando sobre la piedra. Maysie lloró de alivio cuando, al abrirse la portezuela, el rostro desencajado de Bryan Lane apareció ante ella.

Lane y el marqués de Langdon paseaban inquietos por el despacho de Sheldon como dos animales enjaulados, rogando porque sus hombres localizaran a Richard Greenwood y lo trajeran hasta allí cuanto antes.

Bryan supo mantener la entereza, a pesar de la tensión de la situación y, tras poner a Maysie y a Aura a salvo en su hogar, salió en busca de Julian y de Richard.

Pero Richard, cansado de autocompadecerse, había decidido salir en compañía de su amigo Sheperd para ahogar sus penas en alcohol, por lo que Julian encargó a varios de sus hombres que se patearan la ciudad hasta encontrarlo.

La impaciencia horadaba su estado de ánimo, sabiendo que las horas jugaban en su contra. Julian había acudido a la mansión de los Sheldon tan rápido como se lo permitieron sus caballos, y su tono autoritario e intransigente cuando exigió ver a Maysie y a Aura dejó claro que no aceptaría un no por respuesta. Mathias estaba demasiado impactado con su cabeza girando a toda velocidad, negándose a que su mente procesara la verdad de lo que acababa de ocurrir. Fue Lisa quien lo recibió y se negó a dejarle ver a su hija si no le daba una explicación.

—Mi hija está muy afectada y la prioridad es encontrar a Elisabeth, no tengo ánimos para intentar averiguar qué es lo que usted está reclamando.

—Señora Sheldon, me hago cargo de todo lo que está sufriendo y prometo darle las explicaciones pertinentes cuando esto se haya calmado, pero ahora voy a ver a Maysie, no le estoy pidiendo permiso.

—Julian. —La voz agotada y ronca por el llanto de Maysie hizo que ambos volvieran la vista hacia el piso superior, y ni Lisa Sheldon ni los cielos abriéndose sobre ellos hubiesen impedido que se acercara hasta donde ella estaba.

Subió los peldaños de la escalera de dos en dos y abrazó a Maysie con toda la fuerza que su desesperación y su alivio le confirieron. Ella se dejó consolar aferrándose a él, sabiendo que Julian no la abandonaría y que haría lo que estuviera en su mano para traer de vuelta a Elisabeth. Era difícil confesar que había querido escapar de él, pero la preocupación por su hermana era tan honda que no lo dudó. Tras contarle entre sollozos todo lo ocurrido, entraron en la habitación donde su hija descansaba.

Julian estaba totalmente desolado y sus músculos tan tensos como las cuerdas de un violín. Aunque el alivio porque estuvieran sanas y salvas era inmenso, no podía librarse de la sensación aciaga que lo recorría, tras entender por qué habían cometido semejante imprudencia. Pretendían huir en mitad de la noche hacia sabe Dios qué recóndito lugar, y él era el causante de esa situación.

No quería casarse con él. Debería aceptarlo, aunque fuera difícil de digerir, pero no permitiría que lo alejara para siempre de su hija, y menos aún exponiéndola a cualquier peligro por ello. Pero ahora la prioridad era otra y no había tiempo para rencores ni discusiones.

El marqués acarició con suavidad la cara de su hija, y Aura abrió los ojos saliendo de los brazos del sueño poco a poco. Parpadeó unos segundos hasta que reconoció la cara de su padre y se incorporó en la cama, echándole los brazos al cuello con fuerza.

—¡Papá! —La pequeña sollozó mientras Julian acariciaba su espalda y su cabello, intentando calmarla.

—Tranquila, cielo. Estás a salvo, y ni mamá ni yo permitiremos que te pase nada.

La niña lo miró con los ojos llorosos y asintió.

—Pero vas a traer a la tía Lys, ¿verdad? Un hombre malo se la ha llevado. —Julian titubeó unos instantes.

No sabían por dónde empezar a buscar y lo único que se les había ocurrido, hasta ese momento, era mandar a buscar a Paul Ropper y traerlo cuanto antes para intentar encontrar algún cabo desde el que tirar.

—Mamá siempre decía que tú ayudabas a la gente indefensa, que tú…

—La traeremos de vuelta a casa. —Julian atrajo a su hija hasta su pecho y la besó de nuevo en la coronilla, intentando tranquilizarla—. La encontraremos, cariño.

Maysie observó la escena con el alma destrozada y más dolor del que había sufrido en toda su vida. Todo aquello era culpa suya, de su testarudez y su inseguridad, y ahora su hermana estaba pagando las consecuencias.

Mathias Sheldon boqueaba como un pez fuera del agua intentando aceptar lo que estaba ocurriendo, intentando convencerse de que no era producto de sus actividades y su avaricia. El sonido de pasos apresurados y voces masculinas les llegó desde el recibidor.

Richard entró en el despacho seguido de Sheperd, más pálido de lo que parecía humanamente posible. Lane lo puso en antecedentes, mientras el zumbido en sus oídos apenas le permitía asimilar lo que estaba escuchando. Sintió náuseas y un pánico que lo dejó paralizado.

—Lane, vamos a intentar atar los cabos que tenemos. —Julian intentó tomar las riendas de la situación, debían hacer algo y Richard estaba totalmente bloqueado por la impresión y la preocupación.

El tiempo pasaba a toda velocidad, y Elisabeth estaba en manos de unos desalmados, mientras ellos se sentían impotentes en aquel despacho en el que estaba empezando a hacer demasiado calor.

—¿Se sabe algo de Ropper? —preguntó el marqués. Estaba claro que Ropper estaba implicado o había sido utilizado para acceder a las mellizas.

—Aún no.

Maysie le había contado a Julian, con la mayor fidelidad posible, todo lo que había visto y oído, y la última frase del secuestrador le taladraba la mente. Eso y el hermetismo de Sheldon, que, derrumbado en el sofá, estrujando un pañuelo entre sus manos, miraba al infinito.

—«Es hora de que pague por sus pecados» —repitió Julian en voz alta pensativo, y Mathias lo miró dando un respingo. El marqués de Langdon clavó los ojos en él tan intensamente que el viejo se removió incómodo en su asiento, dejando al fin la pose consternada que había mantenido toda la noche—. Señor Sheldon, ¿tiene alguna idea de a qué se refería el secuestrador?

Sheldon se pasó el pañuelo por la frente, empapada de sudor de manera repentina, lo que, unido a la falta de respuesta, atrajo todas las miradas hacia él.

—Señor, si sabe algo… —Lane se acercó más hasta donde se encontraba su jefe con un mal presentimiento. Sheldon enterró la cabeza entre las manos mientras negaba—. ¿Tiene esto algo que ver con los préstamos? Señor Sheldon, es la vida de su hija la que está en juego, díganos si tiene alguna sospecha sobre quién puede haber hecho esto.

Sheldon palideció más aún al entender que Lane estaba al corriente de sus actividades.

—¿Cómo se atreve a insinuar algo así, Lane? ¡Lo despediré por su insolencia!

Richard, al fin, reaccionó y notó cómo cada músculo, cada terminación nerviosa y cada fibra de su cuerpo se tensaban.

—Sheldon. Dígame qué demonios está pasando y quién lo odia tanto como para hacer algo así. —La mirada amenazadora de Richard y su tono furioso y contenido hicieron que se levantara y retrocediera hasta que sus piernas chocaron contra su escritorio.

—No sé de qué estáis hablando. —Pero todo su cuerpo, el temblor de su barbilla y sus ojos esquivos lo delataban.

—Sé que ha estado prestando dinero a nobles desesperados por obtener crédito a intereses desproporcionados, que ha usurpado tierras y bienes sin mesura con la ayuda de Ropper. Supongo que la lista de enemigos debe de ser interminable, pero si tiene alguna sospecha…

Aunque alguien hubiera visto venir el movimiento rápido y animal de Richard, hubieran sido incapaces de detenerlo; para cuando se dieron cuenta, ya había levantado a su suegro por las solapas y lo había estampado contra la lujosa madera de su escritorio.

—Si le pasa algo a mi mujer por su culpa, le juro que lo ahorcaré con sus propias tripas. —La cara transformada por la ira de Richard estaba tan cerca de la suya y sus manos le apretaban con tanta fuerza contra la mesa que Mathias Sheldon pensó que había llegado su hora—. ¿Quién querría hacer algo así? Hable.

—Cualquiera, puede ser cualquiera. —Tragó saliva, pero su garganta estaba comprimida por la ansiedad. Si le pasaba algo a su hija por su avaricia, él mismo se volaría la cabeza—. Hay decenas de posibilidades. No lo sé. ¿Cree que, si lo supiera, no lo diría?

Langdon y Sheperd, que había insistido en acompañarle para ayudarlo en lo necesario, lograron separarlo del hombre mayor que ahora lloraba como un chiquillo, comprendiendo el alcance y las consecuencias de sus actos.

Según lo que Lane sabía, cualquiera de los muchos pobres diablos que se habían visto abocados a la ruina por culpa de la usura de Sheldon podía tener sed de venganza y necesidad de recuperar su dinero.

Solo quedaba tirar de la única pista que tenían. Ropper era el nexo de unión con los deudores de Sheldon y había reservado para las mellizas unos pasajes para un viaje inexistente. Si él no había organizado el secuestro, estaba claro que estaba en contacto con quien lo había hecho. Debían encontrar a Ropper, aunque tuvieran que levantar hasta el último ladrillo de la ciudad.

La oscuridad rodeaba a Elisabeth y había perdido la noción del tiempo. No sabía cuánto había transcurrido desde que la habían bajado del carruaje y la habían hecho avanzar por un camino resbaladizo hasta obligarla a subir a una embarcación. Había intentado agudizar el oído para captar cada sonido que la rodeaba.

El hombre que llevaba el mando se había marchado en otro vehículo y en la embarcación, con ella, solo iban dos hombres: el alto que habían visto en los muelles y otro más con un acento extraño.

El olor del río y el hedor de algo parecido a pescado podrido la asfixiaban. Llevaba las manos atadas a la espalda y sentía los hombros desencajados y ardiendo. Intentaba no tiritar de frío, pero la humedad le calaba los huesos. Aunque, sin duda, la peor de todas las sensaciones que tenía en ese momento eran las náuseas, que a duras penas podía contener.

La habían lanzado contra el suelo como si fuera un saco de harina y se había golpeado la cara contra la madera del suelo, quedando aturdida durante unos instantes en los que lo único que pudo escuchar fueron las risas soeces de los dos hombres. La capucha le resultaba sofocante y dificultaba su respiración, pero no les daría el gusto de suplicar para que se la quitaran.

El suave oscilar de la embarcación, unido a todo lo demás, había conseguido que su estómago se revelara y sentía la bilis subiendo hasta su garganta. Iba a vomitar y se ahogaría con su propio vómito por culpa de aquella maldita tela que la cubría. Sintió una corriente de aire frío llegar hasta ella y, antes de que fuera consciente de lo que ocurría, unas manos rudas la obligaron a levantarse y comenzar a andar, a pesar de que sus piernas adormecidas se negaban a sostenerla. Tropezó al bajar del barco y de nuevo al enfilar el camino de tierra bajo sus botas de viaje.

—Vamos, majestad, su lujosa alcoba la espera. —La voz burlona y el chirrido de una puerta desvencijada al abrirse la hizo encogerse de nuevo.

La desataron y le arrancaron la capucha, y parpadeó por la molesta luz de un farol frente a su cara.

—No pierdas el tiempo gritando, nadie va a escucharte aquí.

La puerta se cerró con un golpe seco tras la advertencia y Elisabeth se quedó sola, escuchando cómo una llave giraba en la cerradura al otro lado. Se frotó los hombros y las magulladas muñecas, intentando que la sangre volviera a correr por sus miembros con normalidad.

El cuartucho no era más que un habitáculo destinado a almacén con un jergón en el suelo y una manta raída. Un ventanuco pequeño daba al exterior, pero estaba demasiado alto como para poder asomarse por él. En un derroche de generosidad, habían tenido la deferencia de dejarle una jarra con agua para beber y un cubo, previsiblemente, para hacer sus necesidades.

Se sentó en el jergón y se abrazó las rodillas, pensando en el brutal giro que su vida acababa de dar. No debería estar allí, y ni Maysie ni Aura deberían haber sufrido una experiencia tan traumática. No sabía si volvería a verlas, si saldría de allí con vida ni si su existencia volvería a ser la que fue. En esos dramáticos momentos, solo podía pensar en su esposo. Las últimas palabras que le había dicho a Richard resonaban en su mente como una amarga letanía.

«Solo eres el chico que besé por error en un jardín.»

Era cierto. El destino había querido que Richard se cruzara en su camino aquella noche. Puede que no fuera lo que había planeado, pero no podía estar más agradecida de que esa persona fuese él. Le había enseñado el significado de amar a alguien, con sus discusiones, su pasión y su entrega incondicional. Tenían toda una vida por delante, y ella lo había estropeado.

La idea de no volver a verle era desoladora. Las lágrimas que ardían en sus ojos salieron a raudales y no se molestó en intentar retenerlas. Su futuro, su vida y hasta ella misma se habían convertido en un borrón oscuro e informe tan tenebroso como el cuartucho que ahora le servía de celda.

38

$\mathcal{T}$anto Sheperd como Langdon e, incluso, Lane utilizaron todos sus contactos para extenderse por la noche londinense como tentáculos, registrando cada rincón, cada taberna, cada callejón, a la búsqueda de Paul Ropper.

Mientras tanto, Richard estaba a punto de perder la cordura intentando no dejarse llevar por los pensamientos funestos que asaltaban su mente.

Al fin, la búsqueda dio resultados y los hombres de Langdon encontraron a Ropper en un bar, intentando calmar su nerviosismo con grandes dosis de ginebra. No tuvo ningún problema en cantar todos los detalles del plan, especialmente, después de que Richard lo recibiera con un puñetazo en el estómago que lo dejó doblado y de rodillas sobre el suelo mojado.

Relató, con más detalles de los que Julian estaba dispuesto a tolerar, cómo la primera intención había sido secuestrar a Aura. Apretó los puños con fuerza y dio un paso al frente con la intención de estamparlos en la repugnante cara del abogado, pero la presión de una mano fuerte sobre su hombro lo hizo detenerse y volver súbitamente a la realidad. Se volvió para ver que Lane negaba lentamente con la cabeza, intentando transmitirle, sin palabras, la necesidad de mantener la serenidad en un momento tan crucial: si Ropper no colaboraba, no podrían hacer nada. Asintió a modo de agradecimiento y permitió que el abogado continuara hablando.

Cuando Richard escuchó que su esposa se había ofrecido en lugar de su sobrina, el orgullo por su valentía dio paso al desaliento por su inconsciencia. No la culpó, él hubiera actuado igual.

Habían decidido ocultarla en unos antiguos barracones situados en la orilla del río, a unos kilómetros del puerto, propiedad de lord Phinley, una de las pocas cosas que Sheldon no le había arrebatado. Antiguamente, se usaban para reparar embarcaciones, pero ahora estaban abandonados y a punto de derrumbarse.

Lane recordó cómo Phinley había acudido con actitud nerviosa en varias ocasiones a las oficinas de Sheldon para hablar con Ropper.

—¿Le debía dinero a Sheldon?

Ropper se rio.

—Le debía mucho dinero. Pero el amable Mathias Sheldon condonó la deuda a cambio de sus tierras. Cuando eso no fue suficiente, se quedó con su casa y, después, con su dignidad, echándolo como un perro y prohibiéndole la entrada a sus oficinas sin posibilidad alguna de redención. Ningún hombre puede aguantar algo así, y Sheldon ha estado tentando la suerte demasiadas veces. Tarde o temprano alguien…

Lane se abstuvo de recordarle que precisamente él era el encargado y, en gran medida, el artífice de todas aquellas situaciones que Sheldon no hubiera podido llevar a cabo sin su ayuda.

—No perdamos más el tiempo, vamos a buscarla —cortó Richard.

—Sheperd, quédate con Lane y ocúpate de Ropper hasta que llegue la policía. Lo más rápido será ir por el río. Richard y yo iremos con varios hombres en una de las embarcaciones —organizó el marqués—. ¿Cuántos hombres hay custodiándola?

—Cuatro.

Ambos se giraron para marcharse cuando la voz de Ropper los detuvo.

—Si fuera usted, me daría prisa, Greenwood. Ese tipo no es de fiar. Está loco y no he podido impedir que...

—En cierto sentido, el abogado sentía que su conciencia se aliviaba siendo ahora uno más de esos hombres responsables de la seguridad de la dama.

Richard no pudo evitar sujetar a Ropper de las solapas hasta que sus pies casi dejaron de tocar el suelo.

—¿A quién te refieres? ¡¡Habla, maldito bastardo!!

—Farrell, es amigo de Phinley y... —Richard lo soltó y trastabilló con sus propios pies al retroceder, incapaz de mantenerse ni un segundo más cerca de ese tipo.

Había creído que su corazón no podía encogerse más por el dolor y, sin embargo, ahora la incertidumbre y el pánico consiguieron reducirlo a la nada. Debía encontrar a Elisabeth, y el tiempo parecía apretar sus dedos en su garganta, ahogándolo en sus propios miedos.

El viento aullaba en el exterior haciendo que los tablones de la puerta cimbrearan y las corrientes heladas entraran por cada grieta de la desvencijada cabaña.

Elisabeth intentaba no temblar, no llorar, no aterrorizarse con cada ruido, pero era imposible. Sus ojos se habían acostumbrado a la penumbra de la estancia y a las sombras que la pálida luz que entraba por la ventana no conseguía espantar.

Escuchó risotadas y voces masculinas que el viento traía hasta ella. Mientras no se acercaran, todo iría bien. Se preguntó si a estas alturas alguien la estaría buscando. Supuso que sí. El miedo se hizo aún más insoportable. No quería que nadie resultara herido por su culpa y no quería ni pensar que Richard pudiera sufrir algún daño por venir a buscarla. Pero ni siquiera sabía si Richard estaba en la ciudad y si, de ser así, movería un dedo por ella después de cómo lo había tratado. Una de las voces se escuchó un poco más cerca, cortando la quietud de la noche, y un escalofrío le recorrió la espalda. Por un momento, se olvidó de respirar. Durante unos minutos interminables no se atrevió ni a pestañear, con sus sentidos agudizados. La voz se alejó, mas ella fue incapaz de relajar la tensión de sus músculos.

Miró a su alrededor tratando de encontrar algo con lo que defenderse, pero no había nada. Se levantó con desesperación y palpó las paredes a través de la oscuridad, intentando llegar al otro extremo del cuarto. Ahogó un grito cuando la madera astillada de un tablón, que sobresalía de los demás, se clavó en la palma de su mano. Cerró los ojos con fuerza mientras se sacaba la enorme astilla de madera clavada y notó la sangre caliente corriendo por su palma, al igual que sus lágrimas corrían por su cara. Entre sollozos entrecortados, más por la frustración que por la herida, sacó un pañuelo bordado del bolsillo de su falda y se lo ató en la mano para que dejara de sangrar mientras una idea cruzó su mente. Con cuidado de no volver a lastimarse, palpó los tablones de la pared intentando encontrar una madera saliente que pudiera arrancar.

Se asomó por una de las ranuras de la desvencijada puerta. Varios hombres bebían sentados alrededor de una hoguera: sus carceleros. El más alto giró la cabeza y miró hacia donde ella estaba, como si presintiera su mirada, como si pudiera oír desde su lugar junto al fuego los frenéticos latidos de su corazón.

Elisabeth se retiró tapándose la boca con la mano, intentando contener un jadeo de horror al sentirse descubierta. Quiso ser racional sabiendo que era imposible que la hubiera visto y, cuando se atrevió a mirar de nuevo, el hombre daba un nuevo trago a la botella.

Continuó palpando las paredes con ansiedad. Se puso de puntillas hasta alcanzar el borde de la ventana y, de un tirón, arrancó un listón de madera que rodeaba uno de los laterales del cristal. Presionando la madera entre el suelo y su bota, consiguió que se quebrara en uno de los extremos, quedando un borde en forma de cuña afilada. No era gran cosa, pero, saber que, si decidían atacarla, tendría algo punzante con lo que defenderse le dio algo más de valor. Volvió a sentarse en el jergón con la espalda apoyada en la pared y la estaca de madera a su lado, oculta por sus faldas. Elisabeth no fue consciente de que sus párpados comenzaban a cerrarse, como si cada vez pesaran más, hasta que el agotamiento la venció.

El ruido de la cerradura de la puerta al abrirse la hizo dar un respingo y parpadeó, intentando que sus pupilas se acostumbraran de nuevo al juego de luces y sombras que la rodeaba. Sus dedos se clavaron como garras en la vieja manta que la envolvía. La puerta, con un chirrido de ultratumba, se abrió de par en par. Una alta silueta se recortaba contra la luz de la hoguera que seguía ardiendo frente a la cabaña, aunque ya no se escuchaba el sonido de ninguna conversación. En un acto reflejo, Elisabeth se pegó más a la pared, como si fundiéndose con ella pudiera escapar de la amenaza que se cernía sobre ella.

Durante unos instantes, el hombre no se movió, limitándose a observarla, y ella hubiese jurado que vio una sonrisa infernal relucir en su rostro cubierto de sombras. Parecía el mismo Lucifer con la luz rojiza tras él.

—Ha llegado la hora de rendir cuentas, princesa.

Elisabeth hubiera gritado horrorizada si hubiese sido capaz de emitir algún sonido, pero estaba totalmente paralizada por el pánico. Reconocería ese tono amenazante, esa forma de arrastrar las palabras en cualquier parte. Estaba equivocada. Ese hombre no se parecía a Lucifer: ese hombre era el mismo demonio.

Sollozó, incapaz de creer lo que estaba ocurriendo, con su cerebro negándose a aceptar que aquella situación pudiera haberse transformado en algo todavía más nefasto y peligroso de lo que ya era.

Farrell se acercó cerrando la puerta tras él. Elisabeth se levantó, enredándose con la manta a punto de perder el equilibrio, pero allí no había ningún sitio al que huir, ningún lugar donde pudiera esconderse.

Con una carcajada, Farell la sujetó del brazo y, de un fuerte tirón, la hizo tropezar cayendo sobre ella en el jergón. El impacto contra el suelo y el peso de él aplastándola la dejó aturdida y sin aire durante unos segundos, y solo el sonido de la tela del corpiño de su vestido al rasgarse la hizo reaccionar. Forcejeó con todas sus fuerzas mientras él le apretaba las muñecas contra el suelo, pero lo único que consiguió fue arrancarle una maldición y quedarse sin resuello.

—Me encanta que luches como una gata, pero no vas a conseguir huir de mí. Hoy, no. —Paseó su lengua por su mejilla en un gesto que le provocó náuseas.

Farrell subió sus faldas con una mano, mientras con la otra le apretaba la garganta dificultándole la respiración. Lys le golpeaba, forcejeando sin éxito, cada vez más exhausta. Ella solo tenía dos opciones: luchar por seguir respirando o rendirse y dejarse matar.

La muerte podría ser un final mucho más digno que dejarse violar por aquel monstruo, pero ella sabía que no la mataría. Quería someterla, vejarla y, después, como premio, llevarse el dinero de los Sheldon.

Sacó fuerzas de donde no las tenía para no ceder a la tentación de rendirse. Palpó con desesperación el suelo a su alrededor hasta que rozó con la punta de los dedos la estaca escondida. Se estiró lo que pudo, intentando que el cerdo de Farrell no se diera cuenta, hasta que consiguió que la madera girara lo suficiente como para poder aferrarla entre sus dedos. Solo podía pensar en sobrevivir, en librarse de las manos que la apretaban dolorosamente, de la suciedad de sus palabras y de su insoportable maldad. Tomó aire y clavó su improvisada arma con todas sus fuerzas en el muslo de su atacante.

Farrell, pillado por sorpresa, gruñó por el dolor lacerante sin saber de dónde venía el ataque.

Elisabeth aprovechó su confusión para zafarse de él, asestándole un codazo en la cara. Se levantó y echó a correr hacia el exterior sin poder pensar en nada más que en librarse de ese monstruo que maldecía y profería los insultos más aberrantes que ella había oído jamás. No había rastro de los hombres que la habían vigilado; probablemente, Farrell los había mandado a descansar para poder consumar su venganza sin testigos.

No tenía tiempo para pensar de manera sensata qué dirección tomar y, en lugar de huir hacia la oscuridad del río, se dirigió hacia los edificios en ruinas que, como enormes e intimidantes fantasmas, parecían observarla. En el horizonte, la luz estaba empezando a cambiar con ese color indefinible que da paso de la oscura noche a la clara luz del día.

El techo del edificio en el que se refugió estaba derruido en algunas partes y las sombras resultaban amenazadoras, aunque la verdadera amenaza tenía forma de hombre y, probablemente, ya estaría acechándola y a punto de darle caza.

Elisabeth caminó despacio, lo más cerca que pudo de la pared, con las manos extendidas delante de su cuerpo a modo de protección, intentando no hacer nada que pudiera delatarla. Sus pies chocaron con un tablón haciendo un ruido que, con los sonidos del día, pasaría desapercibido, pero que, en la quietud de la oscuridad, se le antojó tan delator como el de una estridente campana. Se mantuvo lo más quieta que pudo durante unos segundos interminables, con la pavorosa sensación de ser observada. Su sangre rugía a tanta velocidad en sus venas que pensó que podría oírse desde el mismo centro de Londres, y la asfixiante sensación de que no tenía escapatoria estuvo a punto de hacer que se desplomase. Continuó avanzando. Quizá fuera demasiado predecible esconderse allí, quizá fuera el primer sitio donde Farrell la buscaría, quizá fuera más sensato huir al exterior, aunque no supiera dónde estaba. Avanzó hacia una puerta lateral que colgaba precariamente de sus goznes hasta que sus ojos se desviaron hacia el suelo polvoriento.

Algo oscuro manchaba la superficie blanquecina y, a pesar de la escasa iluminación, Elisabeth supo sin necesidad de acercarse que era un pequeño charco de sangre. El estremecimiento de su cuerpo y el cosquilleo frío en su nuca la avisaron de que su agresor estaba allí antes de que la enorme mano de Farrell la sujetara con violencia por el cabello. Su grito, aunque sabía que era inútil, resonó en la alta bóveda del edificio abandonado con un potente y escalofriante eco.

Los hombres de Langdon no tardaron demasiado en neutralizar a dos de los secuaces de Farrell que, a esas horas, ya se habían rendido a los efectos del whisky barato. Si la información de Ropper era cierta, aparte de Farrell, había otros dos hombres más ocultos en alguna parte.

Richard corrió hacia la caseta donde habían custodiado a Elisabeth con el alma en un puño, repitiéndose como una letanía en su cabeza que ella estaría bien, no podía permitirse pensar nada diferente. Para su desolación, allí no había nadie. Un objeto de color blanco resaltaba en la oscuridad del cuartucho. Se agachó para recogerlo y sostuvo el pañuelo bordado de su mujer entre las manos, un pañuelo que parecía estar manchado de sangre. Solo en ese momento se dio cuenta del rastro de pequeñas gotas que en una hilera curva y perfecta marcaban el camino que debía seguir.

Richard supo en ese momento que la vida en un mundo donde ella no estuviera no tendría sentido. Elisabeth lo había abandonado, no quería compartir su futuro con él y se había puesto en peligro para alejarse de la vida que compartían. Pero, aunque fuera en la distancia, necesitaba sentir que ella estaba bien, feliz y vital como siempre.

Comenzó a seguir el rastro, intentando ignorar el temblor de la pistola en su mano, cuando un grito desgarrador le estremeció y le hizo correr con todas las fuerzas de que disponía.

Elisabeth.

Cuando llegó al interior del edificio, la visión de Farrell sujetando a Elisabeth le hizo enloquecer de cólera. Durante un fugaz instante, tuvo el impulso de disparar, pero ella estaba demasiado cerca de ese cerdo y no podía arriesgarse a herirla. Con toda la velocidad que pudo, llegó hasta Farrell. Clavó su puño en un costado desequilibrándole y, con un contundente golpe con la culata del arma en su nuca, lo hizo desplomarse hacia delante dejándolo inconsciente.

—Estás... estás... —Era incapaz de formular la pregunta. Elisabeth se aferró a él llorando de alivio y Richard la sostuvo entre sus brazos, apretándola contra su pecho con el corazón desbocado.

Elisabeth leyó la pregunta en sus ojos.

—Estoy bien —musitó mientras le acariciaba la cara.

—La sangre. Creí que me volvía loco.

—No es mía, le clavé una estaca en la pierna. —Richard levantó la ceja a punto de reír cuando Elisabeth se interrumpió al ver un movimiento tras él.

Demasiado tarde. Farrell era un tipo fuerte y un simple golpe no era suficiente para acabar con él. Mientras ellos hablaban, había cogido una de las barras de hierro de entre los escombros que los rodeaban.

Richard, en un acto reflejo, al ver el movimiento apartó a Elisabeth de un empujón, no pudiendo evitar el golpe de Farrell en la mano en la que tenía el arma que salió por los aires para terminar rodando por el suelo. Se lanzó contra él sin darle tiempo a reaccionar y acabaron los dos forcejeando por el suelo.

Elisabeth miró a su alrededor, intentando encontrar algo con lo que ayudar a Richard, pero, entre la maraña de golpes, con toda seguridad, lo único que haría sería perjudicar a su marido que, por ahora, llevaba ventaja.

Farrell consiguió asestarle un cabezazo en la sien que aturdió a Richard unos instantes vitales, librándose de su agarre y cogiendo la pistola que se encontraba a su alcance. Richard se levantó despacio, intentando no hacer ningún movimiento brusco que pudiera desencadenar el desastre. Se colocó delante de Elisabeth, tapándola con su cuerpo, sin apartar los ojos de la mirada sanguinaria de su atacante, tal y como unas horas antes ella misma había hecho para proteger a su hermana y a su sobrina.

—Greenwood, eres un ser muy molesto. Tienes un don para interrumpirme siempre que quiero hacer algo divertido.

—Baja el arma, Farrell. Esto no tiene ningún sentido. Ropper ha confesado todo vuestro plan y a estas horas media ciudad está buscándote.

La carcajada cruel y sádica de Farrell hizo que Elisabeth se aferrara a la cintura de Richard con desesperación.

—No puedes hacerme desistir de lo que tengo en mente. Es muy heroico que intentes protegerla, pero no podrás hacerlo eternamente.

—Si lo que quieres es dinero…

—El dinero viene y va. Quiero darle su merecido a esa zorra por humillarme. Y a ti. Lástima que no estés vivo para poder verlo, será glorioso. Pero, una vez que te mate, me la follaré como se merece y después le volaré la tapa de los sesos. Sin testigos. Y aunque sospechen de mí, nadie se atreverá a culpar al futuro duque de Lexington.

—No vas a salir impune. Deja que ella se vaya y…

—¿Y qué? ¿Arreglaremos esto como hombres? —Volvió a reír, y a Elisabeth se le congeló la sangre al oír el sonido de la pistola amartillándose. La mano cálida de Richard buscó la suya y la apretó en un gesto que se pareció demasiado a una despedida—. ¿Unas últimas palabras, Greenwood?

Elisabeth no podía ver nada, oculta tras la envergadura de su marido, con la mejilla apoyada en su espalda.

—Farrell, por favor… —Pero Elisabeth no pudo decir nada más.

El sonido de un disparo atronador, demasiado cercano, resonó en el edificio con un eco que solo fue eclipsado por el grito desgarrado de Elisabeth. El fornido cuerpo se desplomó hacia delante mientras la sangre teñía su ropa y su boca entreabierta exhalaba el último hálito de vida. Puede que el futuro duque de Lexington se creyera inmune a la justicia de los hombres, pero le había llegado la hora de rendir cuentas en el mismísimo infierno.

Richard y Elisabeth se abrazaron con tanta fuerza que parecían querer fundirse el uno con el otro, llevados por una inmensa sensación de alivio y una angustia que aún tardaría mucho en disiparse.

Richard miró por encima del hombro de su esposa para dedicarle una mirada de agradecimiento al marqués de Langdon, que, con la pistola aún humeante, parecía a punto de desplomarse en cualquier momento.

—Maldición, Julian, creo que nunca me he alegrado tanto de verte. Gracias.

—Cuando lo vi apuntaros, creí que no llegaría a tiempo. Gracias a Dios, no ha sido así. —Su voz jadeante y la mano que no dejaba de apretar contra su costado alertaron a Richard—. Hemos cogido a todos sus hombres.

—Julian, ¿estás bien? —Se acercó hasta él y, a pesar de sus reticencias, abrió su chaqueta para comprobar que la tela estaba desgarrada y una mancha oscura de sangre se extendía con rapidez.

Julian había sido herido por uno de los captores con un puñal y, aunque estaba perdiendo sangre, la herida no parecía revestir excesiva gravedad. Richard lo ayudó a subir a la embarcación, y Elisabeth pensó que era perfectamente razonable que dedicara toda su atención a un hombre herido, máxime cuando les había salvado la vida.

Seguro que era solo casualidad que su marido hubiera evitado su contacto desde que habían salido del edificio. Tampoco quiso darle importancia al hecho de que hubiera esquivado, con habilidad y sutileza, el beso que ella intentó darle cuando, una vez en el barco, él se acercó a echarle una manta sobre los hombros.

Mientras se acercaban a su hogar, veía el perfil perfecto de Richard recortado contra la luz rosada del amanecer en el otro extremo de la embarcación, y los girones de niebla desprendiéndose perezosos de la superficie del Támesis, pero Richard no volvió la mirada hacia ella ni una sola vez.

Aun así, ella quiso pensar que nada de aquello importaba porque Richard había acudido en su búsqueda y, tras salvarla, la había abrazado como si ella fuera lo más importante en su vida. Solo que Elisabeth sabía que estaba mintiéndose a sí misma.

39

*L*a puerta de la mansión Sheldon se abrió de golpe en cuanto Elisabeth puso el pie en los escalones, y Maysie se lanzó a sus brazos apretándola con fuerza. Ambas se fundieron en un abrazo conmovedor, llorando y hablando atropelladamente.

El matrimonio Sheldon, agotado y muerto de preocupación, abrazó a su hija mientras Richard se mantuvo en un discreto segundo plano.

La sangre comenzaba a gotear escandalosa y brillante desde la ropa de Julian hasta el mármol blanco e impoluto del recibidor de los Sheldon. Maysie percibió de pronto su palidez y su inestabilidad, ahogó un grito y lo abrazó temiendo que se desmayara.

—¡Oh, Dios mío! ¡Estás herido! ¡Que alguien llame a un médico! —Maysie pasó su brazo por la cintura del marqués, instándolo a apoyarse en ella, y lo llevó tambaleante hacia una de las salas.

—No, no te preocupes. El médico está al llegar —susurró Julian, desplomándose agotado en el sofá.

Si a alguien le resultó extraño que la señorita Maysie Sheldon, dama soltera y de buena cuna, desnudara al marqués de Langdon de cintura para arriba de forma frenética, en la salita del té blanca y dorada de su madre, se abstuvo de decirlo.

—¡Que traigan toallas y agua caliente! ¡Y vendas! ¡Y lo que sea que pueda necesitar el doctor!

La mano temblorosa de Mathias Sheldon apareció en su campo de visión tendiéndole una petaca de brandi que Julian aceptó, bebiéndose casi la mitad de un golpe, para intentar mitigar la sensación ardiente y tirante de la herida de su costado.

Lisa, de buen grado, se hubiese bebido la otra mitad, pero se limitó a observar desmoronada en una de las sillas cómo su hija limpiaba la sangre del torso musculoso y moreno de Julian, con la confianza de quien está más que acostumbrada a ver semejante despliegue de belleza masculina.

—No se te ocurra morirte —susurró Maysie para que nadie más lo oyera.

Se sintió estúpida. Probablemente, era la frase más fuera de lugar que había pronunciado jamás, pero no pudo evitar que saliera de sus labios.

—¿Por qué no? —Julian intentó reírse con sarcasmo, pero solo le salió una tos ahogada—. Ya están hechos los trámites para reconocer a Aura. Serías rica y no tendrías que escapar de mí. Pensándolo fríamente, sería lo mejor que podría pasarte.

Maysie, sentada junto a él con la cabeza casi pegada a la suya, se quedó paralizada con los ojos clavados en los de Julian. Ambos se olvidaron de que Elisabeth y sus padres, además del servicio, escuchaban la conversación. Los ojos de Julian estaban vidriosos por la pérdida de sangre, el agotamiento y el alcohol, lo cual, aparte de insensibilizar la herida, también estaba haciendo lo propio con su sentido común y su prudencia.

—¡Por Cristo bendito! —Lisa se dirigió a la mesita de las bebidas y esta vez sí se sirvió una generosa copa de licor que se tomó de golpe.

Su esposo, con la frente apoyada en la mano flácida, le hizo señas para que le sirviera otra a él.

A pesar de las miles de conjeturas que habían hecho durante años, incluso esa última noche, sobre la identidad del padre de Aura, jamás esperaron que sus sospechas se confirmaran tan poco diplomáticamente. No sabían cómo iba a terminar todo aquello, pero, estaba claro, sobrios no.

—Esa afirmación es ruin, cruel y fuera de lugar. —Maysie lo fulminó con la mirada y apretó más de la cuenta el paño contra la herida, provocando que él jadeara.

Casi se muere de la preocupación al verlo herido, mortificada por la culpa. Lo último que necesitaba en estos momentos era una actitud desafiante. Pero resultaba mucho menos humillante parecer enfadada, puede que así pudiera mantener a raya las ganas que tenía de echarse en sus brazos y dejarse consolar como una niña.

—¿En serio? ¿Y no es cruel que quieras escapar en mitad de la madrugada arrastrando a tu hermana y a mi hija contigo?

—NUESTRA HIJA —le corrigió Maysie—. No hables como si fuera solo mérito tuyo que ella esté en este mundo.

—Virgen santísima. —Lisa rellenó y vació su copa en tiempo récord.

—No, claro. ¡Aaaaug! Para eso ya estás tú. Para atribuirte un mérito que yo no pretendo arrebatarte, y para decidir por todos. —Parecía increíble lo rápido que el brandi y la frustración habían desatado su lengua y adormecido el dolor.

—¿Yo? Tú eres el que decidió por mí. Lo hiciste hace años y lo has vuelto a hacer ahora.

—¡Solo pretendía arreglar la situación, Maysie!

—¿Obligándome a casarme contigo? ¡Qué manera tan civilizada! Y luego, ¿qué pensabas hacer? ¿Agarrarme del cabello y arrastrarme hasta tu caverna?

—¡Por todos los santos mártires! —Otra copa viajó por la garganta de Lisa. Su esposo, boquiabierto por la situación, la miró dudando si tendrían licor suficiente para nombrar a todo el santoral ante las revelaciones que estaban presenciando.

—No pretendía, yo… —Debía reconocer que, si bien no la había obligado, su «no petición de matrimonio» se parecía bastante a un chantaje—. Creí que solo te negarías por tu estúpido orgullo. Después de lo que pasó, no puedes fingir que ya no sientes nada por mí. Puedes negarlo cuanto quieras, pero no te creeré.

—Lo que yo sienta no es asunto tuyo, maldito asno prepotente y vanidoso.

—¿Cómo me has llamado? —Julian intentó levantarse, pero el dolor punzante lo dejó sin aliento unos segundos—. Intenta controlarte y no mostrar tan abiertamente que solo eres una chiquilla caprichosa, descerebrada e inconsciente.

—¡Y tú un déspota! Ya no soy una joven inocente y estúpida para caer rendida a tus encantos. No puedes obligarme a hacer lo que tú desees.

El marqués emitió un sonido que se pareció más a un gruñido que a cualquier palabra del diccionario.

—Retiro la proposición de matrimonio. ¿Contenta? Pero no pienso dejar que me alejes de mi hija y, cuanto antes se te meta en tu dura cabeza, mejor para todos.

—¡Basta! —La voz de Elisabeth pareció sacarlos de su propio mundo y traerlos de golpe a la realidad de la salita, donde ninguno de los dos se había percatado de que el doctor había aparecido con un enorme maletín de piel en la mano y los observaba por encima de las gafas doradas que parecía llevar clavadas en la punta de su gorda y roja nariz.

El hombre carraspeó y Maysie le cedió su lugar para

que examinara a Julian, sin dejar de mirarlo con el ceño fruncido y los brazos cruzados sobre el pecho.

Richard observaba desde el lujoso recibidor de la mansión el ir y venir de los sirvientes y escuchaba, como un murmullo lejano, la airada conversación de la salita mientras se balanceaba sobre sus talones y estrujaba su sombrero entre sus manos heladas. Parecía haberse convertido también en mármol como las extravagantes estatuas griegas que presidían la entrada, a las que, una vez que se les dedicaba un primer vistazo, ya nunca más se volvía a reparar en su presencia. Bajó la escalera sintiendo el frío de la mañana sobre la piel de su cara y se marchó caminando hasta su casa, cruzándose con la gente que comenzaba con sus actividades diarias: comerciantes que se disponían a abrir sus negocios, coches de caballos que cruzaban la calle en una u otra dirección, una chica con un cesto de frutas que casi choca con él distraída por la prisa. Todo bullía a su alrededor lleno de vida tras el letargo de la noche.

Todo se reiniciaba, vital e indiferente, la gente lo esquivaba, pocos lo miraban, pero nadie notaba que él estaba muerto, muerto por dentro, invisible, y más solo de lo que jamás se había sentido en toda su vida.

Crystal se aferró al brazo de Richard mientras entraban en el fastuoso salón de la aún más fastuosa mansión londinense de los Greenwood, más nerviosa de lo que estaba dispuesta a admitir. No le importaba lo más mínimo lo que la gente pensara de ella.

Andrew era el primogénito, Richard el más carismático y Caroline la más bella. Ella solo era la simple y normalita Crystal, la regordeta, la que no tenía gracia y no se preocupaba por aparentar lo contrario. Al fin y al cabo, todos habían hecho su juicio sobre ella sin conocerla y nunca cambiarían de opinión. Pero, en ese momento, miró a su hermano, y solo pudo ver amor en sus ojos. No hacían falta palabras, Richard estaba orgulloso de ella, y el resto de su familia también. No por su aspecto, sino solo por ser ella misma, y con eso le bastaba.

Sin embargo, en los ojos de su hermano no solo podía ver amor fraternal; también veía una sombra de tristeza, nunca antes vista en el siempre cálido Richard. No pudo evitar apretar un poco la mano que apoyaba en su antebrazo en un gesto de cariño, y él se lo devolvió con un guiño travieso. Era la misma tristeza que había visto en los ojos de Elisabeth cuando acudió a visitarla con Caroline y su madre, después de lo ocurrido. Una tristeza profunda que se transformó en decepción al preguntar por Richard y ellas decirle que no las había acompañado y que tampoco tenía pensado acudir por su cuenta a visitarla.

No sabían de dónde había salido la información, pero, tras conocerse la muerte de Farrell a manos de un noble, los rumores corrieron por todo Londres como la pólvora. Aparentar normalidad y reírse de las insinuaciones era la única salida para desmentirlo y apagar la hoguera que amenazaba con devastar la reputación de todos. A Elisabeth, a esas alturas, no le importaba lo más mínimo, pero lo haría por el buen nombre de sus familias.

Que el marqués de Langdon no acudiera a un baile de presentación era perfectamente normal y esperado, pero no ocurría lo mismo con las mellizas. Todos los ojos estarían atentos a la maravillosa, radiante y siempre perfecta Elisabeth Greenwood durante el baile en honor a su cuñada.

Richard sabía que ella estaba allí. Antes de verla, antes de que sus ojos la buscaran, su instinto le decía que ella lo estaba observando. Conversaba con los invitados, sonreía como si fuera una marioneta con la cara pintada y el gesto inventado, pero sus oídos seguían intentando captar el timbre de su voz o el eco de su risa, mientras sus dedos se aferraban rígidos a la copa de cristal que sostenía.

Y, entonces, la vio. Tan hermosa que dolía mirarla. Solo él sabía que su sonrisa perfecta era una mueca impostada, que los halagos a su belleza y las conversaciones rancias no le importaban en absoluto. Solo él podía distinguir esa leve tensión en su espalda cuando no se sentía cómoda en un lugar, cuando fingía prestar atención a lo que tenía delante, mientras miraba disimuladamente alrededor buscando su objetivo, buscándolo a él. Solo él sabía que el cuello subido de su maravilloso vestido de encaje color azul real y sus estilizadas mangas hasta la muñeca trataban de ocultar las señales del ataque de Farrell que aún persistían sobre su piel. Richard maldijo para sí, deseando que ese malnacido se hallara ardiendo en el infierno.

Tras bailar con sus hermanas, se disponía a desaparecer un rato del salón cuando un lacayo le entregó una nota. Aunque no iba firmada, reconoció la caligrafía de inmediato, las letras inclinadas y sencillas, sin demasiadas florituras, escritas con fuerza sobre el pergamino color marfil. Dobló el papel y se lo metió en el bolsillo de su chaqueta y, soltando el aire, se decidió a acudir a la cita.

El camino que llevaba al invernadero de cristal estaba iluminado con antorchas ante la improbable posibilidad de que algún invitado deseara pasear bajo el frío cielo primaveral. Las luces anaranjadas se reflejaban en la superficie de cristal dándole un aspecto irreal, como si en lugar de encontrarse rodeado de naranjos en maceta o rosas inglesas se hallara en un bosque encantado rodeado de luciérnagas y seres de luz. Pero allí no había nada mágico, al menos, ya no.

Se permitió durante unos instantes observar a Elisabeth en silencio, antes de que ella notara su presencia. Estaba sentada en el borde de la fuente de piedra situada en el centro del recinto. Le recordó una flor, una orquídea, quizá, con su cabeza inclinada hacia el agua y el cabello cayendo en suaves ondas, perdida en sus pensamientos y sin rastro de toda la rígida elegancia y el aplomo que destilaba en público.

—Las citas clandestinas tienen más gracia cuando no son con la propia esposa.

Elisabeth se sobresaltó al oír su voz y se levantó mientras él se acercaba unos pasos hacia ella.

—Siento decepcionarte, pero solo soy yo.

Richard se encogió de hombros como si no le importara lo más mínimo que ella estuviera allí, como si su corazón no pretendiera escaparse de su pecho. Aún en silencio, aún inmóvil, seguía siendo como una atrayente sirena de cuya llamada no podía escapar.

—Bueno, no pierdo la esperanza. La velada aún no ha terminado —dijo en un tono tan frío que a ella le costó reconocer.

Paseó alrededor de la fuente mientras su esposa se retorcía las manos, intentando encontrar las palabras adecuadas, cualesquiera que fueran.

—¿Y bien?

—Richard, yo quería darte las gracias por haberme rescatado.

—Es lo que se supone que cualquier abnegado marido debe hacer cuando su esposa se fuga en mitad de la noche para embarcar en una absurda aventura.

—No era una absurda aventura.

—Cierto. Era una temeridad y una majadería. Y tampoco te habías fugado, ahora que lo recuerdo. Primero me habías abandonado. Todo un detalle por tu parte.

—No quería abandonarte. —Elisabeth odió el temblor y la inseguridad de su voz.

—Oh, vamos. Déjalo, por favor. No te humilles. Prefiero recordarte como una arpía sin escrúpulos y no como una modesta esposa, suplicante y arrepentida. No te queda bien.

—¿Podrías, al menos, escucharme? —Richard no quiso dejarse conmover por su tono suplicante y desgarrado. No podía permitírselo.

—Adelante.

—Desde que mi hermana se quedó embarazada, le prometí que jamás la dejaría sola. Siempre guardaría su secreto, siempre compartiría su lucha. ¿Qué clase de persona sería si la hubiese dejado en la estacada a la primera oportunidad?

—Partamos de la base de que la decisión de Maysie fue una completa locura. Había otras opciones. Y yo, yo te hubiera apoyado. Y a ella. Sin embargo, tomaste la decisión por tu cuenta.

—Me equivoqué, pero eso no quiere decir que no te ame. No te imaginas lo duro que fue alejarme de ti.

Richard no podía continuar mirándola, apenas podía contener el terrible deseo de creerla, de olvidarlo todo y permitirse amarla. No obstante, no podía volver a sentir esa desolación, ese puñal taladrándolo por dentro y destrozando sus cimientos con una simple frase, con un parpadeo. Debía sobrevivir a Elisabeth, a lo que le hacía sentir.

—Dame una oportunidad de demostrártelo, por favor. —La mano cálida apoyada en su brazo traspasó mucho más que las capas de tela.

—Sabíamos desde el principio que no funcionaría, Elisabeth. Me marcho al campo. Puedes quedarte en mi casa o buscarte otra, aquí o en otro continente. Francamente, no me importa. —Mentira. Le importaba más que el propio aire que necesitaba para respirar, le importaba tanto que apenas podía controlar el temblor de sus piernas, el dolor sordo e inconsolable en su pecho—. Yo correré con los gastos. Si necesitas algo, habla con mi administrador.

Elisabeth soltó, al fin, su brazo, no porque no quisiera seguir tocándolo, sino porque sus manos se quedaron sin fuerza. Algo dentro de ella parecía haber estallado en mil pedazos imposibles de recomponer.

—No puedes estar hablando en serio. —Su voz era apenas un sollozo.

—Completamente en serio. Al fin y al cabo, solo eres la chica que me besó por error en un jardín, y yo el imbécil que se empeñó en hacer lo correcto. Pero no te preocupes, será nuestro secreto.

Richard se dio la vuelta para enfilar el camino de regreso a la mansión, el camino que lo alejaba con cada paso firme de la única mujer a la que había amado, de la única que lo había destruido. Cerró los ojos ignorando una última súplica de su esposa, no queriendo escuchar el último te quiero, el último lo siento, simples palabras que se clavaban en su espalda como dagas.

En ese momento, tuvo la certeza de que sería incapaz de volver a sentir nada parecido. Por nadie. No la estaba destruyendo a ella, sino a sí mismo, y tenía la certeza de que su orgullo no era tan valioso como para infligirse tanto sufrimiento. Pero no quería volver a sentir el oscuro y frío sentimiento de pavor y pérdida que había experimentado la mañana en que ella lo abandonó.

40

*E*l patriarca de los Sheldon siempre había tenido como máxima en la vida aprovechar cada revés y cada oportunidad, exprimirla como un limón y, una vez sacado todo el jugo, desecharlo y pasar a otra cosa. Pero esta vez la situación era diferente. Sus ambiciones habían puesto en peligro la seguridad de su familia, la vida de sus hijas y de su nieta, sin contar con el prestigio y el buen nombre por el que siempre había luchado. El remordimiento al pensar en cómo se había equivocado al juzgar a Farrell, y lo cerca que había estado de condenar a Elisabeth a una vida de maltrato a su lado, le había restado años de vida. Solo podía agradecer que su hija hubiese sido más inteligente que él y hubiera hecho lo necesario para alejarse de esa bestia inhumana. Todos los principios sobre los que había fundamentado su vida, ahora, carecían de sentido. Más aún cuando la vida de sus hijas se había desmoronado delante de sus narices sin que él hubiese sido consciente de lo que le rodeaba, centrado exclusivamente en amasar una fortuna que no necesitaba.

Una vez que Phinley, Ropper y sus hombres estuvieron entre rejas, y Langdon exculpado de la muerte de Farrell, y, tras meditarlo y consensuarlo con su familia, le encargó a Lane probablemente la tarea más difícil de su vida: contactar con cada una de las personas a las que les había arrebatado todo lo que tenían y llegar a un acuerdo, además de entregarles una carta de su puño y letra con sus más sinceras disculpas por su actitud deshonesta. Eliminaría los intereses desorbitados y les devolvería los bienes requisados, facilitándoles que pudieran retornar el dinero de una manera razonable.

Por supuesto, para muchos de ellos, una vez hundidos en el interior de un profundo pozo de miseria, ya era muy difícil remontar el vuelo, pero otros tantos agradecieron el acto, tomándolo como una segunda oportunidad. Aunque Sheldon no era una hermana de la caridad y no estaba dispuesto a perder dinero, al menos aflojaba la soga que pendía del cuello de sus deudores y se daba a sí mismo un baño de humildad.

En cuanto a su familia, las cosas permanecían en una especie de calma tensa. Maysie y Julian enrocados cada uno en su postura, negándose a darle un ápice de razón al contrario. En lo único en que habían conseguido ponerse de acuerdo, era en que ninguno de los dos quería dar marcha atrás y, mucho menos, aceptar que, en el fondo, deseaban ese matrimonio. En eso y en que era de justicia que Julian pudiera ver a Aura, por lo que deberían mantener una actitud dialogante. No más mentiras entre ellos, ni secretos y, mucho menos, huidas.

Una vez solventado esto, lo único que apetecía a los Sheldon era alejarse de todo y de todos. Y para ello puede que no hubiera ningún sitio mejor que Southworth, un pequeño y tranquilo pueblo en el sur, donde la familia de Mathias tenía una encantadora casita de campo rodeada de pastos verdes. Llevaban años sin ir allí y para las mellizas fue como un bálsamo volver a pasear por las colinas durante las tardes cada día más cálidas y corretear con Aura por los campos, recordando aquellos veranos de su niñez en los que la vida parecía mucho más sencilla. Aunque las dos sufrían por el hombre que amaban, la actitud de ambas era diametralmente distinta.

Maysie, en los raros momentos en los que se permitía hablar de Julian, lo hacía para despotricar sobre él, sobre sus muchos defectos, intentando esconder sus verdaderos sentimientos bajo una capa de rechazo que estaba muy lejos de sentir. Y que, por otro lado, nadie parecía creer. Si pudiera permitirse ser honesta consigo misma, reconocería que ella se había equivocado más que él, que su testarudez la había llevado a poner en peligro lo que más amaba, que se le derretía el corazón cuando veía la dulzura con la que trataba a su hija, que le faltarían años de vida para poder demostrarle lo agradecida que estaba porque hubiera acudido a rescatar a su hermana sin dudar. ¡Qué diablos!, si fuera honesta consigo misma, reconocería que lo amaba con cada fibra de su ser y que la mayoría de las noches le costaba trabajo recordar por qué estúpida razón se había empecinado en no casarse con él.

Elisabeth la escuchaba en silencio, teniendo cada vez más claro que esos dos testarudos acabarían cediendo ante unos sentimientos tan fuertes que se habían mantenido imperturbables, a pesar de los años que habían pasado alejados y a pesar del dolor y la traición. Se amaban. Tenían una hija maravillosa en común y toda la vida por delante para reparar los errores cometidos.

En cambio, su situación era totalmente diferente. Richard y ella habían fluctuado de la rabia al deseo desde el principio, y él nunca terminó de abrirse a ella. Lo amaba con locura, con la desesperanza de quien sabe que lo ha estropeado todo y que ya no hay vuelta a atrás. Lo había abandonado, y él se había sentido humillado y decepcionado. Ni siquiera sabía si la había amado realmente alguna vez o solo se había resignado a su presencia. Lo que estaba claro es que ya no tenía importancia. Ni siquiera quiso escucharla, no la creía y no pensaba darle una nueva oportunidad. Debía aprender a vivir con ello, y sin él.

Elisabeth estaba empezando a acusar el cansancio, debido a las noches en vela, y a punto estuvo de dormirse durante el soporífero sermón de la misa del domingo. Gracias a la intervención divina de su hermana en forma de carraspeo evitó que su cabeza se descolgara hacia atrás y su boca comenzara a babear, un gesto muy poco elegante en una señora como ella.

La mujer del párroco, como cada domingo, entregaba caramelos de miel hechos por ella misma a los niños que conseguían portarse bien durante la misa, y Aura, toda solemnidad, se dispuso a aguardar su turno para recibir el dulce.

—Gracias a Dios que no te gusta la miel. Con los ronquidos que has dado, la señora Potter jamás te dará uno de sus caramelos.

Elisabeth jadeó indignada. Ella jamás roncaba y menos en misa, aunque al final tuvo que taparse la boca para aguantar la risa, imaginándose lo que su madre hubiese pensado si eso llegara a suceder, y Maysie tuvo que hacer lo mismo, ganándose alguna que otra mirada de reproche de las estiradas damas que aún quedaban en la iglesia.

—Vámonos de aquí o acabarán echándonos, hermanita.

—Escandalosa —le susurró.

—Remilgada.

Cogieron a Aura de la mano y salieron del frío edificio de piedra entre risas para alcanzar a sus padres, que ya caminaban del brazo a cierta distancia, por el camino de tierra que serpenteaba hasta el pueblo.

Elisabeth fue la primera que levantó la vista y observó la alta figura de un hombre moreno hablando con el matrimonio Sheldon. Durante unos segundos, la risa se congeló en su boca y su corazón se saltó varios latidos, pero tras la primera impresión, comprobó que el caballero no era su esposo, sino el marqués de Langdon, que, tras estrechar la mano de su padre, se volvió hacia ellas. La punzada de decepción que sintió se disipó al ver la luz y le emoción en los ojos de su hermana. Aura se soltó de sus manos y salió corriendo hacia Julian, que la cogió en sus brazos y giró con ella entre risas.

—¿Me has echado de menos, pequeñaja?

La niña asintió sin soltar sus regordetes brazos de su cuello.

—Mucho. ¡Mira! —Abrió la boca y sacó la lengua para enseñarle el fabuloso premio en forma de caramelo de miel que le habían dado—. Me lo he ganado por portarme bien en la iglesia. La tía Elisabeth se ha dormido —le susurró al oído con una carcajada traviesa.

—¡Oh, Dios mío! Entonces, ¿a ella no le han dado caramelo? —Julian no pudo evitar reír al ver que Lys ponía los ojos en blanco—. Ve con tus abuelos, cariño. Debo hablar con mamá.

Elisabeth se alejó con su sobrina de la mano, para darles un poco de privacidad, mientras Julian se acercaba hasta una Maysie que parecía haberse convertido en una estatua de granito. Una estatua de granito con una sonrisa bobalicona mal disimulada.

Maysie había dejado de percibir las conversaciones que la rodeaban y las miradas curiosas de los feligreses que aún paseaban y conversaban por los alrededores y que, poco a poco, se clavaban sobre ellos ávidos de algún chisme que aliviara la tediosa rutina de los domingos. En ese momento, para ella solo existía Julian, sus ojos grises más claros y vivos que nunca, anclándola a la tierra y a él.

Como un eco del pasado, el muchacho atormentado del que se había enamorado hacía un millón de años apareció ante ella, con sus mechones oscuros desordenados por el viento. Se sorprendió al reconocer de nuevo su expresión calmada, su sonrisa torcida y traviesa. Maysie abrió varias veces la boca, intentando ordenar sus pensamientos y decir algo coherente, pero sus emociones estaban ganando la batalla dejándola indefensa ante la fuerza de lo que sentía.

—Yo…, tú…, estás aquí… —Como respuesta brillante dejaba mucho que desear.

—El ama de llaves me dijo que estabais en la iglesia —dijo en un tono burlón, como si eso fuera explicación suficiente, como si no hubiera nada extraño en que apareciese sin avisar frente a la sencilla iglesia de un sencillo pueblucho a horas de distancia de Londres.

Maysie movió la cabeza, intentando recuperar la lucidez.

—Me refiero a este pueblo perdido en medio de ninguna parte.

—Debía hablar contigo y no podía esperar a que volvieras a Londres. Bueno, en realidad, no quería esperar.

—¿Ocurre algo?

—No. Eh…, sí —titubeó igual de nervioso que ella—. Maysie, he pensado mucho estas semanas. Ambos hemos cometido errores y ambos nos los hemos arrojado a la cara. Puede que lo nuestro no nos haya salido bien a la primera y que, a la segunda, el resultado haya sido aún más desastroso, pero déjame que vuelva a intentarlo.

—Julian, yo… —Maysie se envaró, intuyendo que todo aquello iba a sobrepasarla por completo.

—Déjame que continúe, por favor. Solo escúchame.
—Ella asintió—. No voy a pedirte que empecemos de
cero. Hacerlo sería querer olvidar lo que tuvimos y jamás podría perdonarme borrar de mi mente ni uno solo
de tus besos. Incluso, durante todos esos años en los que
hemos vivido separados, siempre estuviste en mí, nunca
dejaste de ser parte de lo que yo era, esa única parcela de
mi corazón que seguía latiendo, impidiendo que me
transformara en una bestia fría y sin alma. Cada noche
de soledad, tú eras lo único que me impedía dejarme llevar por la locura. No podría borrar eso. Sería hacer desaparecer una parte de mí. La única que, en realidad, tiene
algo de valor.

Un nudo de emoción se aferraba tenaz a la garganta
de Maysie, impidiéndole articular palabra. Intentó hablar,
necesitaba decirle lo que sentía, pero no podía. Solo pudo
llevarse una mano temblorosa a los labios mientras una
lágrima cálida resbalaba por su mejilla.

En cambio, Julian sentía que el peso frío e insoportable que llevaba una eternidad cargando sobre sus hombros se desvanecía con cada palabra.

—Solo quiero decirte que, decidas lo que decidas, me
has hecho el mejor regalo que puede existir y que daré mi
vida para que Aura y tú tengáis toda la felicidad que me-
recéis. Te amo como te he amado cada minuto desde la
primera vez que te vi, May. Y dicho esto… —Maysie se
sintió morir al ver que Julian se arrodillaba frente a ella,
mientras le cogía la temblorosa mano entre las suyas—.
Maysie Sheldon, de Londres, ¿me concederías el inmenso
honor de ser mi esposa?

Maysie, llorando y riendo a la vez, se inclinó para sujetar la cara de Julian entre sus manos y lo besó con ternura.

—Julian Cross, de Guilford. Nada podría hacerme
más feliz que decirte que sí.

Julian se puso de pie y la abrazó contra su cuerpo, elevándola del suelo. La besó con toda la pasión que llevaba reservándose tantos años, con todo el amor que ya no podía seguir conteniendo, sin importarle lo más mínimo los gritos de sorpresa de las feligresas que remoloneaban alrededor de la iglesia pendientes del espectáculo, las tosecillas divertidas de sus maridos o los conatos de desmayo de alguna anciana remilgada.

—Yo pensé lo mismo que tú. Sentí que Aura era un regalo, una parte de ti que siempre me recordaría lo que era ser amada y amar de verdad. Nunca he dejado de quererte, Julian, pero estaba tan asustada. No quería perdonarte porque sabía que no podría contener todo esto, todo lo que siento. Me daba miedo volver a sufrir. He sido una egoísta y he estado a punto de arruinarlo todo. Siento tanto, tanto, todo lo que ha pasado.

Julian la silenció besándola de nuevo.

—No, Maysie, no es tiempo de lamentarse. Ya no. Es tiempo de ser felices. Y lo seremos.

—Sí. Te prometo que lo seremos. Al fin, lo seremos.

41

*L*a brisa húmeda movía los mechones rubios de Elisabeth, que miraba con el corazón encogido el ir y venir de la tripulación. Desde la cubierta del barco, en el que se alejaría de la vida que había conocido hasta ahora, Londres se veía distinto con los edificios asomando entre la espesa niebla, como un animal que intenta desperezarse y salir de su letargo sin conseguirlo. Se marchaban al continente, ya que el marqués quería que conocieran Francia, Italia y Grecia antes de establecerse definitivamente en la mansión que había adquirido junto a Greenwood Hall, una larga luna de miel lejos de miradas indiscretas para que Aura se adaptara a la nueva realidad de su vida.

Tanto Julian como Maysie irradiaban felicidad, y fue un detalle que su recién estrenado cuñado insistiera en que Elisabeth los acompañara en el viaje.

La boda había sido rápida y emotiva, a pesar de que solo asistieron los Sheldon y Celia, obviando el hecho de que Julian tuvo que hacer una generosa donación, destinada a un nuevo campanario, para que el párroco olvidara su efusiva declaración a las puertas del templo.

No podía evitar sentir una pequeña punzada en el corazón cuando los veía juntos. No era envidia, jamás podría sentir algo así por su hermana, era más bien algo parecido a la nostalgia.

Maysie y Julian habían conseguido superar el rencor, el dolor y el tiempo transcurrido y no desperdiciar ni un solo latido en revivir lo que les hacía daño. Parecía que su amor se había mantenido imperecedero durante el tiempo que habían estado separados y ahora brillaba intenso e indestructible. Probablemente, la decisión más sabia había sido perdonar y olvidar con sinceridad y esforzarse en forjar un nuevo comienzo juntos.

Ojalá Richard y ella hubieran sido capaces de actuar con la misma sensatez. Pero los cimientos sobre los que se fundamentaba el amor entre ellos eran infinitamente más fuertes que su matrimonio con Richard. Al menos, en ese momento, no podía permitirse pensar nada diferente. Leyó de nuevo las últimas líneas de la carta que le había escrito a su esposo a modo de despedida, hablándole sobre su partida. Sus dedos aflojaron la presión sobre el papel, permitiendo que el viento se la arrebatara de las manos moviéndola caprichosamente por el aire, y observó con tristeza cómo se convertía en una pequeña mancha que se oscurecía y desaparecía, al fin, tragada por las aguas del Támesis. Una mano cálida se apoyó sobre su hombro. Elisabeth sonrió a su hermana, una sonrisa que no se reflejaba en sus ojos.

—Veo que al final has desistido de escribirle.

—¿Para qué? Me dejó muy claro que no le importaba lo que hiciera con mi vida —suspiró entrecortadamente—. ¿Dónde está Aura?

—En su camarote, con Celia. Es increíble lo bien que se han adaptado la una a la otra. Julian dice que nunca había visto a su hermana tan feliz.

—Yo puedo decir lo mismo. Nunca había visto a mi hermana tan feliz. —Sonrió apretándole la mano cariñosamente.

—Lo estoy. —Maysie apoyó la cabeza en el hombro

de su melliza y permanecieron unos instantes en silencio, observando la ciudad—. Es curioso, pero no me había dado cuenta de cuánto necesitaba a Julian hasta que ha vuelto a mi vida. Como si hubiera estado incompleta hasta que él ha regresado a mí. Me siento como si el tiempo no hubiera pasado entre nosotros. —De repente, las palabras parecieron atropellarse en su garganta ante el nudo de sensaciones que sentía—. Lys, yo, lo siento. Nunca me perdonaré que por mi culpa…

—No hay nada que perdonar, Maysie. No quiero volver a hablar de esto.

—Lo sé, pero no puedo evitarlo. No podemos negar lo evidente. Mis decisiones han provocado que tu matrimonio se convierta en un desastre. Siempre te has sacrificado por mí y has dejado tu felicidad en un segundo plano. No es justo. Eres la persona más noble y generosa que conozco. Te mereces ser feliz.

—Tú nunca me has obligado a nada. Yo he tomado mis propias decisiones y volvería a hacerlo por vosotras. Si eso ha mandado al traste mi matrimonio, es porque, probablemente, fue un error desde el principio.

—Pero vosotros os queréis. No puedo soportar que no hagáis nada para solucionarlo.

—Ya lo intenté. —Maysie bufó frustrada, no podía soportar ver cómo su hermana se apagaba con el paso de los días—. Supongo que ahora tiene la excusa perfecta para alejarme de él. Finalmente se ha librado de la incómoda imposición que suponía mi presencia.

Maysie quiso zarandearla para hacerla entrar en razón, pero vio en sus ojos la tristeza y el convencimiento de que creía firmemente lo que acababa de decir.

—Si no te amara, no habría arriesgado su vida para salvarte. Julian me ha contado que Richard estaba muy afectado, casi mata a papá cuando se enteró de todo.

Deberíais abandonar vuestra cabezonería y hablar con el corazón.

Elisabeth negó con la cabeza, intentando retener el llanto que amenazaba con asolarla nuevamente. Le sorprendía que, después de pasar cada noche llorando hasta la extenuación, sus ojos aún conservaran alguna lágrima.

—Cariño, sabes que donde yo esté, estará tu hogar, pero no puedo evitar sentirme culpable por tu sufrimiento. Tú lo amas. Abandonaste a Richard para acompañarme en mi absurdo plan y ahora...

—No te tortures, May, sabes que siempre que me necesites, te protegeré. Te di mi palabra. Para algo soy la hermana mayor —bromeó, intentando no dejarse llevar por la sensación de vacío y soledad que la desgarraba por dentro.

—Cuatro minutos mayor. —Sonrió con los ojos brillantes por la emoción contenida.

—Dudo que fueran solo cuatro, nunca has sido demasiado rápida. —Ambas rieron—. Y, además, tampoco es que Richard haya movido un dedo para recuperarme, así que supongo que para él no hay nada que salvar.

—Todos cometemos errores. Quisimos huir de los hombres que amábamos por razones equivocadas, solo digo que, quizá, Richard también se haya equivocado. Puede que solo esté dolido o asustado, puede que solo necesite un pequeño empujón para darse cuenta de ello.

—Puede ser, pero no seré yo quien esté ahí para dárselo.

—Te apoyaré en lo que decidas. Solo quiero que seas feliz. —Maysie besó a su hermana en la mejilla—. Voy abajo a ver si está todo listo, creo que falta poco para zarpar.

Elisabeth volvió a quedarse sola con sus pensamientos. Errores. Desde el principio, su relación con Richard fue una sucesión encadenada de ellos. Pero, aparte de los errores, había más, mucho más entre ellos. Imágenes inconexas de los últimos meses llegaron a su mente, sumiéndola en un torbellino de emociones. Cerró los ojos y agarró con fuerza la barandilla hasta que sus manos estuvieron frías y sus nudillos blancos.

La risa de Richard, sus labios, sus discusiones. Su maldita desconfianza. Sus noches de entrega. La luz anaranjada del atardecer filtrándose entre los mechones de su cabello negro, mientras le hacía el amor en el bosque por primera vez. Sus provocaciones mutuas, sus retos que, casi siempre, acababan en besos apasionados. Sus ojos intensos y la pasión con la que la miraba, devorándola. Su dulzura en los malos momentos en los que los fantasmas del pasado la asediaban. Richard interponiéndose entre Farrell y ella, dispuesto a dar su vida para protegerla. Elisabeth no sabía en qué momento había empezado a amarlo de esa manera tan devastadora, pero lo que estaba claro era que jamás se había sentido tan viva como cuando estaba entre sus brazos.

Andrew apoyó el hombro de manera descuidada en la pared del establo, y observó como Richard cepillaba a su caballo durante unos segundos antes de hablar.

—He recibido otra carta de Langdon. —Durante una milésima de segundo su mano se crispó sobre el cepillo interrumpiendo el movimiento, un gesto casi imperceptible que, sin embargo, su hermano captó. Hacía unas semanas les había comunicado la noticia de su boda con Maysie y, con seguridad, esa nueva carta traería también noticias sobre Elisabeth—. La mandó justo antes de embarcar. Hace dos días partieron del puerto de Londres y van a viajar por Europa durante unos meses. Esperemos que eso apacigüe un poco los rumores sobre Aura.

Richard no contestó inmediatamente, ni siquiera levantó la vista de su trabajo dando varias pasadas más sobre el lomo de su caballo, como si no hubiera escuchado esas palabras, como si no le hubieran taladrado el corazón. Acarició el cuello del animal y, tras susurrarle unas palabras de despedida, salió de las caballerizas con su hermano detrás.

—Y has venido hasta aquí a decirme eso porque se supone que debe interesarme.

A Andrew no se le escapó que Richard evitaba cruzar la mirada con él. Lo conocía demasiado bien y daba igual lo que él dijera, Andrew vería siempre la verdad en sus ojos.

—Elisabeth se ha ido con ellos. —Richard se apoyó en la valla de madera que delimitaba el cercado, mirando los campos que se extendían frente a él, con su cara convertida en una máscara de fría piedra.

Siempre le había relajado aquel lugar, su hogar y, sin embargo, ahora no conseguía desprenderse de la sensación de desasosiego constante que lo impregnaba todo, como si ya nada fuera suficiente para hacerlo feliz.

—¿Y eso por qué debería importarme? —Richard se esforzó sin éxito en fingir que le daba igual que su mujer estuviese cruzando Europa, Pekín o la Antártida.

—Porque es tu esposa, porque estás enamorado de ella y se te da fatal disimular.

—Que tu estés feliz con tu matrimonio de cuento de hadas no significa que los demás también aspiremos a ello, hermano.

—¿En serio, Richard? ¿Vas a decirme que no la amas?

—¿Importa?

—¡Claro que importa! No hay nada más importante

que eso. Hasta un ciego lo vería. Sois pasionales y testarudos, pero salta a la vista que os queréis. No puedes ser tan zoquete como para permitir que esto se rompa.

—Ya está roto. Se rompió en el momento en que ella eligió marcharse.

—No puedes darte por vencido ante el primer contratiempo. Si no intentas arreglarlo ahora, tu matrimonio será una cárcel que solo os hará infelices y miserables a ambos.

—«El primer contratiempo» es un eufemismo muy poco acertado, créeme.

—Tu maldito orgullo no te tenderá su mano ni te arropará en las noches de soledad que te esperan.

—¿Y qué pretendes que haga? —Richard, al fin, lo miró y Andrew se sobrecogió al ver el dolor reflejado en sus ojos—. ¿Acaso no lo ves? ¿No ves que ha vuelto a hacerlo? Ha vuelto a elegir. Se ha marchado sin dudarlo. Se ha ido con ellos, estará fuera durante meses y ni siquiera… —fue incapaz de terminar la frase.

Elisabeth había aceptado su adiós sin mirar atrás, había asimilado que todo estaba acabado entre ellos y había emprendido un nuevo camino. Sin rechistar. Sin dudas. Sin remordimientos. Un camino sin él.

—Tú mismo has reconocido que la empujaste a ello. Te pidió perdón y la rechazaste.

Richard asintió y volvió a apoyarse en la valla con la mirada perdida en la lejanía, cansado y completamente vencido.

—Lo sé. He sido un estúpido. Me dejé llevar por el orgullo pensando que todo sería más fácil alejándola de mí. Pero esto es cualquier cosa menos fácil. En el fondo, albergaba la esperanza de que decidiera regresar —decirlo en voz alta lo hacía sentirse aún más patético.

Se había mantenido expectante pensando que ella

aparecería de nuevo en su vida en cualquier momento, sin avisar, testaruda e insolente como era, ansiosa por llevarle la contraria y demostrarle su error. Dispuesta a retarle y a desmoronar sus barreras. Aunque, esta vez, no lo hizo. Cuando recibió la noticia de que Maysie era la nueva marquesa de Langdon, quiso creer que, ahora que su hermana y su sobrina tenían la perspectiva de una nueva vida por delante, Elisabeth volvería a Greenwood. Pero de nuevo se equivocaba, y decepción tras decepción, había vuelto a descubrir que no significaba nada para ella.

Andrew sintió que su corazón se encogía al ver el dolor de su hermano, sin embargo, no podía hacer más que apoyarle, no estaba en su mano arreglar nada.

—Estaremos ahí si nos necesitas. Ven a casa a cenar, los niños y Marian quieren verte. Y no me gusta que estés solo.

Richard sonrió para tranquilizarlo y asintió.

—No te preocupes por mí, sobreviviré.

Andrew le sorprendió revolviéndole el cabello de forma cariñosa, un gesto que solía hacer cuando eran unos críos y se enfurruñaban por cualquier cosa y, sin poder contenerse, Richard le dio un rápido abrazo.

—Claro que sobrevivirás, eres un Greenwood, maldita sea.

La mansión Greenwood, con sus enormes salones vacíos y enmudecidos y sus largos pasillos oscuros, nunca se le había antojado tan dolorosamente solitaria como en esos momentos. Richard caminó despacio hasta su habitación, frotándose el puente de la nariz con los dedos. No había conseguido dormir decentemente desde hacía semanas y, ahora que sabía que el motivo de sus desvelos estaba totalmente fuera de su alcance, sus fuerzas se habían consumido por completo, sumergiéndolo en un extraño sopor.

Mary, la cocinera, le había preparado una de sus mágicas tisanas para dormir, una mezcla secreta de hierbas aderezada con un más que generoso chorro de licor. Estaba agotado mental y, sobre todo, emocionalmente, y por primera vez desde hacía semanas, sucumbió al sueño en cuanto se sumergió en la comodidad de sus sábanas. Navegaba por un sueño inquieto lleno de imágenes, vagos recuerdos entremezclados con momentos inventados y que distaba mucho de ser reparador. Richard se dejaba arrastrar por la suave marea, flotando en las frías aguas de un mar en calma, mientras los cálidos rayos del sol se filtraban entre sus párpados cerrados.

Ella estaba allí. Con él y para él. Su cabello claro, del color del trigo en verano, flotaba a su alrededor, envolviéndolo, acariciando su pecho, y el olor a sal y a su perfume dulce invadía todos sus sentidos, embriagándolo de deseo. Su sirena, su bella e irresistible sirena, pronunció su nombre junto a su oído, pero él lo sintió vibrar por toda su piel, por toda su alma. Richard intentó acariciarla, enredar sus manos en su cabello y atraerla hacia él, pero sus brazos pesaban demasiado y era consciente de que, en cualquier momento, ella desaparecería y él volvería a despertar como cada noche, excitado, triste y deshecho. Los mechones rubios se deslizaron por sus brazos, acariciando su piel hasta llegar a su muñeca con un cosquilleo, apresándolo sin posibilidad de huir. Pero él no quería hacer tal cosa, ni siquiera pensaba resistirse, solo quería sentir que ella estaba allí, que el roce piel contra piel que le estremecía era real y no producto de un sueño.

A pesar de que sabía que si intentaba tocarla se esfumaría entre sus caricias, trató de alcanzarla con sus dedos, pero la presión en sus muñecas era firme, impidiéndole llegar hasta su cuerpo. La risa cantarina de Elisabeth le llegó de nuevo a sus oídos, más real, casi cercana, y su cerebro traicionero comenzó a traerlo, poco a poco, de vuelta a la consciencia. Parpadeó confundido, intentando que sus pupilas se acostumbraran a la luz de la vela que ardía en la mesilla junto a él y que estaba seguro de haber apagado antes de meterse en la cama. Pretendió incorporarse, pero una mano caliente y suave se apoyó sobre su pecho, volviéndolo a recostar sobre la almohada. Volvió a parpadear. No podía ser. Mary se había pasado con el licor en la infusión o las hierbas que empleaba tenían efectos secundarios poco recomendables.

—¿Qué demonios…?

—Caramba, yo también me alegro de verte —dijo burlona Elisabeth, arrodillada en la cama junto a él—. Creí que no despertarías nunca. Me tranquiliza ver que mi ausencia no te quita el sueño.

Richard intentó de nuevo incorporarse totalmente confundido, pero la presión de sus muñecas lo hizo maldecir y volver de golpe a la realidad. No eran sus rubios cabellos los que lo enredaban a la cama, sino suaves cintas de terciopelo firmemente anudadas.

—¿Me has atado? —Elisabeth parpadeó ante lo obvio de la pregunta—. No sé qué haces aquí, pero si esto es una broma o una retorcida forma de venganza, creo que ya he tenido bastante de todo eso.

—Solo he venido a hablar.

—Te hacía disfrutando de la vida en Francia, o en… —Richard forcejeó de nuevo con las ligaduras—. ¿Podrías soltarme, por favor?

—No. No hasta que me escuches.

—Perdóname, no sé qué extraña conexión crees que existe entre mis muñecas y mis oídos, pero te aseguro que puedo oírte exactamente igual sin estar mermado de facultades —espetó, apretando la mandíbula visiblemente irritado con la situación.

Elisabeth rio.

—¿Estás asustado, Richard?

—¿Qué? ¿Yo? ¿De ti? —bufó cada vez más enfadado. En realidad sí que estaba asustado, de él, concretamente, de su poca capacidad de control. Se permitió mirarla con detenimiento y tragó saliva ante su error—. Actúa con sensatez, aunque sea una vez en la vida, y desátame.

Con el cabello suelto cayendo como una cascada de oro líquido sobre sus hombros y una bata de terciopelo azul noche, parecía la perdición y la belleza hecha carne. Ella se encogió de hombros y él no pudo ignorar cómo la tela de la bata se deslizaba ligeramente, exponiendo un poquitín más la porción de piel perfecta de su cuello.

—Quiero asegurarme de que escuchas todo lo que tengo que decir.

Richard se concentró en clavar la vista en el dosel de la cama, intentando controlar lo que bullía en su interior. Había deseado que volviera con toda su alma, pero ahora, sentirse vulnerable e indefenso, y no solo en lo físico, le provocaba sentimientos encontrados. Sabía que debían hablar, ser coherentes, racionales, pero el maldito sueño que acababa de tener y su presencia en ropa de cama en su lecho hacían que la sangre se agolpara en sitios poco apropiados de su anatomía, distrayéndolo de su propósito y robándole cualquier capacidad de raciocinio. No era así como quería que aquello ocurriera.

—De acuerdo. Habla.

—Richard yo... —Pero Richard no la miraba, seguía con la mirada clavada en el techo. Ella resopló—. ¿Podrías mirarme mientras te hablo?

—Continúa, maldita sea.

—Ya te dije que siento lo que pasó, he sido egoísta e injusta contigo desde el principio y… —Richard cerró los ojos con fuerza y masculló algo entre dientes— estoy intentando disculparme, ¿puede saberse qué diablos estás haciendo tú?

—Concentrándome en escucharte.

—Pues más bien parece que estés recitando la lista de tareas para mañana. Esto es absurdo. —Elisabeth no estaba dispuesta a que la ignorara después de haber reunido el valor de ir hasta allí. Sin pensárselo dos veces, se subió a horcajadas sobre él y le sujetó la cara con las manos para obligarlo a mirarla, ignorando la evidente erección que palpitaba bajo las sábanas—. Escúchame atentamente, Richard, porque después de esto tendrás que tomar una decisión. Yo ya he tomado la mía.

Si tenía intención de torturarlo, estaba resultando bastante eficaz y concienzuda.

—Sé que fui hiriente, desconsiderada, egoísta y que, desde el principio, he desafiado los límites de tu paciencia. Pero tenía que irme con ellas, no podía dejar que Maysie se marchara sola sin mi ayuda. Lo entiendes, ¿verdad? Tú también tienes hermanos. ¿Vas a decirme que no darías la vida por ellos? —Richard soltó el aire despacio, tomándose unos instantes como si necesitara procesar lo que estaba oyendo.

—Julian dijo que estaba todo preparado, que ibas a marcharte con ellos.

—Después de la última conversación contigo, estaba dispuesta a hacerlo.

—¿Por qué has cambiado de opinión?

—Desde que me marché de aquí, desde que te dije esas cosas horribles en tu despacho, sabía que no podría estar separada de ti. Me bajé del barco en el último minuto; de hecho, creo que mis pertenencias han viajado con ellos y ahora estarán en algún lugar de la Toscana. Cuando vi que el barco estaba a punto de zarpar, no pude soportarlo. No podía poner esa distancia entre nosotros. —La única respuesta de su marido fue negar con la cabeza lentamente—. Cuando me secuestraron, en lo único que podía pensar era en las últimas palabras que te había dicho. Puede que no fueras el chico al que había planeado besar, pero jamás lo he considerado un error. De hecho, creo que es lo único acertado que he hecho en mi vida. Si quieres que me marche, si realmente mi presencia se te hace tan insoportable, lo haré. Pero mi decisión es esta: estar junto a ti. Te amo, Richard, y, aunque me obligues a alejarme, seguiré amándote.

Dos lágrimas solitarias resbalaron por sus mejillas ante el silencio de su esposo, que se limitaba a mirarla como si aún no pudiera creer que estuviera delante de él. Durante unos segundos interminables solo hubo silencio entre los dos.

—Elisabeth, suéltame, por favor. —Su voz era apenas un susurro ronco y, tras limpiarse las lágrimas, asintió totalmente desolada sintiendo que había perdido la batalla.

Se inclinó un poco hacia delante y tiró con suavidad de las cintas que ataban sus muñecas hasta que quedó libre. Se le hizo un nudo en la garganta al ver ese gesto simbólico tan parecido a lo que estaba sucediendo en su propia vida, como si su matrimonio y los lazos que los unían pudieran disolverse en la nada con la misma facilidad.

Elisabeth decidió que se marcharía esa misma noche, que no podría soportar pasar ni un solo minuto bajo el mismo techo que él, tan cerca y, sin embargo, con un abismo insoportable entre ellos. Pero, antes de que pudiera separarse de su cuerpo, Richard se incorporó y sus manos acunaron su cara, evitando que se retirara. Durante un instante interminable, sus labios se deslizaron con la misma suavidad que una pluma sobre sus mejillas, por el contorno de su cara, hasta llegar a su boca y rozarla con ternura, como si quisiera aprendérsela de memoria. Sus dedos acariciaron el borde de su mandíbula, sus cejas, sus pómulos hasta bajar por su cuello, queriendo absorber toda su belleza, sabiendo que era imposible rechazar todo lo que ella le ofrecía.

—Yo también he decidido. —Elisabeth, totalmente inmóvil, cerró los ojos y una lágrima solitaria resbaló por su cara. Richard siguió su rastro con los labios—. He decidido que no habrá más lágrimas, ni más dolor. Decido estar junto a ti, decido amarte, decido hacer todo lo que esté en mi mano para lograr que sigas amándome. Mi decisión eres tú.

Elisabeth le echó los brazos al cuello, pegándose más a su cuerpo, y se fundieron en un beso tan intenso que les robó el aliento, un beso cargado de toda la fuerza que los arrastraba y los atraía.

—Cuando te fuiste, me empeñé en odiarte, en recordar cada uno de tus defectos, pero me fue imposible encontrar ninguno que disminuyera ni un ápice lo que siento. Y cuando supe que estabas en peligro, Dios mío, Elisabeth, no te imaginas lo aterrorizado que estaba. No podía perdonarme no haber hecho nada para retenerte a mi lado.

—¡Eh, yo no tengo defectos! —bromeó ella.

—Creo que tengo una lista guardada en alguna parte, cuando llegué al punto treinta y cinco decidí dejarlo.

Richard rodó con ella sobre la cama entre risas. Antes de que Elisabeth se diera cuenta, ya se había deshecho de su bata, enredando sus cuerpos desnudos en un abrazo capaz de reconstruir cada una de sus partes rotas, formando un todo mucho más fuerte y eterno.

No podía dejar de mirarla, de besarla, de acariciarla, temiendo que todo fuera un espejismo, el eco de un sueño que desaparecería con las primeras luces del amanecer. Pero ella le repitió una y otra vez cuánto lo amaba, recordándole con sus labios y su calidez que era real, viva e imperfecta, y que era suya, de igual manera que él era suyo también.

—Debo reconocer que estoy un poco decepcionado con todo esto —dijo mientras le mordisqueaba el cuello, arrancándole un gritito.

—¿Por qué? ¿Qué he hecho mal?

—Una vez me dijiste que querías atarme para hacerme cosas terriblemente lascivas e inapropiadas —continuó mordisqueándole un hombro con suavidad, haciéndola reír. Se situó sobre ella y resultó más que evidente que ambos estaban de sobra preparados y ansiosos por sellar aquella declaración de amor uniendo sus cuerpos.

—¿Qué tipo de cosas? —No pudo evitar jadear cuando él la penetró con un movimiento intenso, mientras ella se arqueaba contra su cuerpo.

—Cosas indecentes, cosas que tienen que ver con piel, lujuria… —La voz de Richard enronquecida por el placer la excitaba casi tanto como sus caricias. Ambos jadearon sin poder evitarlo, arrollados por la potencia de lo que sentían, por el poder de su deseo, de su amor—. Creí que no me soltarías tan pronto.

—Volveré a atarte. —Él volvió a entrar en ella con más intensidad—. Y no te soltaré jamás…

—Jamás.

Sus cuerpos se entregaron y sus almas se rindieron hasta que no hicieron falta más palabras para expresar lo que sentían, hasta que, exhaustos y satisfechos, descansaron entrelazados, incapaces de alejarse el uno del otro.

—No permitiré que me sueltes, Elisabeth. Y dudo que necesites ninguna cuerda para atarme a ti, a tu cama, a tu corazón.

Elisabeth asintió y esbozó la sonrisa más dulce y limpia que él había visto nunca, y que inundó su pecho con una sensación distinta a todo lo que se había permitido sentir alguna vez. Una sensación que no estaba dispuesto a alejar de su vida.

—Pero ese, ese será nuestro secreto —susurró Richard, devolviéndole la sonrisa y besándola con ternura.

—Será nuestro secreto, mi amor —susurró ella.

Epílogo

—*Y*o también apuesto a que traerás a este mundo dos nuevos guerreros Greenwood en lugar de uno —opinó Marian, mientras le guiñaba un ojo a su cuñada. Durante las reuniones familiares, el tema preferido era especular si Elisabeth estaba o no embarazada de mellizos, aunque, según los síntomas, todo parecía indicar que sí—. Puede que dos hermosas niñitas rubias, como vosotras.

—O dos caballeros morenos y arrebatadores como todos los varones Greenwood —comentó Andrew.

Caroline puso los ojos en blanco ante la sonrisa arrogante de su hermano. En respuesta, como si estuvieran dándole la razón a su tío, un movimiento en el interior de la abultada tripita de Elisabeth provocó que diera un respingo en su asiento. Se acarició su redonda barriga y sonrió a su marido. Richard, apoyado en el reposabrazos de su silla, miró comprensivo y encantado a su mujer y le dio un cariñoso beso en la coronilla.

—Bueno, ya queda muy poco para averiguarlo. Sea un bebé, dos o tres, lo importante es que todo salga bien.

Elisabeth cogió su mano y la apretó entre las suyas. No podía evitar ponerse más y más nerviosa a medida que se acercaba el día de dar a luz y, después de haber ayudado a su cuñada Marian a traer al mundo a su hija, tenía bastante claro lo que le esperaba. Pensar en vivirlo por partida doble la aterraba y se preguntaba cómo su madre, poco inclinada al sacrificio, había soportado ese trance, aunque puede que por eso, tras nacer Maysie y ella, no hubiera tenido más hijos.

Se sentía preparada para lo que sería el día más feliz de su vida. Por fin todo se había alineado para que la felicidad fuese completa. Su vida con Richard era simplemente maravillosa, excitante, llena de complicidad, de amor, de estabilidad, y ambos esperaban ansiosos y emocionados la llegada del bebé o, como todos sospechaban, los bebés.

Además, los marqueses de Langdon habían vuelto de su viaje por Europa y, apenas establecidos en su nueva mansión, al otro lado del lago que cruzaba Greenwood, habían descubierto que pronto le darían un hermanito a su hija Aura, que no podía estar más feliz.

Eleonora sonrió comprensiva y derivó la conversación hacia otros derroteros, en ese caso las actividades previstas para el día siguiente. La matriarca de los Greenwood adoraba la Navidad, sobre todo, ese año que la mansión estaba repleta de parejas enamoradas y niños alegres y traviesos haciendo de las suyas.

Greenwood Hall bullía de actividad con la llegada de los invitados para la ocasión, y todos coincidían en que esta vez la anfitriona se había superado con los preparativos. La mansión estaba preciosa, cada rincón decorado con un gusto exquisito, y la comida y las actividades, planificadas con esmero.

Caroline, por supuesto, se alegraba por la felicidad de todos ellos; sobre todo, por sus hermanos, que difícilmente podían quitar la sonrisa de su boca mientras miraban a sus esposas. Pero no podía evitar en algunos momentos sentirse fuera de lugar, como si todos hubieran madurado y ella se hubiese quedado atrapada en el mundo irreal de los bailes, las veladas y los innumerables pretendientes que nunca resultaban ser la persona correcta.

Quizá por eso su madre había invitado para las fiestas navideñas, además de a los amigos más cercanos de la familia, a varios de los jóvenes que solían agasajarla en Londres, entre ellos sir Arthur Nate.

Nate era un joven de físico agradable, aunque no excesivamente atractivo, de modales impecables, aunque no excesivamente amables, futuro vizconde y procedente de una familia de rancio abolengo, casi tan rancio como su propio carácter. Un ser estricto, gazmoño y puritano que se atrevía a juzgar duramente a todo aquel que se saliera un poco del camino de lo que él consideraba moral. Caroline no supo en qué momento y por qué razón Nate se había convertido en su principal candidato, pero todos, incluido el propio Arthur, daban por sentado que el compromiso era inminente. Ella, simplemente, había aceptado su presencia sin más, aunque le resultaba difícil imaginarse junto a un hombre que jamás sonreía, que la amonestaba con la mirada cuando levantaba un poco la voz o que consideraba una ordinariez reírse en público. Alguien tan decoroso que, probablemente, rezaría tres avemarías si llegaba a rozarle la mano por error. Alguien gris.

No le apetecía gastar energías en formarse una opinión, ni darle más importancia de la debida a su presencia, aunque, tarde o temprano, tendría que espantarlo como a los demás, y Nate pasaría a engrosar la generosa lista de candidatos despechados por ella. Tras la cena, las conversaciones femeninas giraron de nuevo en torno a las bondades de la maternidad y las ocurrencias y travesuras de los niños, por lo que Caroline se escabulló para dar un paseo por los jardines. Se envolvió en su echarpe de lana y paseó por los intrincados caminos de grava hasta llegar a una de las terrazas del jardín, parándose junto a la fuente que la presidía. Suspiró y su aliento se transformó en una nube blanca de vapor, mientras observaba la luz temblorosa de las estrellas en el frío cielo despejado.

—Tu casto pretendiente se escandalizará terriblemente si descubre que te dedicas a pasear sola por los jardines. —Caroline se sobresaltó al escuchar la voz de Thomas Sheperd a sus espaldas. Se volvió para ver cómo se acercaba hasta ella con las manos en los bolsillos y su mirada azul tan intensa e insolente como siempre—. Suerte que la fuente está adornada con un par de inocentes pececillos y no con esas pecaminosas y lascivas estatuas de piedra que tanto detesta.

Nate se había pasado la mayor parte de la cena despotricando contra una exposición de estatuas griegas por considerarlas llenas de una carnalidad explícita, porque mostrarlas en público resultaba obsceno y totalmente inapropiado, sobre todo, a ojos del débil género femenino.

—Son delfines, no «pececillos». Y no es mi pretendiente. Y tampoco es que eso sea de tu incumbencia.

—Tranquila, no voy a ponerme celoso porque al fin hayas encontrado a tu príncipe enamorado. Me alegro por ti. ¿O acaso piensas pisotear su corazón con tus escarpines de baile, como has hecho con todos los demás?

Caroline, de pronto, había olvidado el frío de la noche y lo inapropiado de estar allí a solas con él. Solo podía concentrarse en los sentimientos viscerales y contradictorios que siempre despertaba en ella.

Y él, en cambio, solo podía concentrarse en el color rosado que el aire frío le daba a sus mejillas y la punta de su insolente nariz, y en el tono oscuro de sus labios, que se moría por besar de nuevo.

Por costumbre, por supervivencia o porque sabía que era una temeridad haberla seguido hasta allí, continuó provocándola, como siempre. Era mucho más seguro sentirse odiado por ella que deseado.

Aunque puede que esta vez no les resultase tan sencillo mantenerlo todo bajo control.

Noa Alférez

Noa Alférez es una almeriense enamorada de su tierra y de la vida sencilla. Siempre le han gustado la pintura, las manualidades, el cine, leer... y un poco todo lo que sea crear e imaginar. Nunca se había atrevido a escribir, aunque los personajes y las historias siempre habían rondado por su cabeza. Tiene el firme convencimiento de que todas las situaciones de la vida, incluso las que *a priori* parecen no ser las mejores, te conducen a nuevos caminos y nuevas oportunidades. Y sobre todo la creencia de que nunca es tarde para perseguir los sueños.